ORHAN
PAMUK
Kafamda Bir Tuhaflık

僕の違和感 上

オルハン・パムク

宮下 遼＝訳

早川書房

僕の違和感

〔上〕

本書はボザ売りのメヴルト・カラタシュの人生と冒険、夢、そしてその友人たちの物語にして、一九六九年から二〇一二年に至る時期のイスタンブルの暮らしぶりを様々な人々の視点から解説した写し絵である。

KAFAMDA BİR TUHAFLIK
by
Orhan Pamuk

Translated by
Ryo Miyashita
First published 2016 in Japan by
Hayakawa Publishing, Inc.
This book is published in Japan by
arrangement with
The Wylie Agency (UK) Ltd.
through The Sakai Agency.

装幀／早川書房デザイン室

アスルへ

私は憂鬱な思いを持った……
頭の中の違和感、
自分がその時にもその場所にも合っていないという感覚。

――ウィリアム・ワーズワース
『序曲』

ある土地に囲いを作り、「これは私のものだ」と言うことを最初に考え、そしてそれを信じるほど単純な人々を見つけた最初の人物こそ、市民社会の真の創設者といえる。

――ジャン＝ジャック・ルソー
『人間不平等起源論』

我らが同胞たちの私的見解と公的見解のあいだの隔たりこそ、国家の権力の証なのである。

――ジェラル・サリク
『国民』紙

上巻目次

アクタシュとムスタファ・カラタシュの一家

(サフィイェとアティイェ姉妹と結婚)

アティイェ・カラタシュ ┬ ムスタファ・カラタシュ
(1927-1981)

ボザ売り、ヨーグルト売り。1963年に兄ハサンとイスタンブルに移住。

長姉

次姉

メヴルト ┬ ライハ
(1957) (1965-1995)
(1982結婚)

1969年に我らが主人公メヴルト・カラタシュは村を離れてイスタンブルに移り住み、学校に通いはじめ、また、路上でヨーグルトとボザを売りはじめる。

ファトマ — ブルハン
(1983)
(2001結婚)

フェヴズィイェ — エルハン
(1984)
(2001結婚)

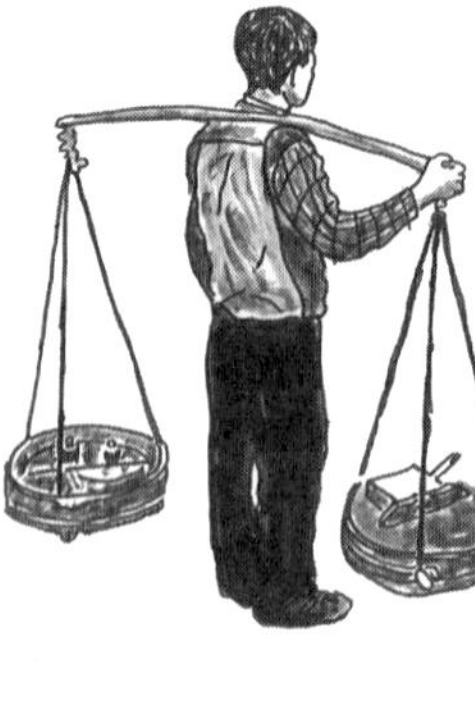

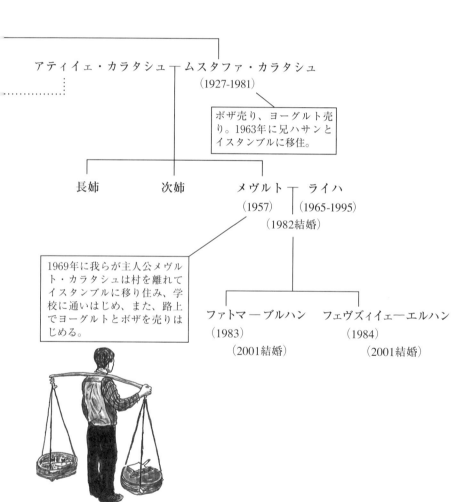

ヨーグルト売りでボザ売りであるハサン・

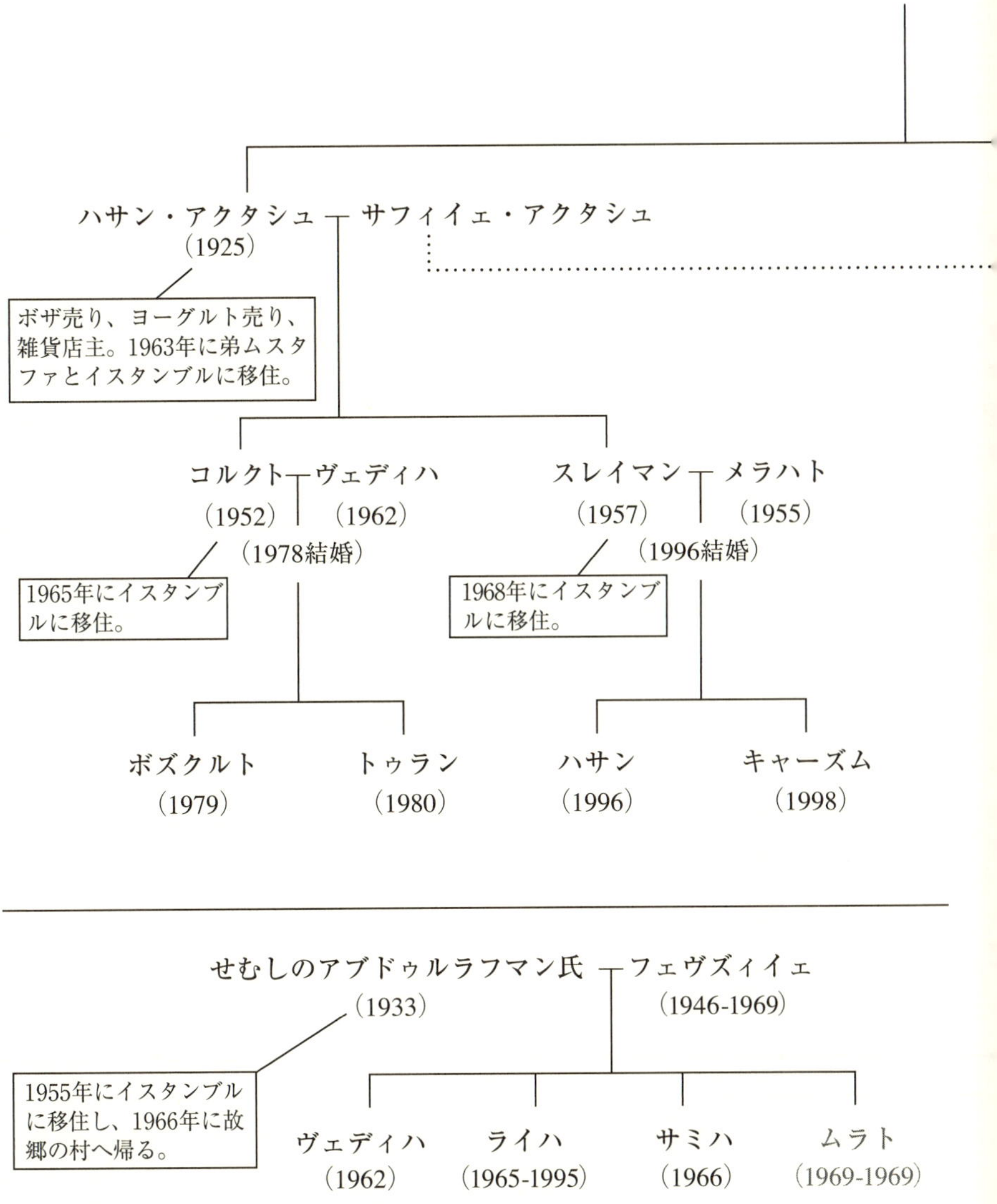

第一部（一九八二年六月十七日木曜日）

上の娘をやらず、下のほうを嫁がせるというのはまったくもって聞いたことがない。

——イブラヒム・シナースィー『詩人の結婚』

ついた嘘は口に留まらず、流れた血は盆に留まらず、逃げようとした娘は屋敷に留まらない。

——ベイシェヒル郡イムレンレル地区の諺

メヴルトとライハ
―駆け落ちは大変だ―

本書はボザとヨーグルトを売り歩くメヴルト・カラタシュの人生と夢の物語である。メヴルトはアジアの一番西のとある場所、霧けぶる湖に臨む貧しい中央アナトリアの村に生まれた。一九五七年のことである。イスタンブルにやって来たのは彼が十二歳のときだ。以来、この場所で、つまりはこの世の首都たるイスタンブルで暮らしてきた。二十五歳のとき彼は、生まれ育った村から一人の娘をかどわかした。これはなんとも奇妙な出来事で、彼のその後の人生を決定づける出来事であった。メヴルトはイスタンブルへ戻り、その娘と結婚して二人の娘をもうけたあとは、馬車馬のように猛然と働いた。ヨーグルト売り、アイスクリーム売り、ピラウ（バターや塩、羊のブイヨンで作るピラフ）売り、ウェイター――さまざまな仕事に就いたが、晩にイスタンブルの通りへ出てボザを売り、不思議な想像を膨らませるのだけは、いついかなるときもやめなかった。

我らが主人公メヴルトは背が高くて、頑健でありながらも華奢であって、見栄えが良い男だ。女たちの母性をくすぐるあどけない顔、茶色い髪の毛、それに注意深くて賢そうな眼差し。若い時分に留まらず、四十を過ぎてなお、メヴルトの顔つきがどこかいとけなかった点と、女たちがそれを魅力的だと思った点、この彼の要諦を為す二つの特徴については、我々の物語をご理解いただくにあたって、折に触れ読者の皆様に思い出してもらうことになるだろう。彼が常日頃から楽観的かつ善意の人——人によっては朴訥と言うであろうけれど——であった点については、あなたたちもこれから実際に目にするであろうから、再三繰り返す必要はあるまい。あなた方が、まさに私と同じようにメヴルトのことを深く知れば、彼をハンサムで少年のような男だと考えた女たちの正しさをも理解してくれるであろうし、私が物語に色を添えようとなにがしかの誇張を行ったのではないことも分かってくれるに違いない。もう一点、これもあらかじめこう断っておこう。すべてが真実に拠っている本書には、その劈頭《へきとう》から掉尾《ちょうび》に至るまで一切の誇張はなく、もとより実際に起こった、しかし不可思議な出来事を読者諸君がより理解しやすかろうと思われる順序に並べ直すだけで充分であったのだと。

ではさっそく、我らが主人公の人生とその夢をよりよくご理解いただくべく、物語の中盤辺りから語ることとしたい。つまり、一九八二年の六月に隣のギュミュシュデレ村から（コンヤ県はベイシェヒル郡に所在する）一人の娘をかどわかした話からだ。メヴルトが、彼と一緒に駆け落ちすることに同意してくれたその娘を見初《みそ》めたのは、この四年前、イスタンブルで開かれた結婚披露宴の席上でのことである。一九七八年、メヴルトのおじの長男コルクトがイスタンブルのメジディイェキョイ地区で披露宴を催したのだ。メヴルトはそのとき出会った驚くほど美しく、しかしまだ年端もゆかぬ娘——十三歳だった——が、同じように自分を気に入ってくれるなどとは、夢にも思わなかった。娘はコルクトの新婦の妹で、姉の披露宴のために生まれてはじめてイスタンブルへやって来た。メヴルトはそれに続く三年間、彼女に恋文を送り続けた。娘は返事こそ寄こさなかったものの、コルクトの弟であるスレイマンはメヴルトに言ったものだ。手紙は彼女に届いてる、望みはある。だから手紙を送り続けるんだ、と。

娘と駆け落ちしたときに手助けをしたのも、このスレイマンである。メヴルトと共にイスタンブルを出て、子供時代を過ごした故郷の村へ戻るとき、スレイマンは自分のフォード製の小型トラックを出してくれたのである。いとこの二人が人目を避けながら練った駆け落ちの計画はこうだ。まず、スレイマンがギュミュシュデレ村から一時間ほどのところに小型トラックを停めてメヴルトと娘を待つ。村の衆は逃げた娘はベイシェヒル市方面へ向かうと考えるであろうから、その間に二人を乗せて反対の北へ向かい、峠を越えてアクシェヒル市の鉄道駅で降ろしてやるのだ。

メヴルトは逃走ルートを四、五回は確かめ、凍てつく泉や峡谷、樹木に覆われた丘や、娘の家の裏庭もこっそり二回ずつ巡ってみた。そうして、計画実行の三十分前にはスレイマンの小型トラックから降りて、途中にある村の墓地に入り込んで墓石の前で祈禱をささげ、すべてがうまくいくよう神に祈った。口に出すことさえ憚《はばか》られたのだが、実のところメヴルトはスレイマンに一抹の不信感を抱いていた。もしスレイマンが約束した泉のほとりにやって来なかったらどうしようと不安で堪らず、かといって下手に混乱してはいけないからスレイマンの裏切りの可能性は極力、考えないようにしていた。

その日、彼は父親と一緒にヨーグルトを売り歩いた中学生時代から付き合いのある、イスタンブルのベイオール地区にある服飾店で買い求めた新品の生地で仕立てたズボンを穿き、青いシャツを着て、足には兵役に行く前に買ったスュメルバンク社製の靴を履いていた。

メヴルトが娘の家の崩れかけた壁に身を寄せたのは辺りが暗くなってからしばらくのちのこと。娘の父、〝せむし〟のアブドゥルラフマンの白い家の裏窓に明かりはなかった。十分ばかり早く着いたようだ。メヴルトはあれこれの良くない考えに煩悶しながらも、じっと真っ暗な窓の中を覗き込んだ。昔、娘と駆け落ちしようとして血讐に巻き込まれ銃撃された男たちや、暗闇の中を逃げ回った末に道に迷って捕まえられた男たちのことが脳裏をよぎり、最後の最後で娘が夜逃げせず、とんだ恥さらし者となった男たちを思い出すに及び、メヴルトはついに我慢できなくなって立ち上がると、神がお守りくださると自分に言い聞かせた。

そのとき、犬たちが吠え、件《くだん》の窓に一瞬だけ明かりがともり、ふたたび暗くなった。メヴルトは激しい動悸を覚えながら娘の家に忍び寄った。木々の間から身じろぎの気配が伝わり、ついで娘が囁くように彼の名を呼んだ。

「メヴルーット!」

それは紛れもなく、彼が兵役中に送った手紙を読み、彼を恃《たの》む女の慈愛に満ちた声音だった。メヴルトははっと我に返った。——そうだ、僕は一通一通に愛と情熱を託しながら何百通もの恋文を書き、あの美しい娘の信頼を勝ち取るために全身全霊を捧げ、彼女との幸せな日々を夢見てきたんだ、それでようやく彼女の心を動かすことに成功したんじゃないか。前は一寸先も見えない闇。しかし、メヴルトはこの魔法の夜の中を、声のするほうへ向かって、まるで起き抜けのようなふらふらとした足取りで近づいていった。

二人は真っ暗闇の中で互いを認め、手に手を取って駆け出した。しかし、十歩も行かないうちに犬たちが吠えだし、メヴルトは驚いて道を見失ってしまった。すっかり気が動顚し、それでもメヴルトは本能に導かれるままに前へ進もうと試みるうちに、二人はまるでコンクリートの壁のように立ちはだかる夜闇《やあん》の中に現れては消え行く手を遮る木々の脇を、あたかも夢の中にいるときのように、ぶつかりもせずにすり抜けていった。

獣道が途切れるとメヴルトは、前々から計画していた通り目の前に聳《そび》える坂道にとりついた。岩々の間を縫って尾根へ出る隘路《あいろ》は、黒々とした曇天まで続くかのごとくに険しかった。三十分も登り、二人は手を繋いで休みなく登り頂上にたどり着いた。ここから見晴らすと、ギュミュシュデレ村の明かりはこんこんと湧く天国の泉のように見える。メヴルトが回り道をしたのは、追跡してくる者たちに故郷の村に連れ戻されまいという思いからでもあったし、またなによりもスレイマンの計画の裏にある何かを避けようとする本能からでもあった。

犬たちは狂ったように吠え続けている。もう、メヴルトを知る犬はこの村にはいないのだ。彼はよそ者になってしまったのである。しばらくするとギュミュシュデレ村の方角から銃声が響いた。二人はなんとか平静を保って歩調を乱さなかったものの、一瞬だけ途切れた犬の吠え声がふたたび聞こえはじめると、尾根から麓めがけて一目散に駆け出した。恋人たちの顔には枝葉がまとわりつき、棘が服に突き刺さる。暗闇で何も見えず、メヴルトはいつ石につまずいて滑落するかと気が気ではなかったが、実際に転倒することはなく、犬に怯えながらも、いまや神が自分とライハをお守りくださり、イスタンブルではこの上なく幸せな新婚生活が待っているのだという確信を深めた。

メヴルトたちは息も絶え絶えの有様ではあったけれど、なんとか予定通りの時刻にアクシェヒルの町へ至る道へたどり着いた。あとはスレイマンの小型トラックまでたどり着けば、誰もライハを奪うことはできないのだ。恋文を書くとき、彼は必ず娘の美しい顔や、忘れがたい瞳を想い、しかるのち美しいその名を、つまりは「ライハ」とはじめに書き付けたものだ。しかし、いまそのことを思い出してしまえば、喜びのあまりにもう立っていられなくなるような気がして、メヴルトはなお一層、足を速めた。

すでに辺りは真っ暗で、手を繋いで逃げる娘の顔を窺うことはできない。であるならばと、メヴルトは彼女に触れ、口づけをしようとしたが、ライハは携えてきた風呂敷包みでそっと抵抗した。メヴルトはその身持ちの堅そうな態度に満足し、この一生添い遂げる相手に、婚前に触れることは二度とすまいと固く決心したのであった。

二人は手を繋いだまま、サルプ渓谷にかかる小さな橋を渡った。ライハの手は小鳥のように軽やかで、ほっそりとしていた。唸り声をあげる渓谷からはタイムとローレルの薫る涼風が吹き上げていた。

夜が紫がかった明かりに照らされた直後、ふいに雷鳴がとどろいた。メヴルトは長い長い列車旅の前に雨に降られるのを恐れたが、足は一向に速まらなかった。

十分後、咳き込むように水が湧く泉のほとりに停まる小型トラックのバックライトが見えたとき、メヴルトは有頂天になって息も詰まらんばかりで、スレイマンを疑った自分を恥じた。やがて雨が降りはじめた。二人は大喜びで駆け出したものの、くたびれきった身体にフォードのバックライトは思った以上に遠く感じられた。ようやく小型トラックにたどり着いたときには雨はどしゃ降りとなり、二人はびしょ濡れになっていた。

ライハは風呂敷包みを抱えたまま車の薄暗い荷台に落ち着いた。これもメヴルトとスレイマンの計画通りだ。ライハの夜逃げが露見すれば、憲兵隊が街道に検問を敷くであろうし、ライハにスレイマンの顔を見られるのを避けたかったのである。

「スレイマン、僕は死ぬまで君の友情と親愛を忘れないよ!」

助手席に座るときそう言ったメヴルトは、高ぶりを堪えきれずにいとこを力いっぱい抱きしめた。もっとも、スレイマンは彼のような興奮では答えず、「僕が手助けしたこと、誓って誰にも言うなよ」と答えたきりだった。メヴルトは自分の不明を恥じた。彼の疑心がスレイマンを傷つけたに違いない。「誰にも言わない」と誓った。

「あの娘、後ろのドアを閉められなかったみたいだな」

スレイマンに言われて、メヴルトは表に出ると小型トラックの後部へ歩み寄った。荷台の後ろのドアを閉める瞬間、稲光がまたたき、辺りが明るく照らし出された。空一面どころか、岩々や山々や木々が、まるで思い出の一コマのように輝き、メヴルトはこれから先、生涯を共にする妻の顔をはじめて目の当たりにしたのである。

彼は死ぬまで、この瞬間に覚えた違和感を思い返すこととなるだろう。

小型トラックが発進したあと、スレイマンは車のグローブボックスから取り出した布きれをメヴルトに渡した。「これで身体を拭きなよ」メヴルトはそれの匂いを嗅ぎ、清潔だと判断したうえで、荷台に空《あ》いた覗き窓から娘に手渡した。

「君は拭かなかったんだな。もう他に布はないからな」スレイマンがそう言ったのは随分経ってからだった。

雨が車の屋根をぱたぱたと打ち、ワイパーは奇妙なうめき声をあげて上下していたのが、メヴルトはこれから自分たちが深い静けさのただ中へ踏み入っていくであろうことを予感した。車の弱々しい橙《だいだい》色のヘッドライトが映し出す森には黒々とした暗黒がわだかまっている。真夜中過ぎに地下から這い出してきた霊魂と交わる狼やコヨーテ、熊の声が聞こえたような気がした。イスタンブルの通りにいてさえ、メヴルトは伝説に記された生き物や悪魔たちと夜な夜な出くわしたような心地を覚えたものだけれど、この森の暗闇も、尖った尻尾を持つ精霊や巨大な足の魔物、角の生えた一つ目巨人どもが、不幸にも道で行きあった者や咎人《とがびと》を引きずり込む、あの地下の世界の暗黒と同種のものに思えた。

「口がきけなくなっちまったのかい？」スレイマンにそうからかわれてもなお、メヴルトは心のうちに忍び寄るこの静寂がこれから先、何年も続くような気がしてならなかった。

人生そのものが彼に仕掛けた静寂の罠に、どうやって飛び込んでいくべきかと頭を悩ませながらも、その一方では「犬どもに吠えられて道を見失ったからこんな変なことを考えるんだ」などとどうにか論理的な答えで帳尻を合わせようとしていて、かといってそうした考え方そのものが間違いであるのもよく理解しているくせに、ある種の慰めにはなるものだから不承不承、それを受け入れざるを得ないのだ。

「なにか気になることでもあるのかい？」

「いや、ないよ」

泥だらけの狭いカーブで車が速度を落とすたび、ヘッドライトは岩々や、木の亡霊、あるいは何なのか判然としない影やら、さまざまなこの世ならざるものを照らし出す。驚くべき光景を目の当たりにした者というのは、その瞬間からすでに眼前の光景を死ぬまで忘れないであろうと理解しているものだけれど、このときのメヴルトもまた、そうした人間に特有の注意深い眼差しで車外を見つめていたのだった。そうこうするうちにも小型トラックは進み続け、隘路は右へ左へくねり、あるいは上り、下り、そうして泥の中に消えていく村々を泥棒のようにひっそりと抜けていった。村々の犬の吠え声と深い静寂が繰り返し訪れるうちに、メヴルトにはこの違和感がはたして外の世界に属するものなのか、それとも自身の内なる世界に巣くうものなのか判然としなくなっていった。伝説に謳われた鳥の影、驚くべき筆運びによって描かれた文字、何世紀も前にここを通った悪魔の軍勢の残党、そしてその罪のゆえに石にされてしまった者たち――メヴルトには暗闇の中にそれらの姿が垣間見えたような気がした。

「絶対、後悔するなよ。怖がることなんて何一つないさ。誰も追って来やしないよ。なにせ、みんな後ろの娘が駆け落ちするのは承知しているんだから。あのせむしの父親以外はな。せむしのアブドゥルラフマンを説得するのは簡単さ。一、二カ月もすりゃ、お前らを許してくれるよ。夏が終わる前にはあの娘の姉貴と一緒にアブドゥルラフマンのとこにちゃんと挨拶に行けるようになる。いいか、僕のことは誰にも言うなよ」

スレイマンがそう話していると、急峻な坂道の急カーブで、小型トラックの後輪が泥に取られて空転した。メヴルトは一瞬、すべてがここでお終いになって、ライハは村へ、自分もイスタンブルの自宅へ何食わぬ顔で帰るところを想像してしまった。

しかし、小型トラックはふたたび走りはじめた。

一時間後、小型トラックのヘッドライトがぽつぽつと一、二軒の家を、そしてアクシェヒルの狭苦しい街路を照らし出した。鉄道の駅は街の反対側、市外にあった。

「絶対に離れ離れになるなよ」二人をアクシェヒル駅で降ろしたスレイマンはそう忠告すると、風呂敷包みを持って暗がりで待っている娘をちらりと見やってから続けた。「彼女とは会わないほうがいいから、僕は車からは降りないぞ。もう、僕も君らの共犯者になっちまったんだからな。いいか、メヴルト。ライハを必ず幸せにするんだぞ。彼女はもうお前の妻になったんだ。つまり矢は弓から放たれたってわけさ。イスタンブルに着いたらしばらくはおとなしくしていてくれよ」

メヴルトとライハは、スレイマンの小型トラックの赤いバックライトが暗闇に消えていくまで見送ると、今度は手を繋がずにアクシェヒル鉄道駅の古びた建物へと足を踏み入れた。

駅舎内は蛍光灯で眩しく照らし出されており、メヴルトは一緒に駆け落ちしてきた娘の顔をふたたび目にしたのだけれど、このときはさらに注意深く、まじまじと彼女の顔を盗み見、小型トラックの荷台で見たときはにわかには信じられなかったある事実を確信し、そっと目をそらした。

少女は、メヴルトがおじの長男コルクトの披露宴で見初めた少女とは別人で、その隣にいた姉のほうだったのだ。つまり娘の家の連中は、披露宴では美しいほうの娘を見せつけておいて、しかるのち代わりに姉を送り込んできたということになる。騙されたと知ったメヴルトは恥ずかしさのあまりにいたたまれず、いまやその名がライハかどうかさえ定かではなくなった娘の顔をそれ以上、見ていられなかった。

誰が、どうして、こんな悪ふざけを仕掛けたんだ？　駅の券売所へ向かいながらも、メヴルトは自分の足音の木霊《こだま》が、まるで赤の他人のそれのように聞こえた。彼は死ぬまで、古い駅舎でのこの数分のことを忘れないだろう。

イスタンブル行きの切符を二枚受け取っても、メヴルトはまだ悪夢を見ているような気分だった。「列車はすぐ来ますよ」券発所の駅員の言葉とは裏腹に、列車はなかなか来なかった。籠、梱包された荷物、旅行鞄、そしてくたびれきった人々——ぎゅうぎゅうに込み合った待合室のベンチの隅っこに腰を下ろしても、いまだに二人は一言も口をきかなかった。

メヴルトはライハが見初めた娘の姉であったことを——というよりは、彼が「ライハ」と呼んでいた美しい娘には姉がいたことを思い出した。つまりライハというのは、いま目の前にいる娘の名だったのだ。そうだ、スレイマンもついさっき彼女をライハと呼んだではないか。メヴルトも「ライハ」に宛てて恋文を綴っていたが、そのとき頭の中にあったのは別の娘、少なくともまったく別の少女の顔だった。メヴルトは自分が美しい妹のほうの名前さえ知らないことに思い当たった。もう、どこをどう欺かれたのかさっぱり分からなくなってしまい、自分の頭の中にわだかまるあの奇妙な違和感までもが、仕掛けられた沢山の罠の一つのようにも思えてくる。

駅舎のベンチに座りながら、メヴルトはライハの手の手のひらだけをじっと見つめていた。少し前まで、愛情たっぷりに握りしめていた手を。握りしめたいと恋文で訴えた手を。端正で、美しく、なめらかな手を。いまその手は膝の上にひっそりと置かれ、ときおり注意深く風呂敷包みのしわやスカートの裾を直している。

メヴルトは立ち上がると、駅舎のコンコースにあった売店で乾いたアチマ（ドーナツ状の薄甘いパンの一種。中に肉などを入れることもある）を二つ買い求め、もとの場所に戻りながらライハのスカーフをかぶった頭や顔をいま一度、今度は遠目から観察してみた。やはり、いまは亡き父の制止を振り切って参加したあのコルクトの披露宴で目にした美しい娘の顔ではない。ああ、ライハの顔をはじめて見たんだな、いや、僕はいままさにこれこそがライハの顔だと知ったんだ――メヴルトはそう納得したものの、だからどうなるわけでもなかった。そもそも、ライハは、僕が彼女の妹のことを思い描きながら恋文を送っていたことに気が付いているんだろうか？

「アチマはどう？」

メヴルトがそう尋ねると、ライハの均整の取れた手が伸びてきてアチマを受け取った。娘の顔には駆け落ちした恋人特有の情熱ではなく、感謝の表情が浮かんでいた。

ライハが罪の意識を噛みしめるかのようにゆっくりと、慎重にアチマを食べているのを横目に、メヴルトはその隣に腰を下ろすと、目の隅で彼女の動きを追った。とくに食べたいとも思わなかったが、かといって何をすればいいのかいよいよ分からず、結局メヴルトも手の中のアチマにかぶりついた。

二人はなおも黙りこくったまま座っていた。学校の授業が全然終わらないと嘆く子供よろしく、メヴルトは時間がまったく経たないことにやきもきし、やがて頭のほうが彼の意志とは無関係に、こんな状況に至った記憶を探りはじめた。

まず浮かんだのは、手紙を送ったはずの美しいライハの妹を見初めた披露宴の記憶だ。メヴルトの父である故ムスタファ氏は、そもそも息子が披露宴に行くのを望んでいなかったが、彼はそれを無視してイスタンブルへ向かったのだ。彼の頭の中にうずまく混乱はその身勝手な行動の故だろうか？そう思い当たると、メヴルト自身の内奥へ向けられた視線は、スレイマンの小型トラックのフロントライトさながらにこれまでの二十五年の人生の、半ば薄暮に沈むかのごとき記憶と陰影を探り、そこに潜むであろう過去の過ちを探しはじめた。

いまだ列車は来ない。メヴルトがもう一度行ってみると、売店はすでに閉店していた。旅客を市内へ連れていこうと待つ馬車が駅の端に停まっていて、御者の一人が煙草をふかしていた。辺りは無窮《むきゅう》にも思える静寂に包まれている。古い駅舎のすぐ隣に立つ大きなスズカケノキが目に入って、メヴルトは近寄っていった。

木のたもとには一枚の銘板が立っていて、駅舎の弱々しい明かりに照らされていた。

我らが共和国の建国者たる
ムスタファ・ケマル・アタテュルクは
一九二二年にアクシェヒル市を訪れた際
樹齢百年を超えるこのスズカケノキの下で
珈琲を召しあがったのである

学校の歴史の授業でアクシェヒルの名前は幾度か登場するから、メヴルトもトルコ史におけるこの町の重要性（一九二二年、独立戦争時にのちの共和国第二代大統領イスメト・イノニュ率いる西部方面軍司令部がアクシェヒルに置かれ、反撃の要となった）については知っていたものの、いまとなってはこの銘板に書かれた出来事の詳細ははっきりと思い出せず、自分の記憶力の薄弱さが情けなくなってしまった。そういえば学生時代も、教師たちに求められるような善良な生徒でいようと充分に努力したとは言いがたい。もしかしたら、彼の欠点はまさにこの努力不足であったのかもしれない。でも、このときのメヴルトは二十五歳で、足りないところがあればそれを埋めればいいと気楽に構えていた。

待合室に戻ってライハの隣に座ると、メヴルトは再三、彼女を観察した。いまや、四年前の披露宴でこの娘をちらりとでも見かけたのかどうかさえ、あやふやだ。

結局、列車は四時間遅れで到着した。錆びついてきいきい音を立てる列車内で、二人は空いているコンパートメントを見つけた。客室内に他に客はいないというのに、メヴルトはライハの向かいではなく隣に腰を下ろした。イスタンブル行きの列車が分岐点でかしぐたび、ライハの腕や肩が、メヴルトの腕や肩に触れる。メヴルトにはそんな些細なことまでが、ひどく奇妙に思えた。

メヴルトはトイレに立ち、金属製のトイレの便所穴から響く車輪のガタンゴトンという音に、子供の頃と同じように無心に耳を傾けた。コンパートメントに戻ると娘はうつらうつらしていた。この娘は、実家から駆け落ちした夜だっていうのに、どうして呑気に眠っていられるんだろう？

「ライハ、ライハ！」メヴルトが彼女の耳元でそう言うと、娘はまさに自分の名前を呼ばれた人間特有の自然な仕草で目を覚まし、優しく微笑んだ。メヴルトは何も言わずにその隣に腰かけた。

二人はものも言わず、まるで何年も連れ添った末に話題がなくなってしまった夫婦のように、じっと窓外を眺め続けた。ときおり小さな町の街灯や、田舎道を行く車のライト、青や赤の線路の信号が見えることもあったが、外はほとんど真っ暗闇で、窓ガラスに映る自分の姿以外に目につくものはなかった。

二時間後、辺りが朝日で灰色に照らし出される頃、メヴルトは娘が泣いているのに気が付いた。コンパートメントには彼ら二人きり、列車は断崖絶壁が連なる紫色の景色の中を騒々しい音を立てて進んでいる。

「家に帰りたくなったのかい？　後悔してるのかい？」

メヴルトがそう尋ねると、ライハはいよいよ激しく泣きはじめた。メヴルトはおずおずと娘の肩に腕を回してみたものの、落ち着かずにすぐに手を引っ込めてしまった。ライハはさめざめと泣き、メヴルトの罪悪感と後悔は募るばかりである。

「あなたは私が好きじゃないんだわ」随分経ってからライハはそう漏らした。

「どうして？」

「あなたの手紙は愛でいっぱいだったのに、騙したのね。あの手紙、本当にあなたが書いたの？」

「全部、僕が書いたんだよ」

メヴルトがそう答えても、ライハの嗚咽は止《や》まなかった。

一時間後、列車がアフヨンカラヒサル駅に着くと、メヴルトは駅の売店へ走っていってパンを一本と、三角形のチーズを二切れ、それにビスケットを一袋買ってきた。列車がアクス渓谷に沿って進むあいだ、子供の売り子がお盆に載せて持ってきたチャイを飲みながら朝食を摂った。都市やポプラ、トラクター、馬車、サッカーに興じる少年たち、鉄橋の下を流れる河――メヴルトは窓外を見つめるライハの眼差しを追ううちに、心が満たされていくような気がした。ライハにとっては、外の世界のあらゆることが興味深かったのだ。

アラユルト駅とウルキョイ駅の間に差し掛かると、ライハはふたたびうたた寝をはじめた。彼女の頭を肩に感じたとき、メヴルトは彼女に対する責任感や幸せを感じている自分に気が付いた。二人の憲兵と一人の老人が座ろうとコンパートメントに入ってきた。送電塔やアスファルト道路を行きから大型トラック、あるいはコンクリート製の真新しい橋を見ながら、これぞ国が豊かになり発展している証拠だと実感していたためか、工場とか貧民街の壁に書き殴られた政治スローガンを見ると気分が悪くなった。

眠気を覚えること自体に驚きながらも、やがてメヴルトは眠りについた。メヴルトとライハが目を覚ましたのはエスキシェヒル駅に到着するときのことで、憲兵に捕まったのではないかと一瞬だけ肝を冷やし、それから安心して互いに微笑んだ。

ライハの顔には心の底から楽しそうな微笑みが浮かんでいた。ライハが隠し事をしているなどとは夢にも思えず、そもそも二心を抱くようなことはまずなさそうな娘だったのだ。その顔は晴れやかで、生真面目で、そして輝いていた。理性的に考えれば、ライハがメヴルトを欺いた連中と結託していると考えるのが道理ではあるけれど、彼女の顔を見ていると、この娘が純真無垢そのものであるとしか思えなかった。

列車がイスタンブルに近づく頃には、メヴルトとライハは線路沿いに建ち並ぶ工場とか、イズミトの海岸沿いの石油コンビナートの高い煙突から噴き出す炎とか、あるいは大型タンカーの巨大さや、それがいずことも知れない世界の端へ行くこととかを、とりとめもなく話した。ライハも姉や妹と同じく小学校は卒業していて、やすやすと海の向こうの遠い国々の名前を数えあげてみせた。メヴルトはそんな彼女が誇らしかった。

ライハは四年前、姉の結婚披露宴のために一度だけイスタンブルに来たことがあったけれど、それでも謙虚にこう尋ねた。「ここがイスタンブルなの?」

「うん。カラタルはもうイスタンブルの中だよ」メヴルトは自分の知っていることが話題になったので、自信たっぷりにそう答えた。「でもそれだけじゃないんだよ」メヴルトはそう言って向こうに見える島々を指さした。いずれ、一緒に島へ遊びに行くであろうからと。

しかし、それがライハの短い生涯に叶うことはついになかった。

第二部（一九九四年三月三十日水曜日）

アジア人は……彼らは披露宴や葬式とあらばボザを飲んで、それから喧嘩をはじめるんです。

——ミハイル・レールモントフ『現代の英雄』

二十五年来変わらぬメヴルトの冬の晩
――ボザ売りの旦那に構うな――

ボザを売り歩いていたメヴルトの鼻先にものすごい速さで、しかし物音ひとつ立てずに紐で結わえられた籠が下ろされたのは、ライハと駆け落ちしてイスタンブルへたどり着いてから十二年後、一九九四年の三月の日もとっぷり暮れたある夜のことである。

「ボザ売りさん、ボザ売りさん、二人前お願いします」籠に続いて上階から降ってきた声は子供のものだ。

天使さながらに天から舞い降りた籠にメヴルトがたいそう驚いたのは、通りを行く呼び売り商人たちから買い物をするときに窓から紐に結わえつけた籠を下ろす習いがイスタンブルで絶えて久しかったからだ。メヴルトは二十五年も前、父親と一緒にヨーグルトとボザを売り歩いていた中学生の頃をふと思い出した。

メヴルトは、籐編みの籠に入ったエナメル鍍金《メッキ》のポットに、子供たちが頼んだのよりもずっと沢山、コップ二杯分どころか一キロはあろうかというボザを注ぎ込んでやった。なんだか天使に触れたようにひどく気分が良かったのだ。それというのも、ここ数年メヴルトの頭の中も、その想像も、宗教にまつわる話題で占められていたからだ。

さて、ここらでこの物語をよりよくご理解いただくべく、まずはじめにボザなる飲み物が何かご存じない世界の読者に、そしてこの先二、三十年もしたらボザの何たるか忘れてしまうであろう――嘆かわしいことだ――将来のトルコ人の読者に向けて、こう説明しておこう。ボザとは黍《きび》を発酵させて造られる、粘度が高く、香《こう》しい芳《ば》香をはなち、濃い黄色みがかった色の、少しだけアルコール分を含むアジアの伝統的な飲料である、と。それと、もとより奇怪な出来事に満ち満ちたこの物語ではあるけれど、ボザそのものがおかしな代物であるわけではないということも、ついでに断っておこう。

ボザは気温が高いとすぐに酸化して傷んでしまうので、むかしのイスタンブル、つまりオスマン帝国時代には冬にだけ店で売られていた。共和国が建国された一九二三年には、ドイツ伝来のビール醸造所の進出によってボザ店の多くが閉店に追い込まれたのだけれど、街の通りからメヴルトのようにこの伝統的な酒を売り歩く呼び売り商人の姿が絶えたことはない。一九五〇年代以降には、冬の晩ともなれば石畳の続く貧しい地区へ「ボーザー」と大声で呼ばわりながらやって来て、過ぎ去った何世紀にもわたる美しい日々を思い起こさせてくれるのが、彼らボザ売りたちの仕事なのである。

メヴルトは五階の窓辺の子供たちの苛立ちを感じ取って、籠の中の紙幣をポケットにねじ込むと、エナメルのポットの脇にお釣りを入れた。そうして、父親と呼び売りをしていた子供の頃と同じように籠を軽く引っ張って、上へ合図を送ってやった。

籐編みの籠はまたたくまに引き上げられていって、しかし寒風を受けて右へ左へ揺れ、階下の家々の窓枠やら水道管やらにぶつかり、紐を引っ張る子供たちを難渋させた。ようやく五階まで引き上げられると、ちょうどいい具合の風に乗ったカモメのように一瞬だけ宙で止まり、まるで禁じられた秘密の何かのようにそっと暗闇の中へと消えていくのを見届けて、メヴルトは行く手に横たわる薄暗い街路に向かって声を張り上げながらふたたび歩きはじめた。

「ボーザー。おいしいボーザー」

上階から籠を下ろして買い物を済ませるのは、アパルトマンにエレベーターや呼び鈴と外扉の自動開閉装置がまだなく、そもそも五、六階建ての建物もほとんどなかった頃の習わしである。メヴルトが父親と一緒に呼び売りをはじめた一九六九年頃には、ボザだけではなくて、日中にヨーグルトを買いたいとか、雑貨店の丁稚に買い物を言づけたいとか、はたまた通りに降りていきたくないとかいう主婦たちは、電話の通っていない自宅から歩道に下ろした籠の底に鈴を付けておいて、その音で雑貨商とか呼び売り商人とかに上階に客がいるのを知らせたものだ。売り手のほうもまた、ヨーグルトやボザをうまいこと中に入れてやって、籠と鈴を揺らして客に知らせるのだ。そうやって籠がするすると引き上げられていくのを見るのが、メヴルトは大好きだった。窓、街路樹の枝、電線や電話線、通りを跨いで張られた洗濯紐――風に煽られた籠があちこちぶつかると、その鈴がなんとも心地よいハーモニーを奏でるのだ。常連客の籠ともなれば、中にはツケ書きも入っていて、メヴルトは紐を引っ張る前にその日はヨーグルトを何キロ売った云々と書きつけてやることもあった。メヴルトの父親は読み書きを知らなかったので、ツケ書きにあとで代金を取り立てるべき品物を記号で――一キロなら長い棒一本、半キロなら短い棒だ――書き込んでいたのだけれど、村からやって来た息子が記号の代わりに数字を書いたり、あるいは客のために「クリーム入りヨーグルト――月曜日から金曜日」とか文字を書くのを、誇らしげに見守ったものだ。

しかし、それらはみな遥か昔の思い出に過ぎない。この二十五年でイスタンブルが様変わりしたからなのか、メヴルトには自分の思い出がまるでお伽噺の出来事のように思えてならなかった。はじめてこの街にやって来たときには石畳に覆われていた道は、すべてアスファルトになった。昔は街の大半を占めていた庭に囲まれた三階建ての住宅も、その多くは取り壊され、その代わりに街路からいくら叫んでも呼び売りの声など届かない高層アパルトマンが並ぶようになった。住民たちも、ラジオなど聞かなくなり、一晩中つけっぱなしでボザ売りの声をかき消すテレビを買うようになった。色褪せて飾り気のない服を着たみすぼらしい人々は路上から失せ、騒がしくて自信満々の群衆がそれにとって代わった。メヴルト自身もまた、ほんの少しずつ変化していくイスタンブルの暮らしのただなかにいたから、それと気が付いたわけではないし、他の連中のように「イスタンブルは変わってしまった」と嘆くこともなかったけれど、この大変革を自分の足で確かめてみたいと思って、それを目の当たりにできるあたたかく迎えてくれる地区に足を向けた。

たとえばそう、彼の家にもっとも近く、人であふれるベイオール地区！　十五年前、一九七〇年代の終わりにはまだ、裏通りに音楽が鳴り響くボロボロのキャバレーやナイトクラブ、それに非合法の売春宿がひしめき合っていて、メヴルトは真夜中までそこでボザを売ることができたものだ。ストーヴで暖められた地下のナイトクラブで歌手とホステスを兼ねる女たち、女たちに熱をあげた男、アナトリアの農村から出てきて買い付けを済ませたあとナイトクラブで酒を注文する髭面のくたびれた男たち、ナイトクラブで女たちの隣に座るのを何よりの楽しみにするイスタンブルにやって来たばかりの男たちや、アラブ圏とかパキスタンとかからやって来た男の観光客、給仕、用心棒、門番――彼らが、真夜中になってもメヴルトからボザを買ってくれたのだ。ところがここ十年ほどの間に、変化の精霊がこの街に触れでもしたのか、そうした浮ついた雰囲気はすっかり失われ、夜の街の人々もまたどこかへ行ってしまい、オスマン帝国時代の歌や、ヨーロッパの歌を歌う半ばトルコ風、半ば西欧風の歌声が鳴り響いていた遊興場も閉まり、網焼きの羊肉とかアダナ風の辛いケバブやらラク酒（葡萄から造られる蒸留酒）を供する騒々しい店々が開店した。そうなるともう、大はしゃぎする若い人々はボザになど見向きもしないから、メヴルトもまたイスティクラル大通り界隈へは足を向けなくなった。

この二十五年間、冬の晩の八時半頃、つまりはテレビの夜のニュースが終わるとメヴルトはタルラバシュ地区に借りているアパルトマンで商いの準備をはじめる。妻が編んでくれた珈琲色のセーターを着て、毛織の縁なし帽をかぶり、客たちがそれと分かるように青い前掛けを締め、妻や娘たちが秘伝の香辛料で甘みをつけたボザを満載した容器を手に持って、重さを確かめ、ときには「今日は少ないな。今夜は寒いってのに」などと言いながら黒いズボンを穿いたのち、家族に行ってくると挨拶をして、むかしは小さかった娘たちに向き直ってこう言うのだ。「お父さんの帰りは待たなくていいからな。お前たちは先に休んでなさい」もっとも、ここのところはテレビに見入る家族に「遅くはならないよ」と一言だけ残して出発することのほうが多かった。

寒い表に出てする最初の仕事は、両端にボザの詰まったプラスチック製容器の持ち手が結びつけられた、この二十五年ずっと担いできた樫材で出来た担ぎ棒を肩と首の後ろに背負い、戦場に赴く前に銃弾をちゃんと装填したか確認する兵士よろしく、最後にもう一度だけ帯の袋とジャケットの裏ポケットの中に煎ったヒヨコ豆とシナモンの袋が入っているかを検《あらた》め（指ほどの大きさのビニール袋には家で妻やせっかちな娘たち、ときにはメヴルト自身が手ずから煎り豆とシナモンを詰めているのだ）、そして果てのない売り歩きへと出るのだった。

「おーーいしーーい、ボーザーー」

すぐに坂の上の地区へ向かい、タクスィム広場まで上ると、その日の行き先がどこであれ、メヴルトは足を速め、珈琲店で一服する三十分を除けば、ボザ売りを中断することは決してない。

さきほどの買い物籠が天使のように舞い降りたのは午後九時半、パングアルトゥ地区でのことだ。いつも気にかかっていた野良犬に気が付いたのはその一時間半後、ギュミュシュスユ地区の裏通りで小さなモスクへと通じる暗い坂道を上っている最中のことだった。そもそも連中は呼び売り商人に決して近寄って来ないから、メヴルトはつい最近まで野良犬を怖いと思ったことなどなかった。ところがその晩に限って、心臓が聞きなれない鼓動を打って速まり、得も言わず怖くなってしまったのである。野良犬は人間の恐怖をすぐに嗅ぎつけ、そいつを取り囲む習性があるから、メヴルトもなにか別のことを考えようとした。

たとえば、娘たちとテレビを観ながら交わした冗談とか、墓地の糸杉並木とか、もうちょっとしたら帰宅して妻と交わすだろうお喋りとか、導師様が仰った「心を清潔に保ちなさい」という金言とか、むかし夢の中で目にした天使の姿とか、とにかくそういうことを考えようとしたのだけれど、犬への恐怖は一向に消えてくれなかった。

「わんわんわん！」一匹の犬が吠えながら寄って来て、それに続いて二匹目ものっそりとこちらへ向かってきた。泥色の犬たちを暗闇と見分けるのは難しかったが、遠くのほうにもう一匹、黒犬が見えた。

やがて、いまだ姿を見分けられない四匹目も含めて、犬たちは一斉に吠えはじめた。長年、呼び売りをしていても、ごく幼い頃にしか感じなかった類の本能的な恐怖がメヴルトの心にあふれ、犬に襲われたときに唱えるべき聖句も、祈禱の文句も出てこず、その場で立ちすくんでしまった。犬たちはなおも吠え続けている。

メヴルトの視線は、逃げ込める扉や、避難できる門を探して辺りをさまよった。あるいは担ぎ棒を下ろして棍棒にでもするべきだろうか？

そのとき、どこかの窓がさっと開いて誰かの怒声が響いた。

「しっしっ！　ボザ売りの旦那に構うな！　しっしっ！　しっしっ！」

野良犬たちは少し躊躇してから、吠えるのをやめて散っていった。

メヴルトは三階の窓から顔を出した男に心の底から感謝した。

「怖がらなくて大丈夫だよ、ボザ売りさん。犬ころってのはずる賢いから、誰が怯えてるかすぐに嗅ぎつけるんだよ。大丈夫かい？」

「ありがとうございます」メヴルトが礼を言って先へ行こうとすると、男がこう言った。

「こっちに来な、あんたからボザをちっとばかし買ってやるから」男の恩着せがましい態度は気に食わなかったが、メヴルトは黙って家の扉へと近づいていった。

外扉はジーっと鳴って自動で開き、中からプロパンガスと炒めた油と油絵具の匂いが漂い出した。メヴルトはとくに急ぎもせず三階まで階段を上っていった。声をかけた男たちは、彼を戸口で待たせるようなことはせずに、まるきり古き良き昔ながらの善人のごとき振舞いで迎えてくれた。

「お入りよ、ボザ売りさん。凍えてるじゃないか」

戸口の前には靴が何足も並んでいる。メヴルトがしゃがんで靴紐を解いていると、ふいに古い友人のフェルハトの顔が脳裏をよぎった。いつだったか、彼は「イスタンブルのアパルトマンには三種類あるんだぜ」と教えてくれた。一、戸口で靴を脱ぐ、したがってちゃんと礼拝を欠かさない信仰深い人々の家。二、靴を履いたまま家に入るヨーロッパ風の金持ちの家。三、一と二が一緒くたになった新しい高層アパルトマン。

しかし、このアパルトマンは高所得者の暮らす地区に建っているのだから、靴を脱いで扉の中に並べるような住人はいないはずだ。しかしなぜかメヴルトは、信心深い人々と西欧風の人々が一緒に暮らす新しくて大きなアパルトマンにいるような心地がした。中流であろうが、金持ちであろうが、家内に招き入れられたときはメヴルトは恭《うやうや》しい態度で靴を脱ぐことにしていた。家の住人たちが「ボザ売りさん、靴なんか脱がなくていいよ！」というのにも取り合わずに。

メヴルトが入った部屋には濃厚なラク酒の匂いが立ち込めていて、夜が更ける前からご機嫌になっている人々の楽しそうなさんざめきが聞こえていた。狭い居間をほぼ占領する食卓には男女取り混ぜて六、七人がついていて、家じゅうに鳴り響くかのような大ボリュームのテレビを横目で観ながら、酒を飲んで談笑している。

メヴルトがそのまま台所へ入っていくのに気が付いた人々がふいに黙り込んだ。

「ボザ売りさん、俺たちにちょいとボザを貰おうかね」台所にはラク酒で酔っぱらった男がいたが、窓から顔を出した男ではない。「煎り豆とシナモンはあるかい？」

「もちろんですとも！」

こういうときは「何キロ欲しい？」などと野暮な聞き方をすべきでないのをメヴルトはよく承知していたのでこう尋ねた。

「何名様でしょう？」

「何名様でしょう？」男はからかうような口調で台所からは見えない居間の人々に問いかけた。食卓の人々は笑ったり、議論したり、冗談を飛ばしたりして、人数を数えるのに随分と時間がかかった。

「ボザ売りさん、酸っぱいなら私はいらないわ」居間の奥から女性の声がした。

「うちのボザは甘いですよ」メヴルトがそう答えると、若い男が声をあげた。

「だったら俺はいらない。いい塩梅《あんばい》のボザってのは酸っぱいもんさ」

そうして議論が再燃すると、今度は別の酔っぱらいから声がかかった。

「ボザ売りさん、こっちに来なよ」

自分が彼らとは毛並みの違う人種、つまりは貧乏人なのだと思い知りながらメヴルトが台所から居間に移動すると、ふたたび食卓には沈黙が下りた。食卓の面々は彼に微笑みかけながらも、興味深そうに見つめていた。古き良き時代の、いまは失われた面影を見やるときのこの手の目つきは、メヴルトにはもうお馴染みのものだった。

「ボザ売りさんや、ボザってのは酸っぱいのと甘いの、どっちがいいもんかね？」口髭を生やした男がそう尋ねた。

見れば食卓の女性のうち三人は髪の毛を金髪に染めている。さきほど窓から顔を出して野良犬を追い払ってくれた男は、食卓の端っこ、金髪の女性二人の向かいに座っていた。

「ボザは甘いのも酸っぱいのも、どっちもうまいもんです」メヴルトは二十五年来、諳《そら》んじてきた答えを返した。

「ボザ売りさん、この稼業で稼げるもんなのかい？」

「神様のお慈悲で稼がせていただいてますよ」

「つまり金はあると、そういうわけだ。あんた、何年くらいこの仕事をやってるんだい？」

「二十五年間、ボザ売り一筋です。むかしは朝のうちにヨーグルトも商ってましたがね」

「二十五年も働いて、金も稼いでるってんなら、きっとあんたは金持ちなんだろうね？」

「いいえ、残念ながら金持ちじゃありませんよ」

「どうして？」

「さあて、村から出てきた親戚はみんな金持ちになりましたけど、僕はそういう巡りあわせと縁がなかったんでしょうね」

「どうしてだい？」

「そりゃあ僕が正直者だからです。家が欲しいとか、娘に立派な披露宴を開いてやりたいとか思っても、だからって嘘はつかないし、粗悪品を売ることもしなかったし、神様が禁じた食べ物も飲み物も口にはしませんでしたから」

「あなたは信心深いほうなのかい？」

この質問は、この手の金持ちの家では政治的な意味合いを持っている。なにせ、三日前の市長選挙では貧乏人からの人気が高い宗教系の政党が勝ったからだ。そして、メヴルトもまたその政党の市長候補に投票した。大方の予想を裏切ってイスタンブル市長に立候補したその人物は信仰心に篤かったし、娘たちが通っているカスムパシャ地区のピヤーレパシャ小学校を卒業していたからだ。

メヴルトは抜け目なくこう答えた。「僕はしがない呼び売り商人ですよ。そんな男が信心深いはずないです」

「どうして？」

「いつも働いているからです。朝から晩まで表にいて、礼拝だってままならんのですよ」

「朝は何をしてるの？」

「何でもしましたよ――ヒヨコ豆入りのピラウを売ったり、ウェイターをしたり、アイスクリーム屋をやったり、マネージャーをしたり。とにかくできることなら何でも」

「何の店のマネージャー？」

「ビンボンって軽食スタンドです。ベイオールにあったんですが、もう閉店しました。ご存じで？」

「じゃあ、いまは朝に何を？」例の窓辺の男がそう尋ねた。

「ここのとこは何も」

すると可愛らしい顔つきをした金髪の女性も口を開いた。「奥様やお子さんはいらっしゃらないの？」

「いますとも。神様のお慈悲の賜物で、天使みたいに可愛い娘もね」

「その子たち、学校には通わせているのよね？　……大きくなったらスカーフを頭にかぶらせるの？」

「僕たちは鄙《ひな》びた村から来た農民ですから。村の習わしからは離れられないんです」

「ボザを売るのもその習わしの一つなの？」

「僕の田舎の連中の大半は、ヨーグルトやボザを売るためにイスタンブルに出てきたんです。まあ実のところ、うちの村には、もともとどっちもなかったんですがね」

「ということは、ボザをはじめて見たのは都会に出てきてからなの？」

「そうなります」

「ボザ売りの口上はどこで覚えたの？」

「そう、あれはいいなあ。あんたはミュエッズィン（日に五回の礼拝の時間を知らせる呼びかけを行う職業）みたいにいい声をしてるよ」

「ボザを売らないといけませんからね。呼び売り商人の切実な叫び声ですよ」メヴルトは無難にそう答えた。

「ボザ売りって、真夜中の通りにいて怖い目に遭ったり、退屈したりしないの？」

「神様は街を流浪するボザ売りの味方でいらっしゃいますから。素晴らしいことしか頭には思い浮かんできませんよ」

「真夜中に真っ暗な人のいない通りとかお墓とかにいて、犬やら精霊やら妖精やらが見えても？」

メヴルトは答えられずに黙り込んでしまった。

「お前さん、名前は？」

「メヴルト・カラタシュです」

「メヴルトさん、私たちにもう一度、例の『ボーーザーー』ってのを聞かせてくれないかい？」

こんな酒席は前にも経験したことがある。通りで呼び売りをはじめた頃は「お前さんの村には電気は通ってるのかい？」だの——確かにイスタンブルにはじめて来た頃は通っていなかったが、一九九四年のいまではちゃんと通っている——「小学校に行ってないんだろう？」だのと尋ねた挙句に、「はじめてエレベーターに乗ったときどう感じた？　はじめて映画館に行ったのはいつだい」と訊いてくる酔っぱらいなど珍しくもなかった。若い頃はわざわざ客間に招き入れてくれたのが嬉しくて、にこにこしながら答えてやったものだ。実際の自分よりも純朴で、いかにも都市の暮らしに慣れない馬鹿たれのふりをするのも躊躇しなかったし、折り目正しい親切な客にはそれほどせがまれずとも「ボーザー」と呼び売りの真似をしてやったものだ。

だが、それもまたみな、昔の話だ。いまメヴルトは得体の知れない怒りを覚えていた。野良犬を追い払ってくれた男への感謝がなければ、とっくに話を打ち切って、さっさとボザを売って退散しているところだ。

「それで何人前ご入り用で？」

「あれ、お前さん台所にボザを置いてきたんじゃないのかい？　さっき台所から戻って来たから、てっきりもうよそってくれたもんだとばかり思っていたよ」

「このボザは誰が作ってるんだい？」

「自分で作ってるんですよ」

「信じられないな……。ボザ売りはみんなヴェファ地区のヴェファ・ボザ店から買ってるんじゃないのかい」

「五年ほど前にエスキシェヒル市にも生産工場ができましたよ。まあ、僕はヴェファ・ボザ店から昔ながらの最高級の生《き》のままのボザを仕入れて、自分で手を加えて我が家流の材料も足して、提供しています」

「つまり家で砂糖を加えてるってことかい？」

「ボザはもともと甘くて酸っぱいんです」

「そんなことってあるのかい！　だってボザはほっといたら酸化するだろうに。ボザを酸っぱくするのは、ワインと同じ発酵作用だよ。ボザにはアルコールが入ってるんだよ」

「ボザってアルコールが入ってるの？」女性の一人が驚いたように眉を持ち上げたので、男の一人が答えた。

「ああ、娘さんやい、あんた本当に物を知らないね！　ボザはアルコール飲料だよ。ワインが禁制になったオスマン帝国時代のお酒なのさ。ムラト四世はさ、夜になると変装して街に出て、酒場や珈琲店だけじゃなくてボザ店も閉店させたそうだよ」

「なんで珈琲店まで潰したの？」

食卓の面々は一瞬だけメヴルトのことは忘れて、むかしから晩酌の席とか居酒屋とかでお馴染みの酔っぱらい同士の議論をはじめた。

「なあ、ボザ売りさん。ボザにアルコールが入ってるのかどうかあんたの口から聞かせてくれよ」

「ボザにアルコールは入ってませんよ」メヴルトが嘘と知りながらもこう答えたのは、父親もまたそうしていたからだ。

「ボザ売りさん、そうかねえ。だって、ボザにアルコールが入ってるのは事実じゃないか、ほんの少しとはいえね。オスマン帝国時代にアルコールで酔っぱらいたい信心深い連中はさ、そのために『ボザにはアルコールは含まれておらんぞ！』なんて抜かして、安心して十杯かそこらは空けて酔っぱらってたって言うよ。でも、七十年前に共和国になってからアタテュルクがワインもラク酒も自由に飲んでいいって言ったから、もうボザ売りは用済みになっちゃったんだ」

すると、鼻筋の細い酔っぱらった男が、挑戦的な眼差しでメヴルトを見ながらあとを引き受けた。

「いまにイスラム教の禁忌と一緒にボザも返り咲くだろうよ。……あんた、この前の市長選挙の結果、どう思う？」

メヴルトはあくまで顔色一つ変えずにこう答えた。「いいえ。ボザにはアルコールは含まれてませんよ。だって、もしアルコール入りなら僕が売るはずありません」

それを聞いた男たちの一人が鼻筋の細い男に向かって言った。「そら見たことか。この紳士はお前と違って、しっかり信心深い連中のことも考えてるってわけさ」

「自分の物差しだけで喋ってるのは君のほうだがね。僕は自分なりにちゃんと信仰心を持ちながらラク酒を飲むのさ。ボザ売りさん、君は信心深い連中が怖いからアルコールが入ってないなんて言ってるだけなんだろ？」

「いいえ、僕には神様以外に怖いもんなんてありゃしませんよ」鼻筋の細い男にメヴルトは答えた。

「おお！　聞いたか！」

「真夜中の路上で野良犬とかならず者に遭うのは怖くないの？」

メヴルトは微笑みを浮かべて答えた。「貧乏なボザ売りを襲う奴なんていませんから」これもまたお馴染みの答えだ。「ならず者、車上荒らし、泥棒──連中はボザ売りになんて興味ありません。二十五年間ずっとそうでした。襲われたことなんてありません。みんなボザ売りには敬意を払ってくれます」

「どうしてかしら？」

「なにせ、ボザってのは遥かむかし、それこそご先祖様の時代からある飲み物ですから。いまの夜のイスタンブルにはボザ売りは四十人もいませんが。あなた方みたいにボザを買ってくれるお客さんも少ないし、大半はボザ売りの声を聞いてむかしを懐かしむのが関の山。まあそれがボザ売りをやっている醍醐味で、一番幸せなことです」

「ねえ、それであなたは信心深いほうなの?」

「ええ、神を畏れていますからね」メヴルトは彼らを怯えさせてしまうだろうと知りながら、そう答えた。

「じゃあ、アタテュルクのことは好きかい?」

「偉大なるムスタファ・ケマル将軍閣下は一九二二年にうちのほう――アクシェヒルの街にいらっしゃったんです」と、メヴルトはまず教えてやってから続けた。「将軍閣下はそのあと、アンカラで共和国政府を樹立なさって、ようやく最後にイスタンブルへやって来られて、タクスィム広場のパルク・ホテルに泊まられたんです。……そうしてある日、窓辺に立たれた。ところがイスタンブルの街からは歓声も喧騒も何にも聞こえない。そこで副官にわけを尋ねると、こんな答えが返ってきたそうです。『聖将閣下、閣下のお怒りに触れぬよう呼び売り商人の市内への立ち入りを禁じたのです。なにせ呼び売り商人なぞ、ヨーロッパにはあるべからざるものでありますから』。アタテュルクは怒ってこう仰ったそうですよ。『通りを行く呼び売り商人とは、イスタンブルの通りに囀るナイチンゲールである、イスタンブルの活気そのものにして、精髄なり。ゆめゆめ、呼び売りを禁じることのないように』。その日以来、呼び売り商人はイスタンブルで自由にやっているってわけです」

「アタテュルク万歳」

女性の一人がそう声をあげると、食卓についた何人かも「アタテュルク万歳」と繰り返したので、メヴルトも唱和した。

「でも、宗教狂いの人たちが政権についたら、トルコもイランみたいな国になってしまうんじゃなくて？」

「そんなの気にするなよ。あんな連中を国軍が許すわけないさ。クーデターを起こして政党を閉鎖して、追い払ってくれるよ。そうだろう、ボザ売りさん？」

「僕はしがないボザ売りです。おかみの政治のことなんて分かりやしません。政治ってのは、あなた方みたいな偉い方々のもんですから」

しかし、酔っぱらいたちにも、それがメヴルトのお追従でしかないのが分かったようで、こう言われてしまった。

「ボザ売りさん、私だって君とそう変わらんさ。なにせ怖いのは神様とお義母《かあ》さんなんだからね」

「ボザ売りさん、君にも姑がいるんだろ？」

「残念ながらどんな人かは知りません」

「じゃあどうやって結婚したのかしら？」

「互いに好きあって駆け落ちしたんですよ。まあ、そうあることじゃないですね」

「奥さんとはどうやって知り合ったの？」

「親戚の結婚披露宴で目が合って、一目ぼれしたんです。それから三年間、恋文を送り続けました」

「ボザ売りさん、たいしたもんだ。あんたもなかなかのもんだ」

「奥さんはいま何をなさってるの？」

「家で刺繡の内職をやってます。刺繡もいまじゃあ珍しくなりましたね」

「ボザ売りさん、お前さんのボザを飲めば私たちはもっと酔っぱらえるかな？」

「僕のボザじゃあ酔っぱらえませんって。……八人いらっしゃるから二キロ置いてきましょう」

メヴルトはそう言って台所へ戻ったが、ボザをよそって煎り豆とシナモンを振り、代金を受け取るまでには随分と時間がかかった。そうしてメヴルトは、人々が列をなしてボザを買い求め、いつも大忙しだった昔と変わらない機敏さで靴を履いた。

「ボザ売りさん、表は雨が降ってるから足元に気をつけてな」

「泥棒にも野良犬にも遭いませんように！」

家の中からそんな声が聞こえてきて、女性の声が続いた。

「ボザ売りさん、また来てね！」

彼らは二度とボザなど頼まないだろう。そもそもボザを飲みたかったのではなくて、酒席の余興の一つとして自分を呼んだに過ぎないのだ。表の寒さがこのときばかりは心地よかった。

「ボーザー」

二十五年の間にメヴルトは、こんな具合に数えきれないほどの家や人、そして家族を目にし、さきほどのような質問も何千回と聞かされ、すっかり慣れていた。一九七〇年代末のベイオールやドラプ谷界隈の暗い裏通りでは香具師《やし》やばくち打ち、チンピラやらポン引きやら娼婦やらが酒盛りをやっていたから、メヴルトはそうした酔っぱらいたちに絡まれぬよう、兵役時代に習った言い回しを借りれば「誰にも気づかれずに」彼らをうまくあしらい、無駄な時間を使わずに呼び売りに戻る術に長けていたのである。

しかし、ここのところは家内や家族の席にまで招かれる機会はめっきり減った。二十五年前であれば、たいていの客は彼を部屋に通して、ときには食卓にまで招いてくれたのとは裏腹である。

「寒くないかい？　昼間は学校に行ってるのかい？　チャイを飲むかい？」

みなそう尋ねてくれて、居間や、食卓に呼んでくれたのだ。もっとも、あの古き良き時代には仕事がいくらでもあったから、几帳面な馴染みの客たちに注文の品を届けねばと、無償の親切や優しさを味わう間もなくさっさと仕事に戻ってしまうのが常だったのだけれど。長いことこの稼業をやっているけど、あんなにあからさまな関心を向けられたのは久しぶりかもしれない。ああ、だからうまく振舞えなかったんだな――メヴルトはそう納得することに決めた。それに、メヴルトとはそもそも馴染まない種類の人々である。むかしは、台所がちゃんと付いていて、家族がそろって暮らしているような家庭ではあんなふうに男女が同席して、しかもラク酒で酔っぱらうことなどありえなかったはずだ。親友のフェルハトがいつだったか、冗談とも本気ともつかない調子でこう言っていた。

「専売公社のアルコール度数四十五度のラク酒を家族そろってきこしめすご時世だってのに、誰がお前の度数三度程度のボザを飲むってのさ！　メヴルト、ボザ売り稼業はもうお終いさ。トルコ人が酔っぱらうためには、もうボザは役に立たないんだよ」

フンドゥクル地区のほうへ下っていく通りに入り、馴染みの客に半キロのボザを売って表へ出ると、アパルトマンの外扉のところに「怪しい」人影が見えた。「怪しい」連中というのは、こちらが興味を持つと――まさに夢の中のように――それに感づいて、こちらに悪さを働くような連中のことだ。メヴルトは、どうしてもその二つの人影が気になった。

本能的に犬でも付いてきているのかしらといった様子で後ろを振り返ると、信じがたいことではあるがその人影はまさにメヴルトを尾《つ》けているらしかった。メヴルトは手に持った鈴を力いっぱいに二回、そしてもう二回は不安に駆られて思わず振って「ボーザー」と声を張り上げた。もうタクスィム広場へは出ずに、階段で谷のほうへ下りたらジハンギル地区を回ってもう一度階段で上へ上ってまっすぐ家に帰ろう――メヴルトはそう心に決めた。

しかし、階段を下りているところで後ろの人影の一つから声を掛けられてしまった。

「おい、ボザ売り、おい、待ちな」

メヴルトは聞こえないふりをした。担ぎ棒が肩の上でかしいで、メヴルトは慎重な足取りでさらに数歩進んだ。しかし、街灯の明かりが届かない片隅では急ぐわけにもいかない。

「ボザ売り、待てって言ってんだよ。なんだい、俺たちゃ悪党だとでも思ってんかい？　ボザを買おうってだけなのによ」

メヴルトは怯えたことを恥じながら足を止めた。イチジクの木が街灯を遮っていて、階段の踊り場はひどく暗い。そういえばここは、ライハと駆け落ちした夏に、三輪のアイスクリーム台車を停めた場所だ。

「ボザはいくらだ？」階段を下りてくる二人組の一人が、いかにもならず者といった風情で尋ねた。いまや三人ともイチジクの木のたもとの暗がりに佇んでいる。ボザの値段を尋ねる者はこれまでもいたけれど、それは穏やかな節制のきいた声で問いかけられるものであって、こんな挑みかかるような調子ではなかった。メヴルトは怪しいものを感じていつもの売値の半値を口にすると、がっしりした体格の男が答えた。

「高《たけ》えな、おい。まあいい、二人分くれ。てめえ、いったいいくらふんだくるつもりなんだ」

メヴルトは容器を下ろすと前掛けのポケットから大きなコップを取り出してボザをよそい、大柄の男よりも背が低くて若いほうの男に差し出した。

「どうぞ」

「ありがとよ」

二杯目をよそっているとき、辺りを包む奇妙なしじまに気が付いたメヴルトは、わけもなく罪悪感を覚えそうになったのだけれど、大柄な男もそれに気が付いたらしくこう尋ねてきた。

「随分と急いでたけど、そんなに忙しいのか？」

「いえいえ、仕事はゆったりしたもんです。ボザ売りはもうお終いですよ。むかしみたいに仕事なんかありゃしないんだから。誰もボザを買ってくれなくなりました。今日も本当は商売するつもりはなかったんですが、家に病人がいましてね。スープ代くらいは稼がないといかんのです」

「日に何リラくらい儲かるんだ？」

「女の歳と男の稼ぎは尋ねるべからずって言いますが……訊かれたから答えましょう」大柄の男にコップを手渡しながらメヴルトは続けた。「売れればその日の飯には困らないくらいです。売れなきゃ今日みたいにすきっ腹で帰ることになりますけどね」

「へえ、すきっ腹にゃ見えんがね。ときにあんた、出身は？」

「ベイシェヒルです」

「ベイシェヒル？　どこだいそりゃ？」

　メヴルトが黙っていると大柄の男はさらにこう尋ねた。

「イスタンブルには何年？」

「二十五年になります」

「二十五年ここで暮らしてて、まだベイシェヒル出身だなんて抜かすのか？」

「いえ、そんな……。訊かれたので答えただけですよ」

「そんだけ長い間いりゃたんまり稼いだに違いねえな」

「とんでもない……。だったら、こんな夜中まで商売してませんよ。あなた方のご出身はどちらなんです？」

答えを返さない男たちに対してふたたび怯えを感じながら、メヴルトはさらにこう尋ねた。「シナモンも載せますか？」

「試してみるか。シナモンはいくらだ？」

メヴルトは前掛けから真鍮製のシナモン容器を取り出して、ボザに振りかけながら答えた。「滅相もない、シナモンも煎り豆もうちは無料ですよ」そのまま今度は煎り豆の入った袋を二つ出して、いつものように袋ごと渡すのではなく、メヴルトみずから袋を開けてよく気の付くギャルソンさながらの恭しい態度でボザの上に載せた。

「最高のボザってのは、煎り豆入りって決まってるんですよ」

男たちは目配せを交わしてボザを飲み終えると、大柄で年嵩のほうが言った。

「こんな最悪の日だ、お前もちったあ俺たちのためになってくれねえか」

メヴルトは行きつく先を悟りながらも、男の言葉を遮って言った。

「もしお金がないならまたの機会でいいですよ。こんな馬鹿でっかい街で私らみたいなよそ者同士は助け合わなくちゃ。ともかくも、そいつは奢りにしておきますよ」そうして先を急ごうと担ぎ棒を肩に載せると大柄の男に呼びとめられた。

「ちょっと待てよ。俺たちのためになってくれって言ったろうが。……有り金寄こせってんだよ」

「兄さん方、僕の服にも、前掛けにもたいした金は入っちゃいないんだ。お客さん一人二人から頂いたボザ代が関の山なんだよ。それだって家にいる病人の薬代になっちまうし、それに……」

するとちびのほうが瞬きの間にポケットから飛び出しナイフを出した。ボタンが押され、カチリと音がして刃が現れる間にも、大柄の男がメヴルトの背後に回って力いっぱいに羽交い絞めにする。メヴルトは何も言えなかった。

ちびの男は飛び出しナイフをメヴルトの腹に突きつけながら、もう片方の手で前掛けの小さなポケットやジャケットのそこかしこをせわしなく、しかし慎重に探り、小額の紙幣と小銭を、見つけた端から自分のポケットにねじ込んでいった。ちびの男はまだ若く、ひどく不細工だった。

年端もいかない男を見つめていると「前を向いてな、ボザ売り」と背後の大柄の男に言われた。

「おお、神よ。見ろよ。結構な金を持っててんじゃねえか。意味もなく逃げようとしたわけじゃねえんだな」

「もう充分だろう」メヴルトが身を振りほどこうとしながらそう言うと背後の男が答えた。

「充分だって？　いいや、まだだ。てめえらはな、二十五年前にやって来てこの街の富をあらかた平らげくさったんだ。今度は俺たちの番だぜ、ああ、我が神よ感謝しますとでも言っときな。俺たちがイスタンブルに出てくるのが遅かったからってだけの話だろう？　俺たちが悪いんじゃない」

「それは僕のせいじゃないだろ。誰の過ちでもない。だから勘弁してくれ」

「ふん、イスタンブルには何があるんだ？　家か、アパルトマンか、てめえにはあれこれあるんだろうに？」

「神かけて何にもない。何にもないんだよ」メヴルトはそう嘘をついた。

「なんで？　お前は能無しなのか？」

「巡りあわせが悪かっただけだ」

「おいおい、二十五年前にこの街にやって来た連中はみんな自分の一夜建てを建てて、いまじゃあそこにどでかいアパルトマンまで聳えてんじゃねえか」

メヴルトは居心地の悪さを覚えて身じろぎしたが、ナイフで小突かれ（思わず「ああ、堪忍を」と言ってしまった）もう一度、上から下まで持ち物を検められただけだった。

「おい、言ってみろよ。お前は能無しかって訊いてんだよ。それとも純朴なふりをした大嘘つきか？」

メヴルトが答えないでいると、背後の男は手慣れた仕草で彼の左手を捻《ねじ》って背後に回した。

「おお、神よ。ほれ、見たことか。てめえは家やら土地やらに使う代わりに、有り金をこの腕時計につぎ込んじまったんだな。ようやく合点がいったぜ」

こうして十二年前に結婚記念の贈り物として貰ったスイス製の腕時計も、あえなく奪われてしまった。

「まさか、ボザ売りを丸裸に毟《むし》ろうっていうのか？」

メヴルトがそう言うと、腕を捻りあげていた男が答えた。

「何事にもはじめてってのはある。声を出すな、後ろも見るな、だ」

年嵩と若い二人組の強盗が立ち去っていくのを、メヴルトは声をあげずに見送った。二人が親子だと気が付いたのは、まさにその瞬間だった。後ろから腕をつかんでいたのが父親、腹にナイフを突きつけていたのが息子だったに違いない。ちなみに、メヴルト自身は父親とこの手の共犯関係を持ったことはない。なぜなら、死んだ父親は共犯者というよりはむしろ、常にメヴルトに罪を擦《なす》り付けて文句を言うような人物だったからだ。メヴルトは静かに階段を下って、カザンジュ坂へ続く脇道に出た。辺りには物音ひとつなく、人っ子ひとり見当たらない。帰ったらライハに何と言えばいいのだろう？今晩の災難を誰かに話さずにいられるだろうか？

強盗に遭ったなんて夢だ、なにもかもが昔のままだ——一瞬、そんな錯覚が頭をかすめ、メヴルトはライハにこのことは話すまいと決めた。それに、少なくとも身ぐるみ剝がされたわけでもないのだ。そう自分を納得させるうちにいくらか心の痛みが薄らぎ、メヴルトはふたたび鈴を鳴らした。

「ボーザー」

いつもの癖で張り上げた声はしかし、まるで夢の中にいるときのようにうまく響かなかった。むかしは街で何か悲しい目に遭ったり、馬鹿にされたり、失望するたび、ライハが優しく慰めてくれたものだ。

二十五年に及ぶボザ売り稼業で、容器がまだ空になっていないというのに「ボーザー」とさえ叫ばずに足早に家に帰ったのは、その日がはじめてだった。

一間限りの我が家に入ると、室内は静まり返っていた。小学校に通う娘たちはもう寝入ってしまったのだろう。

だが、ライハはベッドの縁に座って、いつものようにボリュームをオフにしたテレビを横目に、刺繍をしながらメヴルトの帰りを待っていてくれた。

「もうボザ売りはやめるよ」

メヴルトがそう切り出すとライハはこう答えた。「なんでまたそんなこと言い出すの？　ボザ売りをやめるなんて無理でしょ。……でも、そうねえ。他の仕事を探すっていうのならいいわよ。私の刺繍だけじゃあ充分には稼げないから」

「とにかく、ボザはもうやめにするよ」

「フェルハトは電気局で随分お給料を頂いてるそうじゃない。彼に電話して仕事を見つけてもらいなさいな」

「死んでも嫌だ」

第三部（一九六八年九月から一九八二年六月）

「父はゆりかごの中にいるころから私を憎んでいました」
――スタンダール『赤と黒』

1　メヴルトの村での生活

――もしこの世界が喋ったら、なんて言うんだろう？――

さて、ここでボザ売りをやめるというメヴルトの決断や、ライハへの思い、あるいは犬恐怖症について理解するために彼の子供時代に話を移すとしよう。メヴルトはコンヤ県のベイシェヒル郡にあるジェンネトプナル村に一九五七年に生まれ、十二になるまで村の外へ出たことはなかった。本人は、無事に小学校を卒業したら同じような境遇の村の子供たちと同様に、そのまま父親のいるイスタンブルへ出て、そこで勉強するなり働くなりすると思っていたのだけれど、どういうわけか父親がそれを望まなかった。こうしてメヴルトは、一九六八年の秋は村に留まり、羊番をすることになった。ちなみにメヴルトは、なぜ父親がその年に限って彼を呼び寄せずに村に留め置いたのかと首をひねり、その答えを死ぬまで探し続けることとなるだろう。いずれにせよ、いとこのコルクトやスレイマンといった幼馴染たちもイスタンブルへ行ってしまったので、その冬メヴルトはひとりぼっちで悄然として、十頭に満たない羊をそこいらの谷間に放し、あとはもう、遠くに見える色彩の乏しい湖や、街道を通るバスやらトラックやら、小鳥やらポプラやらを眺めて過ごすことになったのである。

風に揺れるポプラの葉にふいに注意を向けると、それがまるで自分に何かを伝えようとしているように思った。かすかに風がそよいで、まだ紅葉しきっていない葉は黄色に色づきかけた面を、紅葉した葉はまだ緑色が残る面を顕《あらわ》にするのだった。

羊番をしているときの一番の楽しみは、枯れ枝集めだ。集めた枯れ枝の水気を払い、それを積んで火を放つのだ。薪から薪へ火が燃え移り、やがて立派な炎になると、牧羊犬のキャーミルはその周りをぐるぐる転げまわる。しかし、メヴルトが腰を下ろして手を温めはじめると、キャーミルもちょっと離れたところに座って、主人と一緒に身動き一つせずに炎に見入るのだった。

村の犬はみなメヴルトのことをよく知っていて、たとえ物音一つ、月明かり一つない真夜中に外へ忍び出ても、けっして吠えたりはしなかった。だからこそメヴルトは、自分が村の一員なのだと実感できたのだ。村の犬たちが吠えるのは外からやって来たよそ者に対してだけ。それも、危険なよそ者に対してだけだった。たとえば、メヴルトの大親友であるいとこのスレイマンが村の犬に吠えられようものなら、他の者はこぞってこう囃《はや》し立てたものだ。「おい、スレイマン。いまお前の心をなにか悪いもんがよぎったな、さもなきゃ悪魔が通ってったんだ！」

スレイマン　いやいや、村の犬が僕に吠えかけることなんてなかったよ。いま僕たちはイスタンブルに越してきちゃったんだけど、メヴルトを残してきたのが悲しいし、寂しいんだ。……でもね、これだけは言っておかないと。村の犬たちの僕に対する態度と、メヴルトに対する態度にまったくもって違いなんてなかったってね。

メヴルトと犬のキャーミルは、ときおり放牧した羊たちを谷間に残して丘に登ることがあった。小高い所から眼下の広漠とした景色を見晴らすと、人生も幸福も、この世の重要な場所も、すべてを我が物としたいという欲求がこみ上げてくる。そうして、父親がバス

でイスタンブルから舞い戻り、自分を連れていってくれるところを夢想するのだ。家畜たちが草をはむ谷間は平らで、その端、ちょうど谷間を流れる小川が湾曲する場所には大岩が地面から突き出て、行く手を遮っている。その反対側に焚火の煙が見える日もある。焚火の主はメヴルトと同じくイスタンブルへは行かずに羊番をしている隣村のギュミュシュデレの子供たちだ。風の強いよく晴れた日の朝には、ギュミュシュデレ村の小さな家々や、白く塗られた可愛らしいモスク、それに糸のように細いミナレット（礼拝の呼びかけを行うための尖塔）が見えて、メヴルトとキャーミルは丘の上からその様子を眺めるのだった。

アブドゥルラフマン氏　わしもあの村、つまりはギュミュシュデレ村で暮らしていたから、勝手ながら、ここで少し話の腰を折らせてもらおう。五〇年代のギュミュシュデレ村や隣のジェンネトプナル村、他の周辺の三つの村に住む連中の大半は一等、貧しかったからだ。冬は雑貨商からツケ買いして春にはいつも難渋する。だから、春が来ると男衆はみな建築現場で働くためにイスタンブルへ出ていったものだ。もとより金のある住人など一人もいないから、キョル雑貨店の主は、客たちのためにイスタンブル行きのバスの乗車券を買っておいて、ツケ書きの一番上にその旨をしたためておいたほどだ。まず最初に、背が高くて肩幅の広いのっぽのユスフがイスタンブルの建築現場へ働きに行ったのは、たしか一九五四年のことだった。そのあとユスフは全くの偶然でヨーグルト売りになったのだ。街の路上を歩き回ってヨーグルトを売り沢山の金を稼いだ。それでまずは、兄弟やいとこどもを呼んで、独身者用の部屋で寝起きさせてヨーグルトを売らせた。ちなみに、それまでわしらギュミュシュデレの人間はヨーグルトなんぞというもののことはよく知らんかったのだ。それでも、イスタンブルへ出ていった村人たちの大半は、ヨーグルトを商った。わしがはじめてイスタンブルに行ったのは兵役が終わった二十二歳のときだ。軍規違反をやらかしたり、脱走しようとして捕まり、しこたまぶん殴られて独房に放り込まれたりしているうちに、兵役に四年もかかってしまったからだ。だが、誤解しないでほしい。わしは我が国の軍隊と、名誉あふれる司令官たちを誰よりも愛しているのだから。その頃はまだわしら軍隊に絞首刑にされていなかったから、アドナン・メンデレス首相は朝といわず夜といわずイスタンブルの街をキャデラックで走り回り、通行の邪魔になる古い民家とかお屋敷をぶっ壊しては大通りを造っていた。イスタンブルの廃屋の隙間を縫って、街の津々浦々をさまよう呼び売り商人はみな大忙しだったが、わしはどうにもヨーグルト売りには馴染めなかった。元来、わしらの村の人間は力持ちで、骨も丈夫で肩幅が広いものなのだが、わしは——神様の思し召しで、わしらがいつの日かめぐり合ったら、あんた自身の目で確かめられるだろう——細くて華奢だった。両端にそれぞれ二、三十キロのヨーグルト容器を吊るして、朝から夕方まで売り歩くうちに、わしはすっかりくたびれてしまったのだ。そのうえ、他のヨーグルト売りたちに倣ってもっと稼ごうと、日が暮れれば今度はボザまで売りに出かけた。担ぎ棒と肩の間に何を挟もうと、慣れないヨーグルト売りのせいで、みな肩やら首筋やらに胼胝《たこ》をこさえておったものよ。わしはといえば、胼胝が出来ず、肌はビロードみたいにすべすべのままであったから、はじめのうちこそ喜んでいたが、そのうちに担ぎ棒がもっとひどい悪さを働いてることに気が付いた。つまり、背骨そのものが曲がっておったのだ。病院に行って、一ヵ月も診察の順番を待った末に医者は「すぐに担ぎ棒を背負うのをやめなさい」なぞと抜かしおった。もちろん稼がねばならぬから、わしがおっぽり出したのは担ぎ棒ではなく、医者のほうだったがな。わしの背中はどんどん曲がりはじめた。仲間内での呼び名も〝娘っ子〟アブちゃんから、〝せむし〟のアブドゥルラフマンに変わってしまい、いたく傷ついたものだ。こうしてわしは、同じ村出身の連中と距離を置くようになったわけだ。もっとも、ヨーグルトを売り歩いていれば、メヴルトの癇癪《かんしゃく》持ちの父親のムスタファや、その兄のハサンに出くわすこともあった。少しでも背中の痛みがなくなればと思って飲みはじめたラク酒にすっかりはまってしまったのもその頃で、しばらくするとわしはイスタンブルに家か、それがだめなら、せめて一夜建てを建てて、金や財産を貯め込もうという夢はすっぱり諦めて、少しばかり遊ぶことにした。それからイスタンブルで貯めた金を持って帰って村に土地を買い、ギュミュシュデレ村でも一等貧しくて身寄りのない娘を嫁にもらったのだ。わしがイスタンブルで学んだことといえば、あの街で踏ん張るためには、兵隊よろしく村から連れてきて、労働者の鏡とばかりにこき使える息子が三人は必要だということだけだ。だから、ライオンみたいに丈夫な息子が出来たら、わしはその子と一緒にイスタンブルへ出て、街の外のどっかの丘の天辺に自分の家を建て、今度こそあの街を平らげてやると夢見たものだが、生まれてきたのは三人の娘だった。かくして二年前、わしは完全に村に帰って来たのだ。娘たちも可愛かったしな。それでは、わしの娘を紹介するとしよう。

ヴェディハ――最初の子はライオンのように強くあれと念じていたわしは、守り手《ヴェディイ》という名前を考えていたのだが、悲しいことに生まれてきたのは娘だった。だからわしはヴェディイの女性形ヴェディハと名付けたのだ。

ライハ――父親の膝に抱っこされるのがなにより好きな、綺麗で名前の通りいい匂い《ライハ》のする娘だ。

サミハ――性悪の精霊みたいにいつも文句ばっかり垂れては泣きわめき、まだ三歳にもなってないというのに家の中をすばしっこく歩き回っておる。

ジェンネトプナル村に留まっていた時分、メヴルトはよく夕方に母親のアティイェと、メヴルトを溺愛する姉二人と食卓を囲みながら、イスタンブルにいる父親のムスタファに宛てて、靴とか電池とかプラスチック製の洗濯ばさみとか、石鹸とかを持って帰って来てほしいなどと手紙を書いてやった。もっとも、ムスタファは読み書きを知らなかったので、返事が返ってくることは稀で、よしんば返事があっても「キョルの雑貨店でもっと安く売っている」という内容で、ねだった品々が実際に持ち帰られることはなかった。

「キョルの雑貨店にないからじゃなくて、うちにないから頼んでるのに、ムスタファったら！」メヴルトの母親はときどきそう零《こぼ》したものだ。一方、メヴルトは手紙というものにいたく感銘を受け、「手紙で遠方にいる人に何かを頼むこと」という営みには三つの検討すべき要素があることを理解したのだった。

一、人間は本当に欲しいものが何であるのか、自分では分からない。

二、公に言葉にして表明するという行為は、そうすることによって自らが何を望んでいるのかいくらかなりとも理解するのを可能にする。

三、手紙というものは、一、および二によってこそ書かれるものであるが、その反面、それとはまた異なるより大きな意味をも含む神秘的な文章である。

ムスタファ氏　五月末にイスタンブルから村へ戻るとき、娘たちには服を仕立てるための紫と緑の花柄の布地を、妻にはメヴルトからの手紙に書かれていたつま先の閉じたスリッパとペレジャ社のコロンヤ（香料で匂い付けしたエチルアルコール。香水、消毒などさまざまな場面で用いられる）を、そしてメヴルトには欲しがっていた玩具を土産にした。

玩具を受け取ったメヴルトがおざなりな礼しか返さなかったので不機嫌な顔をしていると、にやにや笑う娘たちを横目に妻がこう言った。「あの子は水鉄砲が欲しいって書いたのよ。村長さんとこの息子が持ってるようなやつをね」

あくる日、俺がメヴルトを連れてキョルの雑貨店へ行くと、店主のキョルと息子はツケ書きの品物を一つ一つペンで消しながら精算しはじめた。

「おい、いま言ったチャムルジャのガムってのはなんだ?」二人の間に割って入って問い質しても、メヴルトは前を向いたままこちらを見ようとしない。どうやらこいつが勝手に買ったらしい。俺はキョルにこう言った。「もうガムなんてやるな！　こいつの払いはまた今度だ！」

するとキョルの奴はしたり顔でこう抜かした。「次の冬にはメヴルトをイスタンブルへ連れていって、勉強させてやんな！　こいつはほんとに計算や算数をよくわかってる。たいしたもんだ。俺たちの村からもついに大学へ行く子が出るかもしらんぞ」

去年の冬、メヴルトの父親のムスタファとおじのハサンが仲たがいしたらしい――その知らせはまたたくまに村に広がった。なんでもハサンとその息子のコルクト、スレイマンは、イスタンブルでメヴルトの父親ムスタファと一緒に暮らしていたキュル丘の家を、十二月の一番寒い日にもかかわらずムスタファを一人置き去りにして飛び出し、向かいのドゥト丘に自分たちで建てておいた家に越してしまったのだとか。そのすぐあとで、ハサンおじさんの妻であり、メヴルトから見れば母方のおばに当たり、また父方のおじの妻とも呼べるサフィイェが村を出ていったが、それは新しい家に落ち着いて、家族の面倒を見るためであったらしい。一連の出来事の意味するところはただ一つ、ムスタファ氏が一人きりにならないために、この秋にもメヴルトをイスタンブルへ呼び寄せるであろうということだった。

スレイマン　僕の父さんとムスタファおじさんは兄弟だ。でも、苗字が違う。アタテュルクの命令で国民全員が苗字を名乗ろうとしていた頃、ベイシェヒルの街から驢馬の背に大きな台帳を載せて村々を回っていた人口調査官は、村人たちが一つ一つ選んだ苗字を登録していった。そうして最終日、ベイシェヒルより先には生涯出たことがない、信仰心に富み、神の恩寵篤き僕らのおじいちゃんの順番がやって来た。おじいちゃんは考えに考えた末「白い石《アクタシュ》」と決めたのだけれど、二人の息子はその傍らで毎度お馴染みの兄弟げんかの真っ最中で、まだほんのガキんちょだったムスタファおじさんは強硬にこう主張したのだそうだ。「じゃあ俺のとこには黒い石《カラタシュ》って書いてよ！」もちろん祖父も人口調査官も取り合わなかった。でも、頑固でへそ曲がりのムスタファおじさんは、それから随分経って——まだメヴルトがイスタンブルで中学へ通いはじめる前だ——わざわざベイシェヒルへ戻って来て、裁判所で苗字を変えてしまったのだ。こうして、僕の家はアクタシュ、メヴルトの家はカラタシュということになったわけだ。僕のいとこのメヴルト・カラタシュはこの秋にもイスタンブルへ来て勉強できるから大喜びだ。でも、いままでうちの村やその周辺から勉強のためっていう建前でイスタンブルへ連れてこられた子供の中で高校まで卒業した子は一人もいない。もっとも、僕らの故郷には百近い村や地域があるから、その中には一人だけ、大学まで進んだ奴がいるんだ。眼鏡をかけた鼠みたいな奴で、あとになってアメリカに行ったらしいけど、それ以来消息不明になっちゃったんだよ。それから何年も経って、新聞に写真が載ったそうだけど、名前が変わっていたので、そいつがあの眼鏡鼠なのか、それとも別の誰かなのかはとうとう分からずじまいだったんだって。まあ僕は、眼鏡鼠はとうのむかしにキリスト教徒に改宗しちゃったんじゃないかなって思ってるんだけどね。

夏の終わりのある宵の口、メヴルトの父親は、メヴルトが子供の頃から家にある錆びついた鋸《のこぎり》を取り出して、彼を古い樫の木のたもとへ連れ出した。そうして二人は、手首ほどの太さの枝をゆっくりと辛抱強く切り落とした。少しだけ湾曲した、長い枝だ。父親ははじめはパン切りナイフで、ついで折り畳みナイフを使って小枝を落とし、表面をならしていった。「これがお前が呼び売りに使う担ぎ棒になるんだぞ！」父親はそう言うと、台所からマッチ箱を持ってきてメヴルトに火を熾《おこ》させ、炎にかざした枝をゆっくりといぶして曲げながら、乾かしていった。「一回じゃだめだぞ。夏の終わりまで天日に干して、火にかざして、回したり曲げたりしながら水気を抜きなさい。そうすりゃ石みたいに固くて、でもビロードみたいになめらかになる。ようし、一度肩にかけてみるか？」

メヴルトは担ぎ棒を肩に負ってみた。うなじや肩に、担ぎ棒の硬さや熱さを感じて肌が粟立った。

夏の終わり、イスタンブルへ行くときカラタシュ親子は、タルハナ（小麦や乳、野菜を粉末状にして発酵させたスープの素。古くから保存食として食されてきた）をぱんぱんに詰め込んだ小さな麻袋を一つ、乾燥させた赤ピーマン、挽割り小麦、ユフカ（薄く引き伸ばした種無しパン）が詰め込まれた袋、クルミをいっぱいに入れた籠を携えていた。父親によれば挽割り小麦とクルミはとても大切で、高級アパルトマンの門番への贈り物なのだそうだ。そうやって彼らを重んじれば、エレベーターに乗る許可をくれるからだ。それにイスタンブルで修理に出す予定の懐中電灯、父親のお気に入りで、村へ戻るときはいつも持って帰って来るチャイダンルク（二層構造になったチャイ専用のサモワール）、家の土間に敷く茣蓙《ござ》、その他細々としたものもあって、ビニール袋やら籠やらは、一日半の列車の旅の間に徐々に中身が破れて出てきてしまうほどぎゅうぎゅう詰めだった。そのためメヴルトは、窓外の景色に大喜びし、早くも母親や姉たちを恋しがりながらも、荷袋から飛び出てコンパートメントの中を転がるゆで卵を追いかけて駆けずり回る羽目になった。

これまでの十二年の人生で出会った数よりもなお多い人間たち、大麦畑、ポプラ、牛、橋、驢馬、家、山、モスク、トラクター、何かの文章や文字、星、電信柱——窓外に見える世界を眺め、次から次へと現れる電信柱を目で追ううちにメヴルトはすっかり目が回ってしまい、父親の肩にもたれかかって微睡《まどろ》みはじめた。やがて目が覚めると、黄色みがかった畑や、太陽が燦々《さんさん》と降り注ぐ大麦畑は姿を消し、代わりに辺り一面に紫がかった岩山が広がっていた。そのせいか、夢に出てきたイスタンブルは、まさにこの紫色の岩々で出来ていた。

そのうちに世界の色が変わりはじめた。緑にあふれた渓谷や青く色づいた木々が現れるようになったのだ。もしこの世界が喋ったら、なんて言うんだろう？　ときおり、列車が徐行するたび、メヴルトには列車がわざわざ速度を落として、この世界を窓外に順番に並べ、彼に見せてくれているような気がしたものだ。

「ハマム、イフサニイェ、ドォエル……」メヴルトは父親に向かって駅名を一つ一つ大声で読みあげ、客室内にもうもうと立ち込める紫煙で涙が滲めば、外に出て酔っぱらいさながらの千鳥足でトイレへ向かい、苦労して固いドアの錠を開け、金属でできた便所穴から覗く線路と舗石を眺め、穴から響く車輪のガタンゴトン、ガタンゴトンという力強い音に耳を澄ませるのだった。うたた寝する女性、泣きわめく子供、カードゲームをする人々、列車の隅々までニンニクの匂いをまき散らしながら腸詰を食べる人々、礼拝をする人——トイレからの帰りがけに車両の最後尾まで歩いていって人々の様子を眺めれば、メヴルトの心は弾むばかりだった。

「おいおい、随分と時間がかかったな。トイレで何してたんだ？　水は出たかい？」父親が尋ねた。

「出なかったよ」

いくつかの街では子供の物売りが列車に乗り込んできた。メヴルトは、次の駅に着くまでの間に売られる干しブドウや煎り豆、ビスケット、パン、チーズ、アーモンド、それにガムを物欲しげに一瞥してから、母親が鞄にそっと入れてくれたギョズレメ（小麦粉を薄く伸ばした生地にチーズやホウレン草を挟んで焼いた軽食）を取り出して食べた。また、遠くから列車を目にした羊飼いの子供たちが犬と一緒に坂を駆け下りてきて、「新聞紙を投げてくれえ！」と叫ぶ姿も見かけた。密輸品の煙草を巻くための新聞紙が欲しかったのだ。彼らのそばを列車が高速で駆け抜けるとき、メヴルトはえも言われぬ優越感を覚えた。そうして、イスタンブル行きの列車が荒野で停まったとき、メヴルトはこの世が実のところ驚くほどの静寂に満たされていたことを思い出した。果てしない静寂の中で列車の出発を待つあいだ、メヴルトは車窓から景色を眺めた――小さな家の庭になったトマトを収穫する女たちや、線路に沿って歩く鶏、電動式の汲み上げポンプの隣で喧嘩する驢馬、そのちょっと向こうの草の上で昼寝する顎鬚を生やした男。

「いったい、いつになったら出発するの」随分長いこと停車している中、メヴルトが尋ねた。

「息子や、我慢しろ。イスタンブルは逃げやしないさ」

「あっ、出るみたいだよ」

すると、メヴルトの父親は微笑んで言った。「いや、俺たちのじゃなくて隣の列車だよ」

メヴルトは、この旅のあいだじゅう、頭の中で地図を思い描いていた。五年間通った小学校の教室で教師のすぐ後ろに掛けられていたトルコ国旗とアタテュルクの写真が入った地図を思い出しながら、自分がいまどこにいるのか確かめようとしていたのだ。しかし、イズミトに着く前に眠ってしまった彼は、イスタンブルのハイダルパシャ駅に到着するまで目を開けることはなかった。

大量の荷物や袋、籠はひどく重く、ハイダルパシャ駅の階段を下りてヨーロッパ岸のカラキョイ埠頭行きのフェリーに乗り込むまでに一時間もかかった。メヴルトがはじめて海を目にしたのはこのときだ。宵の薄闇の中で目にした海は夢のようにほの暗く、眠りのように深かった。涼やかな風には甘い海藻の匂いが香り、ヨーロッパ岸は煌々と明るかった。メヴルトが生涯忘れなかったのは、実は海そのものではなく、この街明かりのほうだった。ようやく対岸へ着いたものの、路線バスの運転手は大量の荷物やら袋やらを提げた父子の乗車を拒否し、仕方なく二人はズィンジルリクユの丘の先の家まで四時間もかけて歩く羽目になった。

2 家
—都市の果てるところの丘々—

メヴルトたちの家は一夜建てだったが、父親がこの言葉を使うのは彼らの住む場所の原始性とか惨めさとかに腹を立てているときに限られた。怒っていないときは——ごく稀ではあったけれど——メヴルトがこの建物に感じているのと同じ愛着をもって「うち」と言うこともあった。この愛着はメヴルトに、この世界でいずれ彼らが主となるであろう終《つい》の住処はまさにここなのだという錯覚を起こさせることもあったが、心からそう信じるのはなかなか難しかった。なにせ、一夜建てには大部屋一つきり、それに付属するのは真ん中に穴を掘っただけの便所のみというありさまで、夜に便所へ行くと、ガラスさえはめてない窓からは遠くの地区の野犬たちが喧嘩したり唸ったりしている声が聞こえてくるのだ。

イスタンブルの家に着いた最初の晩、メヴルトが誰かの家に間違って入ってしまったのかと勘違いしたのは、室内に一組の男女がいたからだ。しばらくして分かったのは、この夫婦がひと夏の間だけ間借りしている店子だということだった。父親は彼らと相談した末に、暗がりのひと隅にもう一組の布団を敷き、父子で一緒に寝ることにした。

あくる日、メヴルトが昼近くに目を覚ましたときには、家に誰もいなかった。メヴルトはこの前の夏にコルクトとスレイマンから聞いた話を思い出しながら、父親とおじ、いとこたちが一緒にここで暮らしているところを思い描こうとしたものの、目の前の室内は打ち捨てられた家の亡霊のようで、想像がつかなかった。古びた食卓、四脚の椅子、スプリング付きと付かないベッドが一つずつ、簞笥二台に窓二つ、それにストーヴが一つ。この六年、父親が冬になるたびに働きに来ているこの街で手に入れたものは、それだけだった。昨年、話し合いの末にこの家を出ていく際、おじとその息子たちはベッドや家具、身の回りの品はもとより、あらかたのものを持ち去ってしまったので、室内には親戚たちの持ち物は一切、残っていなかった。そのため、父親が村から持ち込んだいくつかの品や、母親が編んだ毛糸の靴下やズボン下、それに村で姉たちが持っているのを見かけた鋏——もう錆びついていた——を簞笥の中から見つけたときは、思わずほっとした。

家の床は土がむき出しだった。朝方、出かける前に父親が村から持って来た新しい茣蓙を敷いていたから、きっとおじと息子たちは茣蓙も持っていってしまったに違いない。

父親が焼きたてのパンを置いていってくれた食卓は硬木とベニヤ板で出来ていて、塗装もなく、ひどく古びていた。メヴルトは食卓の一本だけ短い脚の下にマッチの空箱とか、木の切れ端とかを挟んでみたが、それでもときおりぐらぐら揺れてスープやチャイがこぼれてしまうので、そのたびに父親はひどく苛立った。そう、メヴルトの父親は何にでも苛立つのだ。一九六九年にこの家で一緒に暮らすようになって以降、父親はことあるごとに「この食卓を修理するぞ」と口にしたが、結局実際に修理することはなかった。

イスタンブルに来たての数年間は、メヴルトは大急ぎとはいえ父親と食事を共にできるのが嬉しかった。しかし、すぐに一人で、あるいは二人そろってボザを売りに出なければならなくなったので、イスタンブルでの食事は母や姉たちと地べたに座り、笑ったりふざけたりしながら摂ったときと比べて、ひどく味気ないものとなった。商いに出かけるときムスタファは、いつもやる気に満ちていて食事の最後の一口を口に入れるやいなや煙草に火をつけ、そのくせ半ばまで吸い終わらないうちに「さあ、行こう」と言うのが常だった。

メヴルトが好きだったのは、学校から帰って来て、一緒にボザ売りに出る前にストーヴの上で——あるいはまだストーヴを点けるほど寒くないときは小さなプロパンガスのガス台で——スープを作るひとときだった。煮たった鍋の中にサナ社のバターと、食料庫に残っている人参やらセロリやらジャガイモを細切れにして放り込み、村から持って来た唐辛子と挽割り小麦を一握り入れ、ぐつぐつという音に耳を傾けながら鍋の中の灼熱地獄を見守るのだ。ジャガイモと人参の細切れは地獄の業火で焼かれる生き物みたいに、スープの中で狂ったように転げまわり、メヴルトには鍋の中から彼らの悲鳴や断末魔の叫びが聞こえるような気がしてくるのだ。ときには火口から吐き出されたかのように人参やセロリが飛び上がってメヴルトの鼻づらに迫ることもある。メヴルトは料理が進むにつれてジャガイモが黄色く染まり、人参がスープを華やかに彩り、沸騰するぶくぶくという音が変化していくのを見守るのが好きで、のちに通いはじめたアタテュルク男子中高等学校で惑星の公転運動を習ってからは、野菜たちがそれと瓜二つの動きで鍋の中をごろりごろりと転がるさまを観察し、やがて彼自身もこの世界を構成する小さなかけらに過ぎないのではないかといった感慨に浸ったものだ。いずれにせよ、鍋から立ち上る熱くて香しい蒸気で顔が濡れるのは心地よく、父親も必ずこう褒めてくれるのだ。「よくやった！　うまくスープが出来たじゃないか。料理人に幸あれ！　ふむ、お前を料理人のとこへ働きに出すのはどうだろう？」

ボザ売りに出ず、家で勉強する晩などは、父親が出かけるとすぐに食器を片づけ、暗がりの中で地理の教科書を広げて、そこに書かれた都市や国の名前を全部暗記しはじめる。そうして、エッフェル塔や中国の仏教寺院の写真を見つめながら、うつらうつらしながらあれこれ想像してみるのだ。あるいは、午前は学校へ行って午後には父親と一緒に重いヨーグルトの容器を担いで売りに出た日などは、帰宅して何かを食べたらそのまま寝床にひっくり返って眠りこける。そうすると、出がけの父親が彼を起こしてこう言うのだ。

「メヴルト、ちゃんと寝間着に着替えて布団に入りなさい。ストーヴが消えたら凍えちまうぞ」

「待ってお父さん、僕も行くよ」

メヴルトは夢うつつにそう答えるのだけれど、結局はそのまま寝入ってしまうのが常だった。

晩に一人で家にいると、どんなに頑張っても窓から聞こえる風音や、鼠なのか精霊なのか、とにかく止むことのないかたかたという小さな物音、あるいは犬たちの吠え声が気になって地理の教科書に集中できない。街の野良犬たちは田舎の犬よりも臆病で、荒んでいる。そのうえ停電もしょっちゅう起こる。停電するとメヴルトはもう勉強ができず、暗闇の中でストーヴの火はいよいよ大きく見え、パチパチはぜる音だけがやけにはっきり聞こえ、すると家の隅の影の中から何かの目玉がじっと彼を見つめているように思えてならない。もしも地理の教科書から視線を外せば、その目玉の主もメヴルトが自分に気づいたことを悟って、すぐに襲いかかってくるような気がしてならないのだ。だからメヴルトは横になろうと思っても机から離れられず、仕方なしに頭を本の上に載せてそのまま眠るのだった。

「倅よ、なんでお前はストーヴの火を落としてちゃんと布団に入って寝んのだ？」夜遅く、くたびれきって苛立った父親はよくそう小言を言った。

表はひどく寒いから、家の中が暖かくなっているのは父親も嬉しかったはずだが、一方ではそんな夜遅くまで薪を燃やすのは勿体ないと思っており、かといってそう認めるのも嫌だったので「眠くなったらストーヴは消しなさい」とだけ言うのだった。
ちなみにストーヴの薪は父親がハサンおじさんが営むようになった小さな雑貨店から買ってくることもあれば、隣人から借りた手斧で自分で割ることもあった。冬が訪れる前に、父親は息子にストーヴに乾いた枝や新聞紙でどうやって点火すればよいのか、この丘の周囲や頂上のどこで枯木や木片を見つけてくればいいのかを教えてやった。

イスタンブルへ来た最初の数カ月、ヨーグルトを売り終えて疲れているはずの父親が、自分たちの住むキュル丘の頂へメヴルトを連れ出したのもこのためだ。メヴルトの家は都市が果てる場所に建っていた。クワの実の木やイチジクの木がちらほら生え、ぬかるみの多い半ば禿げた丘の斜面の下のほうだ。丘の裾には他の丘の間を縫ってぐねぐね曲がりながらオルタキョイからボスフォラス海峡へ達する渓流が流れていた。一九五〇年代の半ば頃、オルドゥやギュミュシュハーネ、カスタモヌ、そしてエルズィンジャン近辺の村々から最初にここいらの丘へ越してきた家族の女たちは、村での暮らしそのままにこの谷間に沿った土地でトウモロコシを育てたり、洗濯をしたりしていて、子供たちも夏ともなればこのささやかな渓流で水遊びをしたものだ。当初は、オスマン帝国時代からの呼び名である氷《ブズル》の渓流という名前が使われていたのだけれど、アナトリアから出てきてこの周辺の丘に住み着いた八千人にも及ぶ人々が出す汚物のせいで、ほんの十五年ばかりで糞《ボクル》の渓流と呼ばれるようになった。もっとも、メヴルトがイスタンブルへ出てきた頃には、ブズルもボクルもその名は忘れられていた。イスタンブルが発展し、渓流は河口からその水源に至るまでコンクリートで固められ、暗渠になってしまった渓流のことを憶えている者がいなくなったからだ。

さて、父親がメヴルトを連れ出したキュル丘の天辺には、むかしのゴミ焼却炉の残骸が残り、丘の呼び名の由来となった灰《キュル》が積もっていた。丘の頂からは、いままさに一夜建てに埋め尽くされようとしているクワの実丘《ドゥト》、小鳥丘《クシュ》、風吹き丘《エセン》、薔薇丘《ギュル》、俵山丘《ハルマン》、見晴らしの丘《セイラン》、矢丘《オク》や、街で一番大きなズィンジルリクユの墓地の他に、大小さまざまの工場やら、車の修理工場やら、はたまた工房やら倉庫やら薬品工場やら電球工場やらが見晴らせ、さらに遠くにはまるで都市の亡霊の影のようにそびえる高層ビルやモスクのミナレットが見えた。つまり、メヴルトが朝にヨーグルト、晩にボザを売り歩き、学校へ通う街が、まるで神秘的なおぼろな塊のように遥か遠く地平線に横たわっているのである。

街のさらに先には、アナトリアの青みがかった丘が連なる。ボスフォラス海峡が丘の間から望めるはずなのだけれど、残念ながらキュル丘からは見えなかった。しかし、イスタンブルへ来たばかりの頃メヴルトには、キュル丘の頂上に登って遠くの青い山並みを透かし見るたび、一瞬だけ海の青が垣間見えたように思えることが幾度もあった。海に向かって下るどの丘にも、都市に電気を供給する巨大な送電塔が建っていて、この大きな鉄塔は風が吹けば奇妙な金切り声をあげ、湿気が高い日ともなればその電線が、メヴルトと友人たちを恐怖させるジュージューという音を立てるのだった。送電塔に張り巡らされた有刺鉄線には銃弾で穴だらけになった看板が掛かっていて、「死亡の危険あり」という警告と髑髏の絵が描かれていた。

最初の年の冬、枯れ枝や古紙を集めながら送電塔からの景色を眺めるたび、メヴルトには、そこに書かれた「死亡」が電気によってではなく、都市そのものによってもたらされるように感じたものだ。送電塔は不吉だから近づいてはいけないと住民たちは噂したが、実のところこの辺りの家のほとんどは送電線の母線からこっそり盗電していたのだけれど。

ムスタファ氏　俺はまず息子にこのキュル丘と向かいのドゥト丘以外の丘にはまだ電気が来ていないのだと説明してやった。ここでの暮らしがどんなに大変か分からせるためだ。「ハサンと一緒にここへ来た六年前には、電気どころか上下水道もなかったことを教えてやったんだ」

オスマン帝国のスルタンたちが巻狩りをやったり、その兵士たちが射撃訓練をやった平地、アルバニア人がイチゴや花を育てていた温室、キャウトハーネの渓流に住む連中が経営する搾乳場、一九一二年の第一次バルカン戦争（汎トルコ主義を掲げたオスマン帝国と汎スラヴ主義を奉じたバルカン諸国の戦争）のときにチフスの流行で死んだ兵士たちの石灰をかけられた遺体が眠る白い墓石の連なる墓地――俺が他の丘を指さしながら息子に教えてやったのは、きらきらして華やかなイスタンブルの暮らしに騙されて人生が楽なもんだなんて思わせないためだ。だがあまり気落ちさせてもいけないので、もうすぐ入学するアタテュルク男子中学も見せたし、ドゥト丘サッカークラブのために造られた運動場や、クワの木々の間に建てられて、この夏から営業をはじめたデルヤー座（プロジェクターがよく壊れるんだ）、それにリゼ出身のパン屋で建築業者の巡礼者《ハジュ》・ハミト・ヴラルさんや、その部下たち――揃いも揃ってそっくりのでっかい顎を突き出してんだ――の援助で、四年前から工事がはじめられたドゥト丘モスクの建築現場も見せてやった。モスクの右側の斜面に四年前、俺がハサンと一緒に石灰を塗った石で囲い込んだ土地もだ。去年、ハサンたちが家を建てちまったがな。

「六年前、俺がお前のおじさんと一緒にここへ来た時分にはな、この辺りにはまだ誰もいなかったんだぞ！」

　遠くから越してきて住み着いたよそ者の俺たちが、この街で仕事を見つけたり、そもそも暮らしていくだけでどんなに辛かったことか。だからこそ、朝一番に誰よりも早く仕事にありつこうと街まで駆けていくために、みなこぞって道に近いとこ――つまり丘の裾だな――に家を建てたことや、そのせいでどの丘の町も見る間に裾から天辺に向かって拡大していったこと。俺は息子にそういったことを教えてやったんだ。

3 空地に家を建てはじめた頃の人

―ああ、坊や、あんたはイスタンブルが怖かったんだね―

この街へ来て最初の数カ月、メヴルトは毎晩のようにずっと遠くの都市の喧騒に耳を傾け、悪夢にうなされてはっと目を覚ました晩などには、静寂に響く犬の遠吠えに驚き、父親がまだ帰っていなければ頭から布団をひっかぶって、一所懸命眠ろうとした。メヴルトがあまりにも犬に怯えるものだから、父親は折に触れ彼をカスムパシャ地区の導師のところへ連れていって、祈禱を捧げ、息を吹きかけ、犬除けをしてもらった。何年経ってもメヴルトはそのときのことを忘れなかった。ちなみに、アタテュルク男子中高等学校の〝骸骨〟教頭――村から携えてきた小学校の卒業証書を提出するため、父親と一緒に学校へ行ったのがはじめての出会いだった――の顔が、あの送電塔の有刺鉄線に掲げられた「死亡の危険あり」と言っている髑髏と瓜二つであるのにメヴルトが気づいたのも、ある夜に見た悪夢の中でのことだった。はじめの頃はこんな夜が続いたので、夜勉強していてもメヴルトは数学の教科書から顔を上げることさえできなかった。もし、真っ暗な窓の外から自分を見張っているだろう精霊たちと目が合いでもしたらどうしようと怯え、ベッドへ行くのさえ怖くなってしまったのだ。

キュル丘とドゥト丘をはじめ、都市の郊外に並ぶ丘々にようやくメヴルトが慣れたのは、ものの一年でこの地域を知りつくしたスレイマンの手助けによるところも大きかった。彼と一緒にまだ礎石を置いたばかりだったり、半分くらいまでは壁を積み終えていたりする作りかけの一夜建てを見物したり、家の落成に立ち会ったりするうちに慣れていったのだ。こうした一夜建てのほとんどは男所帯だった。ここ五年くらいにコンヤやカスタモヌ、ギュミュシュハーネといったアナトリアの街からキュル丘やドゥト丘にやって来た新参者のほとんどは男だったし、メヴルトの父親のように村に妻や子供を残してきた者がほとんどで、なにより金がなくて地元では結婚できる見込みもなく、手に職もつかず、従って素寒貧《すかんぴん》なのは、みな独り身の男だったからだ。一部屋きりの家の中で六、七人の男たちがまるで死体のようにベッドで身体を休めているのを開け放しの扉から覗くたび、メヴルトは「きっと、こういう家から漂い出た疲れた吐息とか汗とか、眠気の臭いに犬たちも気づいているに違いないぞ」などと思って、家々の周囲に悪意に満ちた犬たちがうろついているような錯覚に陥ったものだ。喧嘩腰で、人相が悪いうえに優しさのかけらもない独身の男たちが、メヴルトはひどく怖かった。

下にドゥト丘商店街、少し先に路線バスの終点がある幹線道路には、父親が「強請《ゆす》り屋」と呼ぶ雑貨店と、セメントを詰めた大袋や、中古車のドアとか、使い古しのコンクリートブロックとか、ストーヴの煙突とか、ブリキの欠片とか、ビニール製の防護シートとかを扱う建築資材店が一軒、それにその日の朝に日雇い仕事が見つからなかった男たちが夕暮れまでたむろする珈琲店が並んでいた。キュル丘の頂上へ出る道の中ほどにはハサンおじさんが開いた小さな雑貨店もあって、メヴルトは時間があるときはそこへ行っていとこのコルクトとスレイマンと一緒に古紙を折りたたんで紙袋を作る手伝いをした。

スレイマン　ムスタファおじさんの短気のせいでメヴルトは村に取り残されて一年も棒に振ったから、アタテュルク男子中学に入ったときは僕よりも一学年下だった。学校の休み時間に校庭でひとりぼっちだったメヴルトを見かけると僕はそばに行って、イスタンブル人になりたてのいとこの面倒を見てやった。僕たち家族はみんなメヴルトが好きだから、彼のお父さんの振舞いがどうであれメヴルトに対する態度が変わるようなことはなかった。まだ学校がはじまる前のある晩、ムスタファおじさんがメヴルトと一緒にドゥト丘の僕たちの家に来たことがあった。メヴルトは僕のお母さんを見るやいなや、思わず抱きついたもんだよ。きっと、自分のお母さんやお姉さんが恋しかったんだね。

「ああ、坊や、あんたはイスタンブルが怖かったんだね。怖がらなくていいんだよ。ほら、みんなここにいるだろう?」僕のお母さんはメヴルトを抱きしめてそう言うと、彼のお母さんと同じようにその髪の毛にキスをしてあげた。「ときに、このイスタンブルのサフィイェおばさんは、あんたの父方のおばさん《イェンゲ》になるのかね、それとも母方のおばさん《テイゼ》になるのかねえ?」

僕のお母さんはメヴルトのおじさんに当たる僕のお父さんの奥さんだから、父方のおばさんでもあるし、メヴルトのお母さんの姉でもあるから母方のおばさんにも当たるのさ。お母さんがそう訊いたのは、ムスタファおじさんが村にいると、しょっちゅう僕のお父さんと喧嘩していたからイェンゲと呼んでいたけど、ムスタファおじさんがイスタンブルへ行ってしまう冬になると、彼のお母さんやお姉さんたちと同じ甘えた声でテイゼと呼んでいたからなんだ。メヴルトは僕のお母さんにこう答えた。

「おばさんはいつも僕のおばさん《テイゼ》だよ」

「あれまあ、あんたのお父さんに叱られちゃうよ!」

「そんなことないよ、サフィイェ。お前さんがこいつの母親代わりになってくれ。こいつときたら、夜になるとみなし子みたいに泣くんだ」メヴルトは恥ずかしそうだったけど、ムスタファおじさんはこう続けた。「学校へやるんだがね、本だノートだって物入りで仕方ない。それに制服まで必要だってんだから」

するとコルクト兄さんがこう訊いたんだ。「学生番号はいくつだ？」

「一〇一九だよ」

コルクト兄さんは隣の部屋へ行って衣装箱の隅をがさごそやって僕たち二人の昔の制服を取り出してきて、ぱんぱん叩いて埃を払って、皺を伸ばすと、まるで仕立て屋さんみたいに丁寧にメヴルトに着せてやった。

「すごく似合ってるぜ、一〇一九番君」

コルクト兄さんが褒めると、ムスタファおじさんがすかさず言った。「ああ、まったくだ。これで新しい上着はいらんな」

「ちょっと大きいけど、そっちのほうがいいんです。きついジャケットは喧嘩のときに不利だから」

「いやいや、うちのメヴルトは学校に喧嘩しに行くんじゃないぞ」

「もちろん、喧嘩をせずに済めばそれに越したことはないけど、驢馬みたいに不細工な変態教師がいちゃもんつけてきやがったら、そんときは我慢なんてできないもんですよ」コルクト兄さんはムスタファおじさんにそう答えたんだ。

コルクト　「うちのメヴルトは誰とも殴り合いなんぞせんよ」ムスタファおじさんの言葉にはなんだか裏がありそうで、俺を馬鹿にしてるような感じがした。俺が学校をやめたのは三年前、まだムスタファおじさんとうちの親父が一緒にキュル丘の家——いまメヴルトがいるとこだ——に住んでた頃だ。学校に戻ろうなんて馬鹿な気が起きないよう、俺は最後に登校した日に、驢馬面の不細工で調子に乗った化学教師のフェヴズィの野郎に蹴り二発、拳骨三発をお見舞いしてやったんだ。クラスメイトの目の前で見せしめにしてやったのさ。前にPb_2《ペーベーイキ》（SO_4）《セーオードルト》とかなんとか抜かして、俺が「靴《パゴチ》」って答えたら、あいつはその答えを馬鹿にして、クラスメイト全員の前でさんざんコケにしやがった。しかもあいつは意味もなく俺を留年させた。アタテュルクの名のもとにそうするのが正しいとでも思ってんだろうな。だから、殴られたのは当然の報いさ。教師をボコボコにして何にも言わない高校に、俺は未練なんてないんだ。

スレイマン　驚くメヴルトに僕もこう教えてやったよ。「そのジャケットの左ポケットの裏地には穴が空いてるんだ。でも、絶対繕ったりしちゃ駄目だぜ。試験のときはカンニング・ペーパーをそこに仕込んでおくのさ。それにね、制服は学校だけじゃなくて晩にボザ売りをやってるときにも役に立つんだよ。夜中に制服を着て呼び売りをしている子供を見ると居ても立ってもいられなくなる客ってのはどこにでもいるからね。『坊や、ちゃんと勉強してるかい?』なんて言ってポケットにチョコレートとか、毛織の靴下とか、小銭とかを突っ込んでくれるんだ。だから家に帰ってきたらまずは上着を裏返しにして、中のものを取り出すといいよ。あと、学校はやめました、なんて言っちゃだめだぜ。将来はお医者さんになりたいです、とか答えておかないとね」

するとムスタファおじさんはこう言った。「メヴルトは学校をやめたりせんぞ！　本当に医者になるんだからな！　そうだろ、メヴルト？」

メヴルトは自分に向けられる親切心が同情とないまぜになったものであることを弁《わきま》えていたから、父親にいくら褒められても単純に喜んだりはしなかった。おじ一家が去年引っ越したキュル丘の向かいのドゥト丘の家は――メヴルトの父も建てるのを手伝ったそうだ――メヴルトの家よりもよほど清潔で、明るかった。村では床で食事を摂っていたおじとおばも、こ

こでは花柄のナイロン製のテーブルクロスを広げた食卓についているし、床も土むき出しではなくて、ちゃんと石が敷き詰められている。室内にはコロンヤの芳香が漂い、窓にはよくアイロン掛けされたカーテンがかかっているのを見て、メヴルトはここに住みたいと心から思ったものだ。しかも三つも部屋があるのだ。牛も小さな菜園も、家さえも売り払って家族総出で村を引き払い、イスタンブルに移住してきたアクタシュ一家に、幸せな暮らしを約束する家のように、メヴルトには思えたのだ。メヴルトは、いまだに幸せとは無縁で、そもそも幸せになる気があるのかどうかさえはっきりしない父親に怒りを覚え、それと同時に後ろめたさを感じた。

ムスタファ氏　メヴルト、俺は知っているんだ。お前が俺から隠れてハサン兄さんのところへ行っていることも、奴の雑貨店で新聞紙を折りたたむ手伝いをしていることも、食卓にお邪魔したり、スレイマンと遊んだりしていることもみんな、俺は知っているんだ。だが、あいつらは俺たちを騙している。俺はメヴルトに警告してやるんだ。俺たちカラタシュ家が手に入れるべきだったもんをみんな食い散らかしちまったのはアクタシュ家の連中なんだってな。息子が父親のそばじゃなく、言葉巧みに人を騙して分け前をみんなくすねちまおうって魂胆のペテン師一家と一緒にいるほうがいいのかと思うと、父さんは悲しいぞってな！　あんな制服を貰ったくらいで懐柔されちゃいかん。そもそも、そいつはお前が手に入れて当然の取り分なんだ！　お前の親父が一緒に切り拓いてやった土地をこれ見よがしにせしめてったくせに、悪びれもせずこんな近くで暮らし続けるような連中なんだ。あいつらはお前に敬意を払う気なんか、さらさらないんだ。それだけはよく承知しておけよ。分かったな、メヴルト？

ムスタファとハサンが金を稼ぐべくイスタンブルへ出てきたのは六年前、つまりは一九六〇年五月二十七日のクーデターからちょうど三年後、まだメヴルトが村の小学校で読み書きを習っていた時分のことだった。兄弟ははじめにドゥト丘の貸家に入居し、そこで二年暮らしたのち、家賃が値上がりしたのを機に、まだ家が建てられはじめたばかりのキュル丘に移ると、手ずからコンクリートブロックやセメント、ブリキ板を運んできてメヴルトがいま暮らしている家を建てた。越してきた当初は兄弟の仲はうまくいっていて、ヨーグルト売りの細かないろはを共に学び、はじめのうちは二人で一緒に呼び売りをし――のちに二人は笑いながら述懐したものだ――次第に別々の地区へヨーグルトを売りに行くようになった。このときもまだ、どちらが多く売ったの売らないのと諍《いさか》いが起きぬよう、稼ぎは二人で共有することにしていた。そもそも姉妹を娶《めと》った二人は、当時は仲良くやっていたのだ。メヴルトも、夫からの送金伝票を受け取っては大喜びしていた母親とおばさんの微笑ましい姿をよく憶えている。その頃のムスタファとハサンは、毎週日曜日になると連れ立って公園や海辺、あるいは喫茶店でぼんやりとして時間をつぶし、週に二回の髭剃りも同じシェーバーや剃刀を使ったし、夏に村に戻って子供たちや妻へ与える贈り物までお揃いだったのだ。

キュル丘の一夜建てへ越した一九六五年、兄弟は村から出てきたハサンの長男コルクトの手も借りつつ、キュル丘とは別にもう一カ所、向かいのドゥト丘に土地を拓いた。さらに、この年の総選挙前の楽観的な雰囲気や、選挙後に公正党は不法占拠地に正式の土地登記証書を出してくれるらしいといった噂に励まされつつ、ドゥト丘に二軒目の家を建てはじめたのである。

当時、キュル丘同様にドゥト丘にも正式に登記された地所は一つもなく、その代わりに空地に家を建てようとする者は土地の周囲にポプラとか柳の木を一、二本植え、境界には壁の一段目だけを積んで囲いを作ることになっていた。それから区長に金を払って、その土地に家を建てたり、樹木を植えたりしたのが自分であることを記した土地所有証明書を貰うのだ。この証明書は土地登記局が発行した書類と寸分たがわない出来で、区長自身が定規を使って描いた単純な区画図まで記されていた。さらに区長は、その区画図にやけに勢いのある筆遣いで、隣の土地は誰それのもの、斜面の下は誰それの家がある、泉がある、壁――多くの場合、壁の代わりに石が一つ二つ置かれているきりなのだけれど――がある、ポプラがあるなどと書きつけ、もし袖の下を弾んだ者であれば、土地の想像上の境界を実際よりも広く見せるための言葉も書き加えてやって、最後に証明書の隅に職印を捺《お》すのだ。

しかし土地そのものは、あくまで国土管理局か、森林管理局の所有物だから、区長から貰ったこの書類に法的実効力はない。従って国は、所有者未登記の土地に建てられた家をいつでも解体できるのである。手ずから家を建てた者たちはみな、その家での最初の晩に家が壊される悪夢にうなされたものだ。もっとも、十年に一度行われる総選挙の際には、票集めのために政権が一夜建ての所有権を認めるのが常だったから、こうなると俄かに区長が発行した書類が力を持つようになる。正式な登記が、区長の発行した証明書を見ながら行われる上に、この書類を持っていればその土地を他の者に売却することさえ可能だったからだ。仕事にあぶれ、食い詰め、家さえ持たない人々がアナトリアから毎日のように都市に押し寄せたこの時期、区長が発行した書類の取引価格はすぐに高騰し、値上がりした土地はすぐに切り売りされ、移住に拍車がかかればかかるほど、区長職の政治的影響力もまた拡大していったのである。

こうした一夜建て建設の活況の中でも、当局の力は依然として強く、もしそのときの政治情勢が許すのであれば、憲兵隊を引き連れて一夜建ての持ち主を法廷に引きずり出すことも、その家を打ち壊すことも思いのままだった。大切なのはただ一つ、一刻も早く家を建てて入居し生活をはじめてしまうことだ。すでに居住者がいる建築物を解体する場合は裁判所の許可が必要で、その許可を取るのにはひどく時間がかかったからだ。どこかの丘の土地を「俺のものだ！」と宣言したとして、ちょっとでも頭が回る者であれば家族や妻、友人の手を借りて一晩で四方の壁だけ積んでしまって、すぐにもそこで暮らしはじめるのが普通だった。そうすれば、あくる日にはもう、解体業者は家に指一本触れられなくなるのだから。屋根もなく、それどころか壁も窓も未完成の家で、星々は布団、夜空は屋根と心得てイスタンブルの最初の夜を過ごした母親と子供たちの話を聞くのが、メヴルトは大好きだった。噂では、「一夜建て」なる言葉を最初に使いはじめたのは一晩で十二軒の家の壁を入居可能な高さまで積み上げてみせたエルズィンジャン出身の親方だともいう。彼が老齢で身罷《みまか》ったとき、ドゥト丘に建てられた彼の墓の前には弔問客が何千人も押し寄せたのだとか。

いずれにせよメヴルトの父親とその兄は総選挙前の楽天的な雰囲気に背中を押されて一夜建てに取り掛かり、しかし建築資材や廃材の値が急騰してしまい、結局道半ばで放棄してしまった。総選挙後には、不法占拠地に正式の土地登記証書が発行されるらしい……そんな噂のせいで、国土管理局や森林管理局が管理する土地には大量の違法建築が建ち並ぶようになり、そのうちにそもそも一夜建てを築こうなどとは考えもしなかった人々までもが、とにかく都市郊外の丘へ行って、その土地の管理を任されている区長とか、区長とグルになっている連中——棍棒を持っていたり、武器を携えていたり、あるいは何かの政治結社に属していたりする人々だ——と取引をして、交通の便は最悪、辺鄙極まりなく、人が住めるのかさえ怪しい土地を手に入れて家を建てるようになったのである。違法建築の波は都市の中心部に建つアパルトマンにも及んだ。つまり、許可なしで建て増しされた高層階が姿を現したのである。かくして、イスタンブルの空地という空地はまたたくまに巨大な建築現場へと変貌を遂げた。家持ちのブルジョワたちが読むような新聞では、無計画な都市移住がしきりに非難されたものの、違法建築の熱狂は都市全体に波及していった。一夜建て用の低品質のコンクリートブロックを製造する小さな町工場や、セメントやそのほかの建築資材を扱う店々は夜中まで営業し、レンガやセメント、砂利や木材、それに鉄やガラスを満載した馬車に軽トラック、ミニバスがベルやらクラクションやらを陽気に鳴らしながら、砂埃まみれの道や貧しい丘への坂道を駆けずり回った。

「俺もハサンおじさんの家を建てるために日がな一日トンカチ片手に頑張ったんだ」祝祭日になるとキュル丘からドゥト丘に挨拶に向かう道すがら、メヴルトは父親からいつもこう言われたものだ。

「これだけは肝に銘じておけよ。俺はな、お前におじさんやいとこどもと敵対しろって言ってるわけじゃないんだ」

スレイマン　いまの話は正確じゃないよ。メヴルトは知ってたんだからね。キュル丘の家の建築が途中で止まっちゃったのは、ムスタファおじさんがイスタンブルで稼いだお金を残らず村に送っちゃったからなんだって。去年、家を建ててる頃には僕と兄さんだって、ムスタファおじさんと一緒に住みたいって思ってたのさ。でも、あの人は性格が悪いからしょっちゅううちの一家の悪口を言うし、僕たち甥っ子にだって失礼な態度を取るんだ。それで、とうとう父さんが愛想をつかしたってのが本当のところさ。

父親がハサンおじさんやその息子のコルクトとスレイマンについて「あいつらはな、いまにお前を売り飛ばすつもりなんだ」などと言うたび、メヴルトは居心地が悪くなった。祝祭日や、ドゥト丘のサッカーチームがはじめて試合をした日、あるいはモスク建設を祝するためにヴラル一家の会社が人々を招待した日のような特別なときに、父親と一緒にアクタシュ一家を訪ねても、心から楽しむことができなくなってしまった。サフィイェおばさんのスコーンを食べ

たかったし、スレイマンやコルクトにも会いたかったし、清潔でよく手入れされた家の快適さや、賑やかさを味わいたいと願う一方で、メヴルトの父ムスタファとおじハサンが交わす辛辣なやり取りが耳に入るにつけ、ひどく孤独で惨めな気分になって気が乗らなくなってしまうのだ。

アクタシュ家をはじめて訪ねたときも、父親はメヴルトが享受すべき権利をちゃんと弁えておくようにとでも思ったのか、まずはドゥト丘の家の窓やら門やらをじっくり眺めまわした末に皆に聞こえる大声で「あそこは緑色に塗ったほうがいいな。側壁にも漆喰を塗らないと」などと言っては、自分たち親子にもドゥト丘の家の所有権があるのだと知らしめようとした。

さらにのちのこと、父親がハサンおじさんにこんなことを言っているのを耳にしたこともある。「まとまった金が入ったら、またこの沼地みたいな土地に金をかければいいさ！」するとハサンおじさんはこう答えた。「ここが沼地だって？　いまでさえ元の一・五倍にはなってるのに。この土地を売るつもりはないよ」

この手の言い争いが仲直りで終わることは少なく、むしろより悪化するのが常だった。そんなとき父親は、メヴルトが食後の果物の砂糖煮を平らげるどころか、その中に入ったオレンジにさえ口を付けていないというのにさっさと席を立ち、息子の手を取ってこう言い放つのだ。「さあ、息子よ、立て！　帰るぞ！」そうして外の暗がりまで出るとさらにこう畳みかける。「俺ははじめからお前に言ったろう？　ここに来るのはやめようってな。もう二度と来ないからな」

ハサンおじさんの一家の暮らすドゥト丘から、自分の家があるキュル丘へ向かう道すがら、メヴルトは遠くに見える街明かりやビロードのように滑らかで濃密な夜闇、あるいはイスタンブルのネオンに、ふいに気を取られた。群青色の空に星がまたたいていれば、メヴルトはその星の一つをじっと見つめながら、いまだにぐちぐち言っている父親の大きな手を握りしめ「僕とお父さんが、このままあの星に向かって歩いているんだったらなあ」などと空想に耽ることもあったし、街明かりが見えない晩でも辺りの丘には幾千という淡いオレンジ色の家明かりがともっていた。メヴルトにとって、それはもう慣れ親しんだ世界の明かりだったからなのか、一層眩しく煌めいているような気がしたものだ。そして近隣の丘の明かりが霧に紛れて見えないとき、徐々に濃くなっていく霧の中に、ふいに響く犬の遠吠えが聞こえることもあった。

4　メヴルトの呼び売りのはじまり
――居丈高になるのはお前の仕事じゃない――

「息子や、お前の栄えある仕事はじめに俺が髭を剃ってやろう」ある朝、起き抜けのメヴルトに父親が言った。「最初の教訓だ。ヨーグルトだろうがボザだろうが、商売をするなら清潔にしとかんといかん。客の中には手とか爪とかを見る人もいる。シャツとかズボンとか靴とかを見る人もな。よそ様の家にあがるときは、すぐに靴を脱ぐのが礼儀だ。だから靴下も穴あきじゃいかんし、臭くてもだめだ。もっとも、ライオンみたいに健康な身体に天使みたいな心を備えたお前なら、きっと麝香《じゃこう》みたいにいい匂いに違いないがな。なあ?」

慣れない手つきではあったものの、メヴルトは父親を真似ながらヨーグルトの入った木の盥《たらい》を担ぎ棒の両端にひっかけ、バランスを取る術も、父親と同じように盥の中に簀《さく》を置くことも、木板を置いて蓋をする術もすぐに覚えてしまった。

父親が軽くしてくれたこともあって、はじめのうちメヴルトはヨーグルトの重さを感じなかったが、キュル丘と街を結ぶ土の道を歩くうちに、すぐにヨーグルト売りが荷運び人と同種の厳しい仕事だと悟った。トラックや馬車、路線バスがひっきりなしに行きかう埃っぽい道を半時間も歩くと、道がアスファルトに変わった。看板や雑貨店のショーウィンドウに吊るされた新聞の大見出し、電柱に貼り付けられた割礼屋や予備校の広告――メヴルトはそこに書かれた文字をじっくりと読みながら気を紛らわせた。いまだに焼けずに残っている木造のお屋敷やオスマン帝国時代から建つ兵営、へこみだらけのチェック柄の内装の乗り合いタクシー、陽気な調子でクラクションを鳴らしながら砂埃を巻き上げていく長距離運行の乗り合いバス、隊伍を組む兵士たち、石畳の道路でサッカーをする少年たち、乳母車を押す母親たち、色とりどりの靴やブーツで飾られたショーウィンドウ、忌々しげにホイッスルを吹きながら白い巨大な手袋で交通整理をする警官――街に分け入るにつれて現れるそれらに、メヴルトは目を見張った。

大きくてまん丸のヘッドライトが、まるで目をむく老人みたいな五六年式ダッジ・ロイヤル、フロントグリルのせいで厚い上唇の上に口髭をたくわえた紳士のように見える五七年式のプリムス、六一年式オペル・レコルトはといえば、意地悪く笑ってばかりいたところを石にされ口許から歯並びを覗かせる性悪女にそっくりだ。ロングノーズトラックは巨大なウルフハウンド、唸り声をあげながら走るシュコダ製の市営バスは四つんばいの熊――メヴルトはそんな具合に車を何かにたとえたものだ。

六、七階建てのアパルトマンの外壁を覆い尽くすタメク社のケチャップとか、ラックス社の石鹸の巨大な看板の中から微笑みかける、ヨーロッパの映画に出てきたり教科書に載ったりしているようなスカーフをかぶっていない美女たちを横目に、父親は広場から右に折れて日陰の通りに入ると、「ヨーグルト売りだよー！」と声を張り上げた。狭い裏通りの通行人がみな、自分たちを見ているような気がした。それでも父親は、歩みを緩めずにもう一度声をあげ、手に持った鈴を鳴らした。わざわざ息子のほうを振り返ったりはしなかったが、一瞬見えたきりりとした表情から、父親がちゃんと自分のことを考えてくれているのが分かった。すぐに上の階のどこかの窓が開く音がして、男性かスカーフをかぶった婦人なのかは分からないけれど「ヨーグルト売りさん、上まで上がってきておくれ！」

と声がかかった。父子は建物に入って、炒めた油の匂いが漂う階段を上って扉の前に立った。

メヴルトは、呼び売り稼業を続けるうちに幾千回となくイスタンブルの家庭の台所にまで立ち入ったが、そのたびに主婦やおばさん、子供たち、あるいはお婆ちゃんやお爺ちゃん、はたまた定年退職した住人とかお手伝いさんとか、養子とか、みなし子とかの喧《やかま》しい話し声に耳を傾けたものだ。

「いらっしゃい、ムスタファさん。このお皿に半キロよそってもらえるかしら?」、「おお、ムスタファ。久しぶりだね。夏は村でなにしてたんだい?」、「ヨーグルト売りさん、ねえってば。酸っぱいんじゃないだろうね、お前さんのヨーグルトは? こっちのお皿にちょいとよそっとくれ。誤魔化しはきかないからね?」、「ムスタファさん、この可愛らしい子供は誰かしら? あら、あなたのお子さん? 素晴らしいわ!」、「ああ、ヨーグルト売りさん、わざわざ上までご苦労なこったね。でも、雑貨店で買っちまったんだよ。もううちの冷蔵庫はどでかいボウルのヨーグルトでいっぱいさ」、「いま、誰も家にいないの。だから、お代はそのノートに書いておいて」、「うちの子たちが嫌いだからクリームは混ぜないでね」、「ムスタファ兄さん、うちの娘が大きくなったら、あんたの息子さんと結婚させよう」、「おいおい、ヨーグルト売りやい、どこで油売ってたんだい? たった二階分上って来るのにぐずぐずしやがって!」、「ヨーグルト売りさんや、このお椀がいいかね? それともこっちのお皿を渡したほうがいいのかしらねえ?」、「ヨーグルト屋さん、先週は一キロでもっと安くなかったかい?」、「ヨーグルト売り、このアパルトマンのエレベーターは呼び売り商人は乗っちゃいけないんだ。わかったな?」、「お前さんのヨーグルトはどこ産だい?」、「ムスタファさん、出てくときは外扉をちゃんと閉めていってね。門番がどっか行っちゃったのよ」、「ムスタファさん、こんな子供を連れまわすもんじゃないよ。ちゃんと登録して中学校へおやりなさい。でないと金輪際、お前さんからは買わないよ」、「ヨーグルト売りさん、二日に一回半キロ置いていっておくれ。それなら、そっちの子に来てもらうだけで充分だろ」、「ああ、大丈夫よ。うちの犬は噛んだりしないから。ただ匂いを嗅いでるだけなのよ。ほら、あなたが好きみたいよ」、「ムスタファ兄さん、ちょっと寄っていきなさい。家内も子供もいなくてね。ラジオをかけてると声が聞こえにくくてね。次のときはもうちょっと大きな声で呼んでおくれ」、「ヨーグルト売りさん、トマト味のピラウがあるけど、温めたら食べてくかい?」、「この靴、うちの子に合わなくてね。息子さんにどうかしら?」、「ムスタファさん、子供を母親なしで育てちゃいけないわ。奥さんもこっちへ来て、あなたたちの面倒を見てくれればいいのにねえ」。

ムスタファ氏　「どういたしまして奥さん。あなたにお売りしたヨーグルトを神様がもっとおいしくしてくださいますように」俺はお客の家から出るとき、必ずそう言った。しっかり頭を下げながらな。ライオンの口からパンをかすめ取って金持ちになるにゃ、まずはへりくだって頭を下げるのが肝心だってメヴルトに学んでほしかったんだ。「どうも手袋をありがとうございます、ご亭主」別のときには、ちょいと大げさに腰を折ってそう礼を言ったもんさ。「さあメヴルト、頂いた手袋はこの冬ずっとつけているんだぞ。神様、ご亭主に感謝いたします。……ほら、メヴルト、ご亭主の手の甲に口づけなさい……」でも、メヴルトは言いつけに従わず、ただじっと正面を見つめたままだった。俺は通りに戻ると「おい、息子よ」と言い聞かせたんだ。「傲慢になっちゃいかん。スープ一杯、靴下一足だって鼻であしらっちゃいかんのだ。この手袋はな、俺たちがあの人らにしてやった仕事の代価にすぎん。なにせ世界一うまいヨーグルトをわざわざ届けてやってるからこそ、こういった代価も貰えるんだ。ただそれだけの話なんだ」

そうこうするうちにひと月が経ち、今度はとあるご婦人が羊毛で編んだ縁なし帽をくれたときのことだ。メヴルトははじめは顔をしかめて、それでも俺が怖くて「手の甲に口づけします」とは言ったものの、結局やらず仕舞いだった。俺はさらに諭したもんさ。

「よくお聞き。居丈高になるのはお前の仕事じゃない。俺がやれと言ったら、黙ってお客の手に口づけしなさい。あの人はただのお客じゃない。とても気のいいご婦人なんだから。みんながあのご婦人みたいにいい人じゃないんだぞ。この街にはな、引っ越しするのを隠してツケでヨーグルトを買って、そのままとんずらこく不義理な連中がいくらでもいるんだ。お前に親切にしてくれる善人に、傲慢に振舞っているうちは金持ちには決してなれん。見ろ、お前のおじさんのハジュ・ハミト・ヴラルさんへのおべっか使いを。もしお前が、あの人らが金持ちで、自分たちが貧乏人だからって恥ずかしがってんなら、そんな考えは捨てなさい。金持ちだなんだって言われてる連中は、ただ俺たちより先にイスタンブルにやって来て金を稼いだだけの連中だ。違いといえばそれだけなんだ」

平日、メヴルトは毎朝八時五分から午後一時までアタテュルク男子中高等学校で授業を受けた。放課後のチャイムが鳴れば校門の前にたむろする物売りたちをかき分け、トランプの賭金で揉めて、学外に出るなり上着を脱いで殴り合いをはじめる生徒の間を走り抜け、ヨーグルトを売りに出ている父親と落ち合う。待ち合わせ場所はフィダンという名の食堂だった。そうしてメヴルトは、教科書とノートが詰まった鞄を食堂に預け、日が暮れるまで呼び売りに出るのだ。

メヴルトの父親には、フィダン食堂のように週に二、三回はヨーグルトを買ってくれるちゃんとした商売相手が街の方々にいたのだけれど、値下げをふっかけてくる食堂の店主と喧嘩して、さっさと見切りをつけると新しい食堂を開拓しに行くこともあった。

労力の割には実入りが少ない商売相手ではあったけれど、メヴルトの父親は堅実な食堂の店主たちとの付き合いをやめることができなかった。彼らの店のバックヤードや大型の冷蔵庫、あるいはバルコニーとか裏庭とかが父の倉庫代わりで、そこにヨーグルトの盥やボザを詰めたエナメル容器を置かせてもらっていたからだ。アルコールを出さず、職人たちを相手に家庭料理とか、ドネル・ケバブとか、果物の砂糖煮とかを出すこの手の食堂の店主やウェイター長が、メヴルトの父親の友人だった。ときには、父子を店のバックヤードの卓に招いて、挽肉と刻み野菜のソテーとか、ヒヨコ豆入りのピラウとか、パンとか、ヨーグルトとかを出してくれて、お喋りに興じることもあった。メヴルトは食卓を囲んで交わされるお喋りの時間が好きだった。マルボロの煙草とロト籤《くじ》を商う露天商や、ベイオール地区の生き字引である退職した警官、隣近所の写真屋の丁稚などと一緒に、物価が上がり続けているだとか、スポーツ籤や偽造品の煙草、洋酒を扱う呼び売り商人たちが取り締まられているだとか、アンカラの最新の政治事情はかくかくしかじか、市警察のイスタンブルの路上監査がどうこうなどと話し合うのだ。タルラバシュ地区の坂の下にアール出身のクルド人の部族が住みはじめた、お役所はタクスィム広場を取り巻くブキニスト（本の露天商）たちが左翼組織とつながっていると疑って一掃するつもりらしい、坂の下のほうの通りで車上荒らしをしている窃盗団が、タルラバシュ界隈を牛耳る黒海出身の窃盗団と本格的な縄張り争いになって、棍棒やらチェーンやらを持って抗争をはじめた――みな一様に煙草を吸い、口髭をたくわえた男たちの話に耳を傾けていると、メヴルトにはイスタンブルの路上の秘密が徐々に浸みだしてくるような心地がしてくるのだった。

　路上にいれば、喧嘩や交通事故、スリ、女性が嫌がらせを受けている場面に出くわすこともあれば、悲鳴が上がったり、強請《ゆす》りの現場に遭遇したり、罵詈雑言が交わされていたり、ナイフが抜かれたりということも少なくなかった。そんなときメヴルト父子はそそくさとその場から離れるのだった。

ムスタファ氏　「連中はすぐに目撃証言を取ろうとするんだ。よくよく気を付けるんだぞ」　俺はメヴルトにそう教えてやった。「一度でもお国の記録に残っちまったらお終いだ。住所を漏らしでもしたら、なお悪い。すぐにでも裁判所から召喚状が来ちまうからな。もし出頭しなかったら今度は警察が来る。『なんで出頭しなかったんですか？』程度じゃ済まんぞ。あいつらは職業とか、税金は払ってるかとか、本籍地はどこになってるんだとか、何をして稼いでるんだとかさえ、尋ねやしない。左派か右派かだって確かめないで逮捕しちまうんだからな」

お父さんはなんで突然、裏道に入ろうとするんだろう？　さっきまで「ヨーグルトだよ！」って声を張り上げていたかと思ったら、どうして突然長いこと黙り込むんだろう？　窓を開けて「ヨーグルト売りさん、ヨーグルト売りさん、おおい！」って呼ばれてるのに、聞こえないふりをするのはなぜ？　両頬に口づけして抱擁まで交わしたエルズルム出身の人たちに、あとから「最悪の連中だ」なんて陰口を叩くのはどうして？　なんであのお客さんにはヨーグルト二キロを半額で売ったの？　メヴルトには分からないことだらけだった。ときおり、まだまだ回らねばならない常連や、父子を待つ家々が残っているというのに、父親は目の前に現れた珈琲店の入り口に担ぎ棒もヨーグルトもほったらかして店内に入ると、まるで死人みたいに卓に座り込んでチャイを頼み、あとは身動き一つしない。でも、これはメヴルトにも理由が分かった。

ムスタファ氏　ヨーグルト売りの一日は、ひたすら歩くだけで暮れる。市営も私営も、路線バスはヨーグルトの盥を載せちゃくれないし、タクシーなんぞヨーグルト売りの稼ぎで乗れるもんじゃない。あんたも四十キロも五十キロもある荷物を担いで三十キロも歩いてみりゃいいさ。俺たちの仕事はま

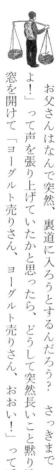

るっきり荷運びだ。

メヴルトの父親は週に二、三回、ドゥト丘からエミノニュ地区まで二時間かけて歩いていく。スィルケジ駅の近くの空地に、トラキア地方の牧場から軽トラック満杯のヨーグルトが運ばれてくるのだ。荷下ろしの作業は、待っている呼び売り商人や食堂の人間が押し合いへし合いする中で行われる。精算も、少し離れたところで行われているオリーヴとかチーズとかのアルミ容器の返却も、数の確認もみな、ガラタ橋のほうからひっきりなしに届く喧騒や、フェリーの汽笛や電車の警笛、あるいはバスの唸り声が混ざり合う混乱のなかで済まされる。その喧騒のなかメヴルトは、いつも父親から買い物帳を持っているように言われていた。別段、難しい仕事ではないから、メヴルトはこう思ったものだ――読み書きを知らないお父さんは、仕事を任されている僕をみんなに見せるためにここへ連れてきてるんだな。

こうして仕入れが終わると、父親は六十キロに届こうかというヨーグルトを、独特の颯爽とした様子で担ぎ、汗まみれになって四十分も立ち止まらずに歩き続け、荷物の一部はベイオール地区の食堂に、残りはパングアルトゥの別の食堂に預ける。そうして、ふたたびスィルケジ駅に取って返すと、さっきと同じ分量のヨーグルトをもう一度担ぎあげ、さっきと同じか、あるいはまた別の食堂に預けに行く。これらの店を起点に裏道を知り尽くした通りや、家々をめぐり歩いてさまざまな地区へヨーグルトを〝配達〟するのだ。父ムスタファは、十月に入って急に寒くなると、週に二回、同じようにしてボザの仕入れにも出かける。ヴェファ・ボザ店で詰めてもらったボザの容器を担ぎ棒に結わえつけ、馴染みの食堂に預け、それから家に運んで砂糖で味付けをし、香辛料を混ぜ、毎晩七時にボザを売りに出ていく。もちろん、メヴルトと一緒に馴染みの食堂の厨房や裏庭で味付けを済ませて時間を節約することもあった。さまざまな場所に、これは満杯、これは半分、これは空といった具合にヨーグルトの盥やボザの容器を置いておいて、それを配達先や道の状況に合わせて最低限の距離で最大限の稼ぎが得られるように割り振っていく父親の姿に、メヴルトは賛嘆の念を覚えたものだ。

ムスタファは客の一人一人に名前で呼びかけるだけでなく、誰がクリーム入りが好きで、誰が嫌いかといったヨーグルトの好みや、酸っぱいのがいい、新鮮なのがいいといったボザの好みもみな憶えていた。にわか雨に降られてたまたま入っただけだと思ったかび臭い喫茶店の店主親子と知り合いだったり、道をぶらついているときに行きあった馬車に乗っていたくず物商と両頬に口づけして抱擁を交わしたり、警察官と親しげにしたり──あとで「最低の野郎だ」と言っていたが──するのを見るたびメヴルトは驚かされたものだ。通り沿いやアパルトマン、あるいは何かの建物に並ぶ扉やインターフォン、庭の木戸、おかしな形の螺旋階段、エレベーター──それらの開け方や使い方、ボタンの押し方や閂《かんぬき》の抜き方のような細々としたことを、お父さんはどうやって覚えているんだろう？　ムスタファは息子の教育にも余念がなかった。「ここはユダヤ教徒のお墓だから声をあげちゃいかんぞ」、「ここの銀行では俺たちのギュミュシュデレ村出身の門番が働いてるんだ。いい人だから覚えておきなさい」、「反対側にはこっからじゃなくて、あっちのガードレールが途切れたところから渡るんだ。そうすれば車も少ないし危なくない。なにより時間もかからんしな！」

ある日、かび臭いアパルトマンの暗い階段の踊り場で、手探りで道を探しているメヴルトに父親が言った。「はてさて、ここには何があるかな？　さあ、この蓋を開けてみなさい」メヴルトは薄暗がりの中で、とある部屋の扉に鉄線でくっつけられたボックスを、まるでアラジンの魔法のランプを扱うかのように慎重に開けた。ボックス内の影の中には器が置かれていて、その隅に一枚の紙切れを見つけた。「さあ、読んでおくれ！　何て書いてある？」

メヴルトはいまにも消えそうな廊下の明かりに、学校用のノートから破り取られたらしい紙片を宝物の隠し場所が記された地図のように恭しくかざし、囁くように読みあげた。「半キロ、クリーム入り！」

まるで都会言葉で話す識者を見るように自分を仰ぎ、都市の秘密を学ぼうとうずうずしている息子を父親は誇りに思ったものだ。思わず歩調を速める息子を父親はなだめた。

「そろそろお前もあれこれ覚えたみたいだな。そう、何にでも目端が利いて、でも見えない振りをできる男になるんだぞ。何にでも耳をそばだてて、でも聞こえない振りのできる男にな。その頃には一日十時間歩き回ったって全然歩いた気がしないようにもなるだろうよ。息子や、疲れたなら座ろうか？」

「うん、ちょっと休みたい」

メヴルトたちが都会に出てきて二カ月も経たないうちに寒くなり、晩にボザ売りに出かけるのが辛くなった。午前は学校へ行き、午後から父親とヨーグルトを売りに出る。四時間かけて十五キロも歩いて家に帰れば泥のように眠る。たまに食堂や喫茶店で一服しているときも、メヴルトは卓に頭を預けてうつらうつらするのだけれど、「ここの珈琲店の店主だって早起きなんだ。それに場違いだぞ」と言って父親に起こされてしまう。

やがてメヴルトは、晩にボザを売りに出ようと起こされれば、「お父さん、明日は歴史の試験があるんだよ、家で勉強しないと」と答え、朝どうしても起きられないときは「今日は学校が休みなんだよ」と言うようになった。そんなとき父親は、一緒にヨーグルトを売りに出ればいつもよりも稼げると言って喜んだものだ。ボザの容器を担いだ父親が、静かに扉を閉めて出かけて、眠りこけるメヴルトをそっとしておいてくれることもあった。しばらくして目を覚ましたメヴルトの耳には、またぞろ街の音が聞こえてくるのだが、このときばかりは恐怖のみならず、父親の優しさや彼と手を繋ぐと感じる温かな気持ちのことを思って悲しくなってしまうから、寝呆けていた自分が許せず、勉強にも身が入らず、ますます良心の呵責に苛まれる羽目になるのだった。

5　アタテュルク男子中高等学校
——教育は金持ちと貧乏人の格差をなくすのである——

ドゥト丘アタテュルク男子中高等学校は、ドゥト丘やその他の丘とイスタンブル市街を結ぶ道のそばの低地にでんと構えていて、その様子は、ボクル渓流に沿って後から築かれた地区や、急速に一夜建てが広がる他の丘々から、まるで色とりどりの点描のように遠望することができた。庭で洗濯物を干す母親、麵棒でパンの生地をこねるおばさん、喫茶店でオケイ（数字の書かれた札を並べて役を作る麻雀に似たゲーム）やトランプに興じる失業者。それに高校のオレンジ色の校舎やアタテュルクの胸像、それに体育と宗教の授業を受けもつ〝盲目〟のケリム先生の監視のもと、いつもゴム製の靴を履いて、ズボンと長袖シャツを着て、広い校庭で延々と運動させられる生徒たちを。四十五分に一回、丘までは聞こえないチャイムが鳴ると何百人もの生徒たちが一斉に校庭に散っていって、ふたたび音なきチャイムが鳴ると一瞬で姿を消す。ただし、毎週月曜日に中高合わせて千二百名の生徒がアタテュルクの胸像の前で斉唱する国歌『独立行進曲』だけは、丘々の間に力強く木霊して、周囲の何千という家々にまで届いたものだ。

国歌斉唱前には、校舎の入り口の大階段に校長のファズル先生が登場し、アタテュルクや愛国心、民族、決して忘れてはならない過去の軍事的勝利についての演説があり（ファズル校長はモハーチの戦い（一五六二年にオスマン帝国がハンガリーに圧勝した会戦）のような血腥《ちなまぐさ》い征服戦がお好みだ）、最後に「君たちもアタテュルクのようになりなさい」と結ぶのだった。校長の隣で、教頭の〝骸骨〟がまるで警官みたいに生徒たちに睨みを利かせているのは、素行の悪い上級生たちが野次を飛ばしたり——はじめの年、村出身のメヴルトには彼らが何を言っているのかよく分からなかった——下品で醜悪な奇声を発したりしないようにするためだ。こんな具合に厳しく見張られているのは、大集団に囲まれていようが不遜な態度をとり、右派で信仰深い生徒からも、左派で民族主義者からも（ちなみに右派の生徒はみな信仰深く、左派の生徒は余さず民族主義者だった）尊敬される反逆者たちの存在があるからで、メヴルトが彼らと知り合うのは入学から一年半後の十四歳のとき、つまりはメヴルトが学校の作り物めいた秩序に疑いを抱きはじめた頃のことだ。

一方、学校と、なによりもトルコ共和国の将来を憂う校長先生の一番の悩みは、千二百名の生徒が『独立行進曲』をちゃんと斉唱できないことだった。とくに、めいめいが好き勝手に歌ったり、〝最劣等生〟の中にはまったく歌わない者までいるので、校長はかんかんだった。校庭の片側の隅に集まった生徒たちが国歌を歌い終えているのを尻目に、反対側の生徒たちはまだ半分しか歌えていなかったりするものだから、国歌を〝拳の一撃のごとく〟勇壮に歌わせたい校長は、雨だろうが雪だろうがお構いなく、千二百名の生徒に幾度も幾度も歌いなおさせるのだ。それでも、やる気のない生徒や頑固な生徒は斉唱を台無しにするものだから、やがてはどっと笑いを引き起こし、寒さに震える愛国的な生徒と、将来の望みもない自堕落な生徒との間で乱闘がはじまるのだ。

メヴルトはというと、この手の喧嘩を遠巻きに見守りながら、不調法な生徒のからかいの言葉に笑い、しかし〝骸骨〟に捕まってはたまらないと歯を食いしばることにしていた。もっとも、いざ三日月と星のトルコ国旗が重々しく掲揚されると、後ろめたくなって、ついには涙ぐみながら心から国歌を歌いはじめるのだけれど。そう、メヴルトは生涯それがどこであれ、たとえ映画の中であってさえ、国旗が掲げられれば目をうるませたものだ。

　メヴルトはアタテュルクのような男になりたかったのだ。ちょうど校長が言ったように、「すべてを祖国に捧げた」アタテュルクのように。そして、そのためには中学三年、高校三年を無事に終える必要がある。いまだかつて村の誰も成し遂げ得なかったこの偉業は、学校に入りたてのメヴルトにとっては、それこそ国旗のように、祖国のように、そしてアタテュルクのように美しく、神聖不可侵な目標だった。一夜建ての地区から学校へ通う生徒の多くは、父親と一緒に呼び売りをしていたり、あるいはどこかの工房で丁稚として働いていて、大半は少し大きくなると学業を諦めるのが普通だった。彼らはパン屋とか、板金工とか、溶接工とかの徒弟にしてもらう順番を待っているに過ぎなかったからだ。

　一方、ファズル校長の目標は、教室の前列に座る品行方正な家庭の出の生徒と、後列の貧乏な家の有象無象どもとの間に、調和と秩序に裏打ちされた確固たる規律を築き上げることだった。このため、朝の国旗掲揚のたびに繰り返していたある哲学があった――「教育は金持ちと貧乏人の格差をなくすのである！」。しかし、ファズル校長が貧しい子供たちに「だから、よく勉強すれば君たちもお金持ちになれるぞ」と言いたかったのか、それとも「勉強ができれば、どんなに貧しくてもばれないぞ」と言いたかったのかは、メヴルトには分からなかった。

　校長先生は、アタテュルク男子中高等学校の教育がいかに優れているかをトルコじゅうに知らしめるべく生徒チームを、イスタンブル・ラジオ主催の高校生学力コンテストで入賞させようと目論《もくろ》んでいた。そのため校長は、山の手の地区の子供たちで結成されたこのチーム（やっかみ屋や怠け者の生徒たちからは「暗記虫」と呼ばれていた）につきっきりでオスマン帝国の皇帝たちの生年月日と死亡年月日を暗記させようと努めていた。さらには国旗掲揚の際に、車の修理工場や溶接工の徒弟になって学業を断念した昔の生徒たちを、文明化や学問に対する裏切り者だとでも言いたげな口ぶりで誹《そし》り、メヴルトのように学校に通いながら午後はヨーグルトの呼び売りをする生徒に説教し、金稼ぎに執心の生徒をまっとうな道に戻そうとこんな具合に叫ぶのだ。「トルコを救うのはピラウ売りや呼び売り商人、ドネル・ケバブ売りではない！　学問なのだ！」曰く、かのアインシュタインも貧しかったではないか、それどころか物理の単位を落としたというではないか。曰く、だからと言ってはした金を稼ぐために学業を諦めたりは決してしなかったではないか。曰く、そうして名声を勝ち得、立派な男になったではないか。

骸骨　我がドゥット丘アタテュルク男子中高等学校はもともと、メジディイェキョイや周辺の高級住宅街の近代的かつ西欧的な集合住宅に住む公務員や弁護士、あるいはお医者さんのお子さん方のためにと築かれたのです。ところが、情けないことにここ十年というもの、街の後背の丘の空地に、まったくもって違法に築かれた一夜建ての街からやって来るアナトリアの貧しい子供の群れに占拠されておりまして、いまでは学校をうまく回すのさえ難しいといった有様。呼び売りばかりして登校しない生徒、どっかで仕事をはじめて中退した生徒、窃盗やら暴力沙汰を起こしたり、教師を脅したり、嫌がらせをしたりして放校処分になった生徒たちは、それこそ数えきれないほどいるというのに、我が校のクラスには変わらずそうした生徒たちがひしめき合っています。現代風に作られた三十人教室に――まこと、まことに遺憾ながら――五十五名の生徒が詰め込まれて授業を受けておるのです。二人掛けの椅子には肩を寄せ合うようにして三人が腰かけ、休み時間ともなれば駆け回る生徒も歩く生徒もはしゃぎ回る生徒も、とにかくダッジム・カーのようにしょっちゅうぶつかり合って、チャイムが鳴っても、喧嘩がはじまり、誰かがちょっと急いだだけで廊下や階段にはすぐに人ごみが出来ます。その結果、私たち教師は押しつぶされたり、突き飛ばされて転んでしまった華奢な子たちを職員室へ連れていって、悲嘆にくれながら傷口にコロンヤを塗ってやる羽目になるのです。こんなごみごみした環境ですから、有効な教育方針は生徒に理解させることではなく、暗記させることとなります。なにせ、暗記こそがあらゆる生徒の記憶力を発達させるのですし、偉人たちへの敬意を刷り込んでくれるのですから。

　中学一年生のときと二年生の一学期にかけての一年半、メヴルトは教室のどこに座ればよいのかいつも迷っていた。この問題をどうにか解決しようと頭を悩ませるうちに、彼は生あるうちに何を為すべきかと思索にふける哲学者のごとき憂鬱にとりつかれてしまった。教師が言っていたような「アタテュルクが誇りに思ってくれるほどのエリート」になるためには、ノートをきちんと取り、ネクタイも着崩さず、宿題もちゃんとやって来る文句なしの生徒たち——もちろん、高級住宅地の毛並みのいい家庭の子供たちだ——と友達にならなければならない。学校がはじまった最初の月が終わらないうちに、メヴルトはそう悟った。それというのも、自分と同じように一夜建てで暮らし（つまり全校生徒の三分の二にあたる）なおかつ成績優秀な生徒にはついぞお目にかからなかったからだ。もちろん、メヴルトと同じく「ああ、こいつは頭のいい子だ。しっかり勉強しなさい」と言われ、一夜建てに住みながらも真面目に勉学に取り組む驚くべき生徒も何人かはいた。しかし、みな別のクラスだったし、なにより生徒でごった返す学校の中で、たいていが〝牛〟とか言われて馬鹿にされているそうした人見知りの生徒たちと言葉を交わすのは難しかった。さらに言えば、同じ一夜建てに暮らしているはずの〝牛〟たちが、同じ境遇のメヴルトに胡乱《うろん》な視線を向けてくるのも、声をかけるのをためらった一因だ。

そんなわけで、教室の前列に座席を確保し、宿題をちゃんとやって来るまっとうな家庭の出の生徒たちと仲良くしたり、彼らの隣に座ると、メヴルトはひどく気分が良くなった。しかし、前列に座るためにはいつも教師の目の中をじっと見つめ、いざ教師が話しはじめても結局、結論が出ないまま終わる文章――なにか教育的な意図があるのだろう――の真意を察し、いち早く答えてそれを完成させなければならない。だからメヴルトは、教師が質問をしたときはたとえ答えが分からなくとも、さも答えは分かっているとでも言いたげな気楽な態度を装って、指を立てるようになった（トルコでは手を挙げる際に、人差し指を立てる）。

しかし、メヴルトが馴染もうと躍起になっていた高級住宅地のアパルトマンに住む子供たちは奇妙で、いつも人の心を挫くような連中だった。たとえば、中学一年生のとき、メヴルトがその隣に座るという特権を得た〝新郎〟がまさにそれだ。ある雪の日、新聞紙を丸めて糸で結わえたボールでサッカーをする生徒や（学内へのサッカーボールの持ち込みは禁止だった）ぎゃあぎゃあ喚きながら喋る生徒、怒鳴りながら喧嘩をする生徒、あるいはサッカー選手のブロマイドや小さなペン、三つにちぎった煙草を賭けて何かゲームをしている生徒でごった返す校庭で、〝新郎〟が踏みつけられそうになったことがある。突如として癇癪を起こした〝新郎〟は、メヴルトのほうを振り向いてこう言い放ったのだ。「この学校は百姓どもでごった返してる！　お父さんに頼んで僕は転校するぞ！」

新郎　僕はネクタイとか上着とか、身なりにはすごく気を遣っているんだ。婦人科医をしているお父さんのアフターシェーヴクリームをたっぷりつけて学校へ行く朝もあるくらいだ。それで学校がはじまって最初の月にみんなが僕に〝新郎《ダマト》〟なんてあだ名をつけたんだ。汚物や臭い息、汗の漂う教室の臭気の中にあっては、アフターシェーヴクリームの匂いは新鮮な空気のようだから、僕がクリームをつけていないとこう尋ねられるんだ。「おい、〝新郎〟やい。今日は披露宴はないのかい?」僕がとんでもなく軟弱なんだって言う奴もいるけど、そうじゃない。一度、もっとクリームの匂いを嗅ぐためだとか言って、まるきり僕がおかま野郎だってな感じで鼻づらを僕の首筋に近づけてきた変態野郎のほっぺたにきつい拳骨をお見舞いしてぶち倒してからは、後ろの席に座るガラの悪い連中からだって一目置かれるようになったんだからね。僕がこんな学校にいるのは、けちなお父さんが私立の学費を出してくれなかったからだ。

あの日も僕は、メヴルトにこの悩みを打ち明けていた。すると生物学教師の〝巨乳〟メラハトがこう言ったんだ。「学籍番号一〇一九、メヴルト・カラタシュ! お喋りが過ぎますよ! 後ろの席にお行きなさい!」

「先生、僕ら一言も喋ってません!」すぐさま僕はそう答えたよ。メヴルトは勘違いしていたようだけど、別に騎士のような勇気を発揮したからじゃない。メラハトなら僕みたいないいとこの子供を後列に島流ししたりしないだろうって知ってたってだけのことさ。

後列に下がらされてもメヴルトはそれほどくよくよしなかった。前にもこういうことはあったからだ。そして、メヴルトは行儀が良さそうであどけない顔立ちをしていたし、いつも教師から質問が出れば指を立てて答えを知っているふりをしていたから、なにかの際にまた前列に潜りこむことができたのだ。教室がひどく喧《やかま》しくなると教師のほうから席替えをすることもあって、可愛らしい顔をしたメヴルトが縋りつくような、服従するような眼差しで教師の目の中を覗き込めば、大抵は前のほうの席にまんまと戻れる。もっとも、目の悪い歴史学教師に後列に送られてしまうこともあったが。

また別のとき、巨乳の生物学のメラハト先生がメヴルトを後列にやろうとしたことがある。このときも〝新郎〟は毅然と反対した。「先生、メヴルトをここに座らせておいてやってください。ほら、こんなに先生の授業が好きなんですよ」

しかし、メラハト先生は残酷にこう言い放った。「あなたには見えないの？　その子、木みたいに背が高いじゃないの。その子のせいで後ろの生徒たちは黒板が見えないのよ」

小学校を卒業したあと、無為に一年間も村で放っておかれたため、メヴルトはクラスの大方の生徒よりも年上だった。加えて、最近覚えたての自慰と、恵まれた体格のあいだに後ろめたいつながりを想像してしまったから、前列から後ろを振り返るたびに恥ずかしくなった。メヴルトが後ろへ下がると聞いて、後列の連中は拍手し、「メヴルト、こっちに帰っておいで！」などと囃し立てた。

後列というのは、柄の悪い連中や、怠け者に馬鹿ども、やけにガタイのいい不良や年のいった子供たち、つまりはいずれ退学になる連中の居場所に他ならない。仕事を見つけて学校をやめる者も大半はこの後列にいる。あるいは、学外に仕事が見つからず漫然と後列で年をとっていくだけの生徒も。もとから前列に行くのは気が引けたり、頭が悪かったり、あるいは年がいっていたり、体格が良すぎたりするのを心得ていて、登校日初日から進んで後列に座る者もいた。メヴルトのように、後列に座るという最悪の運命を決して受け入れようとしない生徒もいたけれど、大半は必死にあがき、あれこれ夢見たのち――まるで、決して金持ちになどなれないと今わの際に気が付く貧乏人のように――終いにはしぶしぶ痛ましい現実を受け入れるのだった。まるきりミイラのような見かけをしている歴史学教師の〝ラムセス〟を筆頭とする教師陣のほうも、後列に座る連中に何かを教えようとするのはまったくの徒労だと経験的によく理解していたし、それ以外の教師も（たとえば、ふいに目が合うと嬉しくて、メヴルトが知らず知らずのうちに恋した若い内気な英語教師のナズル先生がそうだ）、後列の生徒と衝突したり、なにか口論になったりするのが怖くて、彼らのほうを見ようともしなかった。

　後列の生徒と真正面からことを構えようとする教師は、それこそ千二百名の生徒を一瞬で怖がらせることのできる校長も含めて、一人もいなかった。なぜなら、その種の対立はすぐに血の応酬を招きかねないし、そうなればその教師は後列の生徒のみならず全校生徒から襲撃されかねなかったからだ。あらゆる生徒の怒りを誘う注意すべき問題は、教師が一夜建ての地区から通う生徒をからかうことだ。生徒たちの方言や故郷の気性、あるいはその無知や、その顔に毎日、紫陽花《あじさい》のように赤く花開くにきび——それらが教師によってからかいの対象となれば、すぐに喧嘩沙汰になるのである。もっとも教師のほうも負けてはいなくて、授業中、教師の解説などよりもよほど面白い小話を披露したり、ひっきりなしに冗談を飛ばすような生徒がいると、定規で殴り、罵詈雑言を浴びせて貶《けな》し、黙らせようとするのだった。一時期、全校生徒の憎悪を一身に集めたのは、若い化学教師のきざなフェヴズィだ。彼が二酸化鉛かなにかの化学式を書こうと黒板のほうを向くたび、生徒たちは芯を抜いたボールペンのケースを吹き矢にして、まるで鉛玉のように打ち出される米粒の標的にしたものだ。なぜならフェヴズィ先生は、ちょっと怯えさせてやろうと思った「東部人」の生徒（当時は誰も「クルド人」などという言葉は使わなかったのだ）の言葉遣いやら服装やらをさんざん馬鹿にしたからだ。

　後列の生徒の中でも素行のよろしくない連中の中には、弱そうだと当たりをつけた内気な教師を脅すために、あるいはただの思い付きから授業を遮ってこんなことを言い出す者もいた。

「もういいよ、先生。薄っぺらな授業はさ。退屈ったらありゃしない。それより少しばかり先生のヨーロッパ旅行の話をしてよ！」

「先生、はるばるスペインまで一人で列車旅行したってのは本当かい？」

　まるで夏の野外映画館で、上映中の映画についてああでもないこうでもないとまくし立てる観客さながらに、後列の生徒たちが授業内での出来事を大声でネタにし、一斉に大笑いしたりするものだから、黒板に問題を書いた教師に前列の生徒の答えが聞こえないほど教室はいつも喧しかった。だからメヴルトは、後列へ島流しされるたびに、教師の解説がよく聞こえなくなってしまうのだった。ただし、メヴルトが真面目な生徒だったというわけでもない。なぜなら、メヴルトにとって学校一番の楽しみは、後列の連中が飛ばす冗談を肴に、英語のナズル先生の声に耳をそばだてることだったのだから。

6　中学校と政治
―明日、学校はないんだ―

ムスタファ氏　あくる年の秋、中学二年生になってもまだ、メヴルトは「ヨーグルトだよ！」と呼び売りの声を張り上げるのを恥ずかしがっていた。もっとも、ヨーグルトの盥やボザの容器を担ぐのにはさすがに慣れた様子だ。午後には、俺が言いつけたとおりに仕事をできるようにもなった。たとえば、ベイオール地区の裏通りのどこかの食堂からスィルケジ駅近くの倉庫まで空の盥を担いでいって、ヨーグルトを満杯にして帰って来るとか、あるいはヴェファ地区のヴェファ・ボザ店から生《き》のままのボザをベイオール地区のラースィムの店――炒めた油と玉ねぎの匂いがするんだ――に預けて、キュル丘まで帰って来るような仕事はこなせるようになったんだ。夜遅く、俺が帰って来るとメヴルトがまだ食卓について勉強してることもあって、そんなとき俺はこう言ったもんだ。

「たいしたもんだ！　この調子ならうちの村初の大学教授はお前だな！」

　勉強がうまくいってるとメヴルトは「お父さん、聞いてくれる？」なんて言って、天井を見上げながら教科書を暗誦するんだ。俺のほうをそっと見上げるときは、どっか分からないとこがあるときだ。

「息子や、読み書きを知らない父親に助けなんか期待しちゃいかんぞ。答えが俺の顔に書いてあるわけじゃないんだから」

メヴルトは中学二年生になっても、学校にも呼び売りにも飽きたりはしなかった。ときどき「お父さん、今晩は僕も一緒に行くよ。明日、学校はないんだ」なんて言われると、俺は反対しない。まあ、「宿題があるから行かないよ。学校が終わったらまっすぐ帰って来るからね」って言うときもあったがな。

メヴルトはアタテュルク男子中高等学校の他の生徒と同様に学外での暮らしを努めて隠し、放課後に呼び売りをしていることは、たとえ同じような境遇の同級生相手であってさえ洩らそうとはしなかった。父親と一緒にヨーグルトを売っている同級生を見かけることがあっても、必ず知らないふりをして、あくる日にその生徒に会ってもそのことはおくびにも出さなかった。しかし、生徒たちがどんなふうに勉強をしていて、誰が呼び売り稼業をしているか否かは注意深く観察していて、彼らが将来なにになるのか、あるいはその生涯にどんなことを為し得るのかについては常に思いを巡らせていた。だから年の瀬のタルラバシュ地区で、馬の歩調に合わせて馬車を操る父親と一緒に通りを巡り、古紙や空き瓶、金属のくずの山を回収して回るホユク出身の同級生に出くわしたときも、メヴルトはひどく慎重だったが、この同級生――授業中、いつもぼんやりとした表情で窓の外を見つめていた――が二年生に進級して四カ月目にふっと学校へ来なくなったときもその話が教室で出たためしがないことに思い当たった。メヴルトにはもうよく分かっていたのだ。仕事についたり丁稚になったりして中学校をやめていった他の生徒たちと同じく、彼のことも長くは覚えていられず、やがては永遠に忘れてしまうだろうことを。

若々しいナズル先生は真っ白な肌をしていて、緑色のつぶらな瞳に青葉がプリントされた前掛けをした英語教師だった。メヴルトは彼女が自分たちとはまったくの別世界で生まれ育ったことを弁えていたので、彼女の傍にいるためには級長になるしかないことも承知していた。つまり、教師が言うことを聞かせられない、かといってビンタしたり定規で叩いたりすればどんなしっぺ返しを食らうか分からない問題児たちを蹴ったり殴ったり脅しつけたりして従わせる役割である。たしかに、校則違反や生徒の蛮声に対して無力なナズル先生のような教師たちは級長を頼りにしていた。この手の仕事を請け負いたがるのは、たいていが後列の生徒だった。彼らは、何かにつけて女教師を助けようと、授業中に自ら立ち上がって授業の平穏を乱す不届き者にいつでも後頭部に拳骨を見舞ったり、耳を引っ張ったりできるよう見回って監視していた。ナズル先生の注目を浴びようとするやんちゃな生徒の背中をぶん殴る前に一言、「授業を聞けよ、お前ら」とか、「先生に失礼だろ！」とか怒鳴るのだ。相変わらず後列のほうは見ないようにしながらも、この手助けに満足している様子のナズル先生を見るたび、メヴルトは怒りや嫉妬に駆られたものだ。――もし僕が級長に選ばれれば、馬鹿どもを黙らせるのに暴力は使わないぞ、だって僕は一夜建ての貧乏人の一人だから、連中はそれだけで僕の話を聞いてくれるはずだもの。ところが、学外で激化の一途をたどっていた政治情勢の変化のせいで、メヴルトの目論見は水泡に帰してしまうのだった。

軍事クーデターが起こり、長年首相を務めてきたスレイマン・デミレルが退陣を余儀なくされたのは一九七一年の三月のことだ。クーデター後、左派系の革命組織は銀行を襲い、外交官を誘拐して人質に取るようになり、政府のほうもしょっちゅう戒厳令を敷いたり、外出禁止令を出して対抗し、軍や警察は四六時中、家宅捜索をするようになった。街の壁という壁は指名手配犯や容疑者の顔写真で埋め尽くされ、本や偽造品を扱う露店も禁止された。彼らは呼び売り商人の一種だから、メヴルトたちにとっては他人ごとではなく、父親は「無政府主義者どもめ、呪われちまえ」と毒づいたものだ。もっとも、監獄へ放り込まれた何千人もの無政府主義者がいくら拷問を受けようと、イスタンブルの通りを行き来する呼び売り商人や、その他の無認可の仕事に就く者たちの暮らし向きが良くなったというわけでもなかった。

　イスタンブルのありとあらゆる歩道、不潔かつ無秩序と思われる場所（実のところイスタンブルはどこでもそうだったのだけれど）、大きなスズカケノキの幹やオスマン帝国時代から残る家の壁——軍隊はそれらすべてを兵営さながらに真っ白に石灰で塗りつぶした。乗り合いバスが停留所以外で客を拾ったり降ろしたりするのも、呼び売り商人が広場や大通り、溜池のあるような瀟洒《しょうしゃ》な公園、フェリーや電車の中に立ち入るのも禁止になった。誰もが知るヤクザが半ば公然とやっていた賭博場や売春宿、密輸したヨーロッパ製の煙草と酒を扱う店なども、新聞記者を従えた警官隊に踏み込まれた。

　クーデター後に〝骸骨〟教頭が、左派と思しき教師を要職から締め出すに及び、ナズル先生がメヴルトを級長にする可能性もなくなってしまった。なぜなら、ナズル先生は授業を休むようになり、夫が指名手配されていると噂されたからだ。秩序、規律、清潔——ラジオやテレビから垂れ流される文句はありとあらゆる人々を感化し、学校でも、校舎の壁面や便所の個室の扉、あるいは人目につかないところに書かれた政治スローガンや卑猥な文言、教師にまつわるたちの悪い小話とか落書き（たとえば、〝骸骨〟教頭と巨乳のメラハトが致しているところ）が一斉にペンキで塗りつぶされた。教師に反抗的な生徒や、素行の悪い生徒、なにかあるとすぐに政治スローガンを喚きたてて授業を政治的な議論やら宣伝工作やらにすり替えようとする血気盛んな生徒が鳴りを潜めるに及んで、校長と〝骸骨〟教頭はいよいよ『独立行進曲』を朝礼で唱和させられると考えたようで、アタテュルクの胸像の両脇にポールを立ててモスクのミナレットさながらにスピーカーを取り付けたのだけれど、これは金属的で耳障りな騒音という新たな我慢の種を不良たちに強《し》いただけで終わってしまった。いや、それどころかスピーカーから流れる音声が全校生徒の歌声をかき消してしまうので、国歌を歌う生徒の数まで減ってしまったのだ。変化といえば、歴史学教師の〝ラムセス〟がこれまで以上に血にまみれた戦勝とか、国旗の色は血潮の色だとか、トルコ民族の血潮は他の民族とはまったく異なる色なのだとか、吹聴するようになったことくらいだった。

モヒニ　俺の本当の名前はアリ・ヤルヌズ。モヒニっていうのはインドのパンディット・ネルー大統領が一九五〇年にトルコの子供たちに贈った美しい象の名前なんだ。イスタンブルの高校で〝モヒニ〟っていうあだ名を賜るためには、ただ図体が大きくて、年よりも老けて見えて、俺みたいに身体を左右に大きく振って歩くだけじゃ足りない。貧乏で、感性も鋭くなくっちゃね。預言者イブラヒム様が仰ったように、象ってのはとても繊細な生き物だから。一九七一年のクーデターのあと、俺たちの学校で起きた一番すごい政治的な変化っていうのは、生徒が〝骸骨〟をはじめとする教師陣に敢然と立ち向かう意思表示として伸ばしていた長髪を切らされたことだ。歌謡曲にご執心の医者やらお役人の子供だけじゃなくて、一夜建ての街から通う美しい長髪の生徒たちまで泣きを見たんだから、とんでもない災厄だったんだよ。「ヨーロッパのふしだらな歌手たちの悪影響を受け、男子が女子のように長い髪を生やすのはまったくもって適当なことではないのです」校長や〝骸骨〟教頭は、月曜日の朝礼でそうまくし立てていたんだけど、実際に髪の毛を切らされたのはクーデターが起こって、学校へ軍隊がやって来たあとのことだ。学校に軍のジープが乗りつけ、中尉さんがやって来たときには「東部の大地震で被災した人たちを助けるためだよ」なんて言う生徒もいたけど、機を見るに敏な〝骸骨〟教頭は、あらかじめドゥト丘で一番古参の床屋を呼んでいたのさ。恥ずかしい話だけども、俺も軍人の姿を見てすっかり怖くなってしまって、渋々、髪の毛を切ったよ。髪の毛を切られると、途端に自分が格好悪くなった気がしたな。軍隊がおっかないからって当局に頭を垂れ、自ら進んですたすたと床屋の椅子についた自分が、なんとも忌々しかったもんさ。

クーデター後、メヴルトが級長になりたがっているのを察知した〝骸骨〟は、この品行方正な生徒を昼休み中にモヒニの助手にしてやった。授業中でも廊下に出ることができたし、他の生徒から抜きんでるチャンスでもあったのでメヴルトは素直にこれを喜んだ。毎日、昼休みのはじまる前の十一時十分になると、モヒニとメヴルトは教室を出て、薄暗くてかび臭い廊下を抜けて地下へ降りていく。まずモヒニは地下の石炭置場に隣接する高校生たちの便所——メヴルトは怖くて視線を向けることさえできなかった——に立ち寄って一息つく。煙草の煙がもうもうと立ち込め、糞尿の臭いが充満する中で煙草の吸殻を高校生にせがみ、なんとかかんとか恵んでもらえると火をつけて一服やりながら、辛抱強く扉の前で待つメヴルトにひどく優雅な口調でこう言った。

「鎮静剤を吸ってるんだよ」それから給食室へ行くと、モヒニは彼の身の丈はありそうなアルミ容器を担いで階段を上り、教室のストーヴの脇にそいつをそっと置くのである。

　粗末で大きなこの容器にはユニセフが貧困国の学校に無償で配布している脱脂粉乳が詰まっていた。肉の腐臭が漂う給食室で作られたひどい臭いでやけどするほど熱い代物だ。そうして昼休みがはじまると、モヒニは主婦さながらの細やかな手つきで生徒たちが家から持ってきた色とりどり、形もさまざまのコップに脱脂粉乳をよそいはじめる。その脇では見張りの教師が肝油ドロップ——これまたユニセフから贈られ、全校生徒の憎悪の対象となっていた——を、まるで宝石みたいに恭しく生徒に配ったのち、警官よろしく生徒たちの間を見回り、この悪臭ふんぷんたる代物をちゃんと平らげたかどうか確認していくのである。もっとも、大半の生徒は肝油ドロップを賭け事が行われるゴミだらけの校庭の一角に向けて窓から指ではじいたり、さもなければ教室を臭くして楽しもうと床に落として踏みつけるのが常で、中には芯を抜いたボールペンの筒で肝油ドロップを黒板に向けて吹き出す生徒もいた。ドゥト丘のアタテュルク男子中高等学校の教室の黒板にねばねばした跡が残り、外来者を不安にさせる悪臭を放っているのは、この肝油ドロップ爆撃のせいなのである。あるとき、上階の九年C組のアタテュルクの肖像が肝油ドロップの標的となったときには、さすがの〝骸骨〟教頭も肝をつぶし、イスタンブル市警と教育委員長に監察官を送って諮問会を開くよう打診したものだ。しかし、経験豊富で面倒見の良い教育委員長は「共和国建国の父や、政府高官に対して何らかの敵対行動を取ろうとしてのことではない」と戒厳令下で政務を取り仕切る司令官たちに説明し、事なきを得たのだった。かくして、脱脂粉乳と肝油ドロップにまつわる生徒諸君の慣行を政治的示威行動に仕立て上げようとする試みは頓挫したわけである。イスラム主義者も民族主義者も左翼も、みな一丸となって、「西欧による圧迫に屈したトルコ政府が子供たちに強いた汚臭漂う毒物である」と肝油ドロップを貶し、ついにはそれを論じた本まで出版されるようになるのは何年もあとのことだ。

メヴルトは、文学の授業でオスマン帝国の剣を握りしめた尖兵たちがバルカン半島の国々を征服したときに感じた誇りを詠むヤフヤー・ケマル（一八八四―一九五八、トルコの詩人、作家）の詩篇を読むたびに、幸せな気分になった。教師が不在の自習時間に、詩を朗読させている時間だけは、後列に陣取る一等始末の悪い生徒までもが天使のような無邪気さに身を任せるようになるのだ。雨が降っている日などは（一瞬、ヨーグルトを売りに出ている父親のことが気にかかった）、メヴルトは暖かい教室で詩を朗読しながら、永遠にこの教室に座っていられたらいいのに、母や姉たちと離れているけれど、街の暮らしは村のよりずっと素敵だ、などとあれこれ考えるのだった。

軍事クーデターから数週間が経ち、戒厳令と外出禁止令、それにひっきりなしに行われた家宅捜索によって何千人もの人間が逮捕されると、いつものように禁止令も少し緩和され、呼び売り商人も気楽に商売に出られるようになり、アタテュルク男子中高等学校の外壁沿いにヒヨコ豆や胡麻パン、キャンディーや綿飴の売人たちが戻って来た。やけに暑い春のある日、普段はルールにうるさいメヴルトは、あえて禁を犯してまで呼び売りをする人々の間に自分と同じ年恰好の子供を見つけてうらやましく思った。見覚えのある顔のその子供は、大きな字で「運試し《クスメト》」と書かれた箱を持っていて、その中には見栄えのする景品——プラスチック製の兵隊の人形、チューインガム、櫛、サッカー選手のブロマイド、手鏡、ビー玉等々——に交じって、大きなビニール製のサッカーボールが入っていた。

「呼び売り商人からの買い物は禁止されてるんだぞ。知らないのかい？　何を売ってるんだい？」

メヴルトはいかにもしかつめらしい態度を装いながらそう声をかけた。

「神様に愛された者は金持ちに、愛されない者は貧乏になるのさ。このカラフルな穴のどれかに針を刺してごらんよ。そうしたら君への景品が何なのか、君は幸運なのか不運なのかがわかるってもんさ」

「この遊び、君が考えたの？　この景品、どこで買ったの？」

「景品も運試しの箱もセットで三十二リラで売ってるぜ。そこいらを回って一回六十クルシュで百回も客にやらせれば六十リラは稼げるぞ。週末に公園でやればもっと金になる。そうだ、君が金持ちになるか貧乏なままかいま試してみるか？　いいよ、一つ穴を選べよ。特別にタダにしてやるよ」

「見てろよ、僕は金持ちになるんだから」

メヴルトは躊躇することなく手を伸ばすと、慣れた手つきで差し出された玉付きの針を受け取った。箱にはまだ開けられていない丸穴がいくらでもあって、メヴルトは慎重に一穴に狙いを定めて針を突き刺した。

「残念！　はずれだ！」

メヴルトは腹を立てて言った。「ちょっと貸してみてよ」穴の開いた色付きのアルミホイルの穴の下には、贈り物はおろか占いの文言一つ書かれていなかった。「はずれだとどうするんだ？」

「はずれの人にはこいつをあげるんだ」

メヴルトが尋ねると、子供はマッチ箱くらいの大きさのゴーフルをくれながらこう言った。「さあさあ、今回は運がなかったな。でも、運試しで負けた分は恋で取り返せるって言うぜ。悪運がなくなったんだから、次は勝てるってこと。わかったかい？」

「わかったよ。……君、名前は？　学籍番号はいくつ？」

「三七五番のフェルハト・ユルマズだよ。俺のこと、〝骸骨〟に言いつける気なのか？」

メヴルトは「まさか」とでもいうように目を見開き、フェルハトも「だよな」とでもいうような表情を浮かべた。このとき二人は、親友になれるに違いないとすぐに思った。

フェルハトは同い年にもかかわらず、都会言葉や街のこと、店の場所をよく知っていて、そこの人々の秘密に明るく、メヴルトは大いに感心した。学校の売店なんてペテン師のたまり場さ、歴史学教師の〝ラムセス〟なんて、馬鹿どもの一人にすぎない、だって他の教師のほとんども何事もなく授業を終えて給料を貰えりゃそれでいいって最悪の連中なんだからなどとフェルハトは言うのだった。

〝骸骨〟教頭が、長い時間をかけて用務員や清掃員、給食室で脱脂粉乳を混ぜる係とか石炭の守番とかで組織した小さな軍団を使って、学校の塀沿いに店を出す呼び売り商人たちを一掃しようと決意したのはある寒い日のことだった。メヴルトも塀の端から大人たちの乱闘を見物していて、生徒はみな呼び売り商人のほうを応援していたが、学校側のほうが一枚上手だった。煎り豆売りと石炭の守番のアブデュルヴァハプが殴り合うのを見た〝骸骨〟教頭が、「警察を呼ぶぞ。戒厳令司令部にも電話してやる」と脅しをかけたのである。そのやり取りは、呼び売り商人に対する政府や学校の運営側に立つ人々の態度を象徴する光景としてメヴルトの脳裏に深々と刻み込まれた。

ナズル先生が学校をやめると聞いたとき、メヴルトの心は千々に乱れた。心にぽっかり穴が空いてしまったようで、自分がいかに彼女を想っていたのか思い知らされたのである。メヴルトは三日も学校を休み、どうしてなのかと問われても父親にはただ具合が悪いのだと嘘をついた。だからこそ、フェルハトの飛ばす冗談や、機転、なによりもその気立てのよさが救いになった。メヴルトはフェルハトと一緒に学校をサボって街に出て、例の籤引き商売のためベシクタシュ地区やマチカ地区の公園をぶらつくようになったのだ。将来、ヨーグルト・ボザ売りのメヴルト氏を贔屓にしてくれるお客の家の戸口で披露されるであろう〝当意即妙〟な言葉遣いや冗談、それに自分の〝意図〟や〝運命〟についての洞察に富んだ物言いは、すべてこの頃にフェルハトから学んだものなのである。「自分の意図が何なのか明かさないことには、自分の運命がどうなるかなんて分からないものです」やがてメヴルトは、夜にボザを売るときも、そんな気の利いた言葉を口にするようになった。

もう一つ、フェルハトについてメヴルトが驚いたのは、彼がヨーロッパの若い娘と文通しているという事実だった。その娘たちはちゃんと実在しているらしく、フェルハトのポケットには彼女たちの写真さえ入っていた。あの〝新郎〟が学校に持ち込んだ音楽・若者雑誌『ヘイ!』の文通希望者欄から彼女たちの住所を仕入れたのだそうだ。ちなみに、トルコ初の若者向け雑誌『ヘイ!』は、保守的な家庭の怒りを買わないよう、トルコ人の娘ではなくヨーロッパの娘たちの住所だけを載せることにしていた。フェルハトは、手紙自体は別の誰かに書かせていて――それが誰か、彼は決して明かさなかった――自分が路上で呼び売りをしていることもひた隠しにしていた。メヴルトも、もし自分がヨーロッパ娘に手紙を書くとしたら、何を書こうかと想像してみたものの、何も思い浮かばなかった。ヨーロッパ娘から届いた写真を見て、同級生たちの中には恋に落ちる者もいたし、彼女たちが実在しないと証明しようと躍起になる者もいた。あるいは、写真の上に落書きをして、滅茶苦茶にしてしまう嫉妬深い生徒たちも。

同じ頃、メヴルトの呼び売り商人としての人生を揺さぶったもう一つの出来事は、図書室で出会ったとある雑誌だった。アタテュルク男子中高等学校の図書室は、教師が不在の自習時間に生徒たちが馬鹿なことをしないよう送り込まれる場所だ。図書室長のアイセル女史がそんな生徒たちにあてがったのは、リタイア後に富裕な地区で暮らす医者や弁護士が寄贈した古雑誌だった。『素晴らしきアタテュルク』、『考古学と芸術』、『精神と物質』、『私たちのトルコ』、『医学界』、『知恵の宝物庫』――アイセル女史は二、三十年も前に発刊された色褪せた雑誌を、二人の生徒につき一冊ずつ、恭しく配っていく。そうして雑誌が行きわたるとメヴルトが耳をそばだてて聞き入った読書についての箇にして要を得た高説を開陳するのである。

「読書のときは絶対にお喋りしてはいけません」――冗談好きの生徒が必ずといっていいほど真似てみせたスピーチはこう始まる。「読んでいるものを音読せずに、心で読むのです。そうしないと知識を身につけて役に立てることはできません。ページの終わりまで来てもすぐに捲《めく》ってはいけません。一緒に読んでいるお友達も読み終えたか確認できるまでお待ちなさい。確認が取れたら、指をなめてページを汚すような真似はせずに捲りなさい。ページに何か書き込んでもいけませんよ。落書きなどもってのほかです。写真に口髭も眼鏡も顎鬚も描き加えてはなりません。それに写真を眺めるだけでもいけません。ちゃんと本文を読んで、それから写真を見るのです。雑誌をお終いまで読んだら静かに手をお上げなさい。私が新しい雑誌を持っていきます。でも、雑誌を読み切る時間はなさそうね」アイセル女史はそこまで言ってから口を閉ざし、メヴルトの同級生たちの顔を見回して自分の話を聞いていたか確かめたのち、両手を前掛けのポケットに入れると、うずうずとして待ちきれない様子の兵士たちに突撃と略奪を命じるオスマン帝国の司令官のごとく最後の言葉を口にする。

「さあ、お読みなさい」

すると唸り声がして、怯えと好奇心が入り混じったかのようなページを繰る音がそれに続く。メヴルトと隣のモヒニに配られたのは、トルコ初の超心理学雑誌『精神と物質』の一九五二年六月号――つまり二十年も前の号だ――だった。雑誌のページを指に唾をつけずに慎重に捲っていくと、犬の写真が現れて二人ははたと手を止めた。

記事の見出しは「犬は人間の考えていることが分かっている?」だった。メヴルトは、最初はよく分からないまま、奇妙に逸《はや》る心で急かされるように貪り読み、モヒニにもう一回読んでもいいかと尋ねた。何年ものちのこと、メヴルトはこの記事に書かれた考えとか理論のことは忘れても、それを読んだときの気持ちだけははっきりと憶えていた。つまり、このとき感じたこの世のすべては互いに繋がっているのだという感覚を、彼は後年まで憶えていたわけである。また犬たちはメヴルトが思っている以上に、夜中の墓場や空地から彼のほうを窺っていたらしい。メヴルトがあんなにもその記事に心動かされたのはきっと、誌面を飾る犬の写真が、この手の雑誌にありがちなおとなしそうなヨーロッパ産の愛玩犬ではなく、イスタンブルの通りにいる泥色をした大きな野良犬だったからかもしれない。

学年末の六月の第一週に成績表が配られ、メヴルトは英語が追試になったことを知った。

「親父さんには言わないほうがいいよ。殺されちゃうぜ」

フェルハトの言うとおりだったが、父親は中学の成績表を自分の目で確認したがるだろう。イスタンブルの他の学校へ移ったナズル先生が、追試の監督官としてやって来るらしいという噂もあって、村に戻ったメヴルトは中学を卒業するためにも夏の間ずっと英語の勉強をした。ジェンネトプナル村の小学校には英語の辞書さえなく、彼の手伝いをできそうな村人もいなかった。しかし、七月に入ると隣のギュミュシュデレ村にドイツへ移った一家が戻って来た。メヴルトは、テレビ一式を積んだフォードのタウヌスで乗りつけたその一家の息子に英語を習いはじめた。ドイツの中学校に通っていて、ドイツ語訛りの英語とトルコ語を話すその少年から村の木陰で小一時間、教科書片手に勉強を習うために、メヴルトは毎日のように片道三時間の道のりを歩くのだった。

アブドゥルラフマン氏　ドイツ者の一家の息子から英語を習うという幸運に恵まれたメヴルト少年の物語が、ようやくつましき我がギュミュシュデレ村に戻って来たのだから、ここいらで諸君のお許しを得て、わしらを襲った不運な時代のことを手短にお話ししておこう。ああ神よ、わしが諸君とこうしてはじめて出会った一九六八年のいかに幸せであったことか！　なにせ、美しい三人の娘と一緒に、天使のように無垢な心根の物静かなその母親が、まだ生きておったのだから。しかし、美しい三女サミハが生まれてのち、我が家を悪魔が襲ったのだ。当時、男の子が欲しくてしようがなかったわしは、四番目の子供を作ろうとしたのだ。かくして生まれてすぐにムラトと名付けた幼子が誕生した。しかし、貴《とうと》き神は、幼子とその母親を、出産から一時間も経たぬうちに御許に呼び寄せておしまいになった。我がムラトと連れ合いたる天使は神のおわす天へと召され、わしはといえば三人の娘と一緒に残され、寡夫になってしまった。はじめのうちは、わしと娘たちは母親の寝床に横になって、亡き妻の残り香に包まれて朝まで涙に暮れたものだ。わしは赤ん坊の頃から娘たちを中国の皇帝の姫君のように、それはそれは大切に育てたものよ。ベイシェヒルやイスタンブルでべべを買ってやったのもそのためだ。酔っぱらいが無駄遣いしとる——もしそんなことを抜かす阿呆がいたら、わしはこう答えてやる。通りでヨーグルトを売り歩くうちに、背筋が捻じ曲がっちまったわしのような人間にとって、将来の暮らしを保障してくれるのは、一人一人が宝物庫の宝石みたいに美しいこの娘たちしかおらんのだ、とな。だがまあ、ここから先はわしの可愛い天使たちが自分で話してくれることだろう。長女はヴェディハで十歳、末の三女は六歳でサミハというのだ。

ヴェディハ　授業中、先生はどうして他の子でなくて、私のことばかり見てるのかしら？　どうして、イスタンブルに行って海や船を見てみたいって言っちゃいけないのかしら？　食卓の片づけも、寝床や料理の準備もお父さんのお世話も、どうして私が率先してやらないといけないのかしら？　妹たちがお喋りして笑ってるのを見ると、どうして私は苛々するのかな？

ライハ　私も海を見たことなんて一度もありません。あ、でも雲が別のものに見えることならあります。私ね、早くお母さんの歳になって結婚したいんです。アルティショーは好きじゃありません。死んじゃったムラトとお母さんが私たちを見守ってくれているって思うことがあるんです。そんなときは泣きながら眠ってしまうのがいいの。それにしても、どうしてみんな「なんて賢い娘だ」って言って私を可愛がってくれるのかしら？　隣村から来たお兄さんと、ドイツから帰って来たお兄さんが二人でスズカケノキの下でご本を読んでいるとき、私とサミハは遠くから眺めていました。

サミハ　松の木の下に男の人が二人いる。わたしはライハお姉ちゃんとお手々をつないでいて、絶対離さないの。おうちに帰るときも手はつないだままよ。

メヴルト父子がイスタンブルへ戻ったのは八月の末だった。追試に間に合うよう、いつもより早く村を出たのだ。キュル丘の家は、三年前にメヴルトがはじめて足を踏み入れたときそのままの、湿気た土の臭いがした。

三日後、アタテュルク男子中高等学校の一番大きい教室で追試を受けたが、結局のところナズル先生は監督には現れず、メヴルトはひどく失望した。それでもメヴルトはなんとか持ち直して、うまいこと問題を解いてみせた。無事に高校生活がはじまった二週間後、メヴルトは中学校の卒業証書を受け取るために〝骸骨〟教頭の部屋へ行った。

「よくやったぞ、一〇一九番。ほら、卒業証書だぞ！」

メヴルトはその日、何度も何度も鞄から卒業証書を取り出しては確かめ、夜には父親に見せた。

「これで警官か警備員になれるようになったな」と父親は言った。

思えばメヴルトは、残りの人生ずっと中学校で過ごした日々を懐かしんだ。トルコ人であることは世界で一番幸せで、都市での暮らしは村のそれよりもずっと素晴らしいのだと学んだのが、その頃だったからだ。喧嘩したり、脅しつけられたりしたのち、いざ国歌斉唱がはじまると、どんなに不真面目で乱暴な生徒でも、その顔にどこか決意を湛えた表情を浮かべたのを思い出すにつけ、メヴルトは顔をほころばせたものだ。

7 エルヤザル座
―生死に関わる問題だ―

一九七二年十一月のある日曜日の朝、メヴルトと父親がその週のヨーグルトの配達ルートの計画を立てているとき、もう父親と一緒にヨーグルトを運ばなくてよいのだと気が付いた。だんだんとその数を増すヨーグルト製造会社が、盥ごとタクスィムやシシリの呼び売り商のところまで届けてくれるようになったのだ。もはや、エミノニュ地区で受け取った五、六十キロの重荷を担いでベイオール地区やシシリ地区まで荷運び人のようにして運ぶ必要はなく、トラックの荷卸し場で受け取ってそのまま呼び売りに出たり、家々に届けたりするだけでよいのだ。やがて父子は、それぞれ別々のルートを手分けして回れば稼ぎが増えることにも気が付いた。週に二回、どちらかが運んでくるボザも、砂糖で味付けをしたら夜には別々の通りに売りに出るようになった。

こうした状況の変化は、メヴルトにある種の解放感をもたらしはしたけれど、それが勘違いだと悟るまで、さほど時間はかからなかった。それというのも、食堂の店主とか、放っておくとなんでもかんでもせがもうとする主婦とか、門番とか、ヨーグルトの盥やボザの容器を預けてある場所の持ち主とかとの付き合いは思った以上に時間と労力がかかり、そのせいで学校を休むことも多くなってしまったのだ。

父親の傍らで帳面片手に秤に重石を載せていたときから顔見知りのトルル出身のターヒルというお客（親しくなるとターヒルおじさんと呼んだ）などと、いまは一人でヨーグルトのキロ単価の値段交渉をしたりするのは愉快な仕事だった。何一つ理解できない化学の授業に出席して、意味もなく黒板を眺めているよりもずっと楽しく、自分が重要人物になったような気分になるからだ。故郷の隣村であるイムレンレル村出身で、その狡猾さと力自慢で知られる〝コンクリート〟兄弟が、ベイオール、タクスィム界隈の食堂やキオスクを一気に手中に収めつつあったのもこの頃だ。メヴルトも負けじと、縄張りにしている通りやフェリキョイ、ハルビイェ界隈の父から引き継いだお得意を手放すものかと値下げする一方、新しいお客の開拓にも勤《いそ》しんだ。ドゥト丘の住人で、中学以来の顔なじみのエルズィンジャン出身の生徒が、パングアルトゥのキョフテ屋（キョフテは小ぶりのハンバーグの一種）——毎日、とんでもない量のアイラン（塩味のきいたヨーグルト飲料。主に夏場に飲まれる）が売れる店だ——で働きはじめたのも同じ頃だ。フェルハトはキョフテ屋の隣で雑貨商を営むマラシュ出身のクルド人でアレヴィー教徒（アナトリア土着のイスラム教の一宗派。スンナ派とは教義が異なる）の店主と顔見知りだった。メヴルトは自分もすっかり都会育ちの人間の仲間入りをしたような気になった。

喫煙する生徒のたまり場になっている地下の便所でも顔が利くようになり、そこで受け入れてもらえるよう、黒海のバフラ市経由で流れてきた密輸煙草を持ち込んだりもした。メヴルトが自分で金を稼ぎ、しかも煙草は初心者だとわかっていた他の生徒たちは、彼に煙草を仕入れてもらい、ご相伴にあずかろうとしたのである。高校に進んですぐ、メヴルトは便所に集う嘘つきばかりの生徒たちに、中学の頃は過分な評価を与えていたのに気が付いた。なにせ、この連中は学校に通う以外に用事もないのに落第ばかりで、かといって表で金を稼いでくるでもなく、ひたすら噂話に精を出すばかりなのだ。メヴルトには、街の通りに広がる世界のほうがよほど広く、真実味が感じられた。

呼び売りで稼いだ金はいまでも、スレイマンが教えてくれた例のジャケットの穴から取り出して、ちゃんと父親に渡していたけれど、煙草や映画、トトカルチョやロト籤に使う金を取り分けておくようになった。父親に隠れて金をごまかしていることはなんとも思わなかったが、エルヤザル座に通っていることには良心の呵責を覚えた。

エルヤザル座というのは、ガラタサライ高校と地下鉄テュネル線の駅の間の裏通りにあって、建物自体は一九〇九年に皇帝アブデュルハミト二世（在位一八七六—一九〇九。ミドハト憲法を停止し、専制を敷いた）が退位したときの解放的な雰囲気の中でアルメニア人の劇団のために建てられたオデオン座という劇場がもととなっている。共和国に入るとギリシア人や上流のトルコ人たちが通うマジェスティック座という映画館として存続したものの、二年前にエルヤザル座と改名して以降は、ベイオール地区の映画館の例にもれずポルノを上映するようになっていた。貧しい地区から通う失業者や老人、鬱々とした男たち、結婚する年齢を過ぎてしまった独り身の男たち——メヴルトは彼らから見えない隅の席に、自分自身からさえ身を隠すかのように座ると、おかしな吐息やポマードの臭いの充満するサロンで、銀幕の上で語られるまったくもってどうでもいい話の筋を理解しようとしながら、座席の中で身を縮こめるのだった。

もっとも、エルヤザル座では下着を穿いたまま行われるトルコ産のポルノ映画は上映されなかった。映画の中に「その手のシーン」を差し挟むと、この地域に住むそこそこ名の通ったトルコ人の俳優たち（彼らがポルノ映画にも出演しているのは公然の秘密だったのだけれど）が嫌がったからだ。したがって、上映作品のほとんどはトルコ語吹き替え版の洋画だった。もっとも、セックスの虜になってしまった純真無垢で馬鹿な女たちばかり撮るイタリア産ポルノが、メヴルトは好きになれなかった。全身全霊を込めて待ち望んでいる濡れ場を馬鹿らしいものだと揶揄するかのようなドイツ産ポルノも、見ているうちに居心地が悪くなる。四の五の言わずにさっさとベッドに乗っかる女たちばかりのフランス産ポルノには驚き、ときには苛立ちさえ覚えた。そのうえ、どの作品も同じ吹き替え声優陣が演じているので、メヴルトはときどきいつも同じ映画を観ているような心地がしてくるのだ。観客を呼び寄せる目玉のはずの濡れ場は、いつも後半に上映されるから、メヴルトは齢十五にしてこう悟った――セックスってのは、待ちに待ってようやく実現する奇跡なんだなあ。

濡れ場がはじまると、それまでサロンで煙草を吸って待っていた男たちがどやどやと入って来る。案内係が映画の重要なシーンに差し掛かると「はじまるよ!」と声をかけて、サロンでうずうずしている男たちを呼び込むのだ。メヴルトには、そうした男たちがこんな場所で他人と目を合わせても一向に恥ずかしそうな様子を見せないのに驚いた。もぎりを済ませたあと、ずっと靴のつま先を「靴紐はほどけてないかな?」とばかりに見つめながら、決して顔を上げられないメヴルトとは大違いだった。

そして、いざ官能的なシーンがはじまれば猥雑な騒音はぴたりと止み、映画館は静寂に包まれる。するとメヴルトは心臓の鼓動が速まって眩暈《めまい》がしてきて、どっと汗をかきはじめ、なんとか平静を保とうと四苦八苦してしまうのだ。この「よろしくない」シーンは、実は他の映画から切り取られて適当に挿入されているものだったので、驚くべきそのシーンとメヴルトが内容を理解しようとしていた直前の会話の間にはなんの脈絡もないのが普通だったのだが、彼は濡れ場と映画の筋をなんとか繋げようと試みるのが常だった。あっけにとられるような淫らな行いに耽り、胸も尻も丸出しの女たちと、直前まで会社や家のシーンで登場していた女は同じ人物なのだと自分に言い聞かせるのである。そうすると、興奮はいやが上にもましてズボンの前のチャックに小高い丘が出来、メヴルトは恥ずかしくなって前屈みになる。学生時代、メヴルトは幾度となく一人でエルヤザル座に行ったが、他の観客のようにポケットに手を突っ込んでもぞもぞやるような真似は一度としてしなかった。年取った変態たちが上映中にズボンのボタンをはずして自慰に耽る男たちをつけ狙っているらしい──そんな噂があったし、なによりメヴルト自身も「坊やいくつだい？」とか「まだ子供のくせに」などと言われ、口が利けないふりをして彼らの追及をかわしたことがあったからだ。しかし、エルヤザル座は一枚のチケットで一日じゅう館内にいられて、何度でも作品を観られたので、メヴルトはなかなか映画館から出られなかった。

フェルハト　春が来て遊園地とかオープンカフェとかが開き、ボスフォラス海峡沿いの喫茶店や児童公園、橋や歩道に人が集まるようになると、俺とメヴルトは週末を狙って運試し籤を売りに出かけるようになった。俺たちは二年間、そりゃあ真剣に運試し籤の商売に打ち込んだから、結構な金を稼いだ。運試し籤のセットを買いにマフムトパシャ地区まで行って、その帰り道にまだ坂道を下りきらないうちから両親と一緒に買い物に来てる子たち相手に商売をはじめたのさ。エジプシャン・バザールとエミノニュ広場を抜けてガラタ橋を渡り、カラキョイに来るまでの間に、箱の丸穴の半分が穴あきになってるなんてこともざらで、俺たちはそいつをほれぼれと眺めたもんだ。

ちょっと興味がありそうな客がいれば、メヴルトの奴はそいつが遠くの喫茶店に座っていてもしっかり見つけて、ガキだろうが年寄りだろうが物怖じひとつせずに近寄っていってさ、毎回、驚くほど気の利いた新しい口上を言いやがるんだよ。たとえば、「君、どうしてこの運試し籤をやらないといけないか分かるかな？　それはね、君の靴下と、僕らの景品の櫛が同じ色だからなんだよ！」なんて言って自分の靴下の色もわからないようなまぬけな子供を誘ったかと思えば、どんなゲームか訊いて、それでもやるかやらないか決めかねてる抜け目のない眼鏡の子供に「ご覧よ、フェルハトが持ってる段ボール箱の二十七番から鏡が出たぞ。僕の箱の二十七番は穴があいてないぜ」なんて言うんだ。そんな春の日には、俺とメヴルトは埠頭やらフェリーやら公園やらで一所懸命働いて、おかげで箱は全部穴あきになって、キュル丘に戻ることもあった。歩行者立ち入り禁止になる前のボスフォラス大橋——一九七三年に開通したんだが、飛び込み自殺が相次いだんだ——には三日間通って大層稼いだけど、結局「呼び売りは禁止」って言われて二度と行けなくなっちまった。それだけじゃない。「こいつは運試しなんかじゃなくて賭け事だろう」って喚き散らす顎鬚もじゃもじゃの奴らには、モスクの中庭から締め出され、それまでは「まだ子供だし」ってことで無料で中に入れてもらって悠々とポルノを観た映画館でも「呼び売り人は立ち入り禁止」って言われちまった。こんな具合に俺たちは何度となくバーやナイトクラブ、とにかく色んなところから追い払われた。

六月の第一週に進級証明書が配られ、メヴルトは自分が高校二年になれず、留年したことを知った。黄色い厚紙で出来た成績表の「評価」の部分に手書きで「追試なしで留年」と書かれていたのだ。メヴルトはその文章を何度も読み返した。出席日数は足りず、試験さえ受けなかった「惨めな貧乏人」の家のヨーグルト売りの少年を憐れんで合格点をつけてくれた教師たちへのはたらきかけさえ怠った。授業を三つも落としていたから、この夏は追試のために勉強する必要さえない。一方のフェルハトが追試もなく無事に進級していたのも彼の悲しみを誘ったが、夏休みもイスタンブルに残ってあれこれやってやろうと想像を膨らませていたので、それほど落ち込んだわけでもなかった。

「煙草も吸ってるな?」その夜、落第を知った父親は、ポケットにバフラから入ってきた密輸煙草をしのばせたメヴルトにこう言った。

「ううん、吸ってないよ」

「いいや、ひっきりなしに吸ってるじゃないか。それに兵役に行った連中みたいにいつもマスをかきやがって。極めつけに、自分の父親に嘘までつくとくる」

「嘘なんかついてないよ」

「神がお前に罰をお与えくださいますように」

父親はそう言ってメヴルトを一発殴ると、ドアをバタンと閉めて出ていってしまった。

メヴルトはベッドに倒れ込むと、気が塞ぐあまり起き上がることもできなかったが、泣いたりはしなかった。彼の心に重くのしかかっていたのは留年したことでも、父親に殴られたことでもなかった。自慰という秘密をやすやすと暴かれ、嘘つき呼ばわりされたのが辛かったのだ。メヴルトは自分の自慰も、嘘もばれていないと思い込んでいた。やがて失望の中に怒りが鎌首をもたげ、メヴルトはこう思った。——この夏は絶対に村に帰るもんか、自分の人生は自分で決めるんだ、いつか何かすごいことをやり遂げて偉い人になって、お父さんも、他の連中も見返してやるんだ。

そんなわけでメヴルトは、七月のはじめに父親の説得にかかったのである。「パングアルトゥとフェリキョイのお得意さんを失いたくないんだ」

メヴルトはいまでも父親に稼ぎを渡していたが事態は変わった。これまではその日どこで幾ら稼いだか父親に報告していたのだけれど、いまやそれからも解放され、決まった日に自分の稼ぎの一部を、まるで税金のように渡すだけになったのだ。父親はもう村に家を建てるための金云々とは言わなくなった。メヴルトはこのときから、もう村へは戻らずにいとこのコルクトやスレイマンのように人生の残りをすべてイスタンブルで暮らす決意を固めたのである。のちにメヴルトは、ひどい孤独感に襲われるたび、結局都会に出ても金持ちになれず、それどころか生涯里心を振り払えなかった父親を憐れんだものだ。だが、メヴルトがそのように思っていたことを父親が感じとっていたのかどうかは、最後までメヴルトには分からなかった。

一九七三年の夏は、メヴルトがそれまで経験した夏休みの中でも一等、愉快な日々となった。フェルハトと一緒に午後から夜にかけて街をめぐり運試し籤で大金を稼ぎ、親友が連れていってくれた宝石商で金の一部を二十ドイツマルク札に替えては、シーツの足元に貯め込みはじめたのもこのときで、それがメヴルトにとって生まれてはじめてのへそくりとなった。

毎朝、なかなかキュル丘を離れられなくなったのもこの夏休みのことだ。ぐずぐずと家にいて、誰にも邪魔されずいつもこれが最後だと決心しては自慰に耽っていたのである。そんな自分に劣等感を覚えないわけではなかったが、後年とちがってガールフレンドや妻がいない辛さに煩悶したり、物足りなさを感じていたというわけではない。十六歳の少年にセックスの相手がいないのは当たり前のことで、それを馬鹿にする者など、当時は一人もいなかったからだ。第一、すぐ結婚することになったとしても、そもそも女の子とどういうふうにセックスをすればいいのかも、メヴルトにはよく分かっていなかったのである。

スレイマン　七月はじめのひどく暑い日、僕はメヴルトのとこへ行こうと思った。でも家の扉をいくら叩いても彼は出てこなかった。朝の十時からヨーグルトを売りに行くなんてありえない！　僕は窓を叩きながら家の周りをぐるぐる回って、ついにそこいらの石ころを拾って窓にぶつけてみた。砂まみれの庭は手入れ一つされてなくて、まるで廃墟みたいな有様だった。

やがて扉の開く音がしたので僕は駆けていってこう尋ねた。

「どうしたんだい？　どこにいたのさ？」

「寝てただけだよ！」

でも、メヴルトはやけに疲れていて起き抜けには見えなかった。

一瞬、中に他の誰かがいるのかもしれないって考えが頭をよぎって、なぜか無性に嫉《ねた》ましくなったけど、室内に入ってみても汗の臭いが立ち込めた空気の悪い部屋が広がっているだけだった。この部屋、こんなに狭かったっけ？　前に見たときと同じ食卓にベッド、それにほんの少しの調度品しかない部屋を見て僕はそう思った。

「メヴルト、うちのお父さんがね、君も一緒に店に連れて来いって言ってるんだよ」

「仕事かい？」

「簡単な仕事だよ。心配しないで大丈夫さ。さあ行こう」

でもメヴルトは動こうとしなかった。落第したんだからこの夏は働くしかないってのに、一向に動こうとしないメヴルトに僕はむかっ腹が立ってきた。

「あんまりマスばっかりかいてると目が腐れて、記憶力が落ちるんだぞ。分かってんのかい？」

メヴルトは、背中を向けて乱暴に扉を閉めると、家の中へ引っ込んでしまった。それ以降、メヴルトは僕たちの住むドゥト丘には長いこと寄りつかなかった。そのうちに、お母さんがあんまりしつこく連れて来いって言うもんだから、ついには僕がまた迎えに行く羽目になった。なにせ、ドゥト丘のアタテュルク男子中高等学校の教室で後ろに座る犬みたいな連中がしょっちゅう年下の子たちにいちゃもんつけては――「おい見ろよ、てめえの眼の下ときたらそんな紫色になっちまってよ。おお、手まで震えてやがるじゃねえか。それににきびもたくさんできちまってよ。ははあ、マスばっかかいてやがんだな」なんて具合さ――馬鹿にしたり、脅かしたり、ひどいときは一、二発ぶん殴ったりしていたから、お母さんはすごく心配していた。たしかに、ハジュ・ハミト・ヴラルさんが従業員を住まわせてるドゥト丘の独身者用の一夜建てに住んでる人たちには、自慰のしすぎで仕事も手につかずそのうち手足の自由まで利かなくなってきて村に送り返されていた人もいたから、故のないことじゃない。メヴルトは、ドゥト丘で自慰が生死に関わる問題だって大真面目に議論されてるのを知ってるんだろうか？　フェルハトも友達なら「アレヴィー教では自慰はご法度なんだ」とか教えてやってもよさそうなのに。ちなみにマーリク法学派でも自慰は厳禁だっていうね。僕らハナフィー法学派のイスラム教徒は、もっとひどい姦淫の罪を犯さないために自慰をしてもいいんだけど。イスラム教っていうのは罰のための宗教じゃなくて、忍耐と合理性の宗教なんだよ。だから、もし空腹で死にそうなら豚だって食べていいのさ。ただ、愉悦を得るために自慰をするのは禁じられているとまでは、僕もメヴルトに言えなかった。だって、「おいおい、スレイマン。気持ちよくならずにマスをかくなんて無理だろう？」ってすぐに言われそうだし、またすぐにやめられずはじめてしまうだろうって思うから。君たちはどう思う？　メヴルトみたいに簡単に道を踏み外しちゃうような奴が、イスタンブルで成功できるって思うかい？

8　ドゥト丘モスクの高さ
―あそこに人が住んでるのか？―

メヴルトにとっては、フェルハトと運試し籤を売っているほうが、アクタシュ家でスレイマンといるよりもよほど気が楽だった。フェルハトが相手なら、思ったことをなんでも話せたし、フェルハトもそれに面白くて機知に富んだ答えを返してくれて、いつも二人して笑っていられたからだ。翻《ひるがえ》って、晩に孤独に耐えきれずにアクタシュ家を訪ねれば、何を言おうと絶対にコルクトやスレイマンに馬鹿にされ、煙たがられるので、結局なにも喋りたくなくなってしまうのだ。サフィイェおばさんはそんな息子たちに「これ、うちのハイエナども、メヴルトに意地悪しないの！　放っておいてあげなさい」と言ったものだ。メヴルトは、街で成功するには、ハサンおじさんやスレイマン、コルクトとうまくやっていかなくてはいけないことを忘れたことはなかった。イスタンブルで四年を過ごしたいまの夢は、親戚であれ、赤の他人であれ誰かの世話など受けずに独力でやっていくことだった。もちろん、フェルハトと一緒にだ。「君がいなかったらここまで来ることなんて出来やしなかったよ」ある日の午後、ポケットの中の金を数えながらメヴルトはそう言った。スィルケジ駅から電車に乗って（車掌の目を盗んで車内でも商売をしながら）ヴェリエフェンディ競馬場まで行った日のことだった。競馬に夢中のギャンブル狂いの男たちは運試しに異様な関心を示し、二時間も経つと二人の持つ箱の穴という穴には針が刺されていた。すぐに二人は似たような場所――サッカー場でのシーズン初めのオープニングセレモニーとか、夏のトーナメントとか、スポーツ・展示会館で開かれるバスケットボールの試合会場とかだ――で商売をしようと思いついた。この新しいアイデアのお蔭でたんまり稼ぐようになると、二人は来《きた》るべき大仕事の夢をいよいよ膨らませた。二人のお気に入りの夢は、いずれベイオール地区の食堂なり、そこまで行かなくともキオスクなりのオーナーになることだった。メヴルトが金稼ぎのための何か新しいアイデアを思いつくたびフェルハトは言った。「お前には資本家の天性があるぜ！」メヴルトは本当にそんなものが備わっているとは思わなかったけれど、ひどく誇らしかった。

一九七三年の夏、ドゥト丘に二軒目の野外映画館が開いた。古くなった二階建ての一夜建ての外壁がスクリーン代わりで、夜に運試し籤を売りながら、映画まで観られる場所だった。なんとか無料で中に入ろうと抜け道を探す客を尻目に、メヴルトははじめはチケットを買って入場し、テュルカン・ショライ主演の映画を観ながら結構な金を稼いだ。しかし、しばらく経つと売り上げが減りはじめた。近所の客はみなメヴルトのことを見知るようになり、いくら運だとか運命だとか口上を述べても、まともに取り合ってくれなくなったのだ。

ドゥト丘モスクが完成し堂内に機械織りの絨毯が敷き詰められたのは十一月に入ってからのことで、この頃になるとメヴルトとフェルハトは境内への立ち入りさえ禁じられてしまった。「それはギャンブルじゃないか」と、老人たちに言われてしまったからだ。ドゥト丘やキュル丘の信仰熱心な失業者や年寄り、定年退職者たちは、狭苦しい家や一夜建てで礼拝をしなくて済むようになり、日に五回、嬉々として新しいモスクへ通うようになった。金曜日の集団礼拝ともなれば、さらに多くの熱心な信徒が礼拝をするようになった。

ドゥト丘モスクの落成式があったのは、一九七四年初めの犠牲祭の朝だった。前の日の晩に風呂に入り、清潔な服を準備しアイロンを当てた学校の白いワイシャツに身を包んだメヴルトは、父親と朝早くから出かけていった。礼拝の三十分前は、モスクも信徒席の周りも、周辺の丘からやって来た男たちでごった返し、堂内に入るのも難しい有様だったけれど、この歴史的な日の目撃者になろうと念じていた父親が人波をかき分けて——「ごめんよ、同郷のみんな、幸あれ！」——道を開いてくれたので、メヴルトも前のほうの席に座ることができた。

ムスタファ氏　このモスクを造ってくれたハジュ・ハミト・ヴラルさんは、礼拝をする俺たちの二列前にいた。

「本当にありがとうございます。神のお恵みがあなたにありますように」

この界隈を我がもの顔で振舞う男と、男が村から連れてきた部下に、俺はそう挨拶した。堂内を埋め尽くす人ごみや、彼らの唸り声やら囁き声にみなぎる興奮に当てられて、俺も舞い上がっていたんだな。なにせ、みなが同じ興奮を分かち合いながら礼拝したんだ。暗闇から這い出してきた静かな、でもひたむきな信徒の軍団が、俺にはとんでもなく有難いもんに思えて、何週間もコーランを読んでいたような心地がしたもんだ。だから、敬虔さに満ちた旋律で俺も叫んだのさ。「神は偉大なり！神はぁ偉大なりぃ！」ってな。説教師の先生が「我が神よ、この国の民を、ここに集った会衆を、いまもひたむきに朝から晩まで雨でも晴れでも働いている者たちをお守りください」って言ったときには思わず涙ぐんで、「日々の糧を得るため、我らが故郷アナトリアの村々からはるばるまかり越し、呼び売りに精を出す者たちをお守りください。彼らの仕事に正道を辿らせたまえ、その罪をお許しくださいませ」って言われたときにはもう涙が止まらず、さらに「我が神よ、我が国に力を、我が軍に力を、我が警察に護りを与えたまえ」って続けば、俺はすっかり興奮して、みんなと一緒に「アーミーン！」って声を張り上げたもんさ。説教が終わって、信徒が笑ったり冗談を飛ばしたりしながら接吻を交わしはじめたから、俺は募金箱に十リラ喜捨して、メヴルトの腕をつかんで、ハジュ・ハミト・ヴラルの手の甲に口づけさせようと引っ張っていった。見れば兄貴のハサンも、甥っ子のコルクトやスレイマンも、ヴラルさんに敬意を表するための列に並んでいた。メヴルトはいとこたちと接吻を交わして、ハサンの手の甲にも口づけして五十リラのお小遣いを貰っていた。ハジュ・ハミト・ヴラルさんは部下の男たちや挨拶に来た連中に取り囲まれていたから、俺たちの順番が回ってくるまで三十分かかった。ドゥト丘の家でボレキ（小麦粉で作った薄皮に様々な具を包み、焼いたり揚げたりした軽食）を作ってるはずのサフィイェのことを随分待たせちまったけど、文句なしの祝祭日の食卓だった。俺が興奮していて、思わず「この家の権利は俺だけじゃなくメヴルトにもあるんだぞ！」って言うと、ハサンは聞こえないふりをしていた。ボレキを食べ終えた子供たちは、またぞろ父親が金や財産のことで兄弟喧嘩をはじめると思って庭に逃げちまったが、その祝祭日に俺たちは喧嘩をしなかった。

ハジュ・ハミト・ヴラル　モスクではみな幸せそうだった。ドゥト丘とキュル丘のありとあらゆる食い詰め者や無頼どもが――アレヴィー教徒の連中も来れば、なお良かったんだが――この手に接吻をしようと列をなした。一人一人に今日の祭りのために銀行から取り寄せた百リラの新札を与えた。今日この日を迎えられたことを神様に涙ながらに感謝している。一九三〇年代、我が父は故郷リゼの山間の村々を巡って行商し、街で仕入れた細々とした品を驢馬の背に載せて売っていた。わしもそれを引き継ぐつもりだったが、第二次世界大戦が起きて、兵隊にとられてしまった。赴任先はチャナッカレだった。結局、戦争には行かず、チャナッカレで四年も海峡や駐屯地をのんびりと見張っただけだった。そして、サムスン市出身の駐屯地の司令官殿がこう仰ってくださったのだ。「ハミト、お前はとても賢い。村に戻るな、お前が惜しいからな。イスタンブルに来い、仕事を見つけてやろう」天に召された司令官殿の永の眠りに光あれ。世界大戦が終結したあと、わしは司令官殿の伝手《つて》でフェリキョイのとある雑貨商で下働きをはじめた。その頃の雑貨商には丁稚の制度も、家まで配達するというのも例がなかったから、わしはパン屋で買ったパンを籠に入れて驢馬に積み、家々を回ることにした。この商売は大成功を収めた。その稼ぎを元手にカスムパシャ地区のピヤーレパシャ小学校の近くに自分の雑貨店を開き、すぐに安い空地を買い取って、やがて家の建て売りをはじめ、そのうちに今度はキャウトハーネにパン屋を開いた。当時もこの街ではたくさんの人間が働いていたが、村からやって来た年寄りの農民など信用できない。

最初に村から呼び寄せたのは自分の親戚だった。まだドゥト丘には掘立小屋しかなかったが、やって来た若衆を——みなわしの手の甲に恭しく接吻していった——そこに寝泊まりさせ、新たな土地を拓かせた。神の慈悲の賜物で、わしらの開墾はうまくいった。次にわしはこう考えた。この独身男どもがしっかり礼拝をして、神に感謝するようになれば、自分をまっとうな人間と心得てもっとよく働くようになるだろうと。はじめてメッカへ巡礼に赴いたときも、神と預言者様に祈りを捧げながらずっとそのことを考え続けた。そうして、モスクを建てることに決めたのだ。パン屋や建築業で儲けた金の一部を積み立てて、鉄骨やセメントを買った。区長のとこへ行って土地を貰い、金持ちどもから寄付金を募った。神のご意志に従って快く払う者もいたが、「ドゥト丘？　あそこに人が住んでるのか？」などと尋ねる者もいた。そんなとき、わしは自分にも言い聞かせるようにこう答えることにしていた。「わしはいまからドゥト丘にモスクを建てる。ニシャンタシュの市長の家やタクスィムのアパルトマンの天辺から見れば分かるようになるぞ。ドゥト丘やキュル丘、それにギュル丘やハルマン丘で暮らしとる者がいるかどうかがな」

モスクの基礎を築き、それを雨除けのシートで覆うと、わしは手ずから募金箱を持って毎週金曜日の礼拝時に門のところに立った。貧乏人どもは「金持ちが払うだろうよ！」と言い、金持ちどもは「自分の店からセメントを持ってくればいいじゃないか」と言って、いずれもびた一文出そうとはしなかった。わしはすべてに身銭を切った。わしは現場にあぶれた作業員やら、余分に届いた鉄骨やらを、みんなモスクに送った。

「おい、ハジュ・ハミト。あんたの建ててる本堂はでかすぎる。無謀だよ。木の足場を取ったら崩れるぞ。神様のお計らいでな。そしたら、あんたは自分がどんだけ自惚《うぬぼ》れ屋か思い知らされるだろうよ」

やっかみ屋どもはそう言い、わしはいざ足場が取り払われるときも伽藍《がらん》の真下に立っていた。伽藍は崩れなかった。わしは神に感謝して、そのまま伽藍の天辺に登って泣いた。すぐに高さに目が眩んでしまったが、さながらサッカーボールに上った蟻んこの気分が味わえた。お前さんも登ってみるといい。最初に伽藍の球形が見えて、次に眼下に広がるこの世に気が付くだろうから。一番天辺から見下ろすと丸屋根の縁から先は見えない。そうすると、現世と死者の世界の境界が消えてしまったような気がしてひどく怖くなる。

「はて、見えなかったが、お前さんの大伽藍とやらはどこかいな？」

偽善者どもの中には、わざわざ街のほうに行って来てそんなことをぬかす輩もいた。だからわしは、本堂の次に立派なミナレットに取り掛かった。三年後、連中は言ったもんさ。

「三階建てのミナレットを二本も建てるなんて、あんたは皇帝にでもなったつもりかい？」

職人たちと一緒に狭い階段で上へ登るたびにミナレットは高く高く伸びていって、ついには一番上から見晴らせば目が眩むほどの高さになった。

「ああ、ドゥト丘も立派な村になったもんだ。いや、三階建てのミナレットが二本もあるモスクがある村なんてそうそうありゃしない！」

「ドゥト丘が村だと言うのなら、このハジュ・ハミト・ヴラルのモスクがトルコで一番おっきな村のモスクになりますように」

ついに完成したミナレットを見て感嘆した連中にそう答えると、もう誰も四の五の抜かさなくなった。さらに一年も経つ頃には、みな口々にこう言うようになった。「ドゥト丘は村どころか、イスタンブルそのものですな。あなたがここの市長さんというわけだ。だから、私たちにもうまい汁を吸わせてくださいな」

やがて総選挙が近づくと、誰も彼もがわしを訪ねて来て、珈琲を飲みながら「いやあ、本当にご立派なモスクですね」なぞと言いながら、自分へ投票するよう頼むのだ。「ハジュ・ハミト・ヴラルさん、あなたのとこの若い人にも私どもに投票するよう言ってくださいよ」

わしはこう答えた。「ああ、確かにこいつらはわしの部下だ。お前さん方の言うとおりだ。だからこそ、こいつらがお前さん方に心を許すことはないだろう。こいつらに投票させるもさせないも、わしの腹一つなのさ」

9 ネリマン
――都市を都市たらしめるもの――

一九七四年三月の夕暮れどき、ヨーグルト売りの商売道具ひと揃いを知り合いの家の階段下に預け、パングアルトゥからシシリへ向かって歩いていたメヴルトは、スィテ座の前でどことなく見覚えのある愛らしい女性を見かけた。彼は自分が何をしているのか考えもせずに、気が付いたときは彼女の後を尾《つ》けはじめていた。同級生やドゥト丘の同年代の若者たちが、遊び半分で道で行きあった女の後を付け回しているのは、メヴルトも知っていた。ただ、尾行者たちが開陳する話の中には、ひどく下品で、とても受け入れられないようなものも少なくなかったし、「後ろを歩くとさ、なんとその女が誘うみたいに俺をばっちり見つめたんだぜ」といった大げさな話もまともに取り合う気になれなかった。しかしいま、メヴルトは尾行者たちの気持ちがよく分かった。なぜなら、このときのメヴルトは尾行そのものが楽しくて仕方がなく、一回では済むまいと感じていたからだ。

彼女はオスマンベイ地区の裏手のアパルトマンへ入っていった。メヴルトはその建物に何回かヨーグルトを届けに入ったことがあるのを思い出した。彼女の顔に見覚えがあったのもそのせいだ。しかし、ここの住人の中に馴染みの客はいなかった。メヴルトも彼女が何階の何号室に住んでいるのかを突き止めようと躍起になっていたわけでもないのだけれど、機会を捉えては女を最初に見かけた映画館の前に足を運ぶようになった。ヨーグルトがだいぶ減って軽くなったある日の昼過ぎ、ふたたび彼女の姿を認めたメヴルトは、担ぎ棒を背負ったまま彼女を尾け、エルマダー地区の英国航空のオフィスへ消えていくのを見届けた。

彼女はそこで働いていたのだ。メヴルトは彼女にネリマンという名をつけた。テレビで観た映画の中で、名誉と純潔のために死を選んだ鉄の意志を持つ女の名前だ。

もちろん、ネリマンはイギリス人ではなかった。英国航空に乗るトルコ人旅客の応対が彼女の仕事らしく、ときには一階のオフィスで航空券を売っていた。メヴルトは真面目に働く彼女がますます気に入った。所定の位置に彼女の姿がないとメヴルトはひどくがっかりし、彼女が現れるのを待つことにさえ耐えがたい苦痛を感じるようになった。もちろん後ろめたさも覚えてはいたが、その罪の意識こそが彼女との特別な秘密の繋がりであるようにも思えた。メヴルトは、罪の意識が彼女への想いをなお一層強めていることに、すぐに気が付いたのである。

ネリマンは背が高かった。メヴルトはたとえ雑踏の中にいても彼女のマロニエの実のような茶髪を、遠目から見つけられるようになった。ネリマンはあまり早足ではなかったが、まるで高校生のように活発で、毅然としていた。メヴルトは、ネリマンは自分より十歳ほど年嵩だろうと見積もった。ずっと遠くを歩く姿を見つめながら、メヴルトは彼女が何を考えているのかと、あれこれと推測するようになった。さあ、右に曲がろう――ネリマンはいま、そう思ったんじゃないかな。すると、確かに彼女は右に曲がって、オスマンベイの自分のアパルトマンへ入っていった。彼女はこのアパルトマンの住人なんだ、彼女はここに勤めてるんだ、キオスクでライターを買ったぞ、そうかネリマンも煙草を吸うんだな、黒い靴は毎日履くわけじゃないみたいだ、アス座の前を歩くときに歩調を緩めるのは映画のポスターや写真を眺めてるからだな――ネリマンのことを知るたび、メヴルトの身体には不可思議な力が宿るかのようだった。

僕はあなたを追いかけているから何でも知っています――そうネリマンに知ってほしいと思いはじめたのは、彼女に会ってから三カ月目のことだ。その三カ月の間、メヴルトがネリマンを尾行したのはたった七度。回数は多くないけれど、それでもネリマンが知ったら快くは思わないだろうし、変態扱いされてしまうかもしれない。メヴルトはそう思われても当然と納得もしていた。――もし村にいる自分の姉を付け回す奴がいたら、僕だってその犬野郎をぶん殴ってしまうだろうからな。

しかし、イスタンブルは村ではない。都会で見知らぬ女性を追いかけている者の中には、変態野郎ではなく、メヴルトのように貴重なアイデアの詰まった頭を持っていて、いずれは大業を成し遂げるであろう者も混ざっているかもしれないのだ。都市では、人は雑踏の中にあってさえ一人になることができる。都市を都市たらしめるものとは、つまるところ雑踏のなかで頭の中の違和感を隠すことができるかどうかという点なのだ。

さて、ネリマンが雑踏を歩いているとき、メヴルトはわざわざ歩調を緩めて、ちょうどいい距離を取ろうとしていたのだけれど、これには二つの理由があった。
一、遠くから人ごみの中にマロニエ色の染みのような彼女の姿を認め、その行動を予測する方法を知ることで、彼女と自分の間に精神的な繋がりがあるように感じられるから。
二、建物、店々、ショーウィンドウ、人々、看板や映画のポスター――彼女と自分の間を隔てる街の景色を眺めていると、ネリマンとそれらを共有して、二人で一つの人生を歩んでいるような心地がしてきて、歩けば歩くほど彼女との思い出が増えていくような気がするから。
メヴルトはよく、誰かが彼女に絡んだり、その群青色のハンドバッグを掏《す》ろうとしたり、あるいはネリマンがハンカチを落とすところを妄想した。そのときは、すぐさま現場に駆けつけネリマンを助け出すか、さもなければハンカチを恭しく差し出すのにと。ネリマンがメヴルトに感謝し、周囲の者も若者の紳士ぶりを誉めそやし、そしてネリマンもメヴルトの想いに気が付くだろうと。

一度、アメリカ製という触れ込みの密輸煙草を売ろうとしている若者たちの一人が（おおかたがアダナ出身者だ）ネリマンにまとわりついたことがあった。ネリマンは振り返って何か言ったのだけれど（メヴルトは「放っておいてちょうだい！」だと想像した）若者はしつこく彼女にひっついたままだった。メヴルトが歩調を速めると同時に、ネリマンはぱっと振り向くと、手に持った紙幣を若者に渡してマルボロを買い、さっさとポケットに入れてしまった。

メヴルトは密輸煙草を売る若者の前を通り過ぎるとき「気を付けろ、次はないぞ？　わかったな？」と言って、ネリマンの護衛よろしく凄む自分を想像してみた。でも、あの手の恥知らずと問題を起こすのは割に合わない。ネリマンが露店で密輸煙草を買ったのが、なんだか気に食わなかった。

ようやく二度目の高校一年生を終えようとしていた夏の初め、またしてもネリマンを尾行しているさなかに経験したある出来事を、メヴルトは何カ月も忘れられなかった。オスマンベイの歩道を歩いているとき、前方にいた二人の男が彼女に声をかけたのである。ネリマンは聞こえないふりをして、そのまま通り過ぎたのだが、男たちはそのまま彼女の後を追いかけはじめた。メヴルトが駆け寄ろうとした利那、ネリマンはぴたりと立ち止まり、なんとまるで古い友人に出会ったとでもいうように男たちを見てにっこりと微笑むと、腕や手を振り回して楽しそうにお喋りをはじめたのだ。やがてネリマンと別れて話しながらこちらへ来た二人の男とすれ違うとき、メヴルトは耳をそばだててみたが、ネリマンの悪口は一言も聞こえてこなかった。メヴルトに聞こえたのは「下半期はもっと大変だよ」という言葉だけで、そもそも本当にそう聞こえたのか、彼らがネリマンの話をしていたのかさえ、定かではなかった。あいつらは誰だ？　「僕はお前らよりも彼女のことを知ってるんだぞ」メヴルトは、すれ違いざまにそう言ってやりたくなった。

ときには長いこと彼女と出会えないこともあった。そんなときメヴルトはネリマンを呪い、道を行く他の女の中に別のネリマンの姿を探すようになった。ヨーグルト盥を吊った担ぎ棒を背負っていないときは、何回かそんな女に目星をつけては、自宅まで尾けていったものだ。一度など、オマル・ハイヤーム陸橋の停留所からバスに飛び乗って、はるばる旧市街のラーレリ地区まで行ったこともある。新しい女たちはみな、メヴルトとはまったく別の地区で暮らしていたから、彼女たちのことを調べあげ、あれこれ妄想するのは楽しかった反面、本当のネリマンを尾行しているときのような心の絆は感じられなかった。実のところメヴルトの妄想というのは、女の後を追いかけまわす同級生や柄の悪い連中の語る話と大差のないものだったのだが、一つだけ異なるのは、彼がネリマンを想いながら自慰はしなかったという点である。ネリマンへの純粋な想いは、心の絆や敬意をもとにしていたからだ。

その年もメヴルトはほとんど学校へ行かなかった。生徒に敵視されるのをいとわないひねくれた性格でないかぎり、そもそも二回目の一年生をやっているような生徒に今以上に悪い点を付けようとする教師などいなかった。もし、もっと悪い点を付けたりすれば、留年している生徒は放校処分になってしまうのだから。メヴルトはこの点には確信を持っていたので、出席確認から除外してもらえるよう手配した。もう学校に興味はなかったのだ。学年末に無事に進級すると、メヴルトとフェルハトはこの夏も運試し籤を売ろうと決めた。父親が村へ戻ってからの一人暮らしも楽しかったし、フェルハトと組んでいれば結構な金が転がり込んでくるのである。

スレイマンがカラタシュ家の扉を叩いたのは、そんな夏のある朝のことだ。今度はすぐに扉を開けてやると、いとこはこう言った。

「戦争だぜ、メヴルト君。キプロス島を征服するんだ」

メヴルトはスレイマンと一緒にドゥト丘のハサンおじさんの家に向かった。親戚はみなテレビの前にいて、画面から行進曲と一緒に戦車や戦闘機の映像が流れていた。

これはC‐160輸送機、これはM47戦車だなどとコルクトが型式を教えてくれた。そのあとはエジェヴィト大統領の演説が繰り返し流された。

「神よ、我が民族とキプロス島の全住民、および人類に誉れを与えたまえ」

常日頃から大統領を共産主義者呼ばわりしていたコルクトも、ようやく彼を許す気になったようだった。画面にキプロス共和国の大統領マカリオス三世やギリシアの将軍たちが現れると、コルクトが罵詈雑言を浴びせ、一家は揃って笑い声をあげた。それからみなで連れ立ってドゥト丘の停留所まで降りていって、珈琲店に寄った。どこもかしこも、メヴルトも含めて興奮した人々でごった返していて、みなまったく同じ映像――ジェット戦闘機の離陸とか、戦車や国旗、それにアタテュルクや将軍たち――を眺めていた。〝兵役逃れをしている者は即時、近くの徴兵支部に出頭するように〟テレビから一定間隔でそんな布告が流れるたび、コルクトは言った。「言われるまでもなく、俺は進んで兵役に行くつもりなんだがな」

いつもの戒厳令と変わらない布告に交じって、イスタンブルで灯火管制が敷かれる旨が発表された。警備兵に見つかって罰せられては堪らないと、店の明かりを落とすハサンおじさんを、メヴルトもスレイマンと一緒に手伝った。安くて粗い青い紙をコップくらいの大きさに切り分けて、それを裸電球の周りに帽子のように丁寧にかぶせていくのだ。

「表から見えるかい?」

「カーテンを引いてみて」

「ギリシアの戦闘機からは見えんだろうが、警備兵には見えるなあ」

三人はそんなふうに和気藹々《わきあいあい》と作業に興じた。その晩メヴルトは、自分が教科書に書かれていた中央アジアからやって来た勇壮なトルコ人の一人なのだという思いを新たにしたものだ。

ところが、キュル丘の自宅に戻るやいなや、さきほどまでの勇ましい心境は霧散してしまった。トルコよりもずっと小さいギリシアが僕らの国に侵攻するわけないし、キュル丘が爆撃されたりするわけないじゃないか――そんな考えが思い浮かんで、メヴルトは世界におけるキュル丘の位置付けに思いを馳せたのである。家の明かりはともさなかった。はじめてイスタンブルへ着いた晩のように、他の丘々で暮らす人々の姿は見えなかったけれど、メヴルトは暗闇の中にその存在を感じた。五年前は半ば空地だった丘には家々がひしめき合い、もっと遠くの丘でも送電塔やモスクのミナレットがにょきにょき伸びていた。いま、そうした地域のすべてがイスタンブルともども暗闇の中に沈んでいるおかげで、メヴルトの頭上には七月の星空が煌々とまたたいていた。メヴルトは地べたに寝転び、長いこと星を見ながらネリマンを想った。彼女も僕みたいに家の電気を消してるのかな？　メヴルトは、これから先はさらに頻繁にネリマンの歩く道へ通うことになりそうだと思った。

10 モスクの壁に共産主義のペナントを掲げた結果
―神よ、トルコ人を守りたまえ―

メヴルトはドゥトゥ丘とキュルテペ丘の間の緊張が高まっていくのを目の当たりにし、血を見ずには済まないような激しい喧嘩も目撃していたが、二つの丘に映画で観たような血で血を洗う抗争が忍び寄っているとまでは、考えていなかった。なにせ、向かい合わせの二つの丘で暮らす者たちはいずれも似たり寄ったりで、血みどろの諍《いさか》いの原因となるような相違というものがまったくなかったからだ。

・二つの丘とも、コンクリートブロックや泥、一斗缶などを建材にして最初の一夜建てが建設されたのは同じ一九五〇年代で、しかもその家々に暮らすのは、揃いも揃ってアナトリアの貧しい農村から移住してきた人々である。

・二つの丘の男の半分は、夜に青い縦縞――縞の太さには違いはあったが――の入った寝間着を着、残りの半分は寝間着代わりに季節によって袖のあるなしを選びながら肌着を着て、その上にシャツとかジレとかセーターを着て済ませている。

・二つの丘に住む女の、実に九十七パーセントは、村にいる母親を見習って外出時にはスカーフを頭にかぶっている。丘の女たちはみな村生まれだが、都会に住むようになったいまでは、彼女たちがただ「通り」と呼ぶようになった街中と村とがまったく違う場所であるのは承知している。だから、二つの丘の女たちは一様に、どんなに暑い夏の日でも、くすんだ濃い紺色とか焦げ茶色とかの、生地のたっぷりとした外套を羽織っている。

・いずれの丘の住人も、自分のいまの家は死ぬまでずっと暮らす終《つい》の住処ではないと考えている。金持ちになって村に帰る前にちょっと庇を借りている避難所か、さもなければ市内のアパルトマンへ引っ越す機会を待つ間、一時滞在している部屋に過ぎないと心得ているのだ。

・ドゥト丘であろうが、キュル丘であろうが、丘に暮らす人々はみな、規則正しい間隔で、しかも驚くほどよく似た人物の夢を見ている。すなわち、

男の子――小学校の女性教師
女の子――アタテュルク
成人男性――預言者ムハンマド様
成人女性――名前は分からないが、背の高い西欧人の映画俳優
老人――乳を飲む天使
老女――吉報をもたらす郵便配達人

という具合だ。こうした夢を見ると、みな重要なお告げを受けたと考えて発奮し、自分が神に選ばれた人間になったような気になるが、夢の内容を人に話すことはひどく稀である。

・キュル丘とドゥト丘に電気が来たのは一九六六年、水道が通ったのは一九七〇年、最初の舗装道路が敷かれたのは一九七三年のことで、いずれの丘でもまったく同じ日に開通した。そのため、どちらが早いとか遅いとかの嫉妬はありえない。

・一九七〇年代、どちらの丘の家にも、二軒に一軒はろくすっぽ映像の映らない白黒テレビ（各家

庭の父子たちは二日に一度は手作りのアンテナをうまく調整しようと格闘していた）を持っている。サッカーの試合やヨーロッパ歌謡大会《ユーロヴィジョン》、トルコ映画といった重要な番組が放映されると、テレビのない住人たちはテレビのある家庭にお邪魔するのが普通だった。そして、丘のどちらでも、そうしたお客をチャイでもてなすのは女の仕事だった。

・どちらの丘でも、そのパンの需要を賄うのはすべて、ハジュ・ハミト・ヴラルのパン屋である。

・いずれの丘でも、もっともよく消費される食料品の順番はまったく同じである。

一、政府の規定よりも重量の軽いパン
二、トマト（夏から秋にかけて）
三、ジャガイモ
四、玉ねぎ
五、オレンジ

しかし、いみじくもハジュ・ハミト・ヴラルの重量の軽いパンのように、この手の統計はあてにならないと主張する者もいないではない。彼らによれば、社会生活を詳《つまび》らかにする要件とは人々が互いに似ている側面ではなく、似ていない側面なのだそうだ。確かにこの二十年の間にキュル丘とドゥト丘には根本的な違いも生じていた。

・その筆頭は、ドゥト丘のもっとも目立つ場所にハジュ・ハミト・ヴラルが建てさせたモスクである。たとえば暑い夏の日、本堂上部の窓から日差しが差し込むと、堂内は素晴らしい佇まいを見せつつも涼しく、この世を創造した神への感謝がこみ上げ、内奥に巣くっていた反抗心が鳴りを潜めるほどである。ところが、キュル丘で一番の名所はといえば、相も変わらずメヴルトがイスタンブルへやって来たはじめの日に見たあの錆びついた巨大な送電塔と、そこに掛けられた髑髏の看板のままであった。

・ドゥト丘でも、キュル丘でも、その住人の九十九パーセントは、表向きは断食月には断食する。しかし、キュル丘で実際に断食をしている者の割合は、七割以下である。なぜなら、キュル丘にはビンギョルやデルスィム、スィワス、エルズィンジャン辺りから一九六〇年代に移住してきたアレヴィー教徒が多く暮らしているからだ。キュル丘のアレヴィー教徒はドゥト丘モスクさえ訪れようとはしない。

・つまり、キュル丘にはドゥト丘よりも多くのクルド人が暮らしているのであるが、当人たちも含めて誰も「クルド人」という言葉はおおっぴらには使うのを避けていたから、この情報はいずれの丘でもごくごく私的な見解という形で各人の頭の隅に、まるで家庭内での隠語のように秘されていたに過ぎない。

・ドゥト丘の入り口にある故郷珈琲店《メムレケト》内の奥のテーブルは、自らを理想主義的民族主義者と称する若者たちによって占有されている。彼らの目指すところは、共産主義のロシアや中国政府に隷属するサマルカンドやタシュケント、ブハラ、新疆といった中央アジアのトルコ系諸民族の解放である。そのためなら彼らは、いついかなるときでも殺人さえ厭わない心構えなのだ。

一方、キュル丘の入り口にある祖国珈琲店《ユルト》内の奥のテーブルは、自らを左派・社会主義者と称する若者たちによって占有されている。彼らが理想とするところはロシアや中国のような自由な社会を築くことだ。そのためなら彼らは、いついかなるときでも自らの命すら投げ出す心構えなのだ。

高校二年生も一回留年し、かろうじて進級したメヴルトは、もはや授業に行くのを完全に放り出してしまい、試験日にさえ登校しなかった。父親も息子の振舞いに気が付いていたが、メヴルトは「明日は試験があるから！」などと言い訳して勉強する振りさえやめていた。

そんなある晩、ふいに煙草が吸いたくなったメヴルトはほんの気まぐれで家を抜け出してフェルハトの家を訪ねた。裏庭のそばにフェルハトの他にもう一人、若者の姿があって、バケツに何かを注いでかき混ぜていた。「苛性ソーダだよ。ちょこっと小麦粉を加えると糊になるんだ。ポスターを貼りに行くんだ、一緒に来ないか」フェルハトはそう言ってもう一人の若者を振り返った。「メヴルトはいい奴だ。俺たちの仲間さ。こいつはアリ。アリ、こいつはメヴルトだ」

メヴルトはアリと紹介された背の高い若者と握手を交わし、彼の持っていたバフラ市から入ってきた密輸煙草を一緒に吸いながら、彼らに加わることに決めた。ポスター貼りなどという危険を冒すのだから、アリはとんでもなく豪胆な男に違いないとメヴルトは確信した。

三人は人目を忍んで暗い裏通りを慎重に歩いていった。フェルハトはちょうど良さそうな場所があるとぴたりと立ち止まり、バケツを下に置いて刷毛で酸っぱい臭いのする糊を丁寧に物の表面とか壁とかに塗り、そのかたわらではアリが小脇に抱えた束からポスターを一枚取り出し、器用に素早《すばや》く貼っていく。アリが手でポスターを広げると、フェルハトは別の刷毛を使って、特にポスターの四角《よすみ》に注意しながら貼りつけていく。

メヴルトは見張りだ。ドゥト丘のふもとの地区のどこかの家でテレビを観せてもらい、笑いさんざめきながら帰路につく両親と「僕は寝ないからね！」とのたまうその息子が通り過ぎていって（政治ポスターはそこかしこに貼られていたけれど、彼らは目を向けようとさえしなかった）三人は息を潜めた。

ポスター貼りは、夜の呼び売りとどこか似ていた。家で液体と粉末を魔法使いよろしく混ぜ合わせ、夜の街路へ繰り出すのだから。しかし、呼び売りは物音を立て、声を張り上げ、ベルを鳴らすが、ポスター貼りでは、あたかも夜そのもののごとく忍び、声をあげてはならない。

三人はふもとの珈琲店や商店街、ハジュ・ハミト・ヴラルのパン屋を避け、遠回りをした。ドゥト丘に入ると、フェルハトが声を低め囁き声になったので、メヴルトは敵地に踏み込んだゲリラになったような気がした。やがてフェルハトが見張りになり、メヴルトはバケツを運び、壁に刷毛で糊を塗る役を仰せつかった。雨が降り出すと街路からは人気が失せ、メヴルトは奇妙な死の匂いに鼻孔をくすぐられたような気がした。

どこか遠くから銃声が聞こえて、丘の谷間に木霊した。三人は足を止めて互いの顔を見合わせた。そのときになってはじめて、メヴルトは手ずから壁に貼ったポスターの上に躍る文字を真剣に読み直した。「ヒュセイン・アルカン暗殺の代償を支払わせる。TMLKHP - MLC」。檄文の下にはハンマーと鎌と赤い旗を使った枠飾りが描かれていた。メヴルトはヒュセイン・アルカンが誰か分からなかったけれど、おそらくヒュセインもまた、フェルハトやアリと同じくアレヴィー教徒で、自らを左派と呼ぶような人物なのだろうと見当をつけた。メヴルトは、自分がアレヴィー教徒でないことを後ろめたく思いながらも、同時に優越感を覚えた。

雨脚が強まって街路がますます静かになると、犬の遠吠えさえ聞こえなくなった。軒下に雨宿りすると、フェルハトが囁き声でヒュセインのことを教えてくれた。「二週間前、ヒュセイン・アルカンは珈琲店からの帰り道に、ドゥト丘の理想主義者どもに撃ち殺されたんだ」

やがて三人はハサンおじさんの家のある通りに足を踏み入れた。イスタンブルに来て以来、幾度となく通い、コルクトやスレイマン、そしてサフィイェおばさんと楽しいひとときを過ごした家だ。いま、その家を怒れる左派闘士の目で眺め直してみると、父親の怒りは当然のもののように思えた。みなで協力して建てたはずのこの家を、彼らアクタシュ家の面々はメヴルトたちの鼻先からまんまとせしめていったのだ。

辺りに人影はなく、メヴルトはアクタシュ家の裏の壁の、一番見えやすい場所に、刷毛で糊を塗りたくった。アリもポスターを二枚、貼ってくれた。庭にいた犬はメヴルトの匂いを憶えていて、嬉しそうに尻尾を振り、騒ぎ立てたりはしなかった。三人はアクタシュ家の側壁にもポスターを貼っていった。

「もういいだろう。これ以上は人目につくぞ」フェルハトがそう囁いたのは、メヴルトの苛烈な怒りに戸惑ったからだったが、肝心のメヴルトのほうは、法を犯すという自由に酔っていた。糊に含まれる強酸のせいで手や指はただれ、身体は雨に濡れそぼっていたけれど、メヴルトは気にも留めなかった。三人は人っ子ひとりいない道に順々にポスターを貼り付けながら、やがて丘の頂へ出た。

ハジュ・ハミト・ヴラルのモスクの広場に面する壁には大きな文字で「ポスター貼り厳禁」と書かれていたが、その注意書きの上には洗剤の宣伝ポスターと、民族主義系の政治団体の「神よ、トルコ人を守りたまえ」と書かれたポスター、それにコーラン教室の広告が貼り付けられていた。メヴルトはそれらのポスターの上に嬉々として糊を塗り、あっという間にモスクの壁を自分たちのポスターで埋め尽くしてしまった。モスクの中庭には誰もいなかったので、そこの壁もポスターで埋めた。

ふいに物音がして銃声と勘違いした三人は走って逃げ出したが、ただ扉が風に煽られただけだった。メヴルトは手に持ったバケツから糊が服や頭に飛び散るのを感じたが、それでも駆け続けた。三人は駆け足でドゥト丘を後にしたが、逃げ出した恥ずかしさを紛らわせるように、ポスターがなくなるまで他の丘に貼り続けた。夜が明ける頃には、三人の手はところどころ血が流れ、酸のせいで火のように赤く腫れあがっていた。

スレイマン 兄さんの言ったとおりだ。モスクの壁に共産主義のポスターを貼ったエジェリ出身のアレヴィー教徒は死ぬ覚悟ができているに違いない。アレヴィー教徒の人たちはもともと誰も傷つけない、静かで真面目な人たちだけど、キュル丘の何人かの跳ね返りどもは共産主義者から金を貰って、僕たちドゥト丘の住人の間に不信感を植え付けようとしているんだ。マルクス・レーニン主義者どもは、はじめはリゼから連れてこられた独身者から成るヴラルさんのところの若衆を共産主義や労働組合争議に巻き込もうって魂胆に違いなかった。リゼからやって来た働き手たちの目的は、連中みたいなバカをやらかすことじゃなくて、お金を稼ぐことだっていうのに。ヴラルさんのとこの人たちは、シベリアとか満州の労働キャンプで捕虜にされるのなんて真っ平だと思うよ。だからね、まっとうな頭のリゼ人たちはアレヴィー教徒の共産主義者どもを追い払うことに決めて、キュル丘にそういう奴らがいたら警察に通報するようにしているんだよ。うちの丘のどんな珈琲店に行っても、私服警官や国家情報局の局員がたむろして煙草を（他の国家公務員と同じ国産のイェニ・ハルマンさ）ふかしながらテレビを眺めてるのも、そのせいさ。その裏には何年も前にアレヴィー教徒のクルド人たちがドゥト丘で囲い込んだ土地を、ヴラルさんのとこの若衆たちが持ち主だって名乗り出て、家を建てちゃったって背景もあるんだけどね。ドゥト丘の古い土地も、クルド人が家を建てたキュル丘のほうの土地も、もともとはみんなヴラルさんたちのものだったんだからね！　本当にそうかって？　土地登記証書がないんだから、兄さんや区長さんが言ったことが真実になるんだよ、分かるかな？　そして、区長のルザーはリゼ出身で、僕らの味方だ。第一、もし自分で正しいって思うなら心配することないし、心配事がないなら、そもそも夜中に人の住んでる通りに入り込んで、神はいないなんてのたまう共産主義のプロパガンダ・ポスターをモスクに貼ったりしないいんじゃないかな。

コルクト　十二年前、俺が村から親父のとこにやって来たとき、ドゥト丘の半分と、他の丘には誰も住んでいなかった。当時は、俺たちみたいにイスタンブルに類縁がなくて、家も、寝る場所もない奴だけじゃなく、街の中心で仕事を持ってる連中も、俺たちの丘の土地を手に入れようと一所懸命だった。幹線通り沿いには薬品工場とか電球工場とかが立ち並んで、毎日のように新しい工場が出来るんだ。でも、低賃金で働く労働者たちには、ただで寝起きできる場所をやらないといけない。だから空地を早い者勝ちで自分のもんにしたところで、国は文句ひとつ言わなかったのさ。土地が自分のもんになるって話が広がって、すると中心街のほうから公務員やら教師、はてはどっかの店のオーナー連中みたいな、とにかく目敏《めざと》い連中がやって来て、大金をせしめてやろうって俺たちの丘の土地に住み着いたってわけさ。公式の証書もなしにどうやって土地の所有者になるのかって？　まずは、当局が見張ってない夜にさっさと家を建ててそこで寝るか、銃を片手に見張るかするんだ。あんたの土地を守ってくれる鉄砲を持った男たちに金を渡してもいい。でも、それで終わりじゃない。拳銃を持った男たちと寝食を共にして友達にならないとな。そうすりゃ、あんたの土地を本気で守ってくれるし、いつか正式の証書を受け取る段になっても「お役人さん、ここは実は俺の土地なんだ。証人もいるぜ」なんて言い出したりしなくなる。この手のヤマを一番うまいことやってくれるのが、リゼ出身のハジュ・ハミト・ヴラルの親分さんてわけだ。村から連れてきた子分たちを建築現場とかパン屋で働かせながら、ちゃんとその日の糧も与えておいて（まあ、自分で焼いたパンなわけだがね）兵隊みたいに操って空地とか建築現場を守るんだ。もっとも、同じリゼ人でも、区長のルザーみたいな男たちを手足のように使うのは簡単じゃない。だから、村から来た仲間を鍛え上げないとならない。どっかのアルタイ空手とかテコンドーのジムに無料で通わせて、トルコ性とは何ぞや、トルコ民族の故地たる中央アジアとはどこだ、ブルース・リーってのは誰だ、青帯の意味は何だって、教えこまないといけないんだ。それにパン屋や建築現場でくたくたになった年端もいかない連中が、ベイオール地区のナイトクラブの娼婦とか、左翼系組織のモスクワ野郎どもとかの食い物にされないように気を付けてやる必要もある。つまり、メジディイェキョイにある俺たちの組織まで若い子たちを連れてきて、折り目正しい家族映画を観せたりするわけだ。俺たちの主張を心から信じるようになって、中央アジアで共産主義者どもの虜囚になってるトルコ系民族の地図を見て悔し涙を浮かべる、身持ちの固い子供たちを育ててやるんだ。ちなみに、その子たちに、うちの組織の加入証を書いてやったのは俺だ。こうして俺たちの努力が実を結び、メジディイェキョイ地区にはめでたく理想主義的民族主義者たちが誕生したってわけだ。俺たちの民族主義系武装組織は、兵士としてもインテリとしても一人前になって、力を増し、だんだんと他の丘にも進出するようになった。共産主義者どもが俺たちのドゥト丘で勢力を失ったのに気が付いたのは、ずっと後になってからだ。最初に気づいたのは、メヴルトと友達になって大喜びしてるあの狡猾なフェルハトの親父だった。怒りっぽい守銭奴親父は、切り拓いた土地を自分のものにしようってさっさと家を建てて、カラキョイ地区から一家まるごと引っ越してきて、そのあと故郷のビンギョルのアレヴィー教徒のクルド人同志どもを呼び寄せたんだ。徒党を組んでキュル丘の土地を囲い込もうって魂胆さ。この前撃ち殺されたヒュセイン・アルカンもビンギョル辺りの村からやって来た一人だった。でも、誰が殺ったのか、俺たちにも分からないんだ。厄介ごとの種になるアカが殺されると、最初はそいつの友人たちが行進をおっぱじめて、スローガンを叫んだり、ビラを貼ったりしやがった。葬式が済んだら、あたり構わず暴れまわって、窓ガラスを割ったりしはじめたんだ。連中は物を壊したい衝動を満足させられるから、はじめのうちこそ葬式に大喜びしたもんだが、そのうちに次は自分が殺される番だって気が付いて、集まって相談したり、姿をくらませたり、共産主義をやめたりするようになった。自由な思想ってのは、こうやって広まっていくもんなのさ。

フェルハト　いまは亡きヒュセイン兄さんはいい人だった。兄さんを村から連れてきて、俺たちが建てたキュル丘の家の一つに住まわせたのは俺の父さんだった。夜陰にまぎれて兄さんを背中から撃ったのは、ヴラルのとこの連中に違いない。なのに、警察の尋問のあと、なんでか俺たちが犯人に仕立て上げられたんだ。ヴラルにケツをかかれたファシストどもが近いうちにキュル丘を襲って、俺たちを一人一人始末する気でいるのは火を見るよりも明らかだってのに。でも、メヴルトにも（こいつときたら、「僕がヴラルさんのとこへ行って話すよ。分かってくれるさ」とか呑気にのたまいかねない）他の仲間にも、そのことは洩らせない。だって、左派のアレヴィー教徒の若者たちの半分はモスクワ派だし、残りの半分は毛沢東主義者だから、見解の相違ってのがクルド人同士の間でもあって、しょっちゅう互いに殴ったり蹴ったりしてるんだ。キュル丘を奪われちゃうぞって警告したところで、誰も耳を貸しやしないよ。なによりも、俺は信じるべき理想を、信じられなくなっちまったんだ。だって、俺は将来、メヴルトと一緒に起業することで頭がいっぱいだからさ。それに大学にも行きたいんだ。でも、アレヴィー教徒の大半と同じく俺は左翼で、世俗主義で、俺たちの仲間を殺した理想主義者も、共産主義者を取り締まろうとするコントルゲリラ（NATO、CIAの援助で作られた東側陣営に対抗するための組織）も、どっちも好かない。とはいえ、自分たちの身内が殺されたんだ。これから何を失うことになるか分かっていても、俺は葬式に出ずにはいられなかったし、スローガンを叫びながら拳を振り上げないって選択肢はなかった。父さんはあぶなっかしい雰囲気を察知して、「家を売ってキュル丘から出てったほうがいいかなあ?」なんて言ってるけど、そもそも故郷から人を引っ張って来たのは父さん自身なんだから、いまさら後に引けるわけないじゃないか。

コルクト 俺たちの家にべたべたとビラが貼られてるのを見て、すぐに気づいた。こいつは組織じゃなくて、俺たちのことを知ってる誰かの仕業だってな。メヴルトが全然、家に寄りつかない、夜中になるとどっか行ってしまうし、学校にもちゃんと行ってないようだ。二日後、うちにやって来たムスタファおじさんがそう言ったとき、俺はこいつは臭いぞって思った。ムスタファおじさんは息子が馬鹿をしでかしてるんじゃないかって、しきりにスレイマンから何か聞き出そうとしてたな。でも俺は、あのフェルハトとかいう犬畜生がメヴルトを悪い道に引きずり込んでるんだと思ったね。だから俺はスレイマンに言ったんだ。二日後の晩、メヴルトを騙して夕食に招けってね。

サフィイェおばさん 私の息子たち、とくにスレイマンはメヴルトと仲良くなりたいくせに、あの子を悪く言うのをやめられないの。メヴルトの父親はまともに貯金もできないから、故郷の家を改修することもできなければ、キュル丘の一部屋きりの家を拡張することもできやしない。ときどきキュル丘へ行って、父子二人でまるっきり男やもめみたいに暮らしてるあの豚小屋みたいな家を女の手でちゃんとしてやろうって思うんだけど、いざ訪ねていったら辛くなってしまいそうで怖い。ムスタファは頑固だから家族を村に置き去りにしたままだし、可哀想なメヴルトは小学校を出て以来ずっと、イスタンブルで孤児みたいにひとりぼっち。イスタンブルにやって来た頃は、お母さんが恋しくなるとよく私のとこへ来てくれた。あの子を膝に乗せて抱きしめて、撫でてやったりキスしてやったりして、

「ああ、あんたはなんて賢い子なんだい」って声をかけてやったの。コルクトとスレイマンはやっかんでたけど、構いやしない。だってね、メヴルトは小さい頃と同じ、いたいけな表情を浮かべたいい子なんだもの。抱きしめてキスしてやりたくなるのも当然だよ。メヴルトだって本心じゃ甘えたいのを、私は知ってる。でも、背だって騾馬みたいにおっきくなって、顔だってにきびだらけになったいま、コルクトとスレイマンの前で甘えるのが恥ずかしいんだね。学校の授業のことも、もう聞いたりはしないよ。だって、あの子はいまの状況が何がなんだかわからず、頭がこんがらがってしまってるんだもの。だから、私はメヴルトが訪ねてきた晩にすぐに台所へ引っ張っていってこう言ったんだよ。「おやまあすごい、まるきり担ぎ棒みたいに背が伸びちまって。でも恥ずかしがんないでいいよ。ほら、しゃんと立って見せとくれ」コルクトとスレイマンに見つからないよう、ぎゅっと抱きしめてほっぺたにキスしてやった。

「おばさん、背が高いからしゃんと立てないんじゃないよ。ヨーグルトの担ぎすぎなんだ。この歳で瘤ができちゃったんだよ。ヨーグルト売りはもう、やめるつもりなんだ」そんな可哀想なことを言って、食事中に鶏肉を無我夢中で食べる姿を見たら、もう私は心が張り裂けそうになってしまった。共産主義者が気のいい純朴な子たちを甘い言葉で籠絡して、自分の仲間にしちまうとかなんとかコルクトがそんなことを滔々と言い聞かせている間、メヴルトは黙って聞いていたっけ。私はね、今度は息子たちを台所に引っ張り込んで叱ったよ。「このろくでなしども、なんで可哀想なひとりぼっちのメヴルトを脅かすようなことを言うの！」

　するとコルクトはこう言った。「お袋、俺たちはメヴルトが犯人じゃないかって疑ってるんだ。混ぜっ返さないでくれよ！」

「あらそう。じゃあ、あそこにいるいたいけな子をもう一度、ご覧よ。どこのどいつが、あの可愛いメヴルトを疑うってんだい。あの子はあんな悪さする連中とはなんの関係もないよ」

でもね、コルクトときたら食卓に戻るなり、またこんなことを言い出したんだ。「メヴルトが毛沢東主義者どもに協力してないって確証を得たいからさ、今晩は一緒にスローガンを書きに行くんだ。なあ、メヴルト？」

こうしてメヴルトは、ふたたび三人組で、しかも前と同じようにバケツ片手に出かけたのである。ただし、バケツの中身は糊ではなく、黒いペンキだ。三人は適当な場所に来ると足を止め、コルクトがちょうど視線の高さのところにスローガンを書きはじめた。メヴルトはコルクトのためにバケツを持ちながら、壁に書かれていくスローガンを判読しようとしていた。「神よ、トルコ人を守りたまえ」――これはメヴルトの大のお気に入りの、最初に覚えた文句で、街のあちこちに書かれている文言だ。それを見るとメヴルトは誇らしい気分になった。自分もまた、歴史の授業で習った世界中のトルコ系民族という大家族の一員なのだと思い出させてくれたし、なにより罪のない願いの言葉に思えたからだ。しかし、その他のスローガンにはどこか脅迫するような凄みがあった。「ドゥト丘は共産主義者の墓場になるだろう」とコルクトが書いているのを眺めながら、メヴルトはその文言が狙っている相手はフェルハトとその友人たちだという気がして、これがただの虚仮《こけ》威しで済むよう祈った。

見張りをしているスレイマンが漏らした「チャカは兄さんが持っていて」という一言で、メヴルトはコルクトが拳銃を持ってきているのを知った。壁面が広いとコルクトは〝共産主義者〟の前に〝神を知らぬ〟と書くことにしていたが、単語数や文字数をしっかり計算していないらしく、文字のいくつかは大きさが不揃いで、ぎゅうぎゅう詰めに書かれていた。正直なところ、その晩メヴルトが一番気になったのは、こうした文字の不統一だった（なにせ、バンの窓とか、胡麻パンの箱とかに自分の売り物の名前をしっかり書けない呼び売り商人には、未来がないことをよく知っていたからだ）。コルクトがKの文字をやけに大きく書いたときなど、メヴルトは思わず警告の声をあげてしまったほどだ。するとコルクトは、「じゃあお前がやれよ。どう書くか見ものだ」と言ってメヴルトの手に刷毛を押しつけた。メヴルトは夜闇の中に決然と歩み出し、割礼業者の広告や、〝ゴミ捨て禁止〟と落書きされた壁、そして四日前にフェルハトたちと貼った毛沢東主義のビラの上に「神よ、トルコ人を守りたまえ！」と書きつけた。

一夜建て、壁、庭、店、疑り深い犬——三人はまるで鬱蒼とした暗い森のような佇まいを見せる丘の街へ踏み込んでいった。メヴルトは、「神よ、トルコ人を守りたまえ！」と書くたびに夜が深まっていくような気がした。このスローガンが、実は果てしない夜闇に刻まれた自分の印か署名のように思えて、その署名が街中を変えていってしまうような錯覚を覚えたのである。ドゥト丘やキュル丘、それに他の丘々まで足を延ばすにつれ、夜中にフェルハトやスレイマンと遊び歩いたときには気が付かなかったものが、次々と目に飛び込んできた。街の泉亭（オスマン帝国時代に街の各所に築かれた給水設備）の壁はどこもかしこもスローガンとポスターで埋め尽くされていたし、珈琲店の前でいつも煙草を吸っている男たちは、実は拳銃を持った見張りだった。よく見れば、夜には家族連れは一切出歩いておらず、自分の世界に閉じこもっているかのようだ。昔話のように邪気がなく、無限の深みを湛えたその晩、メヴルトはこう考えた。——トルコ人でいるほうが、貧乏人でいるよりよっぽどいい。

11 ドゥト丘・キュル丘戦争
——俺たちはどっちの味方でもないんだからな——

四月末のある晩、キュル丘の入り口に立つユルト珈琲店に近づいてきたタクシーから、店内でトランプをしたり、テレビを観たりしていた客たちが機関銃で銃撃された。その五百メートル向こう、つまりは丘の反対側の自宅ではメヴルト父子が、このところはついぞなかった友好的な雰囲気のなかでレンズ豆のスープを飲んでいた。二人は咄嗟に顔を見合わせ、そのまま機関銃のやけにはっきりと聞こえる連射音が止むのを待った。メヴルトが窓から覗こうとすると、父親は「やめろ！」と声をあげ、それから少しするともっと遠くから機関銃の金属的な射撃音が聞こえ、二人はふたたびスープを飲みはじめた。

「そら見たことか。なあ？」父親はいかにも事情通めいた口調でそう言った。まるで、すべて予想通りとでも言わんばかりの口ぶりだった。

この銃撃で、キュル丘とオク丘の左派やアレヴィー教徒の通う二軒の珈琲店が襲われ、キュル丘では二人、オク丘では一人の死者と二十人近い負傷者が出た。自らを武装進歩主義と称するマルクス主義者のグループと、アレヴィー教徒の犠牲者の親族たちが決起したのはあくる日のことだ。そして、メヴルトの姿もフェルハトと一緒にその群衆の中にあり、ときおりスローガンを叫び、最前列ではないとはいえ町内を巡る示威行進にも加わった。メヴルトは、他の参加者のように嬉々として拳を振り上げたりはしなかったし、よく知らない単語がたくさん並ぶ行進曲もうまく歌えなかったものの、憤る気持ちだけは同じだった。周囲には私服警官もハジュ・ハミト・ヴラル一党の姿もなかったので、二日と経たずにキュル丘のみならずドゥト丘の壁という壁は、マルクス主義や毛沢東主義のスローガンで埋め尽くされた。蜂起の熱狂に突き動かされるまま、ビラは都市のどこかですぐに増刷され、反抗にぴったりの新たなスローガンが次々と考案されていった。

真っ黒な警棒を握りしめ、口髭をたくわえた警官たちが青いバスから続々と降りてきたのは葬儀当日、銃撃事件から三日目のことだ。カメラマンや新聞記者の数も次第に増え、子供たちは彼らの前で「僕も撮って!」と叫びながらさかんにポーズを取った。そうして、被害者たちの葬列がドゥト丘に入ると、怒れる若者たちは待ってましたとばかりにそのまま示威行進をはじめた。

メヴルトはこのときの行進には加わらなかった。モスクのある広場に面した家の窓からハサンおじさんやコルクト、スレイマン、なによりヴラルのところの若衆が煙草をふかしながら眼下の群衆をねめつけていたからだ。もちろん、メヴルトは彼らに気後れを覚えたのではないし、彼らにツケを払わせられるのも、あるいは家族の繋がりが断絶してしまうのも怖くはなかった。たんに、彼らの前で拳を握りしめてスローガンを喚きたてるのはひどく奇妙で、わざとらしく思えたから参加しなかったのだ。メヴルトにとって、度を過ぎた政治的な行動というのは、いつもどこか不自然なものに思えるのだった。

行進をはじめた若者たちの葬列がモスクの向かいで警官隊に阻まれると、群衆は大混乱に陥った。一部の若者は民族主義のビラを貼った店に石を投げ、ショーウィンドウを割りはじめた。またたくまにハジュ・ハミト・ヴラルの類縁が経営するファーティフ不動産と、建築会社の事務所が廃墟と化した。もっとも、ドゥト丘を掌握している理想主義的民族主義の若者たちはそこで煙草を吸いながらテレビを観て暇を潰すくらいしかしていなかったから、貴重品はテレビとタイプライターくらいしか置かれていなかった。しかし、この襲撃を契機として、理想主義者とマルクス主義者、あるいは左派と右派、はたまたコンヤ出身者とビンギョル出身者の間の対立が、丘の街に住むすべての人々の面前で噴出したのだけは確かである。

続く三日間に吹き荒れた血みどろの激しい抗争を、メヴルトもまた野次馬たちと一緒に遠くから見守った。ヘルメットをかぶった警官たちが警棒を片手に、まるでイェニチェリ（オスマン帝国の皇帝に直属した奴隷歩兵軍団）のように、「神よ！　神よ！」と鬨《とき》の声をあげながら群衆に突っ込んでいくのも見物したし、戦車のようながっしりとした装甲車が人々に放水するのも物陰から目撃した。そのかたわらで、変わらずシシリやフェリキョイの上客にヨーグルトを売るため街にも出たし、晩にはボザを売り歩いた。ある晩、警官たちがドゥト丘とキュル丘の間に検問柵を巡らせたのを見たメヴルトは、咄嗟に高校の学生証を隠した。警官たちはみすぼらしい身なりをした呼び売り商だと考えて、なにも言わなかった。

怒りと連帯感につき動かされたメヴルトは学校の授業に戻った。たったの三日間で学校には政治めいた雰囲気が漂うようになっていて、とくに左派の生徒たちは人差し指を天に向けて立てては、横柄に授業を中断させ、政治演説をぶつのだ。メヴルトもこの自由な空気は歓迎したものの、決して口を開かなかった。

〝骸骨〟教頭は、授業中に人差し指を突き上げ、オスマン帝国の輝かしい征服やアタテュルクの革命について語る教師の話をさえぎり、「昨日、俺たちの友人が撃たれた」などとはじめて、滔々と資本主義とアメリカ帝国主義について反対を表明する生徒たちを黙らせ、その学生番号を記録するよう全教員に命じたものの、教員たちも下手に首を突っ込みたがらなかった。一番血気盛んな生物学のメラハト先生でさえ、授業を中断しては「搾取的世界秩序」について批判し、オタマジャクシについて教えることとで階級社会の現実をごまかそうとするメラハト先生を糾弾する生徒たちにおもねる始末だ。メヴルトは、自分の人生がいかに苦労の連続で、三十二年も勤めあげて、いまは退職を待つばかりの身の上なのだと訴えるメラハト先生の話に同情しながら耳を傾け、反抗的な連中が彼女を放っておいてやるよう願わずにはいられなかった。しかし、後列に居座る年嵩で身体の大きい生徒たちの見解は異なり、むしろいまこそが狼藉を働く絶好の機会だと考えたようだった。なにせ、成績優秀を鼻にかける生徒とか、礼儀正しい生徒とか、前列に座る従順な子牛ちゃんたちは脅されて服従させられ、民族主義を掲げる右派の生徒たちも静まり返り、中には不登校になる生徒まで出る始末だ。街で起こった新たな武力衝突や、警察による鎮圧や拷問の報が飛び込んでくるたび、革命闘士たちはすぐさま「滅びよファシズム」とか、「トルコよ、自立自存せよ」とか、「自由な教育を」とかのスローガンを叫びながら廊下や校舎の各階を駆け巡り、アタテュルク男子中高等学校の隅々までのし歩いた末に、出席カードを級長から奪って煙草の火で燃やしたり、ドゥト丘とキュル丘の争いに加わったりした。そして、もし懐が温かかったり、チケット売り場に顔見知りがいれば、そのまま映画を観に行ってしまうのだった。

しかし、自由奔放な学校生活と、叛乱じみた雰囲気が続いたのはたったの一週間だった。そもそもの発端は、二カ月前に嫌われ者の物理学のフェフミ先生がディヤルバクル出身の生徒の口まねをして訛りのひどい彼のトルコ語をクラス全員の前で小馬鹿にした一件だった。メヴルトでさえ、その生徒を哀れに眺めやり、怒りを覚えたもので、フェフミの謝罪を求める生徒たちが、授業を潰す旨を表明し、あるいは大学生のように授業をボイコットすると宣言するに及び、〝骸骨〟教頭と校長はついに警察を呼ぶ決断を下したのだ。こうして、丘の斜面の上下に開いた校門には、青い制服に身を包んだ警察官や私服警官が立ち、これまた大学と同じように生徒の身分照会をはじめたのである。メヴルトはというと、大火事か、さもなければ大地震のごとき災難の直後のような空気を感じて、わくわくする自分を抑えることができなかった。学級会議には積極的に加わったが、殴り合いがはじまると隅に引いて終わるのを待ち、ボイコットの宣言が出てからは大手をふるってヨーグルトを売りに出た。

警察が学校に入り込んでから一週間後、アクタシュ家のある通りの道端に座り込んでいた高校三年生がメヴルトの前に立ちはだかり、今晩、コルクトのところへ来いと告げた。そんなわけでメヴルトは、さまざまな左派や右派の政治グループの見張りや警察に何度も学生証を見せ、持ち物検査を受けながらハサンおじさんの家へ向かった。二カ月前にオーブンで焼いた鶏肉をご馳走になった食卓では、最近学校に姿を現した〝私服〟の学生の一人が白インゲン豆の煮込みを食べていた。確かタルクという名の生徒だ。どうやらサフィイェおばさんはタルクが気に入らないようだが、コルクトのほうは彼を信頼し、敬っている様子だった。コルクトは開口一番、フェルハトや「他のアカども」と距離を置くよう命じた。コルクトによれば、これまでと同じく不凍港を求めて南下しようとするロシア人たちが、その帝国主義的野望の障害となるトルコの力を削ぐために、スンナ派とアレヴィー教徒、トルコ人とクルド人、そして富裕層と貧困層の衝突を画策しているらしい。家さえ持てないクルド人やアレヴィー教徒のトルコ国民を扇動するのも、まさにそのためなのだとか。よって、ビンギョル県やトゥンジェリ県出身のクルド人とアレヴィー教徒を、キュル丘をはじめとするすべての丘から排除するのは国家のために必要な戦略なのだそうだ。

「ムスタファおじさんによろしくな」コルクトは最後の総攻撃を控えて、地図を確認するアタテュルクのように謹厳な雰囲気で言った。「木曜日は絶対に家から出るな。とばっちりを食らうからな」

メヴルトのもの問いたげな視線に気づいたスレイマンは、事の仔細をあらかじめ知っていることを誇るような口ぶりで答えた。「軍事作戦が展開されるのさ」

その晩、メヴルトは銃声に悩まされてあまり眠れなかった。

あくる日、昨日聞かされた話が噂となって広まり、中学生やモヒニでさえ木曜日に何かよからぬことが起こるのを知っていた。昨晩もキュル丘やアレヴィー教徒が集まる他の丘の珈琲店が襲撃され、二名が射殺されたらしい。珈琲店を筆頭に丘の店々はシャッターを固く閉ざし、いくつかの店は朝になってもシャッターを開けようとはしなかった。右派の軍事行動の晩に襲撃予定のアレヴィー教徒の家には、前もってXの文字が書かれるらしい——そんな噂がまことしやかに語られた。一方、メヴルトの心の中では、騒動から距離を取って映画館に行くなり、一人きりで自慰に耽るなりしていたい気持ちと、騒動を見てみたいという気持ちがせめぎ合っていた。

水曜日、左派系セクトは、撃ち殺された二人の葬式を終えたその足で、スローガンを叫びながらヴラル一党が経営するパン屋を襲った。警察は一切介入せず、リゼ出身の店員たちは薪やパン焼き用の櫂でしばらく抵抗したものの、すぐに麝香のように香しい焼きたてのパンを残して裏口から逃げていった。その日の夕方、今度はアレヴィー教徒たちがモスクを襲うとか、メジディイェキョイにある〈理想の炉辺〉（六〇年代にトルコの赤化に対抗するため学生たちが組織した民族主義系政治団体）の支部を爆破するとか、あるいはモスクの中で酒を飲んでいたとかの噂も耳にしたものの、あまりにも大げさなのでメヴルトは信じなかった。

「今日は一緒に出ようか。街でボザを売ろうじゃないか。なに、哀れなボザ売りとその息子に何かしようなんて輩はおらんさ。俺たちはどっちの味方でもないんだからな」父親はそう言い、二人は担ぎ棒と盥を手に取ると家を出たものの、丘を包囲する警察は何人《なんぴと》たりとも丘の外へは出してくれなかった。遠くに青い警告灯の点《とも》る警察車両や救急車、それに消防車が見えて、メヴルトの鼓動は速まったが、同時に自分たちが特別な人間になったような気がして誇らしくもあった。五年前、丘で騒ぎがあったときは新聞記者どころか、警察も消防隊も来なかったというのに。メヴルトたちは家に戻り、何をするでもなく白黒テレビをぼんやりと眺めた。生活費を切り詰めてようやく買った白黒テレビでは、当然のことながら、丘に住む彼らの話題など放送されておらず、イスタンブル征服にまつわる討論番組が流れていた。父親は今回の事件のことを蒸し返して、「貧乏な呼び売り商人からその日の糧さえ奪おうとする無政府主義者ども」を、左派だとか右派だとかに分けるのがそもそもの間違いだとぶつぶつ文句を垂れていた。

その日の夜中、通りを駆け回る人々の叫び声やスローガンの声で、父子は目を覚ました。誰が駆け回っているのかは分からなかった。父親は戸締りを確認し、メヴルトが勉強に使っていた脚が一本短い食卓を扉の前に移動させた。窓からはキュル丘の反対側の斜面の火事の火が見えた。炎が低いところに浮かぶ暗い雲を照らしあげると、空は奇妙な明るさに包まれた。雲からの照り返しが丘の道に反射して、風に吹かれる炎みたいに震えるので、それと一緒に影まで揺れて、まるで世界中が顫動《せんどう》しているかのようだった。銃声が響いて、メヴルトは二つ目の火事が起こっているのに気づいた。父親は「そんなに窓辺に近づくな」と言った。

「父さん、連中が襲う予定の家には印がつけられてるんだって。僕、行って見てこようか？」

「うちはアレヴィー教徒じゃないぞ！」

「間違えて印をつけたってこともあるよ」メヴルトは通りにフェルハトや他の左派たちが繰り出しているのだろうなと考えながら心配したものの、それを父親に話したりはしなかった。

辺りが静かになり、叫び声が減るのを待って、二人は戸口から顔を覗かせて表を窺ってみた。印はつけられていなかった。メヴルトは家の壁を回って本当に印がないのか確認したかったが、父親に「中に入れ！」と怒鳴られてしまった。父親と何年も一緒に暮らしてきた一夜建ての白壁は、夜闇の中で橙色《だいだい》に染まった幽霊のようだった。父子は扉を閉ざし、夜明け近くに銃声が鳴りやむまで一睡もしなかった。

コルクト　アレヴィー教徒どもがモスクに爆弾を仕掛けるなんて、とんだ馬鹿話だ。でも、嘘っていうのはすぐに広まるもんだ。忍耐強くて物静かで、信仰深いドゥト丘の住人たちはいま、憤っている。そしてその怒りはもう無視できない力になっている。モスクの外壁の、それこそ人が見ないような端っこまで一面に、共産主義のビラが貼られてるのをその目で見ちまったからだ。カラキョイ地区あたりか、さもなくばイスタンブルじゃなくて、たとえばスィワスとかビンギョルとかに住んでるくせに、このドゥト丘の俺たちが暮らす土地の所有者だって主張する連中なんて、とんだお笑い草だぜ！　家の本当の主が誰で、どの家で本当に人が暮らしてるのかが明らかになったのは昨日の夜のことさ。宗教に唾を吐かれた若い民族主義者たちを抑えるのは至難の業だ。結局、何軒もの家がぶち壊されて、住人の有無が明るみに出たってわけさ。丘の上のほうの家から出た火事は、ことを大きくしようって魂胆で俺たちが放ったんだ。新聞は「民族主義者がアレヴィー教徒を惨殺！」って書けばいいさ。せいぜい左派の警官どもを邪魔してやるよ。そうさ、政治闘争は学校の教師どもと同じく、いまやトルコ人の警官まで真っ二つに割っちまってるんだ。左派の警官どもは自分の家をぶっ壊して、自分で自分を捕まえてりゃいいのさ。そうして、うちの国の政府を罰するための言い訳でも作るがいいさ。

フェルハト　警察は何もしてくれなかった。もし介入してくれれば、俺たちも鎮圧に協力するつもりだったのに。右派の連中はマフラーで顔を隠して、徒党を組んでやって来て、家に踏み込んでは誰彼かまわず殴り飛ばしてぶっ壊し、アレヴィー教徒の店を略奪していったんだ。家が三軒、店舗が四軒、デルスィム出身の連中がやってた雑貨店が全焼した。俺たちがバリケードから顔を出して銃撃をはじめると連中は撤退してったけれど、辺りが明るくなればまたやって来ると思うんだ。

「さあ街に出よう」あくる日の朝、メヴルトの父親が言った。

「いや、僕は残るよ」

「息子や、この大喧嘩はそうそう終わるもんじゃない。連中はお互いに切り刻み合って血を流しても満足しないんだ。政治ってのを言い訳にしてな。俺たちはヨーグルトとボザを売るんだ。お前は絶対にあんなもんに関わっちゃいかん。アレヴィー教徒だろうが左派だろうが、クルド人だろうが、あのフェルハトであっても、関わっちゃならん。連中がお互いに根絶やしにしているのに、巻きこまれて俺たちまで追い出されたくないんだよ」

　メヴルトは家の外には一歩も出ないと誓った。もっとも、父親が出かけるやいなや、ここに留まって家を見張ると言った舌の根も乾かぬうちに、家を抜け出した。ポケットには皮付きのナッツをいっぱいに詰め込み、小さな包丁を持ち、映画館へ駆けていく子供のように好奇心いっぱいで、丘の上の地区に向けて駆けていったのである。

　丘の通りは人でごった返していて、中には棒きれを握りしめて歩き回っている者もいる一方で、何事もなかったかのようにガムを噛みながらパンを小脇に抱えて雑貨店から帰ってくる娘や、庭先で洗濯している主婦もいた。コンヤ、ギレスン、トカトといったアナトリアの街々からやって来た信仰深い人々は、さすがにアレヴィー教徒と無邪気に言葉を交わしてはいないけれど、かといってことを構えようとしているわけでもなかった。

「お兄さん、そっち側は歩かないほうがいいよ」ぼんやりとしていたメヴルトに子供から声がかかった。

「そっち側を歩くとドゥト丘から撃たれちゃうんだ」子供の友達がそう言った。

メヴルトは降ってもいない雨を避けるような気分で、銃弾の飛んできそうな場所を見定め、一足で通りの反対側へ渡った。子供たちはその様子を熱心に見守りつつも、なぜか笑っていた。

「お前たち、学校はいいのかい？」

メヴルトがそう尋ねると、子供たちが愉快そうに叫んだ。「学校はお休みになったよ！」

焼け落ちた家の前で、泣きながらメヴルトの家にあるのとよく似たぼろぼろの編み籠と、湿ったマットレスを引っ張り出そうとしている女がいた。急坂を上っていくと、痩せて背の高い男と、丸々太った男がメヴルトの行く手を遮ったが、他の通行人が「この子もキュル丘の子だよ」と口添えしてくれたので難なく通してくれた。

ドゥト丘を臨むキュル丘の前線は、兵隊の駐屯地といった様相で、コンクリートの板や鉄扉、土を詰めたアルミ製の鉢、それに石やらレンガやらで作られた銃眼の開いた防塁が設えられていた。防塁は場所によっては家にくっついて、反対側からまた顔を出して分岐し、延々と続いていた。キュル丘に最初期に建てられた家々の壁は容易に銃弾を通してしまうが、そんな家の中からさえドゥト丘に向けて銃撃が行われているようだった。

ただし、銃弾は高価なのでそうそう連射もできず、銃撃と銃撃の間には長い静寂があって、互いに撃ち方止めをしている間に、メヴルトも他の人々と同じように丘の道のここからあそこへ、あそこからここへといった具合で移動していった。昼近くのこの時間帯、フェルハトの姿は丘の頂上付近の、都市に電力を供給する送電塔のすぐ近くに急ごしらえで建てられたコンクリート製の建物の屋根の上にあった。

「もうすぐ警察が来るぞ。俺たちに勝ち目はないよ。ファシストと警察はいっぱい武器を持ってるし、なによりこっちより人数が多いから。マスコミも連中の味方だ」

フェルハトはメヴルトにそう耳打ちした。これはあくまで彼の「私的見解」というもので、他のみなの前では「あのファシストのクソ野郎どもを丘には絶対入れない！」と息巻いていて、武器などないくせにいつでも発射準備万端とばかりの血気盛んな様子だった。

「明日の新聞は『キュル丘でアレヴィー教徒虐殺』なんて書かないよ。『セクトの叛乱を鎮圧。共産主義者は自ら火をつけ腹いせに自殺』が関の山さ」

「そもそもろくな結果にならないのに、どうして僕たちは戦っているんだろう？」メヴルトは尋ねた。

「何もせずにただ膝を屈して降伏しろってのか？」

ドゥト丘の後背やキュル丘の家々や通り、壁面を隙間なく埋め尽くし、イスタンブルで過ごしたこの八年の間にいつのまにか建て増しされたり、あるいは泥で作られたかと思えば、いつのまにか取り壊されて、今度はコンクリートで建て直されたりする一夜建てや、ペンキで壁面が塗られた家や店、庭で育つ樹木、それに二つの丘の斜面のそこかしこに掲げられ、夜になるとライトアップされる煙草やコカ・コーラや石鹼の看板――メヴルトは眼前に広がる丘の景色を見ながらも、フェルハトの言葉に混乱していた。だから彼は、冗談交じりではあれ、少し真剣な口調で言った。

「左派の連中も右派の連中も下の広場に――そら、そこのヴラルのパン屋までリーダーが降りてって、目いっぱい殴り合えばいいんだよ。それに勝てばこの戦いも終わりになるんだから」

城壁のように防塁が巡らされた向かい合う二つの丘で、戦士たちが相対している光景には昔話から抜け出してきたかのような趣があった。

「そんな殴り合いが起こったとして、メヴルト、お前はどっちに勝ってほしいんだ？」

「僕は左派の味方だよ。資本主義には反対だから」

「でもさ、将来俺たち二人で店を開いたら、資本主義者になっちまわないもんかね？」フェルハトはそう言って笑った。

「やっぱり貧乏人を守ってくれる共産主義者のほうが僕は好きだよ。でも、どうして共産主義者ってのは神様を信じないんだろう？」

朝の十時ごろから延々とキュル丘とドゥト丘の上空を旋回していた黄色いヘリコプターがふたたび近づいてくると、前線で待機する人々は息をひそめた。ヘリコプターの透明なコックピットの中でヘッドセットを付けているパイロットの姿は、陣地にいる人々からも見えた。わざわざヘリコプターまで派遣されたことが、丘の住民たちと同様にメヴルトとフェルハトの自尊心をもくすぐった。黄色と赤にハンマーと鎌の意匠をあしらった旗、家々の間に渡された横断幕、マフラーで顔を隠し、ヘリコプターに向かってスローガンを叫ぶ若者たち——キュル丘の光景は、新聞に載っているテロや叛乱の写真にそっくりだった。

散発的な撃ち合いは一日じゅう続いたが、死者は出ず、負傷者が数人出たきりだった。そして日没の少し前、警察が拡声器で二つの丘に対して夜間の外出禁止を宣言し、キュル丘では武器の不法所持摘発のため家宅捜索が行われる旨が告げられた。武器を握りしめた幾人かの勇気ある闘士だけが警察との衝突に備えて陣地に残ったが、武器もないメヴルトとフェルハトはさっさと帰宅した。

一日じゅうヨーグルトを売り歩いて、夜に何事もなかったように戻って来た父親を見てメヴルトは驚いたが、二人は食卓についてお喋りしながらレンズ豆のスープを啜った。

夜遅く、キュル丘で停電が起こり、強い照明をつけた装甲車が暴力的で悪意に満ちた巨大な蟹よろしく真っ暗な街区に入り込んできた。その後方には戦車を見守るイェニチェリのように警棒と拳銃で身を固めた警察官が駆け足で斜面を登って来て、街区に散っていった。いっとき激しい銃撃音が響き渡り、そのあとには神経を逆なでするような静寂が広がった。夜がふけて、窓辺から一寸先も見えない闇を覗き込んでいたメヴルトは、マスクで顔を覆った情報提供者が兵隊に強制捜査の対象となる家を教えている姿を見守った。

あくる朝、メヴルトの家がノックされた。ジャガイモみたいな鼻の二人の兵士が武器を探しに来たのだ。父が「ここはしがないヨーグルト売りの家ですよ。政治になんか興味ないですよ」と答えて恭しく頭を下げ、二人を招き入れて食卓に座らせるとチャイでもてなしはじめた。兵士は二人ともジャガイモみたいな鼻をしているけれど親戚ではないそうで、一人はカイセリ、もう一人はトカトの出だそうだ。二人は三十分ばかりチャイを飲みながら、今年こそカイセリ・スポルがトルコ・スーパーリーグの一部リーグに昇格する云々と語り、父親のほうも兵役期間はいつ終わるかとか、指揮官はいい人かとか、もしかしたら意味もなく殴られたりしていないかとか尋ねていた。

メヴルト父子と兵士たちがチャイを飲むあいだにも、ドゥト丘では銃器や左派思想に染まった書物やポスター、横断幕などが着々と押収され、大学生とか、このたびの事件で頭に血が上ってしまった者たちとかの大半が拘束されていった。一睡もしていなかった彼らはその後、護送バスで浴びせられた拳骨を皮切りに、もっと注意深く行われるファラカ（足の裏を棍棒で殴るトルコの伝統的な刑罰。ファラカはその棍棒の呼び名でもある）とか電気とかを使った拷問を受けることになった。そうしてその傷もふさがった頃、今度は髪の毛を剃られ、押収品と一緒に写真を撮られ、その写真が新聞社に渡されることになるのである。彼らの裁判はその後ずっと続き、死刑や無期懲役を求刑された者もいた。十年食らいこんだ者もいれば、五年で済んだ者もいるし、一人か二人は脱獄したし、恩赦を受けた者もいた。中には刑務所での暴動や、ハンガーストライキに加わって盲目になったり、足を引きずるようになったりする者もいた。

アタテュルク男子中高等学校も休学になった。折しも五月一日にタクスィム広場で三十四人の左派が殺されて頂点に達した政治的緊張や、イスタンブルのそこかしこで続く暗殺事件の煽りを受けて、高校の再開は遅れに遅れ、メヴルトはますます授業から遠ざかっていった。政治スローガンがあふれ返る街で、夜遅くまでヨーグルトを売り、夜には稼ぎの大半を父親に渡した。そうして、いざ学校が再開したときには、もう行きたいとさえ思わなくなっていた。気が付けばメヴルトは、教室どころか、学校じゅうの後列の生徒たちの中で一番年上になっていた。

一九七七年の六月、成績表が配られ、メヴルトは自分が高校を修了できなかったことを知った。その夏、彼は不安かつ孤独に、何かに怯えるように過ごした。それというのも、フェルハトとその家族が、他のアレヴィー教徒ともどもキュル丘から出ていってしまったからだ。政治にまつわるあれこれの事件が起こる前の冬、メヴルトとフェルハトはまさにこの七月から一緒に仕事――呼び売りの商売だ――をはじめようと決めていたのだが、引っ越しの準備で忙しくなった親友の商売熱は冷め、アレヴィー教徒の親戚たちの間に戻っていってしまった。メヴルトの気分が重く沈んでいたのも無理はないだろう。結局、七月の半ばには里帰りして母親と一緒にゆっくり過ごしたものの、「あんたのお嫁さんを見つけてやんなきゃね」という言葉は無視した。まだ兵役を終えていないし、金もない。なにより、結婚すれば、村で暮らす羽目になってしまうのだ。

その夏の終わり、メヴルトは新学期がはじまる前の高校へ足を運んだ。暑い九月の朝のことだ。校舎は薄暗くて涼しかった。メヴルトは〝骸骨〟教頭に自分の学籍を一年間、凍結してほしいと頼んだ。教頭は、いまでは八年間も面倒を見てきたこの生徒に敬意さえ感じていて、驚きながらも優しくこう言い聞かせた。

「どうして、そんなことをしようと思ったのかね？　一年間、頑張って、それで卒業してしまえばいいだけだろうに。君は一番年上の生徒なんだから、みんな助けてくれるだろう……」

「来年から大学入試のために予備校に通うつもりなんです。それで今年は働いて予備校の費用を稼ぐんです。だから高校は来年、卒業します。……やれますよ」

イスタンブルに戻ってから電車の中で一言一句、一所懸命に考えた文句を述べたメヴルトに、気の利かない官僚然とした〝骸骨〟教頭はこう答えた。

「やれるだろうが、その頃には君は二十二歳になっているんだよ。この高校始まって以来、二十二歳で卒業した生徒なんて聞いたこともない」教頭はメヴルトの顔に浮かんだ諦めの表情を窺いながら続けた。「まあよろしい……。君の学籍は一年間、凍結しておこう。地区の厚生課から書類を貰ってくる必要があるがね」

メヴルトはその書類の詳細さえ尋ねなかった。まだ校庭を出ないうちから、八年前にはじめて足を踏み入れたこの学校に来るのは今日が最後だろうと確信していた。その一方で、相も変わらず給食室から持って来られるユニセフの脱脂粉乳にも、いまでは使われなくなった薪倉庫にも、中学生のときは戸口からこわごわ眺め、高校に上がってからはみなと一緒に煙草をふかした地下の便所にも、感傷的になりすぎてはいけない――頭の中に響くそんな声に耳を傾けながら、メヴルトは職員室や図書室の扉には目もくれずに階段を下りていった。近頃は登校するたびに「どうせ卒業できないってのに、なんでわざわざ出て来たんだろう?」などと諦めていたはずなのに、その日、アタテュルクの胸像の前を通り過ぎるときには、自分にこう言い聞かせていた。「本当にやろうと思えば、卒業できたんだ」

もう学校へ行っていないことは父親には言わなかった。自分でも見て見ぬ振りをしようとしていたからだ。高校卒業の可能性の最後のよすがであった厚生課の書類さえ取りには行かなかった。そのうちに、学校について思い巡らせていたあれこれの自分勝手な考えが、メヴルトの頭の中では彼にとっての真実へと変じていった。つまり、来年予備校に通うための金を貯めている最中なのだと、なかば自分でも信じるようになったのである。

このところだんだん減ってきたお得意さんにヨーグルトを配達し終えると、メヴルトは担ぎ棒も天秤もヨーグルトの盥も知り合いのところに放り出して、街の通りを気の向くままにうろつくようになった。

メヴルトがこの都市を愛したのは、見るだけでも心湧きたつようなさまざまな事物が、ひとところで活気づいているからだ。そうした場所の大半は、シシリやハルビイェ、タクスィムやベイオールといった盛り場の周辺にあった。朝方、バスに飛び乗り、無賃乗車をとがめられでもしない限りは盛り場に通いつめ、ヨーグルトの担ぎ棒を背負っていては入れなかったような通りに、自由気ままに出入りし、あるいは都市の混沌と喧騒の中で迷い子になりながらショーウィンドウを眺めるのが、メヴルトは楽しくてたまらなかった。マネキン、とくに長いスカートを穿いたお母さんと、スーツを着て幸せそうな子供たちのディスプレイをうきうきしながら眺め、靴下やストッキングを売る店のウィンドウに飾られたマネキンの脚をまじまじと見つめる。そうするうちに、ちょうど頭の中でこねくり回していた妄想に背中を押されるようにして、反対側の歩道を歩いていた茶髪の女性の後を十分ばかり尾け、そうかと思えば目の前に現れた食堂に衝動的に入り、適当に思いついた高校の同級生の名前を出して「ここにいますか？」などと尋ねてみる。ときには、こちらが何も訊かないうちから「皿洗いなんて探しちゃいねえよ！」とぞんざいな口調で言われて追い出されることもある。ふいにネリマンの姿が脳裏をよぎったかと思いきや、ぱっと思いついた新しい想像に身を任せ、来たのとはまったく反対方向、たとえばテュネル線の駅の裏のほうへ足を向けたり、フェルハトの親戚がもぎりをしているかもしれないというただそれだけの理由で、リュヤー座の狭苦しいロビーで宣伝ポスターとか写真を眺めて時間を潰したりするのだった。

人生そのものが与えてくれる安心感や美しさが顕《あらわ》になるのは、人生そのものから距離を取って、別の暮らしに思いを馳せているときだけかもしれない。ちゃんとチケットを買って映画を観ているときや、妄想に耽っているとき、メヴルトはいつも魂のどこかに自責の念のかすかな痛みを感じていた。時間の無駄としか思えず、字幕も合っておらず、そもそも筋には関係のないような奇妙な細々としたシーンが気になったり、魅力的な女優に目を奪われるたび、どこからともなく自責の念がせり上がってくるのだ。あるいは、メヴルトは映画館の座席で前屈みになったまま沈思黙考して、父親が帰る二時間前に帰宅すれば邪魔されずに悠々と手淫できるなどと計算してみるのだった。

もちろん、映画館へ行かない日もあった。そんなときメヴルトは、タルラバシュにある床屋で徒弟をしているモヒニの顔を見に行ったり、アレヴィー教徒や左派のお抱え運転手が通う珈琲店に立ち寄って、フェルハトのことを知っている子供の店員とちょこっとだけ言葉を交わしたり、そうかと思えばオケイをしている男たちの様子を眺めながら、目の隅でテレビをぼんやりと眺めて漫然と過ごすのだった。高校に通い続ける気もないのだから、時間を潰す——つまりは何もしないままでいるのは、人生のあるべき姿ではない。それはメヴルトも承知していたのだが、彼はその悩みを何か他のことを想像して紛らわせるのが常だった。たとえば、「フェルハトと何か新しい仕事をはじめられていたならな」、「ヨーグルトの盥をいくつも積めて、押して運ぶこともできて、押せばベルが鳴るような手押しの屋台を使って、いまとは違う何か新しい呼び売りをやれたらな」、「ついさっき見かけたテナント募集中の店舗みたいなところでタバコ屋をやれたらな」、「そこの流行っているようには見えないクリーニング店のテナントに雑貨店を開くのもいいな」、「フェルハトと二人なら、いずれみんながびっくりするほどの大金が稼げたかもしれないのにな」。

ヨーグルト売りの稼ぎが徐々に少なくなりはじめたのもこの頃のことである。街の各家庭は、ガラス瓶に入ったヨーグルトを雑貨店から買って来て、食卓に置いておく習慣に急速に親しむようになったのである。

「ほんと、お前さんに会うために牧場のヨーグルトを買ってるようなもんなのよ、メヴルトちゃんや」気のいいお婆さんたちの一人は変わらない優しさでそう言ってくれたが、もう誰もメヴルトにいつ高校を卒業するのか訊かなくなっていた。

ムスタファ氏 相手が一九六〇年代に現れたガラス製のヨーグルト容器だけなら話は簡単だった。あれは陶器みたいなもんだから、分厚くて重い上に値段も張るし、すぐに欠けたり、罅《ひび》が入ったりするから、雑貨店もガラス容器を持って来た客になかなか容器代を返金しなかったしな。ひと昔前の奥さん方ってのは、空いた器を何かに再利用するのが普通だったんだ。猫の餌用の平皿、灰皿、使用済み油を入れる容器、洗面器や石鹸入れ——ありとあらゆる台所の汚れ仕事と家事に使われた末に、ある日ふいに思い出して雑貨店に持っていって返金してもらう。ある家庭から回収された間に合わせのゴミ箱やべとついた犬の餌用の皿は、キャウトハーネのどっかの工場ですごい水流で洗われて、別のイスタンブルの家庭の幸せいっぱいの食卓に、一等新鮮で健康的なヨーグルト用のお皿ですよとばかりに再登場するわけだ。そのせいで、ときどきお客と何にヨーグルトを盛るかで口論になることだってあったよ。いつもの清潔なお皿の代わりに、この手の容器を出されると、俺は我慢できずにこう言ったもんだ。「奥さん、こいつは奥さんのために言うんですがね、その容器はチャパ地区あたりのクリニックで尿瓶に使われたあと、ヘイベリ島のサナトリウムの結核患者の痰壺として使われてたかもしれん代物ですよ……」

ところが、しばらくすると安くて軽いガラス容器に入ったヨーグルトが発売された。雑貨店に容器代なんか払わなくていい。ガラス容器のほうはちょっと洗ってコップとしてお使いください、主婦の方々へのプレゼントですよ、なんて抜かしやがる。容器の代金もヨーグルトの値段の中に入ってるって言うんだ。俺はこの立派な肩と、正真正銘のスィリヴリ産のヨーグルトで対抗してきたが、今回は話が違った。大企業の連中は安くて軽い容器を作った上に、そこに牛の描かれたシールまで貼り付けて、でっかい文字でヨーグルト製造会社の名前を印字して、とどめとばかりにテレビで宣伝まではじめやがった。しばらくすると、同じ牛のマークが描かれた会社のトラックが、狭い狭い通りの中まで入り込んできて、雑貨店を巡って俺たちの稼ぎを奪うようになった。だが、まだボザが晩に売れるのは有難いことだ。メヴルトが馬鹿なことにうつつを抜かさず、もうちょっと頑張って働いて、稼ぎを正直にみんな俺に渡してくれたら、この冬も村にちょっとは送金できるだろう。

12　村から妻を娶る
―わしの娘は売り物じゃないんだよ―

コルクト　昨年の抗争と火事に続く半年の間に、アレヴィー教徒のほとんどは丘を去った。一部はオク丘のような付近の他の丘に、残りは都市の外れのガズィ地区に移り住んだんだ。彼らの前途に幸あれ。神が望めば、連中の新天地に我らが政府の警察や憲兵はやって来ないだろうよ。外国まで延びていて時速八十キロも出せるような六車線の現代的な高速道路が、お前さん方の鳥小屋やら無登記の一夜建ての上に敷かれるなんて聞かされてみろ、「ただ一つの道は革命！」（七〇年代に左派の革命主義者が用いた有名なスローガン）って叫んだところで自分を誤摩化すのがせいぜいさ。

頭のおかしい左派セクトどもがこの丘から撤退して土地が空くと、区長が出した土地所有証明書の値段が跳ね上がった。すると、土地を拓こうと思いついた目敏い連中や、武装した愚連隊がふたたび姿を現すようになった。新しい公共事業計画が持ち上がったもんで、証明書を買い漁ろうと集まって来たんだ。いまじゃすっかり老け込んじまったハミト・ヴラルさんがモスク用の絨毯を買おうって言い出したときに「ビンギョルとか、エラズーとかから来てたアレヴィー教徒は出てったんだろ。だったら、そいつらの土地を買って国に売れば儲かるぞ。だから自分で金を出せばいい」と陰で言って金を出さなかった連中がな。そんなわけで、ハミトさんも重い腰を上げて、新しい建築事業に乗り出すことにしたんだ。まず、ハルマン丘に新しいパン屋を作った。それから、村から連れてきた独身の労働者たちのために一肌脱いで、テレビと礼拝所、それに空手道場が併設された独身寮も建てた。兵役から戻った俺は、この独身寮建設の現場監督と、建築資材調達の責任者にしてもらった。いまじゃ、独身寮の食堂で若者たちと一緒に食事――アイラン、肉料理、ピラウにサラダまでついてるんだ――をするのが毎週土曜日のハミトさんの習慣になってる。俺は本当にハミトさんに感謝してるんだ。なにせ、俺の結婚の世話までしてくれたんだからな。

アブドゥルラフマン氏　十六になった長女ヴェディハにいい夫を探してやろうと、わしは随分骨を折ったものだ。本来、夫探しというのは女たちが洗濯場とか、公衆浴場とか、市場とか、あるいは互いの家に招かれたときに済ませてしまうのが一番だ。だが、可哀想なわしの母なし子たちには、母親は無論のこと、父方にも母方にもおばがいないもんだから、このわしにお鉢が回ってきたというわけだ。こうしてわしは、ヴェディハの夫を見つけるというただそれだけのために、バスに乗り込んでイスタンブルに向かったのだ。しかし、わしのことをあれこれ噂する輩の声もこの耳には届いている。やれアブドゥルラフマンは美しいヴェディハのために金持ちの旦那を見つけようとしているだけだ、やれ結納金をせしめてラク酒の酒代にするつもりだなどとな。こんな足の悪い男を妬んで陰口を叩くのは、わしが背骨が曲がっているくせに娘たちと幸せに暮らし、人生を楽しみ、酒のたしなみ方も弁えた幸運な人間だからなのだろう。「酔っぱらって、いまは死んだ奥さんを殴ってたんだ」とか、「ベイオール地区で背骨の曲がってるのも忘れて女と食事をするためにイスタンブルに行ったんだ」とか抜かすのは、本当のわしを知らない奴だけだ。イスタンブルに着いたわしは、朝方にヨーグルト売りたちが集う珈琲店に足を運び、朝はヨーグルト、夜はボザを売って働き続ける同郷人たちに会った。当たり前だが、開口一番「娘の夫を探しとるんだよ！」なぞとは言わない。まずは互いの近況を尋ね、ちょっと仲良くなったら夜に一緒に飲みに行って、軽口をたたき合い、ボトルを頼んでラク酒を飲みながらお喋りをする。そうして、ほろ酔い気分になって会話が弾んではじめて、アクシェヒルの町のビッルル写真館で撮ってもらった可愛いヴェディハの写真を愛でながら取り出して、見せるのだ。

ハサンおじさん　ある日、俺はギュミュシュデレ村に住むその娘の写真をポケットから取り出して、台所にいた妻のサフィイェに見せたんだ。美しい娘だ。「どう思う、サフィイェ？　この娘はコルクトとお似合いじゃないか？　うちの村のせむしのアブドゥルラフマンの娘なんだ。奴さん、故郷からはるばるイスタンブルの俺の雑貨店まで足を運んでくれたんで、ちょっと話したんだ。昔から真面目な男だったが、どうも力が弱くてね。ヨーグルトの担ぎ棒にすっかりやられちまって村に帰ったもんで、当然、いまは文無し同然だ。もっとも、抜け目のない奴でもあるがね」

サフィイェおばさん　息子のコルクトときたら、建築だ、独身寮だ、車だ、競馬だ、空手だって落ち着きがないったらありゃしない。なんとかあの子を結婚させてやりたいんだけど、本当に頑固で高慢な子でねえ。あんたももう二十六にもなったんだから、村に戻って嫁を見つけてやるって私が言ったところで、「いいや、俺は自分で相手を見つけるよ、都会でね」なんて答えるだろうし。かといって、「イスタンブルで嫁を見つけてきな」って言えば言ったで、きっと「俺は純潔で従順な娘がいい。都会の娘じゃだめさ」とか言い出すんだろうね。だからせむしのアブドゥルラフマンの美しい娘の写真は、そっとラジオの脇に挟んどいたのさ。仕事でくたびれて帰って来るコルクトは、テレビを観るか、ラジオで競馬を聞くかしかしないからね。

コルクト　俺が競馬をやってることは、母さんも含めて誰も知らない。でもギャンブルとしてやってるんじゃない。純粋な娯楽として楽しんでるだけなんだ。四年前のある晩、俺の部屋が建て増しされて、いまじゃそこで一人でゆっくりしながら競馬の実況を聞いてるのさ。その日も天井を眺めながら実況を聞いてたんだが、ふいにラジオの隅に光が降り注いだような気がしたんだ。写真の中から娘が見つめていた。俺にはすぐに分かったよ。彼女のその眼差しこそが、俺を一生慰めてくれるんだってな。そう思うと、清く正しい気持ちで心が満たされたんだ。

「母さん、ラジオのとこの写真の娘は誰だい？」さりげなく訊いた俺に母さんは言った。

「私らのギュミュシュデレ村の娘だよ。天使みたいに可愛らしいだろう？　この娘を娶らせてあげようか？」

「村娘は勘弁してくれよ。あっちこっちに娘の写真を配って回るような連中の子供なんて、俺には合わないよ」

「あら、そんなんじゃないのよ。その娘のせむしのお父さんは誰彼かまわず娘の写真を見せて回るような人じゃないもの。それどころか過保護で、結婚を申し込みに来た人たちを戸口から叩き出すような人なんだよ。その娘があんまり綺麗なもんだから、お父さんが無理を言って写真を貰って来たのさ」

俺はこの嘘を信じた。あんたたちは、ころりと騙された俺を笑うかもしれないから、こう言っておこうか。なんでもかんでも嘲笑うような奴は、恋もできないし、心の底から神を信じることもできないってな。そういう高慢な輩だから、何にも信じられないんだ。恋っていうのは神を愛するのとよく似た、敬虔な気持ちのことだ。つまり、他の情熱が入り込む余地なんてないのさ。もし、文句を言う資格があるとしたら、それは相手の娘だけだ。
　娘の名前はヴェディハというらしい。一週間後、俺は母さんに打ち明けた。「あの娘が頭から離れないんだ。いまに、あの子の様子を見にこっそり村まで行って、まずは娘の父親と話したいんだ」

アブドゥルラフマン氏　婿候補は落ち着きのない若者だった。一緒に飲み屋へ行ったんだが、わしにとってのヴェディハが、秘密の花園に咲く一輪の花みたいなもんだってことをさっぱり理解してはおらんかった。イスタンブルで小金を手にして調子に乗った若者だ。リゼのハジュ・ハミト・ヴラルさんに気に入られていて、フォードの車を乗りまわすための金を貯めてるだけの空手家風情が、金にあかせてわしの娘を簡単に娶れると勘違いしていて、ひどく鼻についた。「わしの娘は売り物じゃないんだよ」わしは幾度もそう言った。隣のテーブルに座っていた客が思わず眉をひそめてこっちを見ておった。それから、冗談だとでも思ったのか笑っとったがね。

ヴェディハ　私は十六になったから、もう子供じゃない。父さんが私をどこかに嫁がせたがっているのも分かってるわ。気づかないふりをしているだけ。夢の中で悪い男の人が、悪意をみなぎらせて私の後を付け回すの。ギュミュシュデレ村の小学校を卒業したのは三年も前のことよ。もしイスタンブルへ行けたなら、今年にも高校を卒業するはずだったのに。でも、うちの村には中学校を卒業した女の子さえ一人もいないの。

サミハ　私は十二歳だから小学校の最終学年。ときどきヴェディハ姉さんが学校まで迎えに来てくれるの。ある日、家に戻る途中で、男の人が私たちの後を尾けてきたの。私は姉さんと同じように何も喋らず、前だけを見ながらまっすぐ家に向かって歩き続けた。キョルさんの雑貨店のところまでね。でも、お店の中には入らなかったの。真っ暗な村の道や、窓のない家の前を通って、風でふるふる震えるシナノキの下をくぐって、裏通りを伝って家まで帰ったのよ。でも、男の人はずっとついてきた。姉さんの顔は強張ったままだったわ。私ね、家に入るとき怒りがこみ上げて思わずこう言ってやったの。「馬鹿野郎！　男はみんな馬鹿たれよ！」

ライハ　私は十三歳。去年、小学校を卒業しました。姉のヴェディハに結婚を申し込む人はいっぱいいます。今度の人はイスタンブルからやって来たそうです。いいえ、彼らはイスタンブルの人間だっていうけれど、本当はジェンネトプナル村出身のヨーグルト売りの息子なんです。ヴェディハ姉さんはイスタンブルに行きたくて仕方がないから乗り気だけれど、私はヴェディハ姉さんにあの男の人を好きになってほしくないんです。そうなったら結婚して出ていってしまうから。それに、もしヴェディハ姉さんが結婚したら、次は私の番です。あと三年もあるけど、姉さんと同い年になったところで私の後を付け回すような男の人はいないと思います。よしんばいたとしても、私は誰とも一緒になんてなりたくないのです。「あんたは賢い娘だねえ」みんなそう言ってくれます。私は今日も家の窓辺にいて、学校から帰って来るヴェディハ姉さんとサミハを眺めています。

コルクト　妹と一緒に学校から帰って来る愛しい彼女の姿を、俺はあくまで礼儀正しく見守った。はじめて会ったこの日、写真と実物を見比べて俺はさらに恋慕が募るのを感じた。スタイルも背の高さも申し分ないし、すらっとした腕もそれに見合っている。俺は神に感謝したよ。この娘と結婚しなかったら、俺は必ず不幸になるって思ったね。だが、抜け目ないせむし野郎が結納金を吊り上げようと、あれこれ俺にふっかけてくるのかと思うと嫌気がさす。

アブドゥルラフマン氏　婿候補はなかなか手ごわかった。それで、ベイシェヒルの街でもう一度会うことになったんだ。面と向かって「本当に愛してるなら、結納金を値切ったりするな」とは言えんが、可愛いヴェディハとその妹たちの運命がわしの肩にかかっとるから、わしは気を引きしめて待ち合わせした食堂に行った。席について、まだ一杯目に口をつける前に、わしは機先を制してこう言ってのけたのだ。「すまないがね、お若いの。あんたの気持ちもよく分かるが、美しいわしの娘は売り物じゃないんだ」

コルクト　頑固なアブドゥルラフマンさんは一杯目を飲み終わらないうちから、条件を出してきた。俺だけじゃなく、親父やスレイマン、みんなでいくら頑張っても、金を借りても、それこそドゥト丘の家やキュル丘に拓いた土地を売っても届かないような額の結納金をな。

スレイマン　自分の苦しい恋を叶えられるとしたら、ハジュ・ハミト・ヴラルさんのお金と権力しかない――それが兄さんの下した結論だった。だから、僕たちはハミトさんが独身寮に来る日に備えて空手の演式を準備した。染みひとつない道着を着て、髭も整えた身綺麗な従業員たちが本気で殴りあったりするやつさ。ハミトさんは食事のとき、両隣に僕と兄さんを座らせてくれた。この敬うべき紳士はメッカを二回も訪れたことがある――二度の巡礼《ハジュ》！――こんなに多くの土地や富、部下を抱えていて、しかも僕らにモスクを建ててくれた晴れ晴れしい人の真っ白な顎鬚を間近に見て、その傍にいられるなんて、自分はひどく幸運だって思った。ハミトさんは僕たちを自分の子供みたいに可愛がってくれて、「なんでハサンはおらんのだ？」なんて父さんの名前まで憶えていてくれたんだ。僕たち兄弟の近況とか、最近建て増しした兄さんの部屋とか、中二階、それに外階段のこととか、ムスタファおじさんと父さんが拓いて、区長から土地所有証明書を貰った土地の立地とか、とにかくあれこれ尋ねられたんだ。でも、本当のところハミトさんは、はなから全部、承知していたんだと思う。うちの土地がどこにあるのか、どこどこの土地が誰のもので、斜向かいは誰の土地、どこの土地に家が建てられてる、あっちは途中で建築が止まってる、どことどこの共同所有者が喧嘩してる、この一年で建物や店を建てたのは誰々、壁や煙突の様子はかくかくしかじか、電線はどこそこまで通ってる、水道はどの通りまで通じてる——とにかく全部、ハミトさんは知ってるんだ。

ハジュ・ハミト・ヴラル　「若いの、誘惑の声に捕まっちゃいかんぞ、あとで後悔することになるからな。そう思うだろう？」わしがそう尋ねると、若者は恥ずかしそうに目を逸らした。無論、周りが見えないほど恋に現《うつつ》を抜かしてるから恥ずかしいのではないだろう。きっと、見込みのない恋に身を投じてしまったのが後ろめたく、なにより結納金を自分一人でどうにかできんのが知り合いにも知られてしまって情けないのだ。わしは太った弟のほうを向いた。「これも神の思し召しだ。謹んで、お前の兄さんの心を責め苛《さいな》む恋の苦しみを取り除いてやる方法を探してやろうじゃないか。だが、兄さんは一つ間違いを犯した。お前はその轍を踏むなよ。ところで、お前の名は何と言った？　ああ、スレイマンだったな、息子や。お前も兄さんみたいに一人の娘を大切に想うことがあれば、大切にするのは結婚した後からにしなさい。娘を好きになるのは後回しだ。気持ちが逸っても、婚約式のあと、いや内諾を得たあと……少なくとも結納金の話が終わるまでは、取っておけ。お前の兄のようにまずはじめに恋をして、それから父親と結納金の話なんぞするもんじゃない。そんなことをしてみろ、どんな父親だってお前に金どころか、この全世界を支払わせようとするもんだ。相手のことを知らんからこそ、恋をするということがある。世の夫婦の大半は、結婚前にちょっとでも互いのことを知っとったら相手に恋なぞせんかったろうよ。預言者様が結婚前に男女が近づくのを良しとなさらなかったのも、このためだ。もう一つ、結婚し、一緒に過ごしたからこそ恋が芽生える夫婦というのがいる。これまた、相手を知らずに結婚した結果の一つだな」

スレイマン　「僕は、よく知りもしない娘なんかに恋しません」

「よく知っとる娘と言ったのか？　それともよく知らない娘と言ったのかな？」晴れがましい顔つきのハミトさんは、そう聞き返してから答えを待たずにこう続けた。「実のところ、本当の愛に、相手と知り合う云々は関係ない。見ず知らずの相手に覚える愛情こそが、この世でもっとも貴いからだ。たとえば、目の見えない者こそが素晴らしい恋をするようにな」

ハミトさんがそう言って呵々《かか》と笑うと、周りにいた労働者たちもよく分かってないくせに大笑いした。お暇するとき、僕たち兄弟は、それはもう恭しくハミトさんの神聖な手の甲にキスしたもんさ。それで二人きりになると兄さんは僕の肩を拳固でどやして言ったんだ。「こいつめ、お前がこの都市でどんな娘と知り合って結婚するのか見せてもらおうじゃないか」

13 メヴルトの口髭
──権利書なしの土地の所有者なんて──

　いとこのコルクトがギュミュシュデレ村の娘と結婚するのをメヴルトが知ったのは、ずっと後になってから、つまりは一九七八年の五月のことで、しかも姉が父親に宛てた手紙からだった。この十五年、姉は間断なく父親に宛てて手紙を書いていて、ときどき思いついたようにそれが届くのだ。メヴルトは、新聞を読むときみたいに慎重かつ真剣な声音で父親に手紙を読み聞かせていたが、コルクトの帰郷がギュミュシュデレの村娘のためだったと知って、どういうわけか父子そろって謂《いわ》れのない嫉妬、いや紛れもない怒りを覚えた。どうしてコルクトはこちらに知らせ一つ寄こさないんだ？　二日後、父子がドゥト丘のアクタシュ家を訪ね、今回の件の裏話を聞かされたとき、メヴルトは心底こう思った。ハジュ・ハミト・ヴラルみたいな力のある雇い主とか庇護者がいたら、きっとイスタンブルでもっと楽に暮らせたろうにな。

ムスタファ氏　アクタシュ家に行ってコルクトがハジュ・ハミト・ヴラルの援助で結婚すると聞かされたのが二週間前。兄貴のハサンは自分の雑貨店からあれこれと結納品を見繕いながら、突然真剣な口調になって、早口でまくし立てた。なんでも新しい環状道路が造られるそうで、丘のあっち側は開発計画の対象になっていないとか、開発対象になってたらお終いで、役人にいくら袖の下を渡そうとも、その土地の上に問答無用で道路が敷かれるとかなんとか。本来は、ここいらの丘の斜面は誰の所有でもないし、これから先もそうなんだから、政府は片側三車線のアスファルト道路を敷くときは相手が誰であれびた一文、補償金なぞ払わないんだそうだ。

「実際にな、俺たちのキュル丘の土地はただ同然になってたぞ。でも、俺が斜面の土地を買い集めてるハジュ・ハミト・ヴラルさんに売っておいたから安心しな。気前がいい人で、随分高く買ってくれたぞ！」

「なんだって！　俺の土地を、俺の断りもなしに売っちまったのか？」

「おいおい、あそこはお前の土地じゃないよ、ムスタファ。俺たち二人のもんだろ。俺が切り拓いて、お前がそれを手伝った。区長もそう書いたろうが。貰った証明書に日付と署名を入れるとき、他の人たちと同じように俺たち二人の名前を書いていたじゃないか。それに、証明書を受け取ったのは俺だ。そう、この俺だ。そのとき、お前は何にも言わなかったじゃないか。あと一年もすれば、あの証明書が紙屑同然になるところだったんだぞ。第一、家なんぞ建たんよ。みんな知ってることだが、あの辺りの土地は取り壊しになるんで、もう誰も一夜建てどころか石ころ一つ置きやしないんだから。もとから、爪の先ほどの価値もない土地だったんだよ」

「いくらで売ったんだ？」

「ちょっと落ち着け。自分の兄貴相手にそう怒鳴り散らすなよ……」

　ハサンがそう言ったところで、主婦が一人米を買いに店に入ってきた。ハサンもプラスチックの計量器を麻袋に突っ込んで紙袋に米を詰めはじめたんで、俺は一度家に帰ることにした。そうしないと人殺しになっちまいそうだったもんでな。ああ、俺が持ってるのはあの土地の半分と、この一夜建て以外、何にもないってのに！　だが、そのことは誰にも――メヴルトにさえ話さなかった。あくる日、また雑貨店を訪ねてみると、ハサンは古紙を折りたたんで紙袋を作ってるところだった。俺はもう一度「それで、いくらで売ったんだ？」と尋ねたが、やはりハサンは答えなかった。悶々と眠れぬ夜を過ごした一週間後の朝、雑貨店に客がいないときを見計らって、唐突に値段を言いやがったんだ。何？　金の半分は俺にくれるって？　当然だ。でもあんまりにも安いんで、俺は思わず言っちまったよ。「そんな金額じゃあ到底、受け取れない」ってな。するとハサンは言うんだよ。

「こっちにももう金なんてないよ。コルクトが結婚するんだから、文句はなしにしてくれよ」

「そりゃ、どういう了見だ？　兄さんは俺の金で自分の息子を結婚させてやる気なのか？」

「可哀想なコルクトはすっかり恋の病をこじらせちまったって、何度も説明したろうが！　そう、かっかするなよ。いずれお前の倅の順番も来るんだから。あのせむし男には他に二人の娘がいる。そのうち一人をメヴルトと結婚させればいいんだよ。そうだ、メヴルトは元気にしてるかい？」

「メヴルトのことは放っておいてくれ。あいつはもうすぐ高校を卒業する。そしたら兵役に行くんだ。もし手ごろな娘がいるなら、スレイマンにでもあてがいやがれ」

父親とハサンおじさんが十三年前に開墾したキュル丘の土地――正式の不動産権利書はない――が売り払われたのを、メヴルトはスレイマンから聞いてはじめて知った。いとこによれば、「権利書なしの土地の所有者」なんて何の意味もないのだそうだ。なにせ、家はおろか庭木一本植わっていないから、何年も前に区長から貰った紙切れ一枚だけでは、六車線道路の工事を止められる可能性など皆無なのだとか。その二週間後、父親の口から同じ話を聞かされたとき、メヴルトははじめて聞いたふりを押し通し、お父さんの怒りはもっともだ、共同名義の土地を勝

手に売り払うなんてもってのほかだと不快に思った。それになにより、アクタシュ家がメヴルト父子よりもよほどイスタンブルで成功していることに、メヴルトはひどく手前勝手な考えであるのは承知しながらも、割に合わないものを感じて怒りを覚えるようになっていた。とはいえ、彼らを消して、どこかに捨ててしまうわけにもいかないし、そもそもアクタシュ家の人々がいなくなってしまえば自分がイスタンブルで本当のひとりぼっちになってしまうのも分かっていた。

「いいか、俺の許しなしで、あと一度でもハサンおじさんのとこへ行ったり、コルクトとスレイマンに勝手に会ったりするなよ。俺の目の黒いうちは絶対そんなことさせないからな。いいな?」

「わかったよ。誓って行かない」

しかし、おばの料理が食べられなくなりスレイマンと距離を置いて一人きりになるやいなや、メヴルトは早くも自分の誓いを後悔するようになった。去年、高校を卒業したフェルハトも、一家ともどもキュル丘を去ってもういない。父親が里帰りした六月、一時期は例の運試し籤の箱を持って、オープンカフェや子供連れが来る公園をうろついてみたものの、稼ぎを毎日貯めたところでフェルハトと一緒に仕事をしていた頃の四分の一にも届かなかった。

一九七八年の七月はじめ、メヴルトはバスに乗って村に帰った。母親や姉たち、父親と一緒に過ごして、最初の数日は楽しかったが、村人はみなコルクトの結婚の準備に追われていて、メヴルトは苛立ちを募らせた。仕方なく、年老いた愛犬キャーミルと一緒に丘をうろつきまわりながら、日差しで乾ききった下草や樫の木の芳香や、岩々の間を縫うように流れる冷たい清水の匂いを嗅ぎながら思い出に浸った。しかし、イスタンブルの暮らしや今回の騒動、なにより金を稼いで金持ちになる機会までもが、どんどん自分から遠のいていくかのような嫌な感覚を、拭い去ることはできなかった。

庭のシナノキの下に埋めておいた紙幣を二枚取り出して、母親にイスタンブルに帰ると告げたのは、そんなある日の昼頃のことだ。「お父さんが怒らないといいんだけどねぇ！」と母親は言ったがメヴルトは耳を貸さず、「やることが山ほどあるんだ」と答えたきりだった。その日の午後には父親に出くわすことなくベイシェヒル行きの乗り合いバスに乗ることができた。イスタンブル行きのバスの待ち時間には、エシュレフオール・モスクの向かいの食堂でナスの挽肉詰めを食べた。その晩、イスタンブル行きのバスの車内でメヴルトは、もう自分の人生も将来もすべてが自分だけのものになったような、自立した一人前の男になったような気がして、前途に広がる人生の無限の可能性を思って、期待に胸を膨らませた。

イスタンブルに戻ると、たった一ヵ月の間にさらに数人の常連客を失っていた。ひと昔前ならばありえないことである。いくつかの家はカーテンを閉め切って居留守を使ったが、夏別荘へ行っている家族もいるようだった。ヨーグルト売りの中には、得意客を追ってイスタンブル近海の島々やエレンキョイ、スアーディィェといった行楽地までついていった者もいるらしかった。それでも、これまで通りならばアイランを売る軽食屋などがヨーグルトを買ってくれたので、夏の稼ぎがこうも落ちることはなかったはずだ。メヴルトが、ヨーグルトの呼び売りはあと数年もすればなくなるであろうことを予見したのは、この一九七八年の夏だった。エプロンを身にまとった働き者の父親たちの世代も、それに続く世代、つまりはメヴルトと同じように野心を抱えながら他の仕事を探している若者のヨーグルト売りたちも、通りではほとんど見かけなくなっていた。

ヨーグルトの商いが難しくなったからといって、メヴルトは父親のように怒り、当たり散らしたりはしなかった。困難かつ孤独な日々にあってさえ、メヴルトはお客の心を開かせる笑顔を決して失わなかったのである。外扉に「呼び売り商人は立ち入り禁止」と掲げる真新しい高層アパルトマンの入り口にたむろしているおばさんや、門番の妻たち、さらには「ちょっと、呼び売り人がエレベーターなんぞ使うもんじゃないよ」と言うのが大好きな年のいった口やかましい女であっても、メヴルトの顔を見ると、喜んでエレベーターの扉の開け方や、どのボタンをどう押せばいいかを細々と説明してくれたものだ。台所の戸口、階段の踊り場、アパルトマンの入り口で、自分をほれぼれと眺めるお手伝いとか、門番の家の娘とかに会うこともあったけれど、彼女たちとどう接すればよいのか分からなかった。メヴルトは彼女たちのうぶな態度は「礼儀正しく振舞いたいだけだ」と自分に言い聞かせ、素知らぬ顔を決め込んだ。それでも、同い年くらいの女の子と気楽に言葉を交わす若い男が外国映画に出てくると、メヴルトも彼らのような洒脱な男になりたいとは思った。もっとも、誰が悪役で、誰が善玉かがはっきりしない外国映画が、メヴルトはあまり好きではなかった。しかし、手淫のときに限っていえば、外国映画の女優とか、国産雑誌であってもそこに出てくる外人女を想像することにしていた。朝日がベッドに差し込み、半裸の身体を照らし出す頃合いにこの手の想像に耽りながら、しかし妄想の中に過度に入り込まないよう気を付けながら自慰をするのが、メヴルトの好みだった。

メヴルトは家に一人でいるのが好きだった。父親が帰って来るまでとはいえ、このときばかりは自分が自分自身の主となれるからだ。そんなときメヴルトは、脚が一本短くて、がたがた揺れる食卓の位置を直したり、上端が外れているカーテンを椅子に乗ってレールに固定したり、あるいは使っていない台所用具や調理器具を戸棚の中にきちんと戻したりする。それから父親と一緒のときよりもずっと丁寧に家の掃き掃除をすることにしていた。しかし、一人でいると、一間限りの家の床がいつもよりも嫌な臭いを漂わせ、散らかっているような感覚を頭から追い払うことができなかった。自分の孤独や体臭——こもったような臭いだ——は好きだが、父親の人生を孤独に追いやり、惨めに貶めた何かが、自分の血の中にも感じられるようだった。メヴルトは、いつのまにか二十一歳になっていた。

この頃メヴルトは、キュルル丘やドゥトゥ丘の珈琲店にもちょくちょく立ち寄るようになった。同じ地区の顔なじみとか、あるいは珈琲店でテレビを眺めながら管を巻く若者たちと一緒にいたいがために、朝方に寄せ場に顔を出すこともあった。毎朝八時ごろ、メジディイェキョイ地区の入り口にある広い空地が、寄せ場になっているのだ。村から出てきて間もない男たちは、どこかの工場《こうば》で一定期間働かされたのち、労働保険料の節約のためくびになるのが普通だった。もちろん、特技も何もないのでどんな仕事でもやりますからと頼み込んで、丘のどこかにいる類縁の家に転がり込み、しかるのちこの寄せ場にやって来るのだ。後ろめたい思いを抱えながら暮らす無職の若者たちや、仕事に就いてはみたものの結局うまくいかなかった、惨めで経験の浅い労働者たちだけが、都市のそこかしこから小型トラックでやって来る雇い主たちを、煙草をふかしながら待つのだ。珈琲店で時間をつぶす若者たちの中には、日雇い仕事で都市の遠くまで行って、その稼ぎを自慢する者もいたが、メヴルトからすればヨーグルトを売れば彼らの日当など半日で稼ぎだせる程度でしかなかった。

孤独感や無力感に耐え切れなくなった日には、一日の仕事を終えて盥や担ぎ棒、ヨーグルトやボザの原材料をどこかの食堂に置かせてもらい、フェルハトを探しに出た。都市の外れにあるガズィオスマンパシャ地区までは、汗の臭いが立ち込める満員の赤い市営バスで二時間の道のりだ。ガズィオスマンパシャ地区に着いて、客の関心を引くためウィンドウ付きの冷蔵庫を使う雑貨店を眺めるともなく眺めていると、こんな地区までヨーグルト会社の製品が入ってきているのに気が付いたが、裏通りの雑貨店には、量り売りされる昔ながらのヨーグルトの姿も残っていた。

バスが市外のガズィオスマンパシャ地区に着く頃には日が暮れていて、メヴルトは急峻な坂道を上って地区の反対の端にあるモスクまで歩いていった。この丘の後ろの森が、ある意味では自然が作り出したイスタンブルの緑の境界線になっていたはずなのだが、有刺鉄線を張った柵でも防ぎきれず都市へ移住してきた人々が少しずつ森に侵蝕しているようだった。壁一面が左派のスローガンやハンマーと鎌の貼り紙、赤い星で埋め尽くされた街は、キュル丘やドゥト丘より、なお貧しかった。キュル丘から追い払われたアレヴィー教徒の知り合いに出会えないものかと、メヴルトは街路を酔っぱらいのようにふらふらと、しかし得体の知れない何かに怯えるようにひっそりと徘徊し、あるいは客でいっぱいの珈琲店に入っては出てを繰り返した。いくら尋ね回ってみても、フェルハトの行方はまったく分からず、知り合いも見かけなかった。辺りがすっかり暗くなると、街灯ひとつないガズィオスマンパシャ地区はアナトリアの辺境の村よりもなお陰鬱とした雰囲気を漂わせはじめた。

その晩、メヴルトは家に帰ると朝まで手淫に耽った。一回済ませてすっきりして人心地つくたび、二度とすまいと恥ずかしさと罪悪感でいっぱいになりながら誓いを立て、しかししばらくしたら誓いを破ってまた罪に耽ってしまうのではないかという不安に駆られる。罪を犯さぬための最良の方法は、すぐにもう一度手淫をして、あとはもう死ぬまでこの罪を忘却してしまうしかない。こんな調子でメヴルトは、二時間ごとに人生最後の自瀆を犯すのだった。

ときには考えたくないと念じていたことに思いが及んでしまい、神の存在への疑念とか、とんでもなく汚い言葉が脳裏をよぎり、世界そのものがまるで映画のワンシーンのように爆発して、砕け散るさまが眼前に思い浮かぶ。これは僕が自分で考え出したことなんだろうか？

学校に行かなくなったメヴルトは、髭剃りも週に一回しかしなくなっていた。内心の懊悩を吐き出すためならば、どんな機会も逃すまいという気持ちだったからなのか、二週間も髭を剃らずにいたこともある。髭ぼうぼうのメヴルトの顔を不安そうに窺う、クリーム入りヨーグルトが好きで、清潔さを気にかける上得意たちに気づいて、ようやく剃刀を当てる決心をするような有様だった。昔のように家の中は暗くないというのに——そもそもメヴルトは以前どうして家の中が暗いと思ったのかが分からなかった——わざわざ父親の真似をして鏡を外に持ち出し、顎鬚を剃ったあと、ずっと前から違和感を覚えていたある事実に気が付いた。つまり、顔や首周りの泡がなくなったあとで鏡を覗くと、メヴルトの顔には口髭が生えそろっていたのである。

口髭だけの顔が、メヴルトは好きになれなかった。「格好よくない」と思ったのだ。みなから愛されたあのあどけない表情が失われ、そこらの通りで何百万人と見かける男たちの一人になってしまったかのようだ。親しく付き合ってくれる常連客や、勉強はちゃんとしているかと尋ねる主婦たち、スカーフをかぶって、こちらの目の奥をなんとも意味深げに覗き込むお手伝いの少女たちは、こんな見かけの彼を気に入ってくれるだろうか？　剃刀をいっさい当てていないというのに、どういうわけかメヴルトの口髭は、他の男たちと同じような形になっていた。とても、サフィイェおばさんの膝に腰かけてキスしてもらったのと同じ人間には見えない。メヴルトは口髭に衝撃を受け、二度と引き返せないところまで来てしまったのだと思い知らされた反面、自分の新しい姿がこれまでとは違う力を与えてくれるような気がした。

自慰をしながら、これまでは遠回しにしか思いを馳せず、実際には考えること自体を禁じてきたあれこれが、まったくもって不本意ながら、いまや公然と脳裏に浮かぶようになった。僕はもう二十一歳で、生まれてこの方、女と寝たことがない童貞なんだ。しかし、メヴルトが結婚したいと望むような娘、つまりは美人で、ちゃんとスカーフをかぶっていて、まっとうな道徳観を備えているような娘は、そもそも婚前に男と寝るわけもない。そして彼は、婚前に男と寝るような娘と結婚したくはなかった。

最大の問題は、いまのところ結婚ではない。素敵な女性を抱きしめ、キスをし、しかるのちに身体を重ねることなのだ。メヴルトは性欲と結婚は別のものだと考えていたものの、さりとて結婚なくして性交渉することは叶わない。たしかに、彼自身に興味を持つ娘たちの一人と真剣な交際（公園や映画館へ行ったり、どこかでソーダを飲んだり）をして、彼と結婚するのだと思い込ませられれば（一番難しいのがここだ）寝ることはできるかもしれない。だが、そんな無責任な振舞いをするのは悪逆無道な男だけで、メヴルトはそんな男ではない。それに、ことが済んだあと涙に暮れる娘の兄や父親に撃ち殺されてしまうだろう。第一、関係が露見し、家族に知られる云々以前に、婚前に男が寝ることができるのはスカーフをかぶっていない娘たちであり、この街で生まれ育った彼女たちは口髭がいかに似合っていようとも、メヴルトなど歯牙にもかけないだろう。残された最後の手段はただ一つ、カラキョイ地区の公営娼館へ行くことだが、メヴルトは近寄ったことさえない。

真夜中にカラタシュの家の扉を叩く音が聞こえたのは、二十一の夏も終わりに差し掛かった頃、ハサンおじさんの雑貨店の前を通りかかった日の晩だった。扉を開けたメヴルトはスレイマンの姿を認め、心の中が安心感で満たされるのを感じた。いとこを心の底から抱きしめながら、メヴルトはスレイマンもまた口髭をたくわえていることに気が付いた。

スレイマン　「君は僕の本当の兄弟だよ」メヴルトは僕にそう言ってくれた。かたく抱擁を交わしながら、思わずうるっとしたけど、示し合わせたわけでもないのに、二人とも口髭を生やしていて笑ったよ。

「でも、よりにもよって左翼式の髭を生やすなんてな」

「どういうことだい？」

「鼻の下を残して、両端を三角形にしたのが左翼髭さ。フェルハトに習わなかったのかい？」

「僕は何にも習っちゃいないよ。自分で気の向くままに整えたらこうなったんだ。それを言うなら君の口髭だって、まるきり右翼みたいだぞ」

棚から鏡を取り出して、互いの髭をしげしげ眺めてから、ようやく話を切り出したんだ。

「そうだ、村での結婚式には来ないでいいよ。その代わり、二週間後にメジディイェキョイ地区のシャヒカ披露宴式場で披露宴をやるから、そっちに来てほしいんだ。ムスタファおじさんと一緒になって悪さをしたり、喧嘩をけしかけたり、家族の仲を割いたりしないでくれよ。ほら、クルド人やアレヴィー教徒だって、互いに頼り合ってるじゃないか。まずはみんなで一丸となって、誰か一人のために家を建ててやって、そのあとで別の奴の家を、それが済んだらまた別の家を建てる。そうやって、みんなで力を合わせて仕事を見つけて、そうしたらまた故郷の村に残った親類の残りを呼んでって具合にさ」

「僕たちだってそういうふうに村から出てきただろ！　僕とお父さんが結婚式に出たってなんの問題もないはずだ！　君らアクタシュ家は神様のお蔭でこっちでも色々手広くやれてるけど、うちはイスタンブルの街の恩恵に全然、あやかっちゃいないんだ。うちの土地だってどっかいっちゃったし」

「メヴルト、あの土地の半分は君たちのもんだ。僕らだって忘れちゃいないよ。それはそうと、ハジュ・ハミト・ヴラルさんはすごく公正で、人助けを進んでするような立派な人なんだ。あの人がいなけりゃコルクト兄さんの結納金だって払えなかった。せむしのアブドゥルラフマンさんにはあと二人、綺麗な娘がいるんだ。上のほうは君にやるよ。すごく美人なんだってさ。君の結婚を世話して、住むところを作ってやって、守ってくれるのは誰なのか、君もそろそろ知っておくべきだよ。都会じゃ、一人では生きられないんだから」

「僕は自分で相手を探して結婚するつもりだよ。誰の手助けもいらない」メヴルトは頑固にこう答えた。

14 メヴルト、恋をする
――こんな運命的な出会いは神の采配にほかならない――

メヴルトがコルクトとヴェディハの披露宴に足を運んだのは八月末のことだ。どうして行く気になったのかは自分でもよく分からなかったが、披露宴の朝には父親の知り合いの仕立て屋に格安で仕立ててもらったジャケットを着ていた。父親が祝祭日やお役所に行くときに締める褪せた紺色のネクタイもつけたし、こっそり貯めておいた金でシシリの宝石店からご祝儀用の二十マルク札も買った。

シャヒカ披露宴式場はドゥト丘とメジディイェキョイ地区の間の坂道にあった。フェルハトと呼び売りをしていた夏に二、三度顔を出したことがある式場だ。市役所や労働組合が開催する割礼式とか、社主が後援して開催された職人や従業員の披露宴がはけたあとを狙って紛れ込み、ただでレモネードを飲んだり、ビスケットをつまんだりしたことがあったのだ。しかし、幾度も通ったはずの式場の記憶はすでに曖昧になっていた。階段を下りてサロンに入った途端、ごった返す招待客や、ミニ・オーケストラのやかましい演奏の大音声、それに地下に籠もった熱気や息苦しさで息もつけなくなってしまった。

スレイマン 僕や兄さんを含むうちのみんなは披露宴でメヴルトに会えて大喜びだった。白とクリームの間の色のスーツに紫色のシャツを着た兄さんも、メヴルトに今までにないくらい丁寧に応対して、他の人たちに紹介したりしながら、若い男たちが座る僕らのテーブルまでわざわざ案内していた。

「諸君、赤ちゃんみたいな顔をしてるからって舐めたら痛い目見るぜ。うちの一家で、一番逞しいのはこいつなんだから」

「メヴルトちゃんや、そんな口髭があるんじゃ、レモネードをアルコール抜きで飲むのなんて似合わないぜ」

兄さんにつられて僕もちゃかしながらテーブルの下に置かれた瓶を指さして、メヴルトのレモネードの中にウォッカを混ぜた。

「本物のロシアの共産主義者どものウォッカを飲んだことあるかい？」

「いや、僕はトルコ産のも飲んだことないよ。ラク酒より強かったら目を回しちゃうよ」

「そんなことにはならないさ。反対に頭がすっきりして、周りを見回す勇気が出るってもんさ」

「いまだって、ちゃんと見えてるよ！」メヴルトはそう言ったけど、実際には周りを見る余裕なんてなさそうだ。ウォッカ入りのレモネードが舌に触れるやいなや、メヴルトは唐辛子でも食べたみたいに目を白黒させたけど、なんとか堪えてこう言った。「スレイマン、コルクトに二十マルクのご祝儀を持ってきたんだけど、もしかして少なすぎたかな？」

「おいおい、ドイツマルクなんてどっから手に入れたのさ。警察に捕まえられて豚箱に放り込まれちゃうぞ」僕はそう脅かした。

「いや、みんな買ってるよ。トルコ・リラを持つなんて馬鹿だけさ。インフレで毎日、半分の価値になってくんだから」

僕はテーブルの面々のほうを向いて、こう言ってやった。「ほら、子供みたいな顔してるからって舐めちゃいけないだろ？　こいつこそ、この世で一番目端が利いて、ちゃっかり者の呼び売り商人なんだから。君みたいな守銭奴が二十マルクのご祝儀なんてな……。大したもんだ……。でもヨーグルト売りなんてやめろよ、メヴルト。ここにいるみんなも、父親はヨーグルト売りだったけど、いまじゃあ別の仕事をやってるんだぜ」

「心配いらないよ。僕もいずれ自分の仕事をはじめるつもりだから。そのときになったら、君らはみんな『ああ、どうしてそいつに気が付かなかったんだ』って驚くような仕事をね」

「いったいどんな仕事をはじめるつもりなんだよ、メヴルト」

ヒダーイェト（潰れた鼻をしていて、学校から除籍される寸前に化学教師のきざなフェヴズィに、僕の兄さんと同じく拳骨をお見舞いしたから〝ボクサー〟って呼ばれてる奴さ）が口を挟んできた。

「おいメヴルト、うちで一緒に働こうぜ。俺はこいつらみたいな雑貨店やらドネル・ケバブ屋やらはやってない。まっとうな建築資材屋を開いたんだぜ」

「おい、ヒダーイェト。君のじゃなくて義理の兄さんの店だろ。その程度の伝手ならうちにだってある」僕はそう訂正した。

「おい、淑女の皆様方が見てらっしゃるぞ」

「どこ？」

「花嫁の席の子たちだよ」

「こら、じろじろ見るなよ。あの子たちはもう僕らの親族になったんだから」

僕が注意すると〝ボクサー〟のヒダーイェトは「見てないって」なんて言いながら視線はそっちに釘づけのままだ。

「ありゃま、女の子たちはまた随分とちっちゃいな。俺たちは小学生にどうこうする気はないぜ」

「気を付けろ、ハジュ・ハミト・ヴラルさんがいらしたぞ」

「だからなんだよ?」

「起立して独立行進曲でも歌えってか?」

「酒の瓶を隠せ。レモネードのコップにも手をつけるなよ。ヴラルさんはすごく勘が鋭いから、酒を飲んでるのがばれちゃうぞ。あの人はそういうズルにすごく怒るんだ。痛い目見るぞ」

ハジュ・ハミト・ヴラルが部下たちを連れて披露宴会場に入ってきたとき、メヴルトは離れたところに設えられた花嫁席の娘たちを見つめていた。招待客はみな、またたくまにその手の甲にキスをしようと集まって来た人々に取り囲まれたハジュ・ハミト・ヴラルのほうを見ていた。

二十五歳になったらすぐ、メヴルトもコルクトのようにヴェディハみたいな美しい娘を娶りたいと思った。もっとも、しっかり金を稼いで、ハジュ・ハミト・ヴラルのような有力者の後ろ盾がなければ叶うはずもないけれど。そのためには、まず兵役を終えてから、片時も休まずに働き、ヨーグルト売りなんかはやめて、相応の仕事を見つけるか、どこかの店の主人にでもならなければならないのだ。

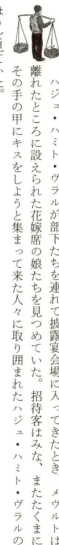

それでもメヴルトは、花嫁が座る席をまじまじと眺めずにはいられなかった。酒の力のみならず、招待客たちのさんざめきや、だんだんと活気づいてきたサロンの雰囲気に励まされたというのもあったが、それ以上に、神が自分を守ってくれていて、その運命を良いほうに導こうとしてくれているような気がしたのだ。

その後何年経ってもメヴルトは、この数分間のこと——周りの会話、彼の視線を遮った人々の顔、その間からかろうじて見えた美しい娘たちが花嫁席で何をしていたかに至るまで——をまるで映画のワンシーンを観るかのように鮮明に思い出すことができた。ただし、その映画はセリフや映像が常にはっきりしているわけではなかったけれど。

「いや、実際にはあの娘たちもそんなに小さくないよ。みんな結婚できる年齢さ」やがてテーブルの一人がそう声をあげた。

「へえ、あの青いスカーフの女の子もかい？」

「みんな、頼むからじろじろ見ないでくれ。彼女たちの半分は村に帰るけど、残りの半分は街に残るんだから」スレイマンが釘を刺した。

「スレイマンお兄ちゃん、あの娘たちのおうちはどこなんだい？」

「ギュル丘の娘もいれば、キュル丘の娘もいるよ」

「じゃあお前が俺たちを連れていってくれよ」

「なあ、メヴルト。お前はどの娘と文通したい？」

「別に誰ともしたくないよ」見知らぬ真面目そうな若者に尋ねられたメヴルトは、そう即答した。

「あんな遠くにいるんじゃ、選ぶもなにもないよ」

「遠くにいるからこそ、恋文を書くんじゃないか。我が家の花嫁ヴェディハ義姉さんは身分証には十六歳ってあるけど、本当は十七歳なんだ。だから妹たちも十五か十六くらいだよ。せむしのアブドゥルラフマンさんが年齢を低く書かせたらしいんだ。そうすりゃお父さんと少しでも長く、楽しく暮らせるとでも思ったんだな」スレイマンはそう言った。

「あの小さい娘の名前は？」

「ああ、あの娘が一番綺麗だな」

「姉貴のほうはどうでもいいな」

「サミハとライハだよ」

スレイマンが告げた名前を聞いて、メヴルトの胸は高鳴った。

「他の三人の娘も同じ村の出身だよ」

「青いスカーフの娘は可愛いなあ……」

「あの娘たちも、みんな十四歳以上のはずだよ」

スレイマンの説明に〝ボクサー〟が異を唱えた。「みんなガキにしか見えないぞ。俺が父親だったら、スカーフだってかぶらせないね」

メヴルトは興奮を抑えきれず、思わず言った。「うちの村じゃ、小学校を卒業するとスカーフをかぶるんだよ」

「じゃああのおちびさんたちも小学校は卒業したってことか」

「どの娘だい？　あの白いスカーフの娘かい？」メヴルトはそう訊き返した。

「綺麗な娘だよ。あの小さな娘」

すると〝ボクサー〟ヒダーイェトはこう言い放った。「俺は絶対に、村娘を嫁になんてしないぞ」

「でも街娘は、お前なんかと結婚してくれないぞ」

ヒダーイェトは聞きとがめるようにテーブルの一人に尋ねた。「どうして分かる？　お前さんだって街娘の知り合いなんかいないだろうに？」

「たくさんいるさ」

「おいおい。てめえの店の客の娘まで数えてんじゃないだろうな、坊や。自分を騙すのなんて空《むな》しいだけだぜ」

そんなやり取りを尻目にメヴルトは、甘いビスケットと一緒にナフタレンのような匂いのするウォッカ入りレモネードをもう一杯空けた。やがて、新郎新婦に贈り物を渡し、花嫁のスカーフや新郎の服にご祝儀を縫いつける祝儀式（トルコでは新郎新婦の衣服にご祝儀用の紙幣や金貨を縫いつけていく）の列に並ぶと、コルクトの嫁になったヴェディハ——つまり、メヴルトの新たないとこだ——の驚くべき美しさをじっくり観察することができた。家族席に座る妹のライハもまた、姉と同様に美しかった。メヴルトは若い娘たちが鈴なりになったテーブルを眺め、ライハを見つめるうちに、生への欲求にさえ劣らぬ何か強い渇望を覚えたような気がした。ふと湧き起こった感情が後ろめたくもあり、それに身を委ねたら最後、とんでもない失敗をやらかしてしまうような気がして、恐怖も感じた。

　コルクトの上着にスレイマンから渡された縫い針で二十マルク札を縫いつけながら、気恥ずかしくて義理のいとこの顔さえまともに見られない自分が情けなかった。

　テーブルに戻るとき、メヴルトは自分でもまったく予期していなかった行動に出た。つまり、ギュミュシュデレ村の人々と一緒に卓を囲むアブドゥルラフマン氏にお祝いを言うために近寄っていったのである。娘たちのテーブルがすぐ近くにあったので、彼はそちらのほうに目を向けて失礼にならないよう気を付けた。せむしを隠すために高い襟の白いシャツを着て、瀟洒なジャケットを羽織ったアブドゥルラフマン氏は驚くほど見栄えが良かった。娘たちの前で舞い上がってしまった露天商やヨーグルト売りの若者の奇行など慣れたものらしく、アブドゥルラフマン氏はまるで地主のように偉そうに手を伸ばし、メヴルトもその手の甲にキスをした。さあ、あの綺麗な娘は僕を見てくれているかしら？

　キスをしながらメヴルトは堪え切れず、ちらりと娘たちのテーブルに目をやった。いまや、心臓は狂ったように脈打ち、恐怖と歓喜がないまぜになって心は千々に乱れていたが、一瞬あとに彼を襲ったのは失望だった。テーブルには二つ、空席があったのだ。メヴルトはこれまでのところ遠目にしか娘たちのテーブルを見ていなかったので、誰が席を外しているのかまじまじと観察しながら席のほうへ戻っていった。

二人がぶつかりそうになったのはまさにそのときのことだった。相手はあの一番美しい娘だ。子供のようにいとけない佇まいから察するに、おそらく一番下の妹に違いない。

その少女はメヴルトと一瞬だけ視線を交わした。真摯で、真心にあふれる、子供のように純真な黒い瞳。少女はそのまま父親のテーブルのほうへまっすぐ歩み去っていった。

ひどく狼狽していたものの、メヴルトにはこれこそが運命の瞬間に思えてならなかった。こんな運命的な出会いは神の采配にほかならない――そう思ったのだ。なんとか正気を取り戻してもう一度娘の姿を見ようと、せむしの父親が座るテーブルのほうに視線を向けたときには、少女は人ごみの中に紛れてしまっていた。もう随分離れてしまったろうに、メヴルトは少女の顔を見ずとも、娘が動くたびに雑踏の中で揺れる青いスカーフを心の中で感じられるような気がした。あの美しい娘、この驚嘆すべき邂逅、そしてあの黒い瞳がメヴルトの目を見たその瞬間のことを、誰かに話したくてたまらなかった。

「アブドゥルラフマンさんと娘のサミハとライハは、村に戻る前に一週間ばかりうちに泊まるんだよ」スレイマンからそう教えられたのは披露宴がお開きになる直前のことだった。

続く日々、メヴルトは黒い瞳のいとけない少女のことや、スレイマンの言葉について幾度も思いを巡らせた。なぜ、スレイマンはそんなことを教えてくれたんだろう？　前はしょっちゅうしてたみたいに、適当な理由をこしらえてアクタシュ家を訪ねたらどうなるだろう？　あの娘にもう一度会えるかな？　あの娘は僕に気づいてくれたのかな？――しかし、いまさらアクタシュ家を訪ねる口実など思いつかなかった。なにせ、あの美しい娘目当てでやって来たとスレイマンにすぐにばれてしまうだろうし、そうすればメヴルトと娘が会わないよう仕向けるかもしれない。あるいは、「あの娘はまだ子供だぞ」などとからかわれ、そこで話が終わってしまうことだってありうる。万が一、メヴルトが娘に夢中だと認めようものなら、スレイマンもすぐに「僕も彼女に恋をした」などと言い出すだろう。好きになったのは僕が先だなんて抜かして、メヴルトを娘から遠ざけようとしないとも限らない。こんな具合にメヴルトは、ひたすらヨーグルトを売り、延々とアクタシュ家を訪ねるのに適当な口実を探したものの、結局見つけられないまま一週間が過ぎた。

やがてコウノトリたちがヨーロッパに向かう途中でイスタンブルに帰って来て、八月が終わり、九月も半ば過ぎになってもまだ、メヴルトは高校へ行くでもなく、一年前に想像を膨らませていたようにマットレスに隠したマルク札を崩して大学入試のために予備校に通うでもなく、漫然と過ごしていた。去年、学籍を凍結するのに必要だと教頭から言われた書類も、地区の厚生課に取りに行かなかった。これらすべてが──現実的な意味では二年前に終わっていたが──メヴルトの学生生活が想像の中であってさえ、終わりを告げることを意味した。それに、近いうちに憲兵隊が徴兵のために故郷の村にやって来る可能性も高い。

メヴルトの父親は息子の徴兵猶予のために嘘などついてくれないだろうし、それどころか「さっさと兵役を終わらせて結婚しろ」とでも言うに違いない。しかし、結婚しろという父親には息子を結婚させるための金がない。メヴルトはあの娘と一刻も早く結婚したいというのに。妹たちもヴェディハに負けず劣らずの美人だったのだ。やはり、うじうじしていたのは間違いだ、どんな理由でもいいからアクタシュ家を訪ねるべきだったのかもしれない。そんな後悔の念に押しつぶされそうなとき、メヴルトはこんなことを考えながら自らを慰めた──あのときアクタシュ家へ行ったとしても、きっとあの娘は僕なんか一顧だにせず、がっかりさせられただけさ。やがてメヴルトは、ライハのことを想うだけでヨーグルトを売りに出れば肩の担ぎ棒が軽くなるような気がして、それで満足するようになった。

スレイマン　三カ月前、兄さんはハジュ・ハミト・ヴラルさんの建築資材会社に僕を雇い入れてくれた。いま、会社のフォード社製の小型トラックを運転しているのは僕だ。この前の朝方、十時頃だったかな、マラトヤ出身の男が営むメジディイェキョイの雑貨店で煙草を買って（父さんは僕が煙草を吸うのにいい顔をしないから自分の家の店じゃ買えないんだ）さあ行くかってところで右側の窓を誰かがこつこつって叩いたんだ。メヴルトだ！　可哀想に、いまでも担ぎ棒を背負って街にヨーグルトを売りに行く貧乏なメヴルト！「乗れよ！」僕がそう言うと、メヴルトは担ぎ棒と盥を荷台に放り込んで乗り込んできた。僕は煙草を差し出して、ライターで火をつけてやった。メヴルトは僕が車を運転してるのをはじめて見るから、信じられない様子だった。こいつが三十キロのヨーグルトを担いで時速四キロで行くでこぼこ道を、僕らは六十キロで――メヴルトも速度計を見て驚いてたっけ――滑るみたいに進んでいった。他愛ない話をしながらも、どうもメヴルトは心ここにあらずって風情で、とうとうアブドゥルラフマンさんや娘さんたちのことを訊いてきたんだ。

「そりゃもちろん、村に帰ったよ」

「ヴェディハの妹たちの名前は何だっけ？」

「どうしてそんなこと訊くんだい？」

「別にどうってわけでもないけど……」

「ああ、怒るなよメヴルト。ヴェディハはもう僕の義姉なんだぜ。だからあの娘たちも兄さんの義妹になったからさ。そう、もう家族なんだ……」

「僕も君の家族じゃなかったっけ?」

「もちろん。だからこそ、僕に隠し事はなしだぜ」

「なんでも話すさ……。でも君も誰にも洩らさないって誓ってくれよ」

「君の秘密は洩らさない。神様とトルコ民族に、それに国旗にも誓うよ」

「ライハに恋したんだ。あの黒い瞳の一番下の妹はライハって名前だよな? 彼女のお父さんのテーブルへ行ったとき、僕らは出会ったんだ。君も見てたかもしれないけど、もうちょっとでぶつかりそうになったんだよ。そのとき僕らは、すぐ傍で見つめ合ったんだ。最初はすぐに忘れるだろうって思ってたんだけど、どうしても忘れられないんだ」

「なにを忘れられないんだい?」

「彼女の瞳だよ。僕を見つめていたあの目つきさ……。君は見たかい? 僕と彼女が視線で通じ合うところをさ」

「見たとも」

「あれが偶然だったと思うかい? それとも運命だと思う?」

「君はすっかりライハに参っちまったんだな。僕は知らないふりをしておくけどさ」

「すごく綺麗な娘だったろう? なあ、彼女に手紙を書いたら渡してくれるかい?」

「彼女たちはもうドゥト丘にはいないんだぜ。村に帰ったって言ったじゃないか」そう言うとメヴルトは見た目にも落ち込んでしまったので、僕はこう付け加えた。「まあ何とかしてやるよ。でも、見つかったらどうなることやら」縋りつくような視線にほだされて、僕はさらに付け加えた。「大丈夫だよ、親友。まあやってみようじゃないか」

やがて小型トラックがハルビイェ地区の兵舎の向かいまで来ると、メヴルトは荷台から担ぎ棒と盥を持って降りていった。彼が、僕らの一族の一人のくせに、いまだに通りから通りを歩き回ってヨーグルト売りをしているのかと思うと、本当に心が痛い。

15
メヴルト、家を出る
——明日、道で行きあっても彼女を見分けられるかい？——

ムスタファ氏　メヴルトがイスタンブルで開かれたコルクトの披露宴に参加したなんて、信じたくない。頭から沸騰した水が湧きだしそうだ。自分の息子が家族を裏切るなんて！　俺はいま、イスタンブルに向かってる。バスが揺れるたび、頭を窓ガラスにぶつけながら俺は思うんだ。もし、イスタンブルなんかに行かなけりゃってな。村から一歩も外に出なけりゃよかったんだって。

まだそれほど気温が下がらず、従ってボザの季節が到来する前の一九七八年の十月はじめ、メヴルトが帰宅すると、真っ暗な室内に父親が座っていた。他の家の多くは明かりをつけていたから、メヴルトはてっきり誰もいないのだと思っていた。泥棒だと思ったからこんなに怯えているんだ——メヴルトも最初はそう考えたのだけれど、早鐘のような鼓動が父親に披露宴に行ったのが露見してしまうのを心底恐れていたことを思い出させた。あの披露宴に来たのはみな親戚なのだから——実のところ村人はみな親戚同士なのだ——父親に隠しておけるはずがない。父親は何もかも承知に違いない。息子が自分の耳に入るだろうと知りながらもあえて披露宴に参加したことを父親はお見通しで、だからこそ激怒しているのだ。

この二カ月、父子は顔を合わせていなかった。イスタンブルへ来てからの九年間、これほど長い間、離れ離れだったのははじめてだ。父親は気紛れな性質で、諍いが尽きなかったとはいえ――いや、むしろそれゆえにこそ――二人の間にはある種の友情や連帯感があったのをメヴルトは承知している。しかし、いまメヴルトは罰めいた沈黙にも、父の癇癪にも、ほとほと嫌気がさしていた。

「こっちへ来い！」

メヴルトは言われるまま父親へ近寄ったが、予想に反して平手打ちは襲ってこず、代わりにテーブルの上を指さしただけだった。暗闇をすかして二十マルク札の札束がかろうじて見えた。――お父さんは、マットレスの中からどうやって見つけてきたんだろう？

「誰から貰ったんだ？」

「自分で稼いだんだよ」

「こんな大金をどうやって？」父親は貯めたお金を銀行に預けていた。インフレ率が八十パーセントのときに三十三パーセントの利子しか付かないから預金が溶けていくというのに、彼は稼ぎを両替するのを頑迷に拒み、両替商の使い方さえ覚えようとしなかったのだ。

「そんな大金じゃないよ。千六百八十マルクだよ。去年の稼ぎも含めて。ヨーグルトを売りながら貯めたんだ」

「つまり金を隠していたってことだ。俺に嘘をついていたのか？　やってはならんことにも手を出したんだろう？」

「そんなことしてないよ……」

「だが、披露宴には行かない、死んでも行かないって誓っただろうが」

メヴルトはうなだれた。平手打ちの気配を感じたのだ。「叩かないでよ。僕はもう二十一歳なんだ」

父親は「なんだと?」と言って平手をふるった。

メヴルトは肘を上げて顔をかばったので、平手は腕と肘に当たった。父はさらに激高し、メヴルトの肩を続けざまに二回、思い切り殴ってからこう叫んだ。

「出ていけ! この恥知らずめ!」

メヴルトは二発目の拳骨の勢いと、何よりも驚きのあまりに後ろに二歩たたらを踏んで、背中からベッドに倒れ込んでしまった。そうして子供の頃のように、そのまま身体を二つ折りにして背中を父親のほうに向けて小さく身体を震わせた。父親は息子が泣いていると思っただろう。メヴルトは父親の思い込みを正そうとは思わなかった。

メヴルトはさっさと荷物をまとめて出ていきたいと願う一方(父親が後悔とともに彼を引き留めるだろうことも想像がついた)、二度と引き返せない道を歩むことにためらいを感じていた。だから、出ていくのならいま怒りにまかせてではなく、気持ちの落ち着いた肌寒い早朝にすべきだと計算していたのである。いまや、メヴルトに希望を与えてくれるのはただ一人、ライハだけだ。どこか一人で暮らせるところを見つけて、彼女に恋文をしたためねばならない。

メヴルトは倒れたまま身じろぎ一つしなかった。もし立ち上がろうものなら、ふたたび父親とやり合うことになるのは、火を見るより明らかだったからだ。別にそれでも構わないが、あと一発でも平手か拳骨を浴びせられれば、いますぐに家から出ていかねばならない。

こうして寝転がったままメヴルトは、父親が一間の家内をあちらこちら歩き回ったり、水一杯とラク酒を飲んだり、煙草に火をつけたりする物音に耳を傾けた。思えばこの家で過ごした九年の間——少なくとも中学に通っていた頃までは——夢うつつの中に響く父親の立てる物音や独り言、息遣い、ボザを売る冬にはひっきりなしにしていた咳、さらには鼾《いびき》さえもが、メヴルトに安心感や心の平穏をもたらした。しかしいまはもう、あの頃と同じような気持ちを父親に感じることはなかった。

やがてメヴルトは服を着たまま眠り込んでしまった。彼は子供の頃父親に殴られて泣いたり、通りで呼び売りをして帰って疲れ果てているとき、あるいは一所懸命勉強した晩に寝間着に着替えずに寝てしまうのが好きだった。

朝、目を覚ますと父親はいなくなっていた。メヴルトは里帰りするときの小さな旅行鞄に靴下やシャツ、剃刀道具一式、寝間着、ジレ、サンダルなどを詰め込んだ。入り用になりそうなものを詰め込んでもまだ、鞄が半分しか埋まらないことにメヴルトは驚いた。テーブルの上に置かれたままのマルクの札束を古紙で包んで、〝人生《ハヤト》〟とミネラルウォーターの会社名が印字されたビニール袋に入れ、鞄に放り込んだ。そうして家を出る頃には、メヴルトの心の中には恐れや罪悪感ではなく、ただ解放感だけが満ちていた。

メヴルトはまっすぐにフェルハトの暮らすガズィオスマンパシャ地区へ向かった。一年前この辺りをはじめて訪ねたときと違い、今回は夕暮れ時のまだ早い時間に、フェルハト一家の家を訪ね歩いてみると、いとも簡単に居所を突き止められた。フェルハトは両親と共に、アレヴィー教徒が殺された数カ月後に、一夜建てを相応の値段でハジュ・ハミト・ヴラルの部下に売り払い、キュル丘や国許のクルド人、アレヴィー教徒と連れ立ってガズィオスマンパシャ地区へ越していたのだ。

フェルハト　メヴルトは失敗したが、有難いことに俺は高校を卒業できた。でも大学入学試験ではいい点が取れなくて、こっちへ越してきて菓子工場の駐車場でしばらく働いた。親戚たちがその会計事務所で働いていたからだ。でも、そこでオルドゥ出身のチンピラに絡まれちまって、ひところは同じ地区の仲間たちと一緒に政治組織に身を寄せることになった。反動勢力の宣伝にならないようあえて政党名を書かない新聞みたいに、なんでだか俺もただ〝組織〟って呼んでたけど、一応、党名はＴＭＬＫＨＰ－ＭＬＣだった。ただ、俺にとってはどうでもいい。どういう政党かってことは知ってるし、相応の敬意を払っちゃいるが、俺が後悔しながら関係を続けてるのは、ただ怖いからだ。だからこそ、メヴルトがそこそこの資金を持ってやって来たのはいい機会だ。俺たち二人は、キュル丘と同じくこのガズィオスマンパシャ地区には、何のうまみもないのをよく分かってるんだ。一九七八年の十二月に南東アナトリアのガズィアンテプ市でアレヴィー教徒の地区が焼打ちされて、略奪を受けた。すると、こっちのガズィオスマンパシャ地区まで俄然、やる気になって、またたくまに政治臭い雰囲気に染まっちまったのさ。だから俺とメヴルトは、兵役に取られる前に街の中心――カラキョイとかタクスィムとかさ――のどっかに越して、もっと金を稼ごうって計画したんだ。そうすりゃ、バスに乗って行き来する分の時間を路上の人ごみの中で働けるし、そしたらもっともっと金が手に入るってな。

カルルオヴァ食堂はベイオール地区の北側、つまりはタルラバシュ大通りの側にあって、ネヴィザーデの飲み屋街の裏の小さくて古い、もともとはギリシア人の経営する飲み屋だった。一九六四年のある晩、共和国第二代大統領イスメト・イノニュ閣下によってギリシア人が追放されたときにイスタンブルを出ていった前の主人からこの店を任された、ビンギョル出身のウェイターにしてマネージャー、カドリ・カルルオヴァ氏は、以来十五年にわたって近辺の仕立て屋や宝石商、ベイオール地区に残る小さな職人組合に昼食を届け、夜には酒や映画目当てに繰り出してくる小金持ちの遊び人たちを相手にラク酒やつまみを出してしのいできたのだが、いま店は破産の危機を迎えていた。近頃、この地区にはポルノ映画目当ての男たちが集うようになり、それとは別に

政治闘争まではじまったので、上客の足が遠のいてしまったのだ。しかし、カルルオヴァ食堂が閉店しかねない状況に至ったのは、それだけが理由ではない。気紛れでけちな店のオーナーのカルルオヴァが、皿洗いの店員と彼を守ろうと声を張り上げる中年のウェイターをくびにしようとしたのがきっかけだ。オーナーは皿洗いが厨房からあれこれくすねていると信じて疑わなかったのだが、もとから待遇に満足していなかった四人の従業員が、これを好機とばかりに売り上げを持ち逃げしてしまったのである。メヴルトの父親からヨーグルトを仕入れていたクルド系アレヴィー教徒のカルルオヴァ氏はフェルハト一家と顔見知りだったこともあり、フェルハトとメヴルトの二人が兵役に行くまでのあいだ雇い入れ、年老いてくたびれ果てた自分の店をもう一度、盛り返そうと決心したのである。もちろん、二人にとってもこれは渡りに船だった。

オーナーは二人を、いまはほぼもぬけの殻になったアパルトマンの一室――子供のような歳の皿洗いや下働きたち、それにウェイターたちが寝泊まりしていた部屋だ――に住まわせてやることにした。むかしのギリシア人たちが建てたタルラバシュ地区の三階建てのアパルトマンの一室だ。八十年前には、とあるギリシア人一家の暮らす一軒家だったのだが、一九五五年の九月六日から七日にかけての騒乱でギリシア正教の教会が焼打ちに遭い、ユダヤ教徒やギリシア人、アルメニア人たちの店が略奪されたのち地区そのものが荒廃し、いまではこの建物も多くの部屋に分けられているというわけだ。家賃を納める相手は、いまではアテネで暮らし、そうそう簡単にはイスタンブルまで戻って来られない本当の所有者ではなく、メヴルトが一度も顔を見たことのないスュルメネ出身の誰かということだった。

アパルトマンの二段ベッド付きの部屋には、食堂で皿洗いをしている十四歳と十六歳の少年二人が暮らしていたので――小卒のマルディン出身者だった――メヴルトとフェルハトは他の部屋から二段ベッドを二つに分けて運んできて、他にも自分の好みの調度品あれこれを運び入れ、おのおの個室で暮らしはじめた。この部屋はメヴルトにとって家族と離れて一人で暮らす最初の部屋だったから、彼はチュクルジュマ界隈の骨董屋で壊れかけの珈琲テーブル一式を買い求め、雇い主の許しを得て店から椅子も一脚、持ち込んだ。夜十二時にレストランが閉店すると、皿洗いたちと一緒にラク酒を飲むこともあった。卓を囲んでチーズやコカ・コーラ、煎り豆に氷、それと大量の煙草を肴に二、三時間、楽しくやるのだ。前に食堂であった例の諍いが、実のところ皿洗いの窃盗は関係なく、雇い主とその少年のとある関係に端を発していて、いまの部屋の寝台を使っていたウェイターたちが出ていったのもそれが原因だとメヴルトとフェルハトが知ったのも、そうした酒席でのことだった。さらに一、二回、同じ件についてより詳しく同僚たちから教えてもらった二人は、ビンギョル出身のオーナーに密かに敵意を覚え、お蔭で同僚たちにも受け入れてもらえたのであった。

マルディン出身の二人の少年の夢は、米詰めムール貝（ムール貝の貝殻の中に米を詰めて蒸し焼きにした軽食）を売ることだった。イスタンブルの、いやトルコじゅうのすべての米詰めムール貝売りはみなマルディン人なのは有名な話だ。マルディンには海がないのに米詰めムール貝の仕事を独占している、なぜならマルディン人は目端が利いて賢いからだ、幾度もそう繰り返す二人の少年のお国自慢にほとほと嫌気がさしたときには、フェルハトはこう返したものだ。

「それほどでもないだろ。イスタンブルの胡麻パン売りはみんなトカト人だけど、だからって連中がこれぞトカト人の先見の明なり、なんて吹聴するのは聞いたことないぜ」

「胡麻パンと米詰めムール貝は全然、別物だよ！」少年たちがそう抗弁すると、今度はメヴルトが別の例を持ち出した。

「たしかにイスタンブルのパン焼き窯はみんなリゼ人が仕切ってるし、あいつらはそれをよく自慢するね」

小学校を卒業して働きはじめたばかりの、七、八歳は年下の若者たちの喧しさやがさつさ、それに雇い主とかウェイターたちにまつわるうさんくさい逸話や噂話に、メヴルトはひどく魅了され、イスタンブルやその路上、はてはトルコという国についてのさまざまな話を、頭から信じ込むこともしばしばだった。

曰く、新聞記者のジェラル・サリクがあれほど苛烈な政府批判を展開している裏には、東西冷戦や『国民』紙のユダヤ人の社主の影がある。曰く、イスティクラル大通りのアア・モスクの角で子供相手にシャボン玉を売っている男――イスタンブル人であれば知らぬ者のいないあの太った男だ――は、無論、私服警官である。なんでもその任務は、大通りを挟んだ向かいで商いをしている靴磨きと、アルバニア系の臓物料理売りが私服警官であるという事実から人々の目を逸らすことなのだとか。曰く、サライ座のすぐ近くのヒュンキャールール・プディング店が出している鶏肉入りピラウとか、鶏肉スープとかの残飯は、厨房に下げられたあとも捨てられず、ウェイターたちがアルミ製のボウルで湯煎して綺麗にし、ふたたびスープやピラウの具、あるいは鶏肉入りプディングに使い回してお客に出されている、アテネに逃げたギリシア人たちの所有していた不動産をせしめたスュルメネ人たちは、こうした家々の多くを違法の娼館に作り替える犯罪組織に貸し出しているのだけれど、実のところ娼館の経営者たちとベイオール警察の間には協力関係がある、イランのアヤトラ・ホメイニ師が最近はじめた叛乱を潰すためにCIAは近いうちに特別機をテヘランに送るらしい、いまにトルコでふたたびクーデターが起きて、イスタンブル軍区の第一軍司令官タッヤル将軍が共和国大統領に就任すると発表されるであろう等々。

「おいおい、そんなよた話信じるなよ」一度、フェルハトがそう言った。

「いやいや、フェルハト兄さん、本当だよ。スラセルヴィレル大通りの六十六番地にある娼館にその将軍がやって来たことがあるんだよ。そのとき、俺たちと同郷のマルディン人も居合わせたから確かさ」

「偉大なるタッヤル将軍閣下はイスタンブルの軍隊の司令官なんだぞ。なんで、わざわざ娼館なんぞに行くってんだ？　ポン引きどもが将軍閣下のお好みの女を自宅の門の前まで届けてくれるってのに」

「フェルハト兄さん、将軍は奥さんが怖いに違いないよ。だって、俺たちの同郷人が六十六番地で実際に将軍を見たんだぜ……。兄さんは信じてくれないし、俺たちマルディン人を鼻であしらってるけどさ、一度マルディンに来てくれよ。あそこの空気を吸って、水を飲んで、俺たちのお客になればもう二度とあの街から出ていきたくなくなっちまうからさ」

「よしんばマルディンがそんなにいい所なら、お前らはなんでまたその街を捨ててイスタンブルに来ちまったんだ？」ときおりフェルハトが我慢できずに尋ねると、二人の皿洗いもいい冗談を聞いたとばかりに笑った。

ある晩、少年の一人が真剣な口調で言った。「実はさ、俺たちはマルディン近くの村の出身なんだ。イスタンブルに来たときもマルディンは素通りさ。……でも、イスタンブルで頼れるのはマルディンの人たちだけなんだ。だからこれが俺たちなりの感謝の仕方なんだよ」

また、フェルハトが苛立って癇癪を起こすこともあって、そんなとき彼は二人をこき下ろしながらこう言い放つのだった。「お前ら二人も俺と同じクルド人だ。だってのに、社会問題についての意識なんてゼロじゃねえか。もういい、さっさと部屋に戻って寝ちまえ」そして、少年たちもさっさと部屋に戻っていくのだった。

フェルハト あんたがこの物語にちゃんとついてこられてるなら、人はメヴルトに対してそうそう腹を立てたりしないって気づいてる頃だろう。でも、俺はあいつに腹を立ててる。ある日、あいつの親父さんが食堂にやって来たのさ。メヴルトはいなかったけどな。俺が仲たがいのわけを聞くと、ムスタファさんはメヴルトがコルクトの披露宴に行った話をしてくれた。よりにもよって、若者たちの血でその手を濡らしたヴラルどもにメヴルトが取り入ろうとしてるんだって聞かされて、俺はなまなかには許せないって思った。ウェイターたちやお客さんの前で喧嘩したくなかったから、俺はその足で部屋に駆け戻ったよ。帰って来たメヴルトの呑気な顔を見て、俺は半分毒気を抜かれちまったけど、それでもこう言ったんだ。「コルクトの披露宴にご祝儀を持ってってったんだって？」

「お父さんが食堂に来たんだな」メヴルトは夜のために仕込んでたボザを俺の前からのけながらこう続けた。「お父さんはしょんぼりしてたかい？　でも、なんでまた僕が披露宴に行ったことを君に教えたんだろう？」

「親父さん、ひとりぼっちになっちまって、帰ってきてほしそうだったぞ」

「お父さんは僕と君を仲たがいさせて、自分と同じように僕をイスタンブルでひとりぼっちにさせたいんだよ。出ていこうか？」

「行くな」

「政治の話なら、なぜかいつも僕が悪いってことになる。でも、いまは政治の話をする気分じゃないんだ。僕はある人に恋をしているんだ。いまは、ずっとその娘のことを考えていたいんだよ」

「誰に惚れてんだ？」

メヴルトは少し黙ってからこう言った。「夜に話すよ」

ところが、夜にラク酒を飲みながらフェルハトと話す前に、メヴルトは一日じゅう働かなければならなかった。一九七九年の冬のその日も、いつもと変わらない一日だった。つまり、メヴルトはまずタクスィム広場のテペバシュまで行って、ここ二年ばかりの間に周辺のボザ売りに配達を行うようになったヴェファ・ボザ店の小型トラックから商品を仕入れて家へ取って返すと、その日の晩商いのために砂糖を加えながら、延々とライハに書く恋文の文面を練り、昼の十二時から三時間ほどカルルオヴァ食堂でウェイターをし、午後三時から夕方の六時くらいまで昔なじみのお得意先や、カルルオヴァと同じような食堂にクリーム入りのヨーグルトを届け、帰宅後ふたたび恋文のことを考えながら少し眠り、夜七時にふたたび店に戻るのである。

そのままカルルオヴァで三時間働き、酔っぱらいや苛々している客、それに堪え性がなくて意地悪な客たちが口喧嘩をはじめる頃合いにエプロンを取り、凍てつく暗い街路へ出てボザを売る。一日の終わりの辛いボザ売りにも、メヴルトは文句一つ零《こぼ》さなかった。なぜなら、いまでもボザを好きなお得意先がメヴルトの来るのを待っていてくれるのだし、一人で夜の道を歩くのが大好きだったからだ。なにより、ボザ売りとウェイター、ヨーグルト売りの仕事を合わせれば結構な稼ぎになった。

ヨーグルトの呼び売りの不振とは対照的に、その頃は夜に呼び売り商人からボザを買うのが流行していた。どうやら、路上で繰り広げられる民族主義者と共産主義者の武力衝突が影響しているらしく、土曜の夜でさえ外に出るのを怖がらなければならなくなったイスタンブルの家族たちの間では、歩道を行くボザ売りを眺め、その到来を待ちわび、切なげなその呼び声に耳を傾け、ボザを飲むことで、古き良き日々のことを思い返すのが楽しみになっていたようなのである。たしかにヨーグルトの商売は難しくなったけれど、ベイシェヒル出身の年季の入った呼び売り商人たちにはボザがある。だから彼らはこの頃でもそこそこの稼ぎを維持していた。ヴェファ・ボザ店の店員に聞いたところでは、最近ではバラトやカスムパシャ、ガズィオスマンパシャのようなこれまでボザ売りがあまり足を向けなかった地区にも仲間たちが増えているのだとか。レストランの喧騒やベイオール地区の雑踏がはけたのち、イスタンブルの夜に残るのは、プラカードと銃器を携えたセクト、野良犬、ゴミをあさる浮浪者、そしてボザ売りだけだ。メヴルトはフェリキョイ地区の暗くて静かな裏通りの坂道を下りながら、まるで自分が我が家に、自分だけの世界にいるような心地を覚えた。ときには、風など吹いておらず、葉も散ってしまったというのに木々の枝がひとりでに震え、大理石の壁面や蛇口にまでスローガンが書き込まれた泉亭が目に入れば、メヴルトはそれに親近感を覚えながらも、小さなモスクの裏手の墓地で啼く不気味なフクロウに鳥肌を立てるのだった。そんなときメヴルトは、無窮の時間の流れに抗うように「ボーザー」と声を張り上げるのだ。また、どこかの小さな家の隙間から見るともなく眺めながら、いつかこんな家でライハと暮らすことを夢見て、来《きた》るべき素晴らしい時間に思いを馳せるのだった。

フェルハト　「その娘が――ライハって名前だったか?――お前の言うとおり十四歳なら、ちょっと小さすぎるだろ」俺は言った。

「いや、すぐに結婚するわけじゃないよ。その前に僕は兵役に行かないと……。軍隊から帰ってきたら結婚するのにちょうどいい年頃になるだろ」

「でも、よく知りもしない、しかもとびきり綺麗な娘がどうしてお前を待っていてくれるんだ?」

「僕もそのことを考えに考えて、答えを出したんだ。第一に、披露宴で僕らの目と目が合ったのは単なる運命だけじゃ片づけられない。ライハにもそうしようって意図がなければ不可能なんだから。それに、僕が歩いているときにわざわざ自分の親父さんのテーブルに行く必要があるかい？　ただの偶然だとしても、彼女も僕みたいにあの日の出会いや、目が合ったことには特別な意味があるって考えてると思うんだ」

「目が合ったとき、どんな感じだったんだ？」

「君も運命の相手と目が合えばそれと分かるよ。彼女と一生を共にするんだって、そんな気持ちになるはずだから……」

「じゃあその気持ちを書けばいい。彼女のほうはお前をどんなふうに見つめてたんだい？」

「普通の娘みたいに男と視線を合わせるのを恥ずかしがって目を伏せてる感じじゃなかったな……。僕の目の中をしっかりと、堂々と覗き込んでいたよ」

「じゃあお前のほうは？　どんなふうに彼女を見つめてたんだ？　ちょっと真似してみてくれよ」

俺がそう言うとメヴルトは、目の前にいるのが俺じゃなくてライハだとばかりに、なんともひたむきな表情を浮かべて見つめてきてね、思わずどきどきしたほどさ。

「フェルハト、君のほうが手紙を書くのはうまいと思うんだ。だって、ヨーロッパの女の子たちでさえ君の手紙に感動したくらいなんだからさ」

「よし、わかった。でも、書く前にお前がその子をどう思ってるのか話してもらわないとな。そもそも、その子のどこを好きになったんだ？」

「その子なんていうなよ。ライハだよ。僕は彼女のすべてが愛しいんだ」

「ああ、それは充分、分かってるよ……。その大好きなとこってのを、一つあげてみてくれ」

「黒い瞳かな……。僕たちはすぐそばで見つめ合ったんだよ」

「じゃあ、そいつを書こう。他に……他になにか、ライハについて知ってることは？」

「いや、他には何も知らない。だってまだ結婚してないんだよ」メヴルトは微笑んだ。

「仮に明日、道で行きあっても彼女を見分けられるかい？」

「遠くからじゃ無理だな。でも、目を見ればすぐ分かるよ。すごく綺麗な娘だから、きっとみんなも気づくだろうけど」

「そんなに綺麗な娘だってんなら――」本当は〝お前には嫁がせないと思うぞ〟って言おうとしたんだが、俺はなんとか我慢した。「――結婚は簡単じゃないな」

「僕はなんでもする」

「でも、手紙は俺が書くんだろ」

「僕をがっかりさせないでよ？」

「まあ、書くがね。でも手紙一通じゃ話にならないぜ」

「紙とかペンとか持ってこようか？」

「待て待て。まずは話し合おう。何を書くか一緒に考えてからでも遅くない」

皿洗いのガキんちょどもが入って来たから、この話はそこで終わった。

16 ラブレターはどうやって書くの？
――君の瞳から放たれた魅惑の矢――

ライハに宛てた恋文を書くのには、ひどく時間がかかった。メヴルトとフェルハトが手紙を書きはじめたのは一九七九年の二月、つまりは『国民』紙の有名なコラムニスト、ジェラル・サリクがニシャンタシュ地区の路上で射殺され、イランでは国王が国を捨て、代わってアヤトラ・ホメイニ師が飛行機でテヘランに戻って来た頃のことだ。こうした事件をあらかじめ予見していたことで自信をつけたマルディン人の皿洗いの少年二人も、やがてメヴルトとフェルハトの夜のお喋りに加わり、恋文についてさまざまなアイデアを出してくれるようになった。

彼らがあれやこれやのアイデアを交換できたのは、ひとえにメヴルトが底ぬけに楽観的だったからである。彼は恋をからかわれても笑うばかりで、「リンゴの砂糖煮を送ったらどうかな？」、「ウェイターだなんて書かずに、外食産業で働いてるって書けばいいよ」、「おじさんに土地を取られたって書いちゃえ」などと、みながわざと役に立たない提案をしてもいっかな冷静さを失わず、やさしく微笑んだのち、どうすべきか真剣に議論しはじめるのだった。

そうして何カ月も続いた討議の末、彼らはついに結論を下した。このラブレターは、メヴルトが女性に対して抱いている幻想ではなく、ライハについて具体的に分かっていることに基づいて書かれるべきである、そしてメヴルトがライハについて知っているのはただ一つ、その瞳だけである、よって、手紙にはその瞳について書き綴るのがもっとも理に適っている、と。

「夜に通りを歩いていると、その瞳の輝きをふいに見かけたような気がするんだ」

ある晩、メヴルトがそんなことを言い出して、それがいたくお気に召したらしいフェルハトは手紙の下書きに「その瞳」を「君の瞳」と変えて書き加えたのち、「夜中に通りを歩いているってところはボザ売りでもしてるんだろうって思われるから書かないほうがいい」と忠告したのだけれど、メヴルトは聞き入れようとはしなかった。なぜなら、いずれライハはメヴルトがボザ売りをしているのを知るに違いないから。

「君の瞳から放たれた魅惑の矢に心を射抜かれて、僕は君の虜になってしまった」

さんざん迷った挙句、フェルハトがようやくひねり出した文章がこれだ。「魅惑の」というのは文語的にすぎるような気もしたけれど、マルディン人の一人が「故郷じゃ使うよ」と請け合った。この二文を書くのだけで二週間かかった。メヴルトは夜にボザを売り歩きながらこのフレーズをそらで呟いて繰り返しながら、その次の文章をどうするべきか考えては右往左往するのだった。

「君の眼差しに心揺さぶられて、僕は君以外のことが考えられなくなってしまった」

メヴルトとフェルハトが額を寄せ合って紡ぎ出した次の文章がこうなったのは、視線が合ったという事実がどうして恋の虜になったことに繋がるのか説明しなければならないと考えたからだった。

「メヴルト兄さん、あんたは本当に一日じゅう、この娘のことを考えてるの？」三番目の文章に専心していたある晩、マルディン出身の皿洗いの少年のうち、楽天家で気のいいマフムトがそう尋ねると、メヴルトは一瞬黙り込んでしまった。少年は慌ててすまなそうに質問のわけを説明した。「結局さ、一瞬しか見てない女の子の何を想ってるのかなってさ」

フェルハトはメヴルトを庇わなければならないという得体の知れない衝動に突き動かされて怒鳴った。「馬鹿野郎！　そいつを書いてるところなんじゃねえか！　きっと、彼女の眼差しのことを考えてんだろうよ……」

「いやいや、フェルハト兄さん、誤解しないでくれよ。俺だってメヴルト兄さんの恋を応援してるし、そのひたむきさには感心だってしてる。でも――こんなことを言い出して申し訳ないけど――その娘とちゃんと知り合いになったら、もっとひどい恋患いになっちゃうんじゃないかって心配になってさ」

「どういうことだ？」

「マルディン出身の友達が、坂の上のエジュザーネバシュの薬品工場で働いてて、毎日、包装作業をするときに同い年くらいの女の子と顔を合わせてたんだ。その娘は他の娘と同じく青いエプロンをしてるんだけどね、その友達はさ、毎日八時間、顔を合わせながら働いていて、仕事のことも話し合うわけさ。そいつはあるとき、変な気分になって、やがて病気になっちゃったんだ。まあその娘に恋してるって気づかなかったし、認めたくもなかったんだな。だって、その娘はさ、瞳どころかどこを取ってもお世辞にも美人じゃなかったから。でも、ただ毎日彼女に会って、仲良くなっちゃったからひどく恋したんだ。そういうこともありうるよね？」

「それで、どうなったんだい？」メヴルトが尋ね返した。

「その娘は他の奴に嫁がされちゃったよ。友達もマルディンに帰って自殺しちまった」

一瞬、メヴルトは自分も同じ結果に終わるのではないかと身震いした。そもそも、あの視線の交錯は、どれくらい意図的なものだったのだろうか？　ラク酒を飲んでいない晩には、さしものメヴルトもあの瞳の逢瀬の偶発的側面について、公正に認めることもあったが、彼女への思慕が募ると心配は吹き飛び、かくも偉大な感情は神その方以外の力では湧き起こるべくもないのだと口にするのが常だった。フェルハトはといえば、あの瞬間はライハが心のどこかで意図したものだったと、手紙の中でほのめかすべきだと強硬に主張した。そうしてひねり出されたのが「僕は考えたんだ、君に残酷な意図がなかったのなら、あの意味ありげな眼差しで道を遮って、まるで泥棒みたいに僕の心を盗んだりしなかったはずだって」という一文だった。

　手紙の本文中でライハについて書くのは容易だったが、はじめにどう呼びかけるか、メヴルトは逡巡した。ある晩、『最高のラブレターと手紙例文集』なる本を持ってきたフェルハトが、そこに書かれた呼びかけを真剣に検討するべく大声で音読してくれたのだけれど、どの言葉にもメヴルトは首を縦に振らなかった。「貴女」とは呼べない、「敬愛すべき貴女」も「おちびさん」――小さいというのは彼女に似合っていたが――もおかしい。「僕の恋人」、「僕の美しい人」、「親しい人」、「僕の天使」、「僕の最愛の人」のような言葉も、メヴルトにはどこか失礼に思えた。最初の手紙は馴れ馴れしくならないように、と例文集の注意書きに書かれていたからだ。メヴルトはその晩、例文集をじっくり読むことにした。「もの憂げな眼差しの君」、「精霊のように魅惑的な眼差しの君」、「秘密めかした眼差しの君」といった表現はなかなか魅力的だったが、おかしな風に勘違いされる危険性もある。何週間もかけて、ようやく十九文から成る恋文を書き上げる段になって、やっと「切なげな瞳の君」が一番よいという結論に至った。

　自分の持ってきた本にメヴルトが感化されたのに気を良くしたフェルハトは、他の本も探すことにした。民衆詩、戦士の物語、イスラムと性交、新婚初夜の作法、ライラーとマジュヌーン（アラビア起源の悲恋物語）、夢解釈――そうした人気のあるテーマを扱う書物を田舎の客に送る旧大宰相府周辺の古書店の倉庫を渉猟した末に、六冊のラブレター教本を見つけてきたのだ。メヴルトは、青い瞳で金髪、白い肌、爪にはマニキュア、唇には口紅を塗った女たちや、ネクタイを締めた男たちの表紙の写真をためつすがめつした。そのカップルはメヴルトにアメリカの映画を思い起こさせた。香しい香りのするフランス綴じのページを食事用ナイフで開き、朝にヨーグルトを売りに出る前や、晩にボザ売りから帰って一人の時間ができると例文や、作者から恋する者たちに宛てられた助言に読み耽った。

どれもこれも似通ったこの手の本には、共通の構成というものがあるようだった。最初の出会い、視線の交錯、偶然の再会、デート、幸せなひととき、切望、口論――つまるところ恋文の例文は、どの本でも状況ごとに分類されていたのである。メヴルトはライハ宛ての手紙に使えそうな表現や構文を探そうとページを捲《めく》るたび、あらゆる恋物語というのがどれも等しく試練を乗り越えなければならないことを学び、自分とライハはまだそのとば口にいるに過ぎないことを悟った。中には男性の書く恋文の他に、女性からの返事を載せている本もあって、恋に苦しみ、わざとつれない態度を取り、あるいは失恋に折り合いをつけるさまざまな人々の姿がメヴルトの脳裏で生き生きと動き回り、まるで小説を読んでいるかのような気分で他人の人生の物語を発見しながら、彼らと自分の生きざまを比べてみたりもした。

もう一つ興味深かったのは、不成功や別離に終わった恋だ。「結婚には至らなかったアバンチュール」の果てに、恋人たちは恋文を返してほしがるということをメヴルトは学んだ。

「もしうまくいかなかったとしても――神よ、そのようなことが決して起こりませんように――ライハが望むなら、僕はすぐにでも恋文を返してやるつもりだよ。でも、僕は自分の書いた手紙を返してほしいなんて言わない。終末の日まで彼女に持っていてほしいからね」ある晩、二杯目のラク酒を空けたメヴルトはこう決意を述べた。

例文集の一冊の表紙には、まるきり映画から抜け出してきたようなヨーロッパ風のカップルが、思いやりにあふれつつも激しい愛の口論の真っ最中で、彼らの目の前の卓上には花嫁用の桃色の腰紐で結わえられた手紙の束が描かれていた。メヴルトは、その手紙束と同じくらい、少なくとも百五十通か二百通はライハに恋文を送ろうと固く決意した。そのためには、便箋、香水、封筒に気をつけるのはもちろん、一緒に贈り物も送って彼女の気を引かなければならない。メヴルトと仲間たちはふたたび議論を開始し、憂鬱な秋の夜長だというのに夜が明けるまで、手紙にどこで買ったどんな香水を使えばいいのかを話し合い、実際に安い香水を試してみたりもした。

恋文とはまったく関係のない手紙を受け取ってメヴルトが動揺したのは、恋文と一緒に瞳の形をしたナザルボンジュウ（邪視よけの魔除け。黒、白、青、黄等が同心円状に並んだ目玉の形状をとる）を送るのが一番気が利いているだろうという結論に落ち着いた頃のことだった。粗末なわら半紙で作られた政府の封筒がさまざまな人々の手を経て、ある晩スレイマンからメヴルトに届けられたのである。その封筒に収められた手紙の内容を知らない者などいない。アタテュルク男子中高等学校を退学したメヴルトを徴兵するため、当局が故郷の村に連絡を寄こしたのだ。

ライハに贈るナザルボンジュウとハンカチを選ぶべく、フェルハトと連れ立ってスルタンアフメトからグランドバザールにかけての界隈を巡っている頃、ベイオール地区の交番から派遣された私服警官がカルルオヴァ食堂にやって来てメヴルトの消息を尋ねた。従業員たちはメヴルトから前もって何かを聞かされていたわけではなかったが、こういったときのイスタンブル人の常として「ああ、彼ですか？　彼なら村に帰りましたよ！」と答えた。

「これから村に憲兵を送るから、君がいないのを確認するには二カ月くらいかかるだろうな」そう教えてくれたのはクルド人のオーナー、カルルオヴァ氏だった。「君くらいの年で徴兵逃れをしたがるのは、お上品な家庭のぼんぼんか、二十歳くらいでてっとり早く稼げる方法を見つけて、うまいこと金をがっぽり貯めた奴くらいのもんだよ。メヴルト、君はいくつになった？」

「二十二歳です」

「騾馬みたいに丈夫に育ったな。それなら兵役に行きなさい。このレストランも先がないし、君が稼いでるのも大した金じゃない。兵役で殴られるのが怖いかい？　怖がらなくていい。ちょっとくらい殴られたって、軍隊は公平なとこだから構うことはない。素直にしていれば、君みたいな爽やかな顔つきの青年はそうそう拳骨食らったりせんよ」

　かくしてメヴルトは、すぐさま兵役に行こうと決め、ドルマバフチェ宮殿（オスマン帝国末期の宮殿。現在は博物館）近くのベイオール徴兵事務所まで坂を下っていき、そこの司令官に徴兵令状を見せると、階級のよく分からないもう一人の支部司令官に、申告した住所とは違う場所に住んでいたことを軽くなじられた。メヴルトは怯えはしたものの、恐慌を来したというほどでもなく、大通りまで戻って来る頃には随分と落ち着いて、兵役が済めばまた普通の生活に戻れるだろうと思った。

　僕の決心をお父さんも喜んでくれるだろう――メヴルトはそう考え、キュル丘へ行って父親に会った。父子は接吻を交わし、和解した。家はメヴルトがいた頃よりもなお荒廃の度を深め、鬱々としているように思えた。このときはじめて、メヴルトは十年暮らしたこの部屋が好きだったことに気が付いた。台所の戸棚を開け、棚に置かれたぼこぼこの鍋や錆びついた燭台、刃先の鈍ったカトラリーの一つ一つがメヴルトの心を揺さぶり、ドゥト丘を臨む窓の枠に塗られた乾ききったパテが、夜の湿気のせいで昔の思い出のように香った。しかし、この場所で父親と一晩過ごすのは気が進まなかった。

「ハサンおじさんのとこにも行くのか？」

「あの人たちとは会ってないよ」メヴルトは、父親がこちらの嘘に気づいているのを知りながらもそう答えた。以前なら、この手の繊細な話題にこんなふうに横柄に即答はできなかったろう。父親をあまり悲しませない、そして嘘ではない答えを探したはずだ。別れ際、メヴルトは父親の手の甲に恭しく接吻して別れを告げた。祝祭日以外には決してしなかったことだ。

「軍隊に行けば、お前もようやく一人前の大人だな！」ムスタファ氏の門出の言葉はこうだった。

最後の最後まで、どうしてお父さんは馬鹿にするようなことを言って、僕を悲しませるんだろう？キュル丘のふもとのバス停まで坂を下りながらメヴルトの目に涙が滲んだのは、父親の心無い言葉と、暖房用の褐炭の排煙のせいだった。

その三週間後、ベシクタシュにある徴兵事務所に出頭すると、新兵訓練はブルドゥルで受けることが分かった。一瞬、ブルドゥルがどこかわからず、メヴルトはパニックに陥った。

「心配すんなよ、メヴルト兄さん。アジア岸のハレム駅から毎晩四回、ブルドゥル行きのバスが出てるから」その晩、マルディン出身の二人組のうち目立たないほうの若者がそう言って、バス会社の名前をいくつもあげてみせた。「一番いいのはガザンフェル・ビルゲ社だよ。あの会社は本当に素晴らしいんだ」マルディンの若者は続けた。「兵役に行っても、兄さんの心の中には大切な娘の名前と瞳がしっかり刻まれてるんだろうな。手紙を書く恋人がいるなら、兵役なんてへっちゃらだね、兄さん。……え、どうしてそんなことが分かるのかって？　そりゃあマルディンの友達に聞いたからに決まってるじゃないか……」

17 メヴルトの兵役の日々
――ここが自分の家だとでも思ってるのか？――

田舎の街のこと、軍隊のこと、あるいは軍人以外の男たちの只中にあってさえ誰にも気づかれないよう過ごす術――二年近くにおよぶ兵役の間、メヴルトは多くのことを学び、兵役に行かなければ「一人前の男にはなれない」という父の言葉の正しさをも理解した。いや、それどころか彼自身がこの言葉を「兵役に行かなけりゃ男じゃない」と言いかえて使うようにさえなったのである。メヴルトが自分の肉体や男性性の在り様、そしてその脆さを悟ったのが軍隊だったからだ。

以前のメヴルト、つまり大人になる前の彼は、肉体と精神、そして思考を切り離す術を知らず、それらをまとめて、ただ「僕」と呼んでいた。ところが軍隊に入ると自分の肉体の主人は自分自身ではなくなり、むしろ肉体を指揮官に完全に明け渡したほうが、少なくとも精神のほうは救われ、従って思考や好きな妄想を続けることができることを発見したのである。メヴルトがこの事実を悟ったのは、最初の適性検査のときのことである。病気になっても気づかずにいる新兵たち（肺結核の呼び売り商人、近眼の労働者、耳の聞こえない布団屋等々）や、その反対に病気でもないのに医者に袖の下を渡しておいたずる賢い金持ちのぼんぼんが徴兵免除証明書を受け取る場として悪名高い、あの最初の適性検査のとき、服を脱ぐのを恥ずかしがったメヴルトに、年老いた軍医はこう言った。「さあお若いの、みんな脱ぎなさい。ここは軍隊なんだ。男しかおらんよ」

メヴルトは優しい口調の医者をすっかり信用して、すぐに検査をはじめてくれるのだろうと服を脱いだが、実際には彼と同じくパンツだけになった失業者とか、貧乏人の男たちとかと一緒に長い列に並ばされる羽目になった。持ち物やズボンは、盗難防止の名目で預かってさえもらえなかった。列に並ぶ男たちは、礼拝のためにモスクへ入っていく信徒のように靴を脱ぎ裏と裏を合わせたその上に折りたたんだ衣服を重ねて、一番上には軍医が職印を捺《お》してサインをしてくれるはずの書類を載せて待った。

肌寒い廊下で身動きもできない行列の中で二時間待たされた挙句にメヴルトが知ったのは、まだ担当の医者が来てさえいないという事実だった。つまり、この行列が待っているのは適性検査かどうかさえあやふやで、手慣れた様子で近眼のふりをしている連中は、兵役免除を希望できるように視力検査をするんだと言う者もいれば、また別の者は脅かすような雰囲気でこう言うのだった。「医者が来たら俺たちの目《ギヨズ》じゃなくって尻《ギヨトゥ》を検査すんだよ。兵隊になる前におかま野郎を見つけるためにな」

メヴルトは自分の秘所が他人の目に晒され、さらには指で嬲《なぶ》られるのも怖かったし、同性愛者だと勘違いされて選り分けられるのではないかと思うとすっかり不安になってしまい（二番目の恐怖はこのあとも軍隊にいる間、ときおり襲ってきた）、裸でいる恥ずかしさも忘れて他の男たちとお喋りをして気を紛らわせた。メヴルトと同じく農村で生まれ、街では一夜建ての地区で暮らしているという若い男たちは、たとえどんなよそ者であれ、馬鹿であれ、軍隊で便宜を図ってくれる「友人」がいると自慢した。だからメヴルトも、ハジュ・ハミト・ヴラルの名を挙げて――彼が兵役に行ったとはついぞ聞いたことがなかったが――彼こそ軍隊での快適な生活を約束してくれる最良の「友人」だと誉めそやしておいた。

こうしてメヴルトは、自分には有力な「友人」がいると口にすることで、他の男たちの喧嘩腰な態度やからかいを躱《かわ》す術を早々に身につけたのである。

「黙れ！」指揮官が怒鳴り声を上げたのは、メヴルトが列に並ぶ口髭をたくわえた男たちに（彼らを見てメヴルトは口髭を生やしておいてよかったと思ったものだ）ハジュ・ハミト・ヴラルを知らぬ者はなく、人助けを好む大人物だと話しているときのことだった。震えあがって一斉に黙り込んだ男たちに指揮官はこう続けた。「美容院の奥様方みたいに喧しくするな。笑うのは禁止だ。常に泰然としていろ。娘っ子みたいにピーチクパーチクやっちゃいかん」

ブルドゥルに向かうバスの中で微睡《まどろ》みながら、メヴルトは病院でのこの一幕を繰り返し思い出した。あのとき、男たちの一部は指揮官を前にして手に持った衣服や靴で裸体を隠そうとし、また別の男たちは指揮官を心底怖がっているふりをしたのち、彼が去るのを待って大笑いしていた。この二種類のタイプの人間の両方ともうまくつきあうこともできなくもなかったけれど、もし軍隊にこの手の男しかいないのであれば、自分には身の置き場がなく、ひとりぼっちになりかねないと危惧し、ひどく怖くなった。

しかし、新兵訓練が終わって祖国への無制限の献身を誓うまでの間は、孤独や自分の居場所を心配する暇さえなかった。毎日、連隊全員でトルコ語民謡を歌いながら二、三時間走り、障害物を乗り越え、盲目のケリム先生に高校でやらされたのと同じような体操をやり、目の前に本物の兵士がいようがいまいが、何百回と繰り返すことで適切に敬礼することを覚えなければならなかったからだ。

兵役に就く前、指揮官からの殴打はごくまれに行われるに過ぎないとずっと想像していたが、三日後にはしょっちゅう目の前で繰り広げられる日常茶飯事になってしまった。軍曹殿があれほど注意したのに軍帽をしっかりかぶらずに殴り飛ばされる馬鹿もいれば、敬礼するときに指が曲がっていて平手打ちを食らう阿呆もいた。もし、教練のときに何度も右足と左足の順番を間違え、指揮官に罵声を浴びせられながらその場で腕立て伏せさせられる奴がいれば、小隊ぐるみで笑いものにされた。

ある晩、チャイを飲んでいるとアンタルヤ出身のエムレ・シャシュマズが言った。「メヴルト、まったく信じられないよな。この国に、こんなにたくさん馬鹿やら脳たりんやらがいたなんてさ」メヴルトは、自動車の予備部品を扱う店を持っていて、人柄も真面目なこの男を尊敬していた。「どうして、ああも馬鹿たれでいられるもんなのか、俺には理解できんよ。拳骨食らっても頭が良くなんないもんなんだな」

すると、アンカラ出身のアフメトが話に割り込んできた。「エムレ、連中が馬鹿だからあんなに殴られてるのか、それともあんなに殴られたから馬鹿になっちまったのかには、議論の余地があるぜ」

このアフメトも小間物屋を持っていたので、メヴルトはこう思った――馬鹿ってもんに物申すためには、少なくとも自分の店を一つくらい持たないといけないんだな。メヴルトは、偶然とはいえ同じ小隊になったこの二人の傑出した人物を見てそう考えたものだ。あるとき、気分屋の上にすぐに手が出る第四連隊の指揮官にひどく虐められたディヤルバクル人（軍隊ではクルド人とかアレヴィー教徒という言葉は使用禁止だから、こう呼ばれていた）の兵卒が、独房で自分のベルトで首を吊ったことがあった。このとき二人の商店主は、メヴルトほど悲しんだりせず、それどころか指揮官のほうが正しいと言って、自殺した兵卒を「脳たりん」呼ばわりしていた。メヴルトはひどく腹が立ったが、他の兵士たちと同じく自分も自殺するのではないかと考えて怯え、冗談を飛ばして忘れてしまうことにした。ある昼、件《くだん》のエムレとアフメトがふざけ合いながら食堂から出てくると、ちょうど苛々していた中佐とぶつかってしまった。軍帽のかぶり方がなっていないと、髭を剃ってつやつやの頬に二発ずつ拳骨をもらった二人を、メヴルトは遠くから眺めながらほくそ笑んだ。

「兵役が明けたらあのおかま野郎の中佐を見つけて、お袋の腹の中まで叩き返してやる」

その晩、チャイを飲みながら息巻くアフメトに、アンタルヤ人のエムレはこう答えた。

「俺は気にしてないぜ、アフメト。もとから軍隊に道理なんてないんだから」

メヴルトは拳骨のことをさっさと忘れてしまったこのアンタルヤ人の柔軟さと如才なさに敬意を覚えたものの、「軍隊に道理はない」という言葉は、そもそもは指揮官たちの口癖だった。上官たちときたら、命令の理由を問われるような状況になると激怒して「必要なら一切の理由も、道理もなく、貴様らからこの先二日間の週末休暇を没収の上、全員に泥の中を匍匐前進させ、生まれてきたことを後悔させてやる！」と怒鳴り散らし、しかも言ったとおりの罰を与えるのだ。

メヴルトがはじめて殴られたのはその数日後だった。殴打というのは想像を膨らませていたほど野蛮なものではないことをメヴルトはすぐに理解した。その日、やることも特にないので駐屯地の敷地内の清掃に割り当てられたメヴルトの小隊は、そこらじゅうに落ちているマッチや煙草の吸い殻、枯葉などを集めながらも、みんなてんでばらばらに散っていって、片隅で煙草を吸っていた。すると「貴様ら、何をしとるか！」と怒鳴りながら大柄の指揮官（メヴルトはいまだに階級章の見分け方を覚えていなかった）が目の前に現れたのだ。その指揮官は小隊を一列に並ばせると、その十人にどでかい手で一発ずつ鉄拳制裁を行った。やはり痛かったが、あれほど恐れていた鉄拳制裁の初体験を些細なきっかけで済ませられたという安心感も覚えた。前列に立っていたため、拳骨で吹き飛ばされたナズィルリ出身でのっぽのナズミが指揮官を殺しかねないほど激怒しているのを見て、メヴルトはふいに慰めてやろうと思い立った。「ナズミ、気にするなよ。ほら、僕を見ろよ、へっちゃらじゃないか。もう済んだことさ」

するとナズミは、忌々しげに言った。「俺みたいに頑丈に見えないから手加減されてんだよ。お前は女みたいに可愛い顔してるからな」

彼の言葉が正しいのかもしれないと思っていると、別の者が口を開いた。

「綺麗だろうが醜かろうが、格好よかろうが、ダサかろうが、軍隊は差別しないぜ。みんな順繰りに殴られるだけさ」

「いいや、東部人とか、色黒の奴とか、ぼんやりした目つきの奴のほうが殴られてるだろうが。嘘こくんじゃねえ」

メヴルトは、そもそも自分の失敗で食らったわけでもない拳骨など誇るべきものではないと弁えていたので、鉄拳制裁を巡る議論には加わらなかった。

ところがその二日後、襟を開けたままの訓練不足な恰好のまま（「スレイマンがライハ宛ての手紙を届けてからどれくらい経ったかな？」などと物思いに耽りながら）歩いていると、一人の少尉に呼びとめられ、往復ビンタを食らわされ、そのうえ「馬鹿野郎」と怒鳴られてしまった。少尉は「ここが自分の家だとでも思ってるのか？　所属は第何連隊だ？」と尋ねたくせに、答えも待たずにさっさと行ってしまった。

二十カ月におよぶ兵役のあいだ、幾度となく拳骨を食らったものの、メヴルトが一番意気消沈したのはこの出来事だった。少尉の言い分がもっともだったからだ。なにせ、あのときのメヴルトはライハを想うあまりに軍帽もかぶらず、敬礼もせず、歩調にもまったく気を遣っていなかったのだ。

その晩、メヴルトは誰よりも早く寝床に潜りこみ、布団を頭からかぶると、鬱々と人生に思いを馳せた。ふいにタルラバシュ地区の部屋でフェルハトやマルディン人の若者たちと一緒にいられたらと思ったが、考えてみればあの部屋もまたメヴルトの本当の家ではないのだ。「ここが自分の家だとでも思ってるのか？」という少尉の言葉は、まるでそのことを指しているように思えた。自分の家と思えるのは、いまごろ父親がひとりぼっちでテレビでも観ているだろうキュル丘のあの一夜建てだけ、あの土地所有証明書さえない家だけなのだ。

朝方、ロッカーの隅のセーターの下に隠してあった手紙の教本を一冊取り出したメヴルトは、気の向くままにそのページを捲った。クローゼットの扉の裏に身を潜めた彼は、これから一日じゅう彼の想像力を掻き立てるであろうページを一、二分のあいだに注意深く読み、頭の中に残る思慕を糧に、無意味に感じられる教練やいつ終わるともしれない行進の間に、頭の中でライハ宛ての恋文の文面を考えた。そうして思いついた美しい言葉を、紙もペンもなしに詩にする牢獄の政治犯よろしく暗記し、週末に買い物のための外出許可が出たときに丹念に書き取り、ドゥト丘宛てに投函した。兵士たちが通いつめる珈琲店や映画館には目もくれず、都市間高速バスのターミナルの片隅の机でライハ宛ての手紙を書くのは至福のひとときで、ときおりメヴルトは自分が詩人にでもなったような心地を覚えた。

四カ月におよぶ新兵訓練を終えたとき、メヴルトは、ヘッケラー&コックのG3歩兵小銃の使用法や上官への報告の仕方（他の者たちより幾分、優秀だった）、敬礼、気をつけ、命令の実行（これは人並みだった）、状況判断や必要なところでは嘘をつく不誠実さ（これは他の者たちよりも少し下手だった）などに習熟していた。

メヴルトはいくつかのことは上手くこなせなかったが、それは自分が不慣れなだけなのか、それとも良心が痛むからなのか判断が付かなかった。あるとき指揮官がこんな命令を下した。「いいか、私はいまこの場を離れ三十分後に戻る。その間、本連隊は休憩なしで訓練を続けること。いいな？」

「了解しました、指揮官殿！」

連隊の兵士たちは声を揃えてそう答えたが、指揮官の背中が黄色い司令本部の建物の角に消えるやいなや、兵士の半分はその場に寝そべって煙草を吸ったり、お喋りをはじめた。連隊の四分の一は指揮官が不意をついて戻って来たりしないのが確認できるまで訓練をやって、最後の四分の一も訓練を続けているふりくらいはしていた。メヴルトは最後の四分の一の一人だった。やる気満々で訓練に臨むような兵士たちは揶揄の対象となり、ひどいときには「お前、マゾかよ?」などとどつかれるので、最終的に指揮官の命令を守っている者は一人もいなくなった。メヴルトは思った——じゃあ、こういうことをさせるのには、そもそも意味なんてあるのだろうか?

兵役に就いて三カ月目のある晩、メヴルトは思い切ってこの哲学的かつ道徳的な問いを二人の商店主にぶつけてみた。

「お前さんは本当に純だね、メヴルト」

アンタルヤ人はそう評し、アンカラ人はこう言っただけだった。

「もしくは純なふりが滅法うまいいかさま野郎だな」

僕だって、お前らみたいに自分の店を持ってれば、高校も大学も卒業して、いまごろは下士官として兵役に就いてたさ——メヴルトは心の中でそう毒づいたものの、もはや欠片の敬意も感じなくなっていた商店主たちと距離を置いたりはしなかった。新しい友達を見つけたところで「チャイ運びをさせられる顔だけいい馬鹿なガキ」の役回りを演じさせられてしまうだけだからだ。取っ手の壊れたやかんを、みなと同じく帽子を使ってつかむのは嫌だったのだ。

新兵訓練が終わったあとの籤引きで、メヴルトはカルス市の戦車隊勤務を引いてしまった。中には西部の、それどころかイスタンブルのような幸運な任地を引き当てた者もいた。籤引きにはいかさまがあるという噂もあったが、メヴルトは嫉妬も怒りも覚えず、東部ロシア国境のトルコでもっとも寒く貧しい街で十六カ月を過ごす羽目になったというのに、失望したわけでもなかった。

メヴルトはイスタンブルにも寄らず、まっすぐアンカラに行くと、そこからバスを乗り継いでたった一日でカルスへ着いた。一九八〇年七月当時のカルス市の人口は五万人、驚くほど貧しい街だった。旅行鞄を持ってバスターミナルから街の中心部にある駐屯地まで歩いていく道すがら、街の壁のそこらじゅうで左派のスローガンが目につき、そのうちのいくつかの下に書かれた組織名はキュル丘でも見かけたような気がした。

カルス駐屯地は静かで心安らぐ場所だった。国家情報局付の武官を除けば、カルスの兵士たちは政治闘争とは無縁だったからだ。放牧をしている村や、チーズを造っている酪農場には、左派の戦闘員を捕まえようとして憲兵隊が踏み込むこともあったが、その憲兵連隊本部もずっと遠くにあった。

街へやって来て一ヵ月足らずのある日、朝の呼集時に指揮官に尋ねられて前はウェイターをしていたと答えたメヴルトは、そのまま士官宿舎の食堂で働きはじめた。おかげでメヴルトは、寒風吹きすさぶ中での整列や、がみがみとうるさい連隊の指揮官たちの、行き当たりばったりで馬鹿げた命令の数々と関わらずに済んだ。なによりも、人目がないときに宿舎の小さな机とか、士官食堂の厨房のテーブルとかで、ライハに手紙を書く時間を作ることができるようになった。つけっぱなしのラジオから流れるアナトリア民謡や、歌手のエメル・サユンが歌う、エロル・サヤン作曲のニハーヴェンド旋律(古典音楽の旋律の一つ)の『心を満たすあの最初の眼差しが忘れられない』を聴きながら紙面を埋めていくのだ。「書記」、「塗装」、「補修」等の任務を与えられ司令本部や宿舎で、さも忙しいといった風情で働くふりをする兵士たちは、誰でもポケットの中に小さなトランジスタ・ラジオを持っていた。「悪戯な瞳の人」、「小鹿の瞳を持つ君」、「もの憂げに見つめる人」、「黒い瞳の人」、「眠たげな瞳の人」――音楽にのめり込んだその年、メヴルトはアナトリア民謡に想を得た言葉を恋人に向けて綴り続けた。

恋文を書けば書くほどに、ライハを幼い頃から知っていて、彼女と心を一つにした思い出を共有しているように思えてならなかった。手紙に綴った言葉一つ一つ、文章一つ一つが、彼女と自分の距離を縮め、いずれそこに書かれた想像が現実のものとなるような気がするのだ。

夏の終わり、メヴルトは「茄子料理が冷めている」とある少佐に叱られた。厨房に戻って料理人に文句を言っていると、ふいに誰かに腕をつかまれた。振り向くと、相手は巨人のような大男だった。一瞬ひるんだのち、メヴルトは叫んだ。

「ああ、なんてこった、モヒニじゃないか」

二人の友人はかたく抱擁を交わして、互いの頬に接吻した。

「普通の奴は兵役で痩せほそって、縫い針みたいになっちまうってのに、お前はちょっと太ったみたいだな」

「士官食堂でウェイターをやってるんだ。お蔭で肉屋の猫みたいに丸々と太っちゃったよ」

「俺は士官宿舎の美容室にいるんだ」

聞けばモヒニは、二週間前にカルスにやって来たばかりらしい。結局、高校は卒業できず、父親に女性用美容院の下働きに出されたそうで、モヒニもこれで生計を立てていこうと考えたのだとか。もちろん、命令さえ下れば士官の奥様方の髪の毛を金髪に染めるのだってモヒニにとっては朝飯前だったが、買出しのための外出許可が下りた日に二人でアジア・ホテルの向かいの喫茶店でサッカーの試合を見ているとき、彼は愚痴を言いはじめた。

モヒニ　士官宿舎の美容室の仕事は、実際そう難しいもんじゃない。唯一の悩みは、やって来る奥様の夫の階級を気にしておかなきゃならんっていう煩わしさだ。髪の毛を最高の仕上がりにして、最高級の賛辞を送らなきゃいけないのは、駐屯地司令官の我らがトルゥグト閣下の奥様だ。尻が足と見分けがつかないほどのちびだ。それよりも、ちょっと抑えめの仕上がりと褒め言葉は、司令官より下の階級の、骨と皮ばかりに痩せた奥様方用だ。そこからもうちょっと時間も労力もかけなくていいのが中佐たちの奥様方なんだが、ただしどの中佐が先任かには気を付けないといけない。こんな具合だから、俺はノイローゼになっちゃいそうだよ。ある日、若い士官の綺麗な奥様がやって来たんで、俺はその真っ黒な髪の毛をうっかり誉めそやしたのさ。そうしたら、トゥルグト司令官の奥様を筆頭に、あらゆる奥様方に鼻を鳴らされて、貶されちまったよ。

「トゥルグト司令官の奥様はどんな色に染めたの？　私の髪はそれより明るい色にしちゃだめよ」なんて仰る抜け目のない中佐殿の奥様もいる。誰がどこでオケイをやってるかとか、今日は誰がどの人のおうちに遊びに行ってるんだとか、誰々がどこそこで一緒にこれこれのドラマを観てるとか、どこのパン屋で何のクッキーを買うつもりだとか、とにかく俺の知らないことはないよ。お子様の誕生日に歌を歌ったこともあるし、手品を披露したこともある。駐屯地の外へ出るのを嫌がる奥様方のためにお使いに行くこともあれば、司令官の家の娘さんの数学の宿題をやってやったこともある。

「おいおい、モヒニ！　君がどうして数学なんて分かるのさ？　それとも司令官の娘さんとやってるのかい？」メヴルトは俺の話を遮って横柄にそう言いやがった。

「なんてこったい、メヴルト。お前ときたら兵役のせいで口も心もすっかりいかれちまったんだな。兵営を出て司令部の近くの士官宿舎で楽な仕事に就いた奴や、将官のお屋敷で下働きとか給仕とかをやってる奴も、仕事のときに怒られると、自分のプライドを守ろうとして夜に連隊に帰って来ると決まってこう言うんだ。『閣下の娘さんをものにしたぜ』ってな。お前もそんな嘘っぱちを信じるような奴になっちまったのか。第一、トゥルグト司令官閣下はそんな汚らしい悪口の似合わない、公正な軍人だぞ。奥さんの意地悪や嫌がらせからいつも俺を守ってくれる方なんだ。いいな？」

それは兵役期間中に耳にした中でもっとも真摯な言葉だったから、メヴルトは恥じ入ってこう答えた。「そうだよな、司令官閣下もいい人なんだよな。ごめんよ、さあ、仲直りの抱擁をしよう、怒らないでくれ」

メヴルトはそう口にした瞬間、それまで無意識に見えないふりをしていた、とんでもない事実に直面した。つまり、最後に会ったときよりもモヒニがなんだか女っぽくなっていて、どうやら彼が同性に興味を持っているらしいことに気が付いたのである。モヒニは自分で気づいているのかな？　だとしたら、僕も気づいているように振舞ったほうがいいのだろうか？　二人はいっとき、身じろぎ一つせずに見つめ合った。

美容室付の兵卒と士官食堂付のウェイターの兵卒が、イスタンブルの学校の同級生だったという話は、すぐにトゥルグト司令官の耳に入った。こうして、メヴルトも司令官の自宅へあれこれの私的な用事があるたびに呼ばれるようになったのである。台所の冷蔵庫にペンキを塗ったり、司令官の子供たちと一緒に馬車ごっこ（当時、カルスではタクシーの代わりに馬車が用いられていたからだ）をしたりした。司令官の家で催されるパーティーの準備に駆り出されるときは、連隊長や士官宿舎の寮監にその旨を司令官が伝えてきたから、メヴルトはいつのまにか他の兵士たちがもっとも敬意を払う「司令官閣下のお気に入り」という地位に上りつめた。メヴルトはこの新しい栄えある地位が、噂となってまずは連隊内に、そして駐屯地じゅうに広がっていくのを悦に入りながら見守った。まず、メヴルトを見かけるたびに「調子はどうだい、おい、ベビーフェイス」などと抜かしていた連中や、待ち伏せて尻に指で浣腸しておかま扱いしようとしていた連中がその手の冗談をぴたりとやめ、中尉たちはメヴルトを間違ってカルスに送られた金持ちのぼんぼんであるかのように丁重に扱うようになった。連隊の中には、ロシア国境で行われる訓練の日程を司令官の奥様から聞き出してきてほしいと頼む者もいた。いまや、メヴルトにちょっかいを出そうとする者は、一人もいなくなったのである。

18 軍事クーデター
——工業地区の墓地——

みながいつも日程のことを気にかけていた軍事演習は、九月十二日の夜にふたたび軍事クーデターが起きたことで中止になった。その日メヴルトは、塀越しの街路から人影が絶えたのを見て、何かが起こったのを瞬時に悟った。国軍がトルコ全土に戒厳令を敷き、外出禁止令を発したのだ。メヴルトは一日じゅう国民に向けられたケナン・エヴレン参謀総長の演説をテレビで眺めていた。農民、商店主、失業者、びくびくした市民、そして私服警官——彼らでいつもごった返していた街路がまたたくまに空っぽになってしまったのは、もしかしたら自分の頭の中の奇妙な違和感の所為ではないかとさえ思えたが、その晩、トゥルグト司令官は駐屯地全兵士を呼集してこう語った。「金と得票に腐心する政治家が国家を存亡の瀬戸際にまで追いやったのであるが、いまや悪しき日々は終わりを告げた。国家の唯一にして真の支配者たる国軍は、トルコ共和国の没落を許容しないであろう。あらゆるテロリストと国家分断を目論む者どもには、罰が与えられるであろう」さらに司令官は赤いトルコ国旗や、その国旗を赤色で染めた独立戦争の殉死者たち、それに国父アタテュルクについて、滔々と語り続けた。

その一週間後、テレビでの発表の通りに、トゥルグト司令官がカルス市の市長に就任する旨が布告されると、メヴルトとモヒニは駐屯地から十分ほどの市庁舎に顔を出すようになった。トゥルグト司令官は、午前中は駐屯地内にいて、情報提供者や国家情報局から上がってくる情報を頼りに遂行中のアカ狩りの指揮を執り、昼食後にロシア帝国時代の建物を流用している市庁舎にジープで向かうのだ。また、護衛兵を連れて歩いていくこともあって、そんなとき司令官は、道で出くわす商店主の「クーデターは有難いことです」といった感謝の言葉に満足そうに耳を傾け、望む者には手の甲への接吻を許可し、手紙を渡されれば駐屯地の司令本部に戻るやいなや手ずから封を切って目を通すのだった。カルス市長であり、また管区の戒厳令施行の責任者にして、駐屯地司令官であるトゥルグト閣下の重要な任務の一つは、非合法行為や賄賂を告発する手紙を迅速に吟味して、容疑者たちを軍の法務官に引き渡すことだからだ。法務官のほうも「何もやってなければそもそもこんな所には来ないはずだ！」という腹で待ち構えているから、まごまごせずにさっさと告訴してしまって、被告を引っ立てて脅しつけるのが一番なのだ。

軍隊というのは非合法行為をしたのが金持ちの場合はそう責め立てないけれど、相手が政治犯となると話は別で、共産主義者はたいてい「テロリスト」の烙印を押されてファラカで痛めつけられるのが常だった。風が吹いていると、警察が踏み込んだ一夜建てから連れてこられた若者が尋問中に拷問を受ける叫び声が駐屯地のどこかから聞こえてきて、士官宿舎に向かって黙々と歩くメヴルトは、そのたびに自責の念を覚えて視線を落とした。

新任の中尉がメヴルトの名を呼んだのは、年明けの朝の呼集のときだった。

「メヴルト・カラタシュ、コンヤ出身、ご命令ください！」

メヴルトはそう叫びながら敬礼をして、気をつけの姿勢を取った。

「コンヤ人、こちらへ来なさい」

中尉にそう命じられてメヴルトは「ははあ、この中尉は僕が司令官のお気に入りだって知らないんだな」と考えた。生まれてこの方、コンヤ市に行ったことなどないのに、ベイシェヒル郡がコンヤ県にあるので毎日のようにコンヤ人こっちだ、コンヤ人あっちだと呼ばれていて、メヴルトはいい加減苛立っていたものの、それを表に出すようなことは決してしなかった。そして、新任の中尉はこう言ったのだ。

「コンヤ人、お悔やみを申し上げる。イスタンブルのお父上が亡くなられた。連隊指揮所に行け。休暇許可が出るはずだ」

メヴルトは一週間の休暇を貰った。バスターミナルでイスタンブル行きのバスの出発を待ちながらラク酒を一杯飲んだからなのか、がたごと揺れるバスに乗ると、奇妙な重みがのしかかってきて、自然と瞼が閉じていった。夢の中でメヴルトは、葬式に間に合わなかったことや、そのほかあれこれの失敗を延々と、父親にあげつらわれた。

父親は夜中に頓死したそうで、死後二日経って隣人たちに発見されたらしい。主のいなくなったベッドは、まるで大急ぎで出かけようとしていたみたいに乱れていた。すっかり兵士になったメヴルトの目には、家は無秩序の極みで、ひどく惨めたらしく映ったが、その一方で他のどこでも嗅げない匂いが鼻孔をくすぐった。父親とメヴルトの肉体や吐息、埃、薪ストーヴ、この二十年来ここで作り続けられてきたスープ、汚れた洗濯物、古い家具——つまりはメヴルト自身の人生の匂いだった。メヴルトは部屋に留まって父を想いながら泣こうと思っていたが、悲しみがあまりに大きすぎて、耐え切れず表へ飛び出した。

ムスタファ氏の葬式はメヴルトが到着した二時間後、ドゥト丘のハジュ・ハミト・ヴラルのモスクで執り行われた。メヴルトは私服も持って来ていたが、結局は軍服のまま出席した。気遣わしげな視線を向ける参列者たちは、まるっきり外出許可中そのもののメヴルトの軍服姿を見て微笑んでくれた。
メヴルトは誰とも交代せずに、墓地まで棺を担いでいって、棺の上にスコップでどんどん土をかけた。ふいに泣き出しそうだと思った瞬間、足を取られて墓に落ちそうになった。参列者は四十名弱だった。スレイマンはメヴルトを抱きしめ、二人は父親のとは別の墓石に並んで腰を下ろした。墓碑銘から、この工業地区の墓地が期間労働者たちの埋葬場所になっているのがわかった。ぼんやりと墓碑銘を追っていくと、周辺のあらゆる丘の死者が埋葬され、急速に拡大するこの墓地には生粋のイスタンブル人が一人も葬られていないことに気づいた。みな、スィワスやエルズィンジャン、エルズルム、あるいはギュミュシュハーネの出身者たちのようだった。

墓地の出口にいる墓石職人から値下げ交渉をせずに、中くらいの背の高さの墓石を購入した。さきほど読んだ墓碑銘に想を得て、メヴルトが注文したのは「ムスタファ・カラタシュ（一九二七－一九八一）。ベイシェヒル郡ジェンネトプナル村出身。ヨーグルト・ボザ売り。その魂に開扉章を捧ぐ」だった（開扉章はウスマーン版コーランの最初の章。折に触れてイスラム教徒が唱える）。

ちなみにメヴルトは、軍服を着ていると自分が魅力的で、しかも立派な人間に見えることに気が付いていたから、葬式を終えると軍服姿のまま丘のふもとの商店街に繰り出して、喫茶店や商店をうろついた。キュル丘とドゥト丘で弔意を表して抱擁してくれた人々には深い親近感を覚えたが、心の中で彼らや、ハサンおじさんとその息子たちに憎悪にも似た怒りが湧き上がってきて、自分でも驚いてしまった。兵営にいるときの癖で、のべつまくなしに口汚く罵ってしまわないよう自制するのは、随分と骨が折れた。

夕食の席でサフィイェおばさんは、軍服がよく似合っていると誉めそやしたが、残念ながらメヴルトの母親は村からやって来られず、軍服姿の息子を見る機会には恵まれなかった。台所で四、五分間、スレイマンと二人きりになったとき、メヴルトはひどく気になっていたというのにライハのことを尋ねなかった。ただ、ジャガイモの入った鶏肉料理を黙々と食べながら、みなと一緒にテレビを眺めただけだ。

晩に家に戻ったら、脚が一本短い自宅の食卓に座ってライハに恋文を書こうと念じていたものの、実際に帰宅してみると、もう父親の足音が響くことは永遠にない家が荒れ果てた、うらぶれた場所に思え、結局はベッドに倒れ込むとそのまま泣きはじめた。父親の死を悼んでなのか、自らの人生の孤独を憐れんでのことなのかは分からなかったが、涙は長いこと止まらず、いつしかメヴルトは軍服を着たまま寝入ってしまった。

あくる日の朝、メヴルトは軍服を脱ぎ、一年前にこの部屋で旅行鞄に放り込んだ私服を着ると、ベイオール地区のカルルオヴァ食堂へ向かった。しかし、店の雰囲気は友好的とは程遠いものだった。フェルハトもメヴルトのすぐあとに兵役に行ったようで、ウェイターの大半は入れ替わっていたし、古顔もまた客の相手で忙しそうだった。こうして、歩哨に立ちながら夢見た「カルルオヴァへの凱旋」にまつわるあれこれを経験することもないまま、メヴルトは店を後にした。

仕方なくメヴルトは、食堂から歩いて十分ほどのエルヤザル座に向かった。中に入ってロビーにたむろする男たちを前にしても、もう気後れは覚えなかった。それどころか、顎をきっと上げて、一人一人の男たちの目の中を覗き込みながら、彼らの前を通り過ぎたほどだ。

とはいえ、席につくとメヴルトはほっとした。これで他の男たちの視線を感じずに済むし、暗闇に浮かぶ銀幕上で淫猥な振舞いに及ぶ女と二人きりになって、ただひたすらにその痴態を覗く目玉そのものになれるからだ。ところが、兵隊仲間同士の悪口満載の会話や、卑しい心根のせいなのか、銀幕上の女たちを見る目はすっかり変わっていた。メヴルトには、自分が以前よりも粗暴で、しかも月並な人間になってしまったように思えた。たとえば、客の誰かが大声でスクリーンに向かって下品な冗談を飛ばしたり、あるいは映画の中の俳優のセリフに軽妙な答えを返したりすると、メヴルトは知らぬ間に、他の客と一緒になって笑い声をあげていた。一本目の映画が終わって休憩に入り、場内の明かりがついて周りの男たちを見回したメヴルトは、その短髪を見て彼らもまた休暇中の兵士たちだったのだと思い当たった。その後メヴルトは、三本立ての映画を初めから終わりまで見通し、席についたときに上映されていたドイツ映画の最初に観た憶えのある、俳優たちが葡萄を食べながら濡れ場をはじめるところまで観てから表へ出ると、家に帰って自慰に耽った。

後ろめたさと孤独感でくたびれ果て、ドゥト丘のおじの家に向かう頃には夕方になっていた。

「心配しなくていいよ。万事順調さ」二人きりになるとスレイマンはそう言った。「ライハは熱に浮かされたみたいにラヴレターを読んでるってさ。君は一体全体、どこであんな綺麗な手紙の書き方を覚えたんだい？　いずれ僕のも書いてくれないかな？」

「それで、ライハは返事をくれそうかい？」

「書きたがってるけど書かないんだよ……。父親のアブドゥルラフマンさんが知ったらかんかんになっちゃうから。前に彼らが来たとき――クーデターの前だけど――娘たちがどれだけ親父さんを愛しているか、僕も目の当たりにしたよ。そうそう、彼女は僕らの家の新しい部屋に泊まったんだぜ」

スレイマンはそう言って、アブドゥルラフマン一家が滞在した部屋の扉を開けて電気をつけると、博物館のガイドのように、あれこれと解説をはじめた。メヴルトの視線は室内の二つのベッドに釘づけだった。スレイマンもメヴルトの心中を察したらしく、こう言った。

「親父さんのほうが片方を使って、最初の晩は姉妹二人でこっちのベッドを使ったんだ。でも、寝返りひとつ打てないだろ。だから、次の晩からライハには床に布団を敷いてやったんだ」

メヴルトはライハの寝床が敷かれたという床をちらりと恥ずかしそうに見やったが、そこには床の敷石と絨毯があるだけだった。

手紙のやり取りのことをコルクトの妻になったヴェディハも知っていると聞かされたメヴルトはいたく喜んだ。ヴェディハは手紙のことを知ってなお、メヴルトに協力を申し出、騒ぎ立てたりせず、それどころかメヴルトを見ると嬉しそうに目を細めた。メヴルトは、ヴェディハが自分の味方であると確信した。

いまやメヴルトのいとこになったヴェディハは、とても美しかった。メヴルトは、カルルオヴァ食堂で働いていたときに生まれた長男のボズクルトや、兵役中に生まれた次男のトゥランと少しだけ遊んだことがあったが、ヴェディハは第二子を産んでからますますその美しさに磨きをかけ、成熟した女の魅力を放つようになっていた。彼女が息子たちに見せる愛情の深さを目の当たりにするにつけ、メヴルトは心動かされたものだけれど、この新しいいとこがその深い愛情をメヴルトにまで向けて、姉が弟に向けるような思いやりを示してくれるのが嬉しくて堪らず、ライハはこのヴェディハと同じくらいか、さもなければもっと美人なのだなどと考えては悦に入った。

こうしてメヴルトは、イスタンブルにいる間、ずっとライハへの新しい手紙を書きながら過ごした。一年も離れていた街は見知らぬ場所になってしまったように感じられたが、クーデターを経て様変わりしていたのも事実である。壁に書かれた政治スローガンは綺麗に消され、行商人も主要な通りや広場から遠ざけられ、ベイオール地区の娼館は閉鎖され、密輸ウィスキーやアメリカ煙草を売る密売人も路上から一掃され、交通渋滞もだいぶ、ましになっていた。以前のように好き勝手に駐車できなくなったからだ。こうした改善点のいくつかは好ましく思えたものの、どういうわけかイスタンブルにいても異邦人になったような心地が拭いきれずにいた。やがてメヴルトは、きっとやるべき仕事がないからだと自分を納得させた。

「君に頼みたいことがある。でも、誤解はしないでほしいんだ」葬式から一夜明けたその日の晩、メヴルトはスレイマンに切り出した。この頃、おじのハサンは家に寄りつかないので、メヴルトは前よりも気楽にいとこの家に行けるようになっていた。

「メヴルト、僕は君を誤解したことなんてないぜ。僕が君のことをちゃんと理解してるってことを、君が分かってくれないだけさ」

「彼女の写真を手に入れられるかい？」

「ライハの写真を？　駄目に決まってるだろ」

「どうして？」

「あの子は僕の義理の姉の妹なんだぞ」

「でも、写真があればもっとうまく手紙を書けるはずなんだ」

「ああ、メヴルト。いまより素敵な恋文を書ける奴なんて、いないさ」

キュル丘の家は、スレイマンの仲介でヴラル一家の知り合いに貸すことになった。スレイマンが「相手はよく知ってる人なんだ。なに、税金を払わないとって？　必要ないさ！」と言ったので正式な契約書を交わすのは諦めた。第一、正式に登記簿に記載されていないとはいえ、この家の相続人の中にはメヴルトのみならず母親や姉たちも含まれていたので、この件で揉めたくなかったのである。

家を貸し出す前に父親の衣服や肌着をまとめて鞄に詰め込んでいると、メヴルトは父親の体臭をかいで、身をよじってベッドに倒れ込んでしまった。しかし、もう涙は出なかった。この世界に対する苛立ちや怒りのほうが悲しみよりもずっと強かったからだ。兵役が終わっても、もうこの家に戻って来ることはない――メヴルトはそう思っていたのだが、カルスへ旅立つ時間がやって来ると、彼の意志を挫くかのような倦怠感がどこからともなく湧きあがり、軍服に袖を通すのも、残りの兵役を済ませるのも気が進まず、指揮官も、粗野な男たちも、何もかもが憎らしくなってしまった。脱走兵の気持ちが分かるような気がしたものの、メヴルトは渋々、軍服に袖を通すと家を出た。

カルスで過ごした残りの数ヵ月間にメヴルトはライハに宛てて合計四十七通の恋文を書いた。時間はいくらでもあった。トゥルグト司令官が市役所に配置した隊に入れてもらえたからだ。市庁舎の食堂と狭苦しいチャイ給湯室で働く一方、トゥルグト司令官の個人的な給仕も仰せつかっていたメヴルトだが、実際には神経質な司令官は襲撃を恐れて市庁舎では食事を摂らなかったので、仕事は驚くほど楽だった。とはいえ、司令官のためにチャイやトルコ珈琲――司令官は砂糖一つがお好みだ――を淹れたり、水やソーダ水を直接、給仕したりする他にもう一つ、役目があった。司令官は、パン屋で焼かれたばかりのチョレキ（バター、砂糖などを練り込んで焼いた菓子パン）とか、クラービイェ（クッキーに似た菓子パン）をメヴルトの目の前に置き、何に注意すべきかを彼に教えた。

「ますはじめに君が味見してくれたまえ。……市役所にいるときは、こういったお菓子に毒を盛られないよう気を付けなければならないのだ」

メヴルトはこうした兵役中の出来事をライハに書いてやろうと思ったが、事前に検閲されるのは分かっていたので、結局はもっと詩的な、たとえば「短刀のように鋭い眼差しの君」とか、「魅惑的な眼差しの君」とかの文章を作り上げた。メヴルトは兵役が終わるその日まで――その日は待てど暮らせどやって来ず、いざその日になっても、なかなか時間が過ぎなかった――恋文を書き続けた。

19 メヴルトとライハ
――駆け落ちは大変だ――

一九八二年三月十七日に兵役を終えたメヴルトは、一番早いバスでカルスを発ち、イスタンブルへ戻った。タルラバシュ地区のカルルオヴァ食堂の従業員宿舎から通りを二つ下ったところにあるギリシア人のアパルトマンの二階の部屋を借りると、これといった特徴のない月並みのレストランで給仕の仕事を見つけた。チュクルジュマ地区の蚤の市でがたつかない食卓と椅子を四脚――そのうち二脚は揃いだった――を買って来て、通りを巡回する古物商人から吟味を重ねた末に木製の大きなヘッドボードのついたダブルベッドも購入した。古びたヘッドボードには小鳥と木の葉の意匠があしらわれていた。リノリウムむき出しの部屋に家具を入れながら、メヴルトはいずれここがライハとの愛の巣になるのだと想像を逞しくした。

ハサンおじさんの家でアブドゥルラフマン氏と会ったのは、四月の初めのことだ。アブドゥルラフマン氏は首から前掛けをかけて食卓の隅に座っていて、ラク酒を飲みながら孫のボズクルトとトゥランと楽しそうに遊んでいた。その様子を見てメヴルトは、彼が娘たちを連れずに一人で村から出てきているのを見て取った。ハサンおじさんはその日も不在だった。ここ数年、毎晩のように礼拝に行くと言い訳しては家を出て、そのまま自分の雑貨店に行って客を待ちながらテレビを眺めているのだ。

メヴルトは将来の義父に恭しく挨拶を述べ、アブドゥルラフマン氏も丁寧に答えてくれたものの、彼のことなど気にもとめていない様子だった。

アブドゥルラフマン氏とコルクトは、その頃流行っていた銀行屋の話に夢中で、銀行屋のハジュとか銀行屋のイボとかの沢山のあだ名が聞こえてきた（銀行屋は、個人から預かった預金を運用し、利子を預金者に還元したが、投資の失敗も多く、預金そのものを失う者が後を絶たなかった）。当時、インフレ率百パーセントの大波に押しつぶされたくないのであれば、雀の涙の利子しか付けない銀行からはさっさと預金を下ろして、新手の銀行屋たち――まるで村から出てきたばかりの雑貨商のような佇まいの連中だ――に金を預けるくらいしか方法がなかったのだ。確かに銀行屋たちは、そろって高い利子を約束していたが、そんな連中をはたして信じてよいものだろうか？

そのうちに三杯目のラク酒を空けたアブドゥルラフマン氏は、娘たちは世界で一番美しいだとか、きちんと教育を受けさせただとか自慢していたが、「もう、よしてよお父さん、充分だわ」とヴェディハに言われ、そのまま娘や孫たちと共に寝室に行ってしまった。

「君はもう帰れ。いつもの珈琲店で待っていてくれよ」

スレイマンがそう言うと、サフィイェおばさんが二人に釘を刺した。

「また何か企んでるのね。政治に関わらないって約束するなら、好きになさい。まったく、あんたたちもさっさと結婚させないといけないわね」

アルゼンチンとイギリスが戦争をはじめたのを知ったのは、珈琲店のテレビでだった。イギリスの空母や戦艦を感嘆の眼差しで見守るうちに、やがてスレイマンがやって来た。

「アブドゥルラフマンさんはさ、銀行屋から金を返してもらって、もっと性質《たち》の悪い銀行屋に預け直すためにイスタンブルに来たんだってよ。まあそんな金がまだ残ってるのか、銀行屋に預けるのが正しいのかは、神のみぞ知る、だけどね。そうだ、『朗報もあるんだ！』とか言ってたな」

「朗報？」

「ライハに求婚してる男がいるらしいよ。村出身の銀行屋なんだってさ。前はチャイ売りをしてたらしいけど」メヴルト、ことは急を要するぜ。なにせ、金に目が眩んだあのせむし男は、ライハをよりにもよって銀行屋なんぞにくれてやる気なんだから。僕らの言うことにも耳を貸しやしない。メヴルト、君はライハと駆け落ちしたほうがいいぞ」

「本当かい？　それなら君も協力してくれよ。そうしたら僕はライハを連れて逃げるから」

「駆け落ちが簡単だとでも思ってるんじゃないだろうね？　駆け落ちってのは犯罪なんだぜ。撃たれる奴もいれば、一族同士の抗争に発展することもある。そうなれば、一族は何年も対立して馬鹿みたいに殺し合うことになるし、そのうちに『これが一族の名誉だ』なんて自慢気に抜かすようになっちゃうんだぞ。君に、その責任が取れるのかい？」

「でも、そうしなくちゃならないんだ」メヴルトは答えた。

「ああ、そうしなくちゃいけないね。だから、誰にも君がけちな男だなんて思われないようにするんだぞ。金持ちどもが大枚はたくような綺麗な娘に君がやれるものが何か考えるべきだ」スレイマンはそう言った。

その五日後、同じ店で落ち合ったとき、スレイマンはテレビに映るフォークランド諸島を獲得したイギリス人たちの様子を眺めていた。メヴルトはポケットから取り出した一枚の紙を机の上に置くと、誇らしげにこう切り出した。

「こいつを見てくれよ。君にやるから」

「なんだい、それ？　ああ、区長から貰った君らの家の土地所有証明書か。貸してみな。はは あ、本当に僕の父さんの名前も書かれてるね。一緒に拓いた土地なんだから当然か。でも、なんでまたこんなものを持って来たんだい？　おい、兄弟、そんな紙切れを見せびらかすつもりなら勘弁してくれよ。そんなことせずとも、キュル丘の斜面が正式に国の登記簿に載れば、そいつのお蔭で君のものになるんだから」

「せむしのアブドゥルラフマンにこいつをやろうと思うんだ……。なあ、彼に伝えてくれよ、僕ほど娘さんを愛してる奴はいないってさ」

「伝えるから、そんなのはポケットに仕舞っとけよ」

「見せびらかすためなんかじゃないんだよ。本気でアブドゥルラフマンさんにやろうと思って持って来たんだ」

翌朝、ラク酒で眠り呆けていたメヴルトが目を覚まして最初にしたのは、上着のポケットを確認することだった。十五年前、父親とハサンおじさんが区長から貰った書類が手元に残ったのを喜ぶべきなのか、悲しむべきなのか、メヴルトには判断が付かなかった。

「ヴェディハ義姉さんと僕らに感謝してくれよ？」スレイマンにそう言われたのは、それから十日後のことだ。「君のためにはるばる、村まで行ってきたんだからさ。はてさて、万事が君の望むようになるのか御覧じろ。おい、ラク酒を頼んでくれよ」

スレイマンによると、ヴェディハは三歳のボズクルトと二歳のトゥランを連れて里帰りしたらしい。きっと子供たちは、しょっちゅう停電し、水道さえ満足にない泥だらけの村に嫌気がさしてさっさと戻って来るだろうと思ったが、メヴルトの予想に反して、ヴェディハたちはしばらく村に留まったのだそうだ。確かに、そろそろヴェディハが戻って来たろうと週に二回ほどドゥト丘に足を運んだが、彼を迎えたのはサフィイェおばさん以外には誰もいない薄暗い家だった。

「まったく、この家を明るくしてたのは嫁だったんだねえ。いまさら気づいたよ」ある晩、遅くにやって来たメヴルトにサフィイェおばさんはそう零したものだ。「ヴェディハが里帰りしてからこっち、コルクトでさえ帰ってこない晩があるんだよ。スレイマンもいないしねえ。そうだ、レンズ豆のスープがあるよ。温めてあげようか？　一緒にテレビでも観ましょうよ。知ってるかい？　あの銀行屋のカステッリが夜逃げしたんだってよ。他の銀行屋もみんな破産したってさ。メヴルト、あんたは銀行屋に金を預けてたかい？」

「僕には運用できるお金なんてありませんよ、サフィイェおばさん」

「まあいいじゃないの……。生きてるうちにお金のことで悲しむなんて、馬鹿らしいよ。いずれ、あんたなら望むだけ稼げるようになるさ。それにね、幸せってのはお金じゃ買えないんだよ。ほらコルクトをご覧よ。あの子は大層なお金を稼いでくるけど、毎日毎日ヴェディハと喧嘩ばっかりだ。まるで犬と猫だね。ボズクルトとトゥランもかわいそうだよ。生まれてから喧嘩ばかり見せられて。それはともかく、あんたのことがうまくいきますように」

「何のことですか？」メヴルトはどぎまぎしながらテレビから視線を外して振り返ったが、サフィイェおばさんは何も答えなかった。

スレイマンが「いい知らせだ」と言ったのはその三日後だ。「ヴェディハ義姉さんが村から戻って来るんだ。ライハは君に首ったけだってよ。あの手紙のお蔭だな、メヴルト君。親父さんがやろうとしてる銀行屋には嫁ぎたくないそうだよ。銀行屋のほうは紙切れになった札束と一緒に破産したけど、預金してた客の金でドルとか黄金とかを買って庭に埋めてたんだってよ。どうやら、銀行屋騒動が一段落して新聞各紙が事件のことを忘れるのを待ってから財産を掘り出して、金を預けたうすのろどもが法廷に駆け込むのをよそに、ライハと一緒に王様みたいに豪奢に暮らす腹らしい。銀行屋の野郎は、せむしのアブドゥルラフマンさんに、袋に詰め込んだ金を実際に見せたらしいぜ。もし父親の許可が出れば、すぐに法的な婚姻をして、嵐が過ぎるまでライハと一緒にドイツ辺りに身を隠す気なんだ。むかしはチャイ売りだったくせにな。銀行屋の野郎、いまごろは隠れ家でドイツ語の勉強をしてるんだぜ。ライハにも、ドイツで豚が売ってない肉屋で買い物ができる程度にはドイツ語を覚えておいてほしいとか言ってたそうだよ」

「卑しい糞野郎め」メヴルトは吐き捨てた。「もしライハと駆け落ちしなかったら、僕がそいつをぶっ殺してるとこだ」

「ぶっ殺す必要はないさ。僕が小型トラックを出すからね。そいつで村へ行って、ライハを連れ出すだけでいい。僕がみんなお膳立てしてやるよ」

メヴルトはいとこを抱きしめ、頬にキスをした。その晩、メヴルトは興奮してなかなか寝付けなかった。

次に会ったときスレイマンは、準備をすべて整えてくれていて、木曜日の宵の礼拝のあと、ライハが風呂敷包みを持って家の裏庭に出てくる手はずになっていると教えてくれた。

「すぐに出発しよう」と、メヴルトは言った。

「まあ座れって。小型トラックならたった一日の道のりなんだから」

「でも雨が降って洪水にでもなったらどうするんだい……。それにベイシェヒルに着いたら、あれこれの準備もあるだろうに」

「準備なんてないよ。日が落ちたらせむし親父の家の裏庭に行けば、棚から牡丹餅ってな具合にライハと落ち合うだけさ。君たちのことは僕が小型トラックでアクシェヒル市まで送ってやる。鉄道の駅までね。ライハと君は、列車でイスタンブルに向かえ。僕は勝手に自分で戻るから。アブドゥルラフマンに疑われないようにしないといけないからね」

「ライハと君」という言葉を聞いて、メヴルトは天にも昇らんばかりの気分だった。いまの働き先には「家族の問題です」と強弁して、二週間も休みを貰っているのだ。さらに三週間目は無給でいいからとねだると、さすがに雇い主もぶつくさ言ったので、メヴルトは戻ってくるとは期待しないでくれと返したものだ。

月並みのレストランでならいくらでも働き口は見つかるだろうし、メヴルトにはアイスクリーム売りの仕事をはじめようという計画もあった。断食月に入ったら三輪の屋台とアイスクリーム製造器のセットを誰かに貸したがっている呼び売り商人と知り合ったのだ。

ライハがやって来たらどう思うかと、彼女の立場に立ってあれこれ想像しながら、家の片づけもした。ベッドカバーは買っておいたほうがいいかな？　それともライハに選ばせてあげようか？　しかし、ライハが家の中にいる姿を想像するたび、メヴルトが下着姿で歩き回ったりするのを見てどう思うだろうかと考えてしまい、二人の近しさを喜びつつも、後ろめたさを覚えるそんな考えを払いのけた。

スレイマン　兄さん、ヴェディハ義姉さん、母さん。僕はみんなに嘘をついた。小型トラックを借りて一日、二日出かけてくるとだけ言ったんだ。幸せのあまり羽も生えんばかりの我らが新郎殿を隅に引っ張っていったのは、計画実行の前日のことだった。

「メヴルト、いまからお前の親友としてじゃなくて、いとことしてでもなく、ただライハの家族の一員として話すから、よく聞けよ。ライハはまだ十八歳になっていないんだ。もし親父さんがかんかんになって『娘を誘拐した奴を許さん！』とか言って憲兵隊に駆け込んだら、お前たちは彼女が十八になるまで、どこかに隠れていなきゃいけないし、そうなれば当然、結婚式も挙げられないだろう。それでも、最終的には——早いか遅いかはあるがね——国に正式の婚姻届を出す決心はあるんだよな？　名誉にかけて誓ってくれよ」

「名誉にかけて誓うよ。モスクの導師の前でも、国の法律の前でも、僕はライハと結婚する」

翌朝、小型トラックに乗り込んだメヴルトは相変わらずご機嫌で、冗談を飛ばしたり、工場であれ橋であれ、目に入るものをなんでも楽しそうに眺めたり、「アクセルを踏んでよ、もっと速く走ろう」とか言ったり、とにかくのべつまくなしに喋っていた。でも、そのうちにメヴルトは黙り込んでしまった。

「どうしたんだよ、メヴルト。いまさら駆け落ちするのが怖くなったのか？　そら、もうアフヨン市に入るぞ。夜に車内で寝たりしたら、警察に疑われてしょっ引かれちゃうぞ。ほら、あそこに安ホテルがあるだろ。僕が奢るから泊まっていこう。いいな？」

そのネザハトって名前のホテルの一階には酒を出すレストランがあった。二人して二杯目のラク酒を空けてもまだ、メヴルトは延々と兵役のときに見た拷問の話をしていた。僕はとうとう我慢できずに言ってやった。

「おい、メヴルト。僕はトルコ人だ。だから僕も我が栄えあるトルコ国防軍について一言言わせてもらおうじゃないか。ああ、確かに拷問もあるだろうし、ぶん殴ることもあるだろうよ。クーデターのとき、何万人って人間を監獄に放り込んだのだって、やり過ぎだったかもしれない。でもな、今度の軍事クーデターは大歓迎だよ。見ろよ、イスタンブルだけじゃない。国じゅうが平和になったじゃないか。街も壁も綺麗になったし、左派とか右派とかの争いもないし、暗殺もない。軍隊が仕切ってくれるおかげで渋滞もなくなったし、売春宿も閉鎖されて、娼婦どもも、アカどもも、洋モクの密売人も、密輸商人も、マフィアじみた連中も、酒の密売人も、ポン引きも、呼び売り商人も、みんな通りから一掃された。なあ、メヴルト、つべこべ言わずに認めろよ、この国にはもう呼び売り商人の未来なんてないんだってさ。一人前の男ってのは、街の一等地を借りて、選りすぐりの野菜だけ扱う八百屋を開いたりするもんだよ。一方、君は店の前で村から持ってきたジャガイモとかトマトとかを売るだけだ……それがまっとうな商いだって思うかい？　いずれにせよ、軍隊こそがこの国に秩序正しい規律を取り戻してくれたんだ。もしアタテュルクの寿命がもっと長かったら、トルコ帽（十九世紀にオスマン帝国で公務員の制帽として導入されたつば無し帽）や礼拝帽を廃止したあと、まずはイスタンブルから手を付けて、トルコじゅうの街の通りという通りから呼び売り商人を締め出したろうさ。なにせ、呼び売り商人なんてヨーロッパにはいないんだからね」

「それは大間違いだよ。アンカラからイスタンブルへ来たとき、アタテュルクは街の通りはすごく静かだって思って、それで――」

「それで、我が軍が正義の鉄槌をひとたび振り下ろすのをやめたら、国民はそろってアカどもに靡《なび》いたり、狂信に逃げちまう。不可分の共和国領土を分割しようって企むクルド人までいやがる。そうだ、お前の仲良しのフェルハトはどうしてる？　最近何をしてる？」

「分からないよ」

「フェルハトも糞野郎どもの一人さ」

「僕の親友だ」

「そうかい、それなら僕も君をベイシェヒルに連れていくのはやめようかな。メヴルト、そうしたらどうやってライハと駆け落ちするつもりだい？」

「やめろよ、スレイマン」メヴルトはそう言ってそっぽを向いた。

「なあ、メヴルト。僕は君がなんの苦労もなく本物の美人を手に入れられるようにお膳立てしてるんだぜ。ライハは、手に風呂敷包みを握りしめて、いつまでも君が来るのを裏庭で待ってるんだぞ。いいかい、僕は召使みたいに君を小型トラックに乗せて、チャーター便もかくやと七百キロも先の娘の村まで連れていってやろうとしてるんだ。君の駆け落ちのためにな。ガソリン代だって、うちが出したんだぞ。ホテル代も、酒代もだ。なのに君ときたら、一度だって、それこそ計算ずくであってさえ、『君の言うこともっともだ、スレイマン。フェルハトは悪党だ』とは言わない。『君の言う通りだ』の一言もなしだ。ああ、君は僕よりも賢くて、ガキの頃と変わらず僕より偉い気でいるんだろうけどね、じゃあなんでまた、わざわざうちに来て助けてくれなんて泣きつくことになったんだ？」

「許してくれよ、スレイマン」

「もう一度謝れ」

「許してくれ、スレイマン」

「ああ、許してやるよ。でも、言い訳を聞かせてもらわんことにはな」

「僕は怖気づいていたんだよ、スレイマン」

「怖がることなんて何もないさ。……ライハが駆け落ちしたって知られるまではね。向こうの一家は当然、まずうちの村に向かうだろうな。だから、君たちは山越えしないといけない。もしかしたら、虚仮威しだとしても銃をぶっ放されるかもしれない。でも、それでもやっぱり怖がることはないさ。山の反対側には、この僕が小型トラックを停めて待ってるんだから。ライハは荷台に座らせよう。僕の顔を見られないようにね。ライハもイスタンブルで一度、この小型トラックに乗ったことがあるけど、まあ女だから車の型なんて分からないだろう。僕がこの件に関わってることも、話しちゃいけない。君はただ、駆け落ちしたあと、イスタンブルに戻って部屋で二人きりになったらどうするか、そんときのことでも心配してればいいんだ。どうせ、これまで女と寝たことなんてないんだろう？」

「違うよ、スレイマン。僕は今回の駆け落ちに怖気づいてるんじゃないんだ。もしライハが心変わりして、一緒に行けないって言い出したらどうしようって、それが怖いんだよ」

あくる日の朝、まずはじめに、僕とメヴルトはアクシェヒルの駅を確認して、そこから三時間、ぬかるんだ道を目立たないように走って、ようやく故郷の村に着いた。メヴルトは母親に会いたがっていたけど、いらない注意を引いて駆け落ちが失敗したら堪らないから素通りした。そのままゆっくりとギュミュシュデレ村に回り道をして入っていって、せむしのアブドゥルラフマン氏の家の裏庭をかすめてからUターンして、そのままもう少し走って路肩に停車した。

「宵の礼拝まですぐだ。もう間もなく、暗くなるだろう。心配することはないさ。うまくいきますように、メヴルト」

「君にも神様のご加護を。僕のために祈ってくれ」

メヴルトと一緒に小型トラックから降りて、抱擁を交わしたときには、さすがの僕も思わず涙がこぼれそうになったよ。土むき出しの道を村に向かって歩いていくメヴルトの後ろ姿を、こみ上げる愛おしさと一緒に見送りながら、メヴルトが死ぬまで幸せに暮らせるよう心から祈った。もちろん僕は、メヴルトを待ち受ける運命が、その祈りとは裏腹のものになるだろうことを知っていた。僕はメヴルトはうまくやるだろうかと思案しながら小型トラックを約束の場所まで運転して行ったのさ。もし万が一、僕がメヴルトに悪意を抱いていたのなら——あなたたち読者の中にもそう考えている人がいるんだろうね——あいつをもっとうまく騙したはずだよ。なにより、イスタンブルでラク酒を飲んだ晩に奴さんが僕に渡したキュル丘の土地所有証明書を、あっさり返したりもしなかったはずだろ？　僕が店子を見つけてやったあの家の権利だって、全部メヴルトにくれてやったんだ。故郷の村のメヴルトの母親や姉さんたちさえ、勘定に入れずにね。彼女たちだってムスタファおじさんの遺産相続人だけど、僕はそれにさえ目を瞑ったんだよ。

中学時代、重要な試験の直前になると、メヴルトの額や顔は火のように熱くなって、心臓の激しい鼓動を肌で感じるほど緊張したものだけれど、ギュミュシュデレ村へ向かって歩いていたこのとき、その脈動はさらに強く、それこそ全身を揺るがすほど高鳴っていた。村のすぐ外の丘の上の墓地まで来たメヴルトは、そのまま園内に足を踏み入れ、適当な隅っこに腰を下ろすと、古びて蔦が這う、しかし美しい装飾の施された神秘的な墓石を眺め、来《こ》し方に思いを馳せながら祈った。

「神様、どうかライハが来ますように、何としても来ますように」そう繰り返しながら、ちゃんとした祈禱を捧げたいと思いはしたものの、知っているはずの祈禱の文句がどれ一つ思い出せず、仕方なく自分にこう言い聞かせた。「ライハがやって来たなら、僕は聖典をちゃんと暗記して、水みたいに流暢に詠めるようにいたしますから」そのうちに自分が神のか弱い下僕にすぎないように思えてきて、メヴルトはなおも熱心に祈り続けた。何かを願いながらお祈りすると、それが叶うと聞いたことがあったからだ。

辺りが暗くなってしばらく待ってから、メヴルトは崩れかけた壁に歩み寄った。アブドゥルラフマン氏の白壁の家の裏庭に面した窓に明かりはなかった。十分ほど早く着いたらしい。合図の明かりがともるのを待つ間、ちょうど十三年前、父親と一緒に村からイスタンブルへはじめて出たときのように、自分がまさに人生の門出に立っているような気がした。

それから犬の吠え声が聞こえ、ついで室内の明かりがぱっとともり、すぐに消えたのだった。

第四部（一九八二年六月から一九九四年三月）

「そのときまで、自分の頭の中だけの不躾で個人的な疾患だとばかり思っていたことの痕跡を、外の世界に見つけたことは彼をおののかせた」

——ジェイムズ・ジョイス『若き芸術家の肖像』

1　メヴルトとライハの結婚

——僕らを分かちうるのは死だけ——

スレイマン　駆け落ちした相手が、僕の兄さんコルクトの披露宴で出会った綺麗なサミハじゃなくて、そこまで美人じゃない姉のライハだって、メヴルトが気が付いたのはいつだと思う？　あの村の裏庭の暗がりでライハに出会った瞬間にはもう気づいていたのかな？　それとも山や谷を越えて逃げているときに顔を見てからかな？　メヴルトは助手席に座ったときにはもう気づいてたのかな？　だから僕は「なにか気になることでもあるのかい？」とか「口がきけなくなっちまったのかい？」って訊いたんだよ。まあメヴルトは、顔色一つ変えなかったけどね。

電車から降りて人波と一緒にハイダルパシャ駅からフェリーでカラキョイまで渡るあいだ、メヴルトの脳裏に去来したのは法的な結婚とか宗教的な婚姻のことではなくて、ついに室内でライハと二人きりになれるというただ一事だった。ガラタ橋の喧騒を見て興奮するライハの様子や、フェリーのあげる白煙に目を輝かせるさまを子供っぽいと微笑ましく思いながらも、もう少しで彼女と二人きりになるという事実が一向に頭から離れなかった。

ポケットの中に宝石のように大事に仕舞いこんでおいた鍵を取り出して、タルラバシュ地区のアパルトマンの扉を開けると、村へ行っていたこの三日間で室内が様変わりしたような錯覚を起こした。六月になっても朝方であれば涼しいはずの室内も、いまは真夏のようで、熱い湿気が籠もっている。古びたリノリウムの床は日差しを浴びて熱くなり安っぽいプラスチックやワックス、それに麻糸がないまぜになった異臭を放っていたが、窓の外からはメヴルトが大好きなベイオール地区やタルラバシュ地区の雑踏や交通渋滞の喧騒が聞こえていた。

ライハ　「とっても素敵なお部屋ね。でも、少し空気を入れ替えないといけないわ」私はそう言って窓の掛け金を回したのですが、どうにも窓を開けられずにいると、メヴルトは急いでやって来てラッチボルトの仕組みを教えてくれました。石鹸水できちんと洗って蜘蛛の巣を払えば、メヴルトの失望や恐怖、それに彼の想像の中にいる悪魔も一掃できるだろうって、私には分かっていました。アレッポ石鹸、プラスチック製のバケツ、雑巾や足ふきを買おうと二人で通りに出た瞬間、メヴルトと二人きりでいる息苦しさから解放されました。お昼時のタルラバシュの裏通りからバルクパザルへ向かって、ショーウィンドウを眺めたり、店内に入って棚の品物を物色したりしながら買い物を済ませていきました。台所用のスポンジ、金たわし、ブラシ、洗剤を買って家に戻ると、私たちはすぐさま大掃除に取り掛かりました。掃除するうちに、メヴルトと二人きりでいる恥ずかしさも忘れてしまったほど夢中でした。

夕暮れ時になる頃には私は汗びっしょりになってしまって、メヴルトは給湯器にどうやってマッチで火をつけるのか、プロパンガスのボンベの栓をどうやって開けるのか、お湯を出すにはどの蛇口をひねればいいのかを教えてくれました。給湯器に火を入れるにはその暗い穴にマッチを突っ込まないといけないので、私とメヴルトは椅子の上に乗りました。

「身体を洗うときは、アパルトマンの暗い中庭に面したすりガラスの窓を少し開けておくといいよ。ほら、これくらい開けておけばガス混じりの空気が表に逃げるし、外から見られることもないだろ」メヴルトは囁き声でそう助言してくれました。「僕は一時間ばかり外に出てくるよ」

メヴルトが外出したのは、いまだに村から出て来たままの恰好のライハが、自分が家にいては着替えも身体を洗うのもままならないだろうと察したからだ。メヴルトはそのままイスティクラル大通り沿いの珈琲店に入ったものの、冬の晩ともなれば門番とか宝くじ売りとか、タクシー運転手とか、くたびれきった呼び売り商人たちとかでごった返すはずの店は、がらんとしていた。メヴルトは目の前に置かれたチャイを眺めながら、ライハが身体を洗う姿を想像してみた。――あれ、どうして僕は彼女の肌が真っ白だって知ってるんだ？ ……ああ、そうかうなじを見たときだ！ それにしても、なんで「一時間ばかり」なんてわざわざ断ったりしたんだろう？ 時間は遅々として進まず、メヴルトはチャイカップの縁《へり》に一切れだけくっついた茶葉の切れ端をじっと見つめて過ごした。

一時間以内には帰りたくなかったメヴルトは、ビールを一杯ひっかけてからタルラバシュ地区の裏通りまで足を延ばした。子供たちが罵り合いながらサッカーに興じ、その母親たちは三階建ての小さなアパルトマンの軒先に腰かけて、米に交じった小石を取り除いている。メヴルトは、自分が顔見知りしか暮らしていないこの通りの一員であることに満足感を覚えた。

ある空地に立ち寄ったメヴルトは、木陰に張った黒い日よけ布の下にいたスイカ売りと値段交渉をしながら、どのスイカが赤く熟れているか指で軽くたたいて確かめはじめた。一つのスイカの上をアリが歩いていて、メヴルトが手の中でスイカを回すにつれ、アリは裏側になり、しかし落ちもせずにちょこまかと走り、ふたたびスイカの上のほうまで上ってきた。辛抱強いアリが落ちないようスイカの検分を終えたメヴルトは、それをそのまま購入すると静かに家に戻り、台所にスイカを置いたのだった。

ライハ　お風呂から出た私は、真新しい清潔な服に着替えると、扉に背を向けて、髪の毛を隠しさえせずに横になると、そのまま寝入ってしまいました。

メヴルトは音も立てずにライハに忍び寄ると、じっと彼女を眺めはじめた。ベッドに横たわる彼女の姿も、この瞬間のことも、決して忘れまいと念じながら。衣服に包まれた胴体や脚は優美な曲線を描き、どこまでも美しく、息をするたびに肩と腕が震えるので、メヴルトは一瞬、彼女が寝たふりをしているのではないかと疑った。メヴルトはダブルベッドの反対側に回り込むと、外出着のまま静かに、そして慎重に身を横たえた。

心臓が早鐘のように打っている。でも、いまライハを抱こうものなら――どうやればいいのかはまったく分からなかったが――ライハのメヴルトへの信頼につけこむことになるだろう。

ライハはメヴルトを信頼し、死ぬまでその肉体を彼に捧げるつもりでここまで来たのだ。だからこそ、まだ結婚もしていないし、もちろん愛し合ってもいないうちからスカーフを解いて、その長く艶やかな髪を見せてくれたに違いない。メヴルトはライハの長く流れるような髪を見つめながら、まさにこの信頼と無条件の降伏こそがライハとメヴルトを結びつけ、愛を育むのだと予感した。メヴルトはもう、この世にひとりぼっちではなくなったのだ。そう思うと、ライハが息をするさまを眺めているだけで、幸せで窒息しそうだった。――この子は、僕の恋文を読んで、それを気に入ってくれた娘なんだ。

こうしてメヴルトとライハはそのまま寝入り、夜半には抱擁を交わしたが、愛は交わさなかった。メヴルトも夜の闇の中のほうが容易に性行為に及べるであろうことは理解していたものの、ライハとの初夜は日の光の下で、互いに見つめ合いながらちゃんと済ませたかったのだ。もっとも朝方に目が合うと、二人ともひどく気恥ずかしくなってしまい、互いに別々の仕事に取り掛かったのだが。

ライハ　あくる日の朝、私はまた買い物をするためにメヴルトと表へ出ました。食卓に敷くためのリノリウムによく似たビニール製のテーブルクロスと、青い花柄の布団カバー、それに籐編みを模したプラスチック製の籠、やっぱりプラスチックで出来たレモン搾り器――どれも私が選びました。でも、私がスリッパとか、カップとか、花瓶とか、塩入れとかを、買うつもりもないのに興味津々で眺めているうちに、メヴルトはくたびれてしまった様子で、しばらくして家に戻りました。

「私たちがここにいること、誰も知らないのよね？」

ベッドの端に腰かけてそう尋ねると、メヴルトは愛らしい顔のまま、まじまじとこちらを見つめたので、私は、「オーブンにパンを入れたままだから」と言って台所へ逃げてしまいました。折しもお昼過ぎ、日の光が小さな部屋にも差し込む頃合いで、私も疲れていたのでベッドに横になりました。

メヴルトが添い寝すると、二人は抱きしめあい、そしてはじめてキスをした。賢いライハの顔に悪いことをした子供のような表情が浮かぶのを見て、メヴルトはますます彼女が欲しくなったが、欲望が膨れて顕《あらわ》になるたび、二人とも気恥ずかしくなってしまって踏みとどまった。メヴルトは、服の下に手を潜りこませてライハの左胸をまさぐったものの、すぐにめま

いに襲われてしまった。

やがてライハがメヴルトの身体を押しやった。メヴルトは傷ついてベッドから飛び起きると、そのまま扉を開けて「心配しないで、怒ったわけじゃないから！　すぐに戻るよ！」と言い残して表へ飛び出した。

アア・モスクの裏道の一つにアンカラの導師・説教師養成校出身で、中古部品屋をやっているクルド人が住んでいる。共和国の法に則った正式な婚姻は済ませたものの、宗教的にもその裏付けが欲しいと望む者や、地元の村に妻がいるというのにイスタンブルで恋に落ちてしまって難渋する者、あるいは義母や義父、義兄などと逢瀬を重ねるうちについつい深い関係になってしまい、良心の呵責に苛まれる若者――そうした男女からはした金を貰って、その場で婚姻を認めてやるのがこのクルド人の仕事だ。このクルド人はアレヴィー教徒でありながら、ハナフィー派だと名乗ることもある。ハナフィー法学派の者だけは両親の許可がなくとも結婚を認めるからだ。

メヴルトが訪ねたとき店主は、中古のカロリフェール（トルコでは一般的な温水を用いた暖房システム）とか、ストーヴの蓋とか、錆びついたエンジンの部品とかで溢れかえった店のバックヤードで、手に『宵《アクシャム》』紙を持ったまま居眠りしていた。

「導師さん、僕は自分の信教に則って結婚したくて伺いました」

「なるほど。しかし、なんでまたそんなに焦っているのかね？　二番目の妻を迎えるには貧しすぎるし、なにより若すぎる」

「駆け落ちしたんです！」

「ふむ。娘の同意を得てかね？」

「はい、僕たちは互いに好き合っています」

「だが、愛していると言って娘を無理やりかどわかす不逞の輩もいるしなあ。娘と無理に一緒になろうと企み、なす術のない娘の家族を欺き、終いにはまんまと結婚してしまうろくでなしどもがね」

「そんなんじゃありません！　僕たち二人は望んで、それに神様の同意もあって愛し合うからこそ結婚するのです」

「恋とは病のようなものだ。その特効薬はたしかに結婚だ。しかし、嵐のような情熱が去ったあと、すぐに後悔してそれが一生続くこともあるのだよ。キニーネを飲むみたいにまずい特効薬に縋った自分を悔いながら過ごす羽目になる」

「僕は後悔しません」

「では、そんなに急ぐのはなぜだい？　まだ初夜を済ませていないのかい？」

「初夜はちゃんと手順を踏んで結婚したあとです」

「はは、娘がよほど不器量か、さもなければお前がよほど純粋な男かのどっちかだな。名前は何という？　いい子だ、チャイを飲んでいきなさい」

メヴルトは真っ白な顔で、緑色のつぶらな瞳の弟子が持ってきたチャイを飲みながら、さっさと帰りたいと念じていたのだけれど、導師は値段交渉の一環として「今の世の中、景気がどんどん悪くなるばかりだ」という長話をはじめてしまった。キスをして抱擁をして、結婚しようと決心しても両親と食卓を囲んでいるときにはそれについて一言も言えないような若者もいることはいるが、悲しいかなその数は減るばかりだ云々。

「僕にはそんなにお金がないんです！」

「金がないから駆け落ちしたのかね？　お前さんみたいにしゃんとした男も、一度放蕩暮らしの味を知ると、『まあいいや』とばかりに離婚を宣告して娘のことを気にかけなくなるもんだよ。私は薔薇のように美しく、しかし頭の足りない娘たちを幾人も知っているが、君みたいな連中のせいで自殺したり、売春婦に身を落としたりした娘もいるんだよ」メヴルトは後ろめたさを覚えながらそう言った。

「彼女が十八になったら正式の婚姻届も出すつもりです」

「ふむ。では明日の手頃な時間帯にお前さんたちの婚礼を挙げてやろう。わしはどこへ行けばいいのかね？」

「娘抜きで、この店で婚姻を認めてもらうわけにはいきませんか？」メヴルトは店内を見回しながら尋ねた。

「……導師としての布施は受け取らないよ。だが、式場費用をもらうぞ」中古部品業者はそう答えた。


ライハ　メヴルトが出かけたあと、私も外出しました。偶然入った通りでは呼び売り商人から、少し柔らかくなっているけれど、値段の安いイチゴを二キロ、それに雑貨店に寄って塩や砂糖も買いました。それからメヴルトが帰って来るまでの間にイチゴを選別して、ジャムを煮込みました。帰宅したメヴルトは甘いイチゴの香りを嬉しそうに嗅いでいたけれど、私に近寄ろうとはしませんでした。

夕方、メヴルトが国産映画を二本立てで上映しているラーレ座へ連れていってくれました。明日結婚しようと言われて私が少し泣いてしまったのは、ヒュルヤ・コチイイト主演の映画とテュルカン・ショライ主演の映画の間の休憩時間、湿気が籠もって、どこもかしこもじっとりとした待合室でのことでした。でも二本目の映画も、私はちゃんと観ました。とても幸せな気分でした。

「お義父さんに許しをもらうか、君が十八歳になるまでにはまだ間があるから、とにかく導師に婚姻を認めてもらおうと思うんだ。誰も僕たちを引き離そうなんて思わないようにね……」映画が終わるとメヴルトは言いました。「中古部品屋をやっている知り合いがいてね、婚姻式はその店ですることになったんだ。君も来る必要があるかって訊いたら、ないってさ。誰かに代理を頼めばいいだけだって」

「いいえ、私も婚姻式に出たいわ」私は眉を吊り上げてそう答えました。メヴルトが怖がらないよう、すぐに笑みを浮かべてあげたけれど。

帰宅したメヴルトとライハは、まるで田舎町のホテルで相部屋になった客同士のように、互いのほうを見ないようにして、こそこそと服を脱いで寝間着に着替えた。そうして、目を合わせないようにしながら明かりを消して、隣り合わせでベッドに入ったのだが、ライハはふたたびメヴルトに背を向け、二人の間に隙間ができるよう慎重に横になった。メヴルトは恐れとも喜びともつかない心持ちで、興奮して朝まで寝られまいと思ったが、その矢先には寝入ってしまった。

夜半のこと、ふと目を覚ますと、ライハの肌から香る強烈なイチゴの匂いと、うなじから立ち上る子供用ビスケットのような香りでむせ返りそうになった。二人とも汗まみれで、抜け目のない蚊たちに食われていたけれど、どちらからともなく抱きしめ合った。窓の外の群青色の空と、ネオンライトを見たメヴルトは、利那のあいだ自分とライハがこの世の外のどこかへ飛んでしまいそうな気がして、無重力の空白の中を子供時代へ回帰していくかのような錯覚にとりつかれた。「まだ結婚していないでしょう」しかし、ライハはメヴルトを押し返して言った。

カルルオヴァ食堂で知り合ったウェイター仲間から、フェルハトが兵役から戻ったと聞かされたのも同じ頃だった。あくる日の朝には、あのマルディン出身の皿洗いの片割れの助けを借りて、フェルハトがタルラバシュ地区のみすぼらしい単身者用アパルトマンで暮らしているのを突き止めた。フェルハトは、自分よりも十は年下のウェイターや、中学を出て皿洗いの仕事をしているクルド人やアレヴィー教徒の、トゥンジェリ県やビンギョル県出身の少年たちと一緒に暮らしていた。メヴルトは、悪臭の立ち込める狭苦しい家は、フェルハトには似合わないと憐れんだものの、彼が父母の家とも行き来していると聞いて心密かに安堵した。フェルハトはここで、一種の寮監役を仰せつかっているようで、どうやらクーデターからこっち、ますます取り締まりの厳しくなった密輸煙草や、「草」と呼ばれる麻薬の取引にも手を染めているらしかった。そして、政治に対する怒りや国家への反抗心を抱いている様子だったが、メヴルトは多くを尋ねようとはしなかった。フェルハトは兵役中に見聞きした話や、ディヤルバクルの刑務所に放り込まれて拷問を受けた知人の体験談にいたく感化されて、政治にのめり込んでいたのだ。

「君は結婚したほうがいいよ」メヴルトはフェルハトにそう言った。

「だったら街でどっかの女の子を落とさないとな。さもなきゃ、誰かと駆け落ちでもしないと。だって、俺には結婚するための金なんてないからな」

「僕は駆け落ちしたよ。君もそうしろよ。そうしたらまた一緒に何かやろうぜ。店主になって、大金を稼ぐんだ」

メヴルトはスレイマンのことも小型トラックのことも話さず、ライハとの駆け落ちを大げさに脚色して説明した。つまり、父親が追いすがるなか、恋人と手を携えて山を越え、はるばるアクシェヒル駅まで歩いたのだと語ったのだ。

「それで、ライハはお前が手紙に書いたみたいに美人だったのかい？」フェルハトは興奮してそう尋ねた。

「ああ、手紙以上に美人で、賢い娘だよ。でも、彼女の家族とかヴァラル一家とか、はてはコルクトやスレイマンが、イスタンブルにいてさえ僕らをつけ狙ってるんだ」

「惨めなファシストどもめ」フェルハトはそう毒づくと、すぐに結婚立会人になることに同意してくれた。

ライハ　私は裾の長い花柄模様のシャツを着て、清潔なデニムパンツを穿きました。ベイオール地区の裏通りで買った紫色のスカーフもかぶりました。フェルハトと落ち合ったのはイスティクラル大通りのキオスク・黒海《カラデニズ》です。彼は額が広くて、背の高い礼儀正しい人で、私たちに一杯ずつサクランボのジュースを奢ってくれました。「おめでとう、お嬢さん。君は品行方正な夫を選んだと思うよ。メヴルトはちょっと変わった奴だけど、本当に素晴らしい心根の持ち主だから」

中古部品店へ行くと、店主は隣の雑貨店からもう一人証人を連れてきて、そして店の引き出しから昔の文字がぎっしり書かれた古びたノートを取り出しました。店主はノートを開くと、私たちと父親の名前を尋ね、それをゆっくり書き込んでいきます。なにか価値があるわけでもないというのに、店主がアラビア文字を綴る姿には心打つものがありました。

「結納金は渡さないのかね？　もし離婚したら娘に何をやるつもりなんだね？」中古部品屋がそう尋ねるとフェルハトが抗弁しました。

「なんで結納金が入り用なんだい？　この子は駆け落ちしたってのに」

「では娘と離婚したらいくら払うんだね？」

「僕らを分かちうるのは死だけです」メヴルトはこう言いました。

「それなら離婚したら、片方にメフメト五世金貨十枚、もう一方に共和国発行の金貨七枚って書けばいい」もう一人の証人がそう言い出しました。

「そいつは暴利だ」フェルハトが言いました。

「それでは、聖法に則った婚姻契約は結べないかもなあ」中古部品屋はそう言いながら、店の入り口にあった天秤の前に歩いていきました。「そして、宗教に適わないのであれば、いかなる場合であれ男女が接触するのは密通の罪になる。それに、その娘さんも随分と幼いようだし」

「私、子供じゃありません、十七歳です！」私はそう言って、お父さんの箪笥から盗んできた身分証明書を見せました。

フェルハトは中古部品屋を隅に引っ張っていって、そのポケットに紙幣をねじ込みました。

「私の後について唱えなさい」

私たちは互いに見つめ合いながら、言われた通りに長い長いアラビア語の言葉を繰り返しました。

「我が神よ！　この婚姻を祝福したまえ！」中古部品屋がそう言って儀式が終わりました。「この新たな二人の僕《しもべ》に、親愛と調和と愛情をお恵みください。その愛と結婚に永続をお与えください。メヴルトとライハを、憎悪と不和、そして離別より守りたまえ、ああ我が主よ！」

2 メヴルト、アイスクリーム売りになる
―人生最良の日々―

二人は家に帰るやいなや、そのままベッドに入って愛し合った。望み、焦がれ、しかし決して禁を犯さぬまま今日まで待ったそれは、結婚を経て、禁じられた行為から周囲の者から期待される営みに変じ、二人は心安らかに愛を交わした。互いの裸を見て（もちろん、すべての箇所というわけではないけれど）、腕や胸にすがって、火のように熱くなった身体に触れるのは変わらず恥ずかしかったもののの、これは避けようのない行為だという安心感が二人の羞恥心を幾分、和らげてくれた。

――ええ、とっても恥ずかしいのね。

――でも、残念だけどやらなくちゃいけないね。

メヴルトとライハはそんなふうに目配せを交わしたものだ。

ライハ　ああ、部屋が暗ければよかったのに！　メヴルトと目が合うと、とっても気まずいんです。古びたカーテンは、夏の昼下がりの日差しを遮るのに充分じゃないし。ときたまメヴルトが、すごくがっついて乱暴にするたび、私は彼を押しのけました。でも、メヴルトの決然とした態度は素敵で、そのうちに私も我を忘れてしまいました。メヴルトのものが二回、目に入ってきたときは、少し怖か

ったんです。だから、格好よくていとけないメヴルトの首筋に赤ん坊みたいにしがみついて、下半身のその大きなのが目に入らないようにしたんです。

　メヴルトとライハは、夫婦の営みとは友人たちから聞かされていたようなものではなく——村で受けた宗教教育の賜物ではあるが——そこには恥ずべきところなど一つもないと思った。さりとて営みの最中に目が合うのはやはり恥ずかしかった。しかし、この羞恥心もやがては減じ、性行為を人の自然な営みとして受け入れ、さらにはそれに習熟していくだろうという予感を、二人はいくらも経たないうちに感じた。

「喉が渇いたよ」やがてメヴルトは息が詰まったような声音でそう言った。

　壁も、窓も、天井も、まるで家そのものが汗をかいているかのようだ。

「水差しのそばにコップがあるわ」ライハはしっかりとシーツの中に身を隠しながらそう答えた。

　ライハはまるで、身体の中からではなく、外から世界を眺めているかのようにぼんやりとした様子だった。メヴルト自身も、食卓の上のコップに水を注ぎながら、たった一つしかない魂が肉体の外にさまよい出たかのような感覚にとらわれていた。夫婦の営みはみだらで恥ずべきものであっても、それ以上にひどく宗教的で、霊的な側面を持っているのを感じたのは、ベッドの上の妻に水を手渡す瞬間のことだ。二人は自分のすべてを相手に委ねるかのような信頼感に後押しされるまま水を飲み、生の可能性への驚きを新たにしつつ互いの裸体を見つめた。羞恥心はまだ消えなかったが、二人は生というものへの感動を新たにした。

　メヴルトには、ライハの真っ白な肌から部屋の中に光が差しているように思えた。彼女の肌に浮く桃色や紫色の痣が目に入ると、自分がつけてしまったのだと気後れを覚えたものの、ふたたびシーツにくるまれば、二人とも安心感に――何もかも順風満帆だと分かっているときのあの感覚だ――身を委ねて、ふたたび抱きしめ合った。メヴルトの口からは、これまで一度として口にしたことのないような甘い囁き声が、自然と漏れ出した。

「僕の愛しい人、僕の愛しいおちびさん、君はなんて可愛らしいんだろう」

母親や姉たちがまだ小さかったメヴルトにかけてくれたのと同じ言葉だ。ただし、母親たちのように大きな声ではなく、秘密を明かすときのように小さな声で、しかし熱を込めて、囁きかけたのだ。大きな声で話したら最後、森で道に迷ってしまうのではないかと怯える旅人のように、声を潜めて。微睡《まどろみ》と目覚めを繰り返しながら、明かりをつけずに水で喉を潤し、メヴルトとライハは朝まで愛し合った。結婚のもっとも大切な側面とは、望んだときに、気の済むまで愛を交わせることに他ならないのだとばかりに。

朝方、シーツの上にサクランボ色の染みを見つけたとき、二人は揃って恥ずかしがり、しかし、それこそがライハが乙女であった証拠でもあったから、心密かに喜び合った。そう、二人はこの件については一切、口に出さなかったのだけれど、その夏、夕方に売り歩くためのサクランボ味のアイスクリームを一緒に準備するたび、朝方のシーツに残った染みのことを思い出したのだった。

ライハ　メヴルトは、小学校を出て村に留まっていた頃から、私はもっと小さかった十歳くらいから、断食月の断食を破ったことはありません。子供の頃、私と妹のサミハがうつらうつらしながら日没後の夕食を待っているときのことです。ヴェディハ姉さんが空腹で目を回して、抱えていたお盆ごと、まるで地震で崩落するミナレットのようにひっくり返ってしまったんです。それ以来、私たち姉妹は空腹で視界が暗くなったら、すぐにしゃがんで、地面に座るようにしました。ときには、別に貧血でもないのにお遊びでやることもありましたっけ。世界がぐるぐる回っているとばかりに身体を揺らしてから、そのまま地面に突っ伏して笑い合うのです。断食をしている人は誰であれ――それこそ子供であっても――日があるうちは男女が近づいてはいけないと弁えています。でも、私たちが結婚して三日目に断食月がはじまると、メヴルトと私は早々にこの習慣に疑問を持つようになりました。

――導師様、手の甲にキスするのは断食に反しますか？

――反しないよ！

――肩にキスは？

――反しないんじゃないかな。

――婚姻を交わした妻の首は？　頬はどうでしょう？

――教義に照らして、それ以上やらず、あくまで敬意を表するための接吻であれば、むしろ推奨しているよ。舌を搦めたりしなければ、唇にキスするのだって断食には反しないさ。

私たちの婚姻を取り仕切ったあの中古部品屋さんはそう言ったんだそうです。メヴルトは、他ならない彼こそが自分たちの結婚を認めた相手なのだから、彼の言うことが一番確かだと考えていました。私たちの宗教には、常にもう一つの解釈というのが存在するんだって、メヴルトは言っていました。ヴェディハ姉さんが言っていたけど、暑くて日の長い夏に、茂みの中やら河川敷やらではしたない自瀆に耽る若い男の人たちは、「導師様は妻には触れるなって言ったけど、自分で自分に触れるなって言ってないから」なんて理屈をつけるんだそうです。それに、そもそも聖典には断食月に性交するな、とはどこにも書かれていないんだとか。

さあ、もうお分かりと思いますが、私とメヴルトは真夏の断食月に、こらえきれずに愛を交わしました。それが罪というのなら罰は甘んじて受けます。でもね、素敵なメヴルトが愛しくて堪らなかったんです。誰に害を与えたってわけでもないし、いいでしょ！　私たちが咎人だなんて言う人には、こう訊いてやりたいくらいです。「断食月になったからって、ついこの間結婚したばかりで、しかも生まれてはじめて愛し合ったばっかりの何千という若者がいるじゃない？　彼らがただでさえ頭がぼんやりする断食月に、二人して家の中にいて、いったい何をしていると思うの？」

メヴルトは三輪のアイスクリーム用の屋台と、柄の長い大匙、それに木製の樽を断食月にスィワス県の村に帰っていったフズルという男から借り受けた。つまり、帰省はしたいがその間に上客を失いたくないと考える呼び売り商人の常で、そのフズルという男も夏の間だけ仕事道具と常連客を任せておける仲間を探していたというわけだ。

フズルはメヴルトの道義心と生真面目さを信頼していたので、さしたる賃料も取らなかった。彼はドラプ谷の後背に位置する薄汚い自宅にメヴルトを招くと、すぐにライハと意気投合した背がちっちゃくて丸々と太った妻と一緒にアイスクリームの作り方を教えてくれた。粘り気を出すためには、身体に覚え込ませた加減を保ちながら、常に樽を混ぜていなければならないことや、レモン汁の中にどれくらいクエン酸を混ぜるか、サクランボの搾り汁にどれくらい着色料を入れるかなどの極意を伝授してくれたのだ。フズルによればアイスクリームを好きなのは子供と、いまだに自分が子供だと勘違いしている大人なのだそうだ。そして、商売にはアイスクリームの味と同じくらいに、その売り手の陽気さや飛ばす冗談の質が大切なのだとか。彼は地図に印をつけながら、どの通りを歩けばいいのかや、どの時間にどこの街角に人出があるのか、どこで、いつ立ち止まって商売をすればいいのかを事細かに教えてくれさえした。メヴルトはフズルの言った通りにすればいいだけだった。お蔭でメヴルトは毎晩、暗記した地図を頭に思い浮かべながら、タルラバシュ地区の坂の上のほうからイスティクラル大通りまで上り、南を走るスラセルヴィレル大通りまで屋台を押した。
白く塗られた小さな手押しのアイスクリーム屋台には、赤い文字でこう書かれていた。

フズルのアイスクリーム
イチゴ味、サクランボ味、レモン味、チョコレート味、クロテッドクリーム

ちょうどライハが恋しくなる夜更け、このうちの一種類が切れてしまうこともあって、お客の中には「サクランボ味は売り切れです」と答えたメヴルトに「じゃあなんでサクランボ味って書いてあるんだ」などと絡んでくる者もいる。メヴルトは「僕が書いたんじゃないです」と言いたくなる気持ちを抑え、結局ライハのことを考えれば幸せになれるのだからと、甘んじて文句を聞くことにしていた。そして、ベルを揺らし――父親の残した古いベルは家に置きっぱなしになっていたから、これはフズルがくれたものだった――嵐に煽られた洗濯紐に干してあるハンカチみたいに、楽しげで騒々しい音で鳴る中を、フズルから習った通りの音程で「アイスクリームだよ！　クロテッドクリームだよ！」と呼ばわりながら商いに戻るのだった。
「アイスクリーム屋さん、あんたフズルじゃないじゃん」街角、家々の窓、木の後ろ、かくれんぼをしていたモスクの中庭、そこいらの暗がり――ベルの音が響くやいなや、どこからともなく精霊よろしく現れては集まって来る子供たちは、ベルに負けじとそう囃し立てるのだった。メヴルトは決まって、子供たちにこう答えることにしていた。

「僕はフズルの弟だよ。フズルはね、結婚披露宴があるから村に帰っているのさ」

当時、アイスクリームを買う家庭というのは、家の下とか、通りとかまで家族の誰かを買いに行かせるのが普通だった。商人のほうも屋台を押して各家庭の台所までは入っていけないし、かといって道具を路上に放っておくこともできなかったからだ。アイスクリーム売りをはじめてすぐ、メヴルトはこの仕事の困難さや繊細さに直面することとなった。たとえば大家族がお客となれば、下男が持ってきた銀や真珠の螺鈿《らでん》細工が施された大盆とか、さもなければ紐で吊るされて下ろされてきた籠の中には十個くらいのチャイカップが置かれているのだけれど、メヴルトは街灯の乏しい明かりを頼りに紙に書かれた種々多様なアイスクリームを、薬を調合する薬剤師顔負けの慎重さで次々に盛っていかなければならないし、その注文が終わらないうちから通りすがりのお客とか、ジャムの付いた皿に群がるハエみたいに彼を取り巻く子供とかがやって来てあれこれ姦しくお喋りし、苛々しながら彼を急かすのだ。また、断食月の常で日没二時間後の礼拝の声が聞こえてくると、メヴルトのアイスクリーム屋台の周りはおろか、通りには人っ子一人いなくなるのだけれど、そうなったらなったで今度は、階下に下男を送ってきて、テレビで子供とサッカーを観ている親父や、どこかの家に招かれてご機嫌な招待客とか、お喋りのおばさんとか、小生意気な娘とか、しまいには恥ずかしがり屋の男の子たちまでもが一斉に、メヴルトさえ仰天するような大胆さを発揮しはじめるのである。つまり、五階だかそこらから下の通りにいるメヴルトめがけて「サクランボ味はこれくらい、クロテッドクリーム入りはこれくらい、コーンの下には何味、上のほうには何味!」などと、世界中に知らせるかのような大音声で叫んでくるのだ。また、どうしてもと請われて上の階まで呼び寄せられれば、大家族の食卓や、物があふれて取り散らかった金持ちの家の台所の戸口とか、絨毯の上でとんぼ返りをする子供たちの楽しげな様子を目の当たりにすることもあった。中年の男女の中には、屋台のベルの音が聞こえると、フズルが来たのだと早とちりする者もいて、彼らは上階から顔を覗かせたものの、メヴルトをじろじろ見ながら「フズルさん、元気かい？　あれまあ、なんだか見栄えが良くなったね」などとのたまうのだった。そんなとき、メヴルトは相手の機嫌をとろうとしれっとした顔で「神のご加護を、村の披露宴から帰ったとこですよ。今年の断食月もうまくいきますように」などと返したものだけれど、あとですぐに罪悪感に苛まれるのだった。

しかし、この断食月で一番後ろめたさを覚えたのは、日のあるうちから悪魔の囁きに負けてライハと褥《しとね》を共にしてしまったときだった。ライハと同じく、メヴルトもまた、自分たちがいままさに人生最良の時間を生きているのを自覚できる程度には冷静だったつもりだ。しかし、その幸福感でさえ打ち消せないほどの罪の意識となれば、それはもっと心の奥底に源を発しているように思えてならず、正当な権利もないままに何かの間違いで天国に迷い込んだような心地がするのだ。

それでもなおメヴルトは、午前十時半さえ回っておらず、フズルの地図の順路も半分以上残っているというのに、「ああ、ライハはいまごろどうしているかな？」などと、早くも妻が恋しくなってしまうのだった。断食月の第二週の午後、アイスクリーム作りを終え、愛を交わし、それでもまだ時間があったある日、二人は連れ立ってベイオール地区の裏通りの映画館で——大きいサイズのコーンのアイスクリームと同じくらいの料金を払って——ケマル・スナルとファトマ・ギリクの出ているコメディ映画三本立てを観た。僕が中古のテレビを買ってやれば、ライハも留守番中に退屈しないで済むのに——メヴルトはそう思った。

さて、イスタンブルの何万という明かりのともった家々の窓を見晴らす階段の踊り場に差し掛かるのは、いつも仕事終わりも迫った時間帯だ。本書の冒頭ですでに記したとおり、この十二年後に親子連れの強盗に身ぐるみ剝がされることとなる、あの踊り場である。この踊り場に立ったメヴルトは、ボスフォラス海峡を通る石油タンカーや、モスクのミナレットの間にかかっている、断食用の電飾の明かりを眺めながら、このイスタンブルに家を持ち、しかもライハのような愛らしい女性が待っていてくれることの幸運を毎日のように噛みしめた。そんなとき彼は樽の底に残った最後のアイスを片づけようと、魚屋の台車の後をつける腹ペコのカモメたちのようにひっついて来ている子供たちを振り返り、その中から一番利発そうな子を慎重に見分けてこう尋ねるのだ。

「さて、ポケットの中に何があるか拝見しようじゃないか？」

子供たちの小銭が料金に届かないときでも、メヴルトはそれを受け取ってそれぞれにアイスクリームを作って樽を空っぽにしてから、家路につくことにしていた。一銭も持っていないらしく、「フズルおじさん、後生だからコーンだけでもおくれよ」などとせがむ子や、メヴルトの物真似をしたりしてまとわりついてくる子供に、メヴルトはいっさい甘い顔を見せなかった。もし、一人にただでアイスをくれてやったら最後、あくる日から子供たちが金を払わなくなることを、彼はよく心得ていたのである。

ライハ　メヴルトが帰宅して台車を家の裏庭へ置きに行く音が聞こえると、私はすぐに階下へ降りていって、彼が前輪をアーモンドの木に鎖で結びつける間にアイスクリームの入った樽（毎回、「すごい！　今日も売り切れなのね！」と言ってあげるんです）と洗濯しないといけない布巾や大匙を階上へ持って上がります。メヴルトは家に入るとすぐさま前掛けを外して床に放ります。世の中には稼いだお金を、まるで預言者様の名前が書かれた紙片さながらに押し戴いて、地面に落ちたパン切れを拾うときみたいに大慌てで高い所に置いておこうとする人もいます。だから、メヴルトが幸せな家に帰ってきた嬉しさのあまりに、お金がいっぱいつまった前掛けを放るのが私は嬉しくて、思わず彼にキスしてあげるのです。

夏の早朝、メヴルトがアルバニア人の八百屋か、さもなければバルクパザル近くのお店でアイスクリームに混ぜるための材料を買いに出かけるときは――イチゴやサクランボ、マスクメロンなどを品定めするのです――私も靴を履いてスカーフをかぶります。するとメヴルトは、まるで私が出かけるのは自分が決めたからだと言わんばかりの、きっぱりとした口調でこう言います。「君もおいで！」断食月が明けると、メヴルトは昼過ぎにも呼び売りに出るようになりました。

メヴルトは一緒に外出すると決まって恥ずかしがってしまい、私につれない態度を取りますから、彼が床屋さんとか木工職人の工房とかの戸口や、板金屋の前で知り合いとお喋りをしているときは、一歩引いて見守ることにしています。ときには「君、ちょっとそこで待っていておくれ」と言って、私を外で待たせることもあるけれど、開け放しの戸口からプラスチック製の洗面器を作っている工場の様子を見ていれば、待つのは苦ではありません。家の近所から離れると、ようやく彼も寛いで、裏通りのガラの悪い映画館とか、フェルハトと一緒に働いていた食堂とかを私に教えてくれます。でも、タクスィム広場やガラタサライ高校の近くの雑踏で見知った顔に出くわすと、彼は途端に怯えだします。駆け落ちするような悪い男と、そんな男に参ってしまった馬鹿な娘の取り合わせだからでしょうか？　いずれにしても、メヴルトは「もう帰ろう」と言って、怒ったようにずんずん歩いていってしまうので、私は必死で追いつこうとしながら、どうして彼がこんなどうでもいいことと一つで突然、機嫌を損ねるのか考えるのです（思うに、私の一生はメヴルトが突然、ご機嫌斜めになった理由を考えるのに費やされた気がします）。一緒に果物を選別して、洗って、刻みはじめるとメヴルトはまた優しくなって、私の首筋や頬にキスしたり、「一番甘いサクランボとイチゴはここにあるね」なんて言って、私を恥ずかしがらせたり、笑わせたりするんです。どうにかこうにかカーテンを閉めても室内はあんまり暗くならないのですけれど、私たちは互いに何にも見えないふりをして、そして愛し合うんです。

3　メヴルトとライハの披露宴
―ツキに見放されたヨーグルト売りがボザ売りになる―

アブドゥルラフマン氏　娘を奪われた父親というのはひどく難しい立場にある。すぐさま怒鳴り、叫び、暗闇に向けて鉄砲を撃たないことには、口さがない連中が「本当は父親も承知の上だったんだよ」などと抜かしはじめるからだ。四年前、プナルバシュ村出身の美しい娘が畑を耕していると、武器を持ったごろつきが三人やって来て、そのまま娘をさらっていったことがある。父親はすぐに司法官のところへ行って、憲兵隊に捜索と追跡の命令を出してもらった。父親は、娘が無理矢理に何をされているのかと想像しては、当然ながら毎日泣いて過ごしていたというのに、それでも「本当は父親も承知の上だったんだよ」という噂は流れた。

「ライハをさらったのはどこのどいつだ」わしは幾度もサミハに尋ねた。「すっとぼけると殴るぞ」とまで言ったのだ。もっとも、わしが指弾きひとつできんのを分かっているから、何も聞き出せなかったがな。

村でおかしな噂が立たぬよう、わしはベイシェヒル市へ行って司法官へ訴え出ることにしたのだが、係官はこう抜かしおった。「おいおい親父さん、娘の身分証明書さえ失効しとるようじゃないか。わざと提出しなかったんじゃないだろうね。娘さんが望んで逃げたのは明らかかと思えるがね。まあ、娘さんは十八歳以下だからお望みなら訴訟は受理するし、憲兵隊に追跡も行わせよう。でも、どうせあとであんたも態度を和らげざるを得なくなるよ。終いには、娘を貰ってやってくれって懇願しながら婿を許すだろうさ。それでも訴え出るかい。なあ、親父さん、いまからそこいらの珈琲店へ行って、座ってちょっと考えてごらん。あんたの心が決まるまで、私はここにいるから」

珈琲店に向かう道すがら、わしはクルク・ケプチェ食堂に寄った。レンズ豆のスープを飲みながら、隣の席の話を盗み聞きしとると、動物愛護協会でこれから闘鶏がはじまると知って、そいつらの後についていったんじゃ。こうして、その日は決心がつかないまま村に帰った。そうこうするうちに一カ月経ち、断食月が明けた頃にヴェディハから便りがあった。ライハはイスタンブルで元気にしていて、妊娠している、ライハをさらったのはヴェディハの夫コルクトのいとこメヴルトだと言うのだ。メヴルトの馬鹿野郎なんぞ、素寒貧じゃないか。ヴェディハは奴に会ったらしい。「奴を絶対に許さない」わしはそう言ったが、ヴェディハはお見通しに違いあるまい。わしが許してしまうだろうことをな。

ヴェディハ　砂糖祭り（断食月明けの移動祝祭日）のあとのある日の昼下がり、ライハがメヴルトに黙ってドゥト丘の私たちの家にやって来たの。メヴルトととても幸せに暮らしている、妊娠したって。そうして、私に抱きついて、泣き出してしまったのよ。とても寂しい、何もかもが怖い、どこもかしこもぼろぼろの、掌みたいに狭苦しいアパルトマンじゃなくて、村にいた頃みたいに姉妹揃って家族と一緒に、庭があって鶏のいる家で暮らしたいって言うのよ。つまり、ドゥト丘の私たちみたいに賑やかな家で暮らしたいってね。でもね、私の可愛いライハが本当に望んでいたのはそんなことじゃないわ。「駆け落ちした娘の披露宴なぞやらない」って父さんに意固地になってほしくなかったのよ。父さんに許してもらって、ちゃんとした婚姻と披露宴の許可をもらいたがっていただけなの。この子は、私がこの次第をコルクトとハサンお義父さんに伝えて、それと同時に父さんの機嫌を損ねずに、みんなをうまいこと説得できるとでも思っているのかしら？　それも、ライハのお腹の子供が大きくならないうちによ。

「まあやってみるわ」それでも私はそう答えた。「でもね、メヴルトの手紙をスレイマンと私があんたに渡していたことは、誰にも言わないって誓って」

能天気なライハはすぐに誓ってこう言ったわ。「実のところね、みんな私が駆け落ちして結婚したのを喜んでいると思うの。だって、これでようやくサミハの番が来たんですもの」

コルクト　ギュミュシュデレ村へ行って少しばかり交渉した俺は、涙ながらにせむしのアブドゥルラフマン義父さんを説得して、なんとかライハを「許す」ことに同意させた。まるで俺まで二人の駆け落ちに一枚嚙んでるって言わんばかりの義父の態度には腹が立ったが（あとになって妻のヴェディハと弟のスレイマンが嚙んでたって意味なんだなとわかったがね）、本当は彼も、ライハの結婚にまんざらでもないはずだ。ただ、メヴルトが彼に一銭も寄こさずにライハをせしめてったのが気に入らなくて怒ってるだけなのさ。うまいこと話が落ち着くよう、俺は奴さんの家の壊れた庭の壁の修理の手伝いを申し出、さらには、詫びを入れさせるためにメヴルトとライハをここへ寄こすことも約束した。それで、あとからヴェディハと話し合って二千リラ送ってやったってわけさ。

せむしのアブドゥルラフマン氏が、ライハとメヴルトが村を訪れ、彼の手の甲に接吻をするのを条件に駆け落ちを許すと聞いてメヴルトはひと安心したが、あっちの家を訪ねたら、本来の恋文の送り相手であった美しいサミハと会うことになる。そうなれば顔が真っ赤になって、気後れを隠せないだろう。イスタンブル－ベイシェヒル間のバスの中でメヴルトは、だんだんと近づいてくるこの気後れの正体について考え込んでいたのだが、ライハのほうはといえば、十四時間に及ぶ移動時間のあいだじゅうメヴルトの隣で子供のようにすやすやと眠り続けた。なにより大変だったのは、万事順調に運んで、父や妹に会えると舞い上がっているライハに、不安を気取られないようにすることだった。ライハに恋文の真相を知られるのが、メヴルトは怖かったのだ。思考は堂々巡りし、考えれば考えるほど不安が膨らんでいく。実のところライハは、夫の不安などお見通しで、真夜中にダーバシュ付近の給油・サービスエリアで休憩を取った際、とうとう夫にこう尋ねた。

「いったいどうしたっていうの？　神かけて喋りなさい！」

「違和感が頭から離れないんだ。何をしていても、この世界にひとりぼっちのような気がしちゃうんだ」と、メヴルトは答えた。

「私が傍にいれば、もうそんな考えは起きないでしょうに」ライハが包み込むような口調でそう言った。メヴルトは珈琲店の窓ガラスに映った自分に寄り添うライハの姿を夢見心地で眺めながら、生涯、この瞬間を忘れまいと誓った。

　二人は、まずジェンネトプナル村へ行ってそこに二日滞在した。母はライハのために一番清潔な布団を敷き、メヴルトには彼の大好きなクルミの干し菓子を出してくれた。そうして、ことあるごとに花嫁に接吻したり、手やら腕やら、一度など耳までつかんでメヴルトに見せながらこう言うのだ。

「ああ、なんて綺麗な娘さんでしょう。メヴルト、あんたもそう思うでしょう？」メヴルトは十二の齢にイスタンブルへ出て以来、久しく味わわなかった母の優しさに触れられて嬉しくもあったが、同時に理由のよく分からない苛立ちに心乱され、母を厭わしく思った。

ライハ　村から五十日間も離れていましたから、私は故郷のすべて、古い道や木、鶏さえもが懐かしくて堪らず、一瞬、我を忘れそうになったほどです。メヴルトは、あの駆け落ちの晩に合図のために私が明かりをともした部屋で、まるで愛らしい子供みたいにお父さんに許しを請いました。彼がお父さんの手の甲にキスするのを許されたのが私は嬉しくて嬉しくて、あの瞬間のことは死ぬまで決して忘れないと思います。それから私は、お盆を抱えて室内に入ると――駆け落ちなどせず、結婚立会人になるためにいらっしゃったお客様たちを迎える娘のように――にこにこと笑って、二人に珈琲を出してあげました。緊張でかちこちのメヴルトは熱々の珈琲を冷ましもせずレモネードみたいに一気に飲んで、涙を零していました。それから世間話をしているうちに、私は披露宴までお父さんやサミハと一緒に村に留まって、それから本当に花嫁みたいにイスタンブルへ行って式に臨むことになりました。メヴルトはすごくしょんぼりしていましたっけ。

ライハは、元からしばらくは村に留まるつもりだったくせに、いまのいままで隠していたんだ――メヴルトはそう気が付いて、内心では腹を立てながら自分の村まで歩いて帰ったのだけれど、心のどこかではサミハに会わずに済んだので安心してもいた。いまのところ恥をかかずに済みそうでほっとした反面、この問題の解決がイスタンブルで行われる披露宴まで延期になったに過ぎないことも分かっていたから、どうにも意気が上がらなかった。もしかして、サミハがまったく顔を出さなかったのは、恥ずかしかったからなのかな？　彼女もこの件をさっさと忘れ

たいって思っているのかな？　そういえば、ライハが彼女の名を呼んでも、姿を現そうとさえしなかったじゃないか。

あくる日、メヴルトはイスタンブルへの帰路につき、古い宇宙船のように暗闇の中をがたがた揺れながら進むバスの中で昏々と眠った。バスが行きと同じダーバシュのサービスエリアで停まるとメヴルトは目を覚まし、行きと同じ店に入った。そのときメヴルトは、自分がどれほどライハを愛しているのかを悟った。一日、一人になっただけで、たったの五十日間で自分がどんな映画でも、お伽噺でもお目にかかったことがないほどに深く、彼女に恋するようになったのをようやく理解したのである。

サミハ　ライハ姉さんが、姉さんを愛してくれて、子供みたいに綺麗な顔の、心根のしっかりしたお婿さんを見つけたのを、私たちはみんな喜んだ。披露宴のために、私は父さんと一緒にまたイスタンブルへ行ったの。今回もヴェディハ姉さんのおうちに泊まったのよ。披露宴の前のヘナの晩（披露宴の前夜を指す。新婦の指にヘナを塗る儀式が行われる）、他の女の人たちと一緒に姉妹三人も、涙が出るくらい笑って、とっても楽しく過ごしたの。ライハ姉さんは、父さんが誰彼かまわず文句を言うときの真似をしたし、ヴェディハ姉さんもコルクト義兄さんが運転中に苛々して汚い言葉を言うときの真似をしてくれたわ。だから私も、私と結婚したいって言ってきた婿候補の真似をしてやった。ベイシェヒル市のエシュレフオール・モスクの向かいにあるアッファ日用品店で買ってきた砂糖一包みと、コロンヤ一瓶をお土産に持って来たはいいものの、それをうちのどこに置けばいいか分からなくって右往左往していた人よ。でも、ライハ姉さんが結婚するから、今度は私の番。これから大変よ。早速、父さんが私たちの部屋の前に守衛さんみたいに突っ立っているのもなんだか嫌な感じだし、部屋の扉が開くたびにその隙間から二十対くらいの目玉が私たちを覗き込んでくるのも腹が立つ。婿候補の人たちが、「死ぬまで君を愛そう」って言わんばかりの思わせぶりな目つきでこっちを見てきて（中にはそうしながら口髭をいじっている人もいたわね）そのくせ、何も見てませんよとばかりにすぐに目を逸らすのは、見ていて悪い気はしなかったけど、その反対に結婚への近道は私じゃなくて、父さんを口説き落とすことだって考えてる男の人たちもいたわ。私、すごく腹が立った。

ライハ　さんざめく女性たちの真ん中で、私は椅子に掛けていました。メヴルトと一緒にアクサライ地区で買ってきて、そのあと義姉さんたちが花やレースを縫ってくれた桃色のシャツを着て、頭にはヴェディハ姉さんがヴェールをかぶせてくれました。だから、いま私の視界には半透明の顔隠しがかかっているんです。でも、流行歌とか民謡とかを歌いながらはしゃぎ回る若い人たちのスカーフくらいはヴェールの隙間から見えます。やがてコインがあしらわれ、火をつけた蠟燭が立てられたヘナのお皿が私の頭の上で回されはじめると、その場に居合わせた大人の女の人も、娘たちも、こぞって私を泣かせにかかりました。「ああ、可哀想なライハや。故郷の家から離れたとこに嫁ぐんだね、もう子供じゃない、大人の女になるんだね、ああ、可哀想に」

でも、私は泣けませんでした。それどころか、ヴェディハ姉さんやサミハがしょっちゅうやって来ては、泣いているか確認しようとヴェールを持ち上げるたび、笑いそうになったくらいです。彼女たちが「まだ泣いてない」って宣言するたび、私の周りに円陣を組んでいる別の女の人たちが、「素晴らしい、もう心残りはないんだね、なんて喜ばしいんでしょう」なんて囃し立てていました。私をやっかむ人たちに大きくなりはじめたお腹のことを言い出されたら堪りませんから、さっさと泣こうと頑張っていたんです。でも、お母さんが死んで、お墓に入れられたときのことを思い出しても、涙は出ませんでした。

フェルハト　披露宴に誘われたとき、俺は最初、「放っておいてくれ！」って切って捨てた。メヴルトはひどくがっかりしていた。とはいえ俺も、もう一度シャヒカ披露宴式場を見てみたいって気もしていたんだ。実のところ俺は、何度もあの地下の広い式場で左派の会合に参加したことがあるんだ。社会主義系の政党とか、協会とかが主催する会合や、組織の大会ってのは、まずは民謡とか革命歌とかで幕を開けて、最終的には殴り合いと椅子の投げ合いで幕を閉じるのさ。そこでの喧嘩ってのは、武器を片手に乗り込んできた民族主義者どものせいで起こるんじゃない。互いに疑心暗鬼になって殴り合わないことには安心できない連中——ソヴィエト派と中国派の色んなグループが起こすもんなんだ。一九七七年のあの陣取り合戦の結果、キュル丘の左派は大敗を喫しちまったから、この手の披露宴式場もみんな国が後押しする民族主義者たちの縄張りになっちまって、俺たちは出入り禁止になっていたんだ。

メヴルトは当日まで、シャヒカ披露宴式場を経営しているのがヴラル一家の人間で、彼らの援助のお蔭で披露宴開催まで漕ぎつけたことを黙っていたので、フェルハトにこうからかわれてしまった。

「左派も右派もうまいこと操るもんだな。そうやってぺこぺこしてれば、さぞいい商売人になれるだろうよ」

「うん、僕はいい商店主になりたいんだ」メヴルトは、フェルハトの隣に座ってそう答えるとまずはレモネードにウォッカを注いでやり、ついでウォッカの瓶をそのまま、テーブルの下から渡した。親友を抱擁し、その頬にキスをしながら言った。「いずれ僕たち二人でトルコ一の店を開こうじゃないか」

法的に婚姻を結ぶかどうか尋ねる役人に「はい」と答えたとき、メヴルトはこれから先、死ぬまで、ライハの手と精神にだけ我が身を捧げることになるだろうと確信した。披露宴のときから——そして、ライハが死ぬまでずっと——メヴルトはよく理解していたのだ。これからはメヴルトはライハのすることは何でも従い、それで人生はもっと楽になるし、自分の魂の中に残る子供（ライハの子宮にいる子供と混同してはならない）も幸せになるだろうと、理解していたのだ。

その三十分後、招待客のみなと接吻を交わしたメヴルトは、護衛を従えて、まるで政治家のように部下たちと一緒に腰を下ろすハジュ・ハミト・ヴラルのもとへ赴き、同じ卓につく八人の男たちの手の甲にキスをした。ライハと一緒に会場中央の赤いビロードに金糸の刺繡が施された新郎新婦席に着いたとき、メヴルトは会場の半分を埋め尽くす男衆の間に多くの見知った顔を見つけた。彼らの多くは父と同世代の、担ぎ棒で肩を壊し、瘤を作った昔のヨーグルト売りたちだ。もうヨーグルト売りの仕事は無くなってしまったから、彼らは一様に貧しく、ツキにも見放され、日のあるうちはなにか別の仕事をやっていて、夜になるとメヴルトのようにボザを売り歩いているのだ。だが、中には街の郊外に一夜建てを建てて（ときおり崩落するのでまたはじめから建て直すこともある）ちょうどそこの地価が上がったお蔭で暮らし向きが良くなった者もいれば、引退した者もいるし、村へ戻った者もいるし、故郷のベイシェヒル湖に臨む家と、イスタンブルの一夜建ての両方を所有している者もいる。彼らの吸う煙草はマルボロと相場が決まっていた。あるいは、新聞の広告や労働銀行の預金制度、あるいは小学校で習ったことを頭から信じ込んでしまい、何年もかけて貯めてきた預金が、つい最近のインフレで紙屑になってしまった者もいる。そうならないようにと、高金利の銀行屋を信じた者たちの金もまた、露と消えた。だからそういった呼び売り商人の息子たちも、メヴルトと同じようにいまでも呼び売りを生業にしている。メヴルトは、父ムスタファのように四半世紀も呼び売りをした挙句に、故郷の村に家を建てることも叶わず、菜園ひとつ持てなかった男たちの事情が手に取るように分かった。人生にくたびれ果てた、村に居残る年老いた呼び売り商人の妻たちと同じ卓に座る母親の姿がふいに目に入ったが、メヴルトはそちらをまっすぐ見ることができなかった。

やがて太鼓やズルナ（縦吹きの木管楽器）の演奏がはじまった。メヴルトも会場の中央に屯する男たちの群れに加わってはしゃぎ回りながらも、女性席のスカーフをかぶった娘たちや父方、母方のおばたち一人一人と接吻を交わしていくライハの紫色のヴェールの動きを目の隅で追った。兵役終了間際に駆けつけてくれたモヒニを見つけたのも、ライハの姿を探しているときだった。祝儀式がはじまる少し前ともなれば、熱気の籠もった会場の喧騒はかなりのもので、ノン・アルコールということになっているレモネードや、地下の会場の息苦しさで、招待客たちはすっかり酔っぱらってしまった。

「ずっとヴラル一家の卓を見ながらやつらの健康を祝して飲まないことには、ファシストどもに負けたことになる」

そんなふうにのたまうフェルハトが、テーブルの下からできるだけ目立たぬよう手を伸ばして寄こしたウォッカ入りのレモネードを、メヴルトも一息に飲み干した。一瞬、ライハの姿を見失ったものの、すぐに見つけてそばへ駆けていくと、彼女は洗面所に続くドアの前にいた。揃いの紫色のスカーフをかぶった二人の娘と一緒だった。

「メヴルト義兄さん、ライハ姉さんがこんなに幸せそうなのを見られて嬉しいです。お二人を心から祝福します」メヴルトが近づいていくと娘の一人がそう言った。「ごめんなさい、村ではお祝いを言えなくて」

赤いビロードの主賓席に戻ったとき、ライハがこう言った。「妹のサミハよ。もう会ったことがあったかしら？　本当に美しい瞳をしているのは、むしろあの娘のほうかも。あの子ったら、イスタンブルではとんだ果報者なの。だって、求婚者がより取り見取りで、しかも恋文がたくさん送られてくるんですもの。ヴェディハ姉さんとお父さんが、どうしたらいいか困ってしまうほどなのよ」

スレイマン　はじめ僕は、メヴルトは見事に平静を装ってるだけだと思ったんだ。でも、違った。メヴルトはあんなに恋文を書いたはずのサミハが誰か、はじめは分からなかったんだ。

モヒニ　メヴルトとライハに頼まれたんだ。俺に祝儀式で記録係と司会をやってくれないかってな。だから、俺もマイクを握りしめてこう言ったさ。「リゼ出身の建築業者にして、我が故郷が誇る実業家、寛容なる博愛主義者、ドゥト丘モスクの建立者たるハジュ・ハミト・ヴラル様からは、新郎にスイス製の腕時計（まあ本当は中国製だがね）が贈られました！」

　こんな具合にご祝儀を紹介するたび、くわえ煙草で、手にレモネードを握りしめて囃し立てる招待客たちは拍手喝采してくれたよ。それから、押し合いへし合いはしゃいだり、噂に精を出したりして、大笑いするのさ。祝儀をはした金で済ませようとしてたけちんぼどもも恥をかいちゃいけないと思い直して、もっと大きな金額の紙幣を慌てて準備していたっけ。

スレイマン　客の中にフェルハトの姿を見つけたとき、はじめは信じられなかった。五年前、モスクワから金を貰って、徒党を組んで兄さんたちを暗殺しようとしたような糞野郎を、あろうことかメヴルトは「フェルハトは親友なんだよ。いまじゃあすっかり落ち着いたんだ！」なんて言って連れてきたんだ。もしこいつを招待するって知っていたら、僕たちがメヴルトの手紙を届けてやったと思うかい？　結婚を勧めてやって、しかもこんな披露宴まで準備してやったと思うかい？

　確かに、同志フェルハト殿も少しは跳ね返りじゃなくなったみたいだ。昔みたいに、手に持った数珠をムショから出たてのアカでございって具合に鍵束よろしくぶんぶん回しながら、この世のすべてはなんでもお見通しだとばかりに人の目の中をじっと覗き込んだりはしなくなっていたから。そう、二年前のクーデターからこっち、アカどもの大半は牢屋にぶち込まれて、拷問されて、かたわになったんだ。拷問はごめんだっていう抜け目のない連中はヨーロッパに逃げた。そして、クルド語以外はまともに話せるかも覚束ない我らが同志フェルハト殿は向こうの人権屋のとこまでは辿りつけまいと諦めてヨーロッパにも行かず、結局は宗旨替えしてこの国に残ったんだ。まったくもって兄さんが言っていた通りだ。「アカの中でも頭のいい奴は、結婚するやいなや、思想信条を綺麗さっぱり忘れて金儲けをはじめるんだ」ってね。でも、阿呆な共産主義のせいで金の稼ぎ方を知らないから、メヴルトみたいな文無しを捕まえては、そいつらにあれこれ吹き込むくらいしか能がないんだ。

　まあ、僕が考えていたのは別のことだけどね。つまりさ、ある男が想いを寄せる女の子を娶ろうとその家を訪ねていったとする。ところが、いざ中に入ってみればその娘よりも、もっと綺麗で、若い妹がいるのを知って、その場で親父さんに「最初の娘じゃなくて、そっちの隅っこで石蹴り遊びをしてる妹さんをください」なんて抜かす。僕たち男は、こういう恥知らずの金持ちを、糞野郎だって見做す。でも、その一方では、ありえないとは思いつつも、その糞野郎の気持ちも多少は理解できるもんなんだ。でもそうなると、何年も目に涙を浮かべて恋文を送り続けた挙句に、真っ暗闇のなか駆け落ちした当の娘が、実のところ恋した美人のほうじゃなくて、その姉さんだって知ったのに、文句ひとつ言わないメヴルトみたいな奴のことは、どう理解すればいいんだろう？

披露宴の席でさらにメヴルトを舞い上がらせたのは、ライハの屈託のない、子供のような愛らしさだった。服の上に縫いつけられた紙幣を見ても、メヴルトの妻は他の披露宴でよく見かける新婦たちのように大げさに驚くふりをしたりはせず、ただ心から嬉しそうにしていたのだ。新郎新婦の服に縫いつけられていく紙幣や金貨、宝石を、モヒニが場を盛り上げようとしながら紹介していく（「ヨーグルト売りの爺さんどもの中で、一番の若造からは五十ドル！」）かたわらで、招待客たちの一部は冗談や野次を飛ばしながら――それがこの手の催しの習いだ――それでも盛大な拍手を送った。

客がよそ見をしている隙に、メヴルトはライハを盗み見た。手や腕、耳だけでなく、その鼻も口も顔も、彼女のすべてが美しかった。もしいまのライハに欠点があるとすれば疲れが見えはじめたことくらいだろう。しかし、人の良さそうな佇まいが、彼女にはとても似合っていた。ライハは、贈り物や金一封、包みでいっぱいの大袋を誰かに預けたりはせず、自分の隣の小さな座席の隅に置いたまま客に応対していた。彼女の優美で小さな手は、膝の上にちょこんと置かれている。メヴルトの脳裏には、山の中を逃げるときにその手を握りしめたことや、アクシェヒル駅ではじめてこの手をまじまじと見つめたときのことが思い浮かんで、駆け落ちが遥かむかしの出来事のように思えた。この三カ月、幾度となく愛し合い、互いをよく知り、数限りない言葉を交わし、笑い合ってきたからだろうか、メヴルトはライハこそが、この世界で彼が一番よく理解している人間であることに気が付き、いまさらながら驚き、途端に、娘たちの前で威勢よく振舞う男たちが未熟な子供のように思えた。ライハを何年も前から知っているような錯覚を覚えるうちに、メヴルトは彼女のような女性に、いやまさに彼女に宛てて恋文をしたためた気がしてならなかった。

4　ヒヨコ豆のピラウ
――食事ってのは不潔なほどうまくなるもんなんだよ――

帰宅後、贈り物の大袋の中の金一封のほとんどが、見栄のためだけに投げ込まれた空っぽの封筒でしかないのを知っても、メヴルトとライハはさして驚かなかった。銀行も銀行屋もいっさい信用しないメヴルトは、ご祝儀の大半をはたいてライハに金のブレスレットを贈り、夜に夫の帰りを待つあいだ退屈しないようにと、ドラプ谷で中古の白黒テレビも購入した。夫婦は手を繋ぎながら一緒にテレビを観るようになった。毎週土曜日の『大草原の小さな家』と、日曜日の『ダラス』の放送時間には通りから人の姿が消えるので、メヴルトもさっさと帰ってくるようになった。

十月のはじめ、村から帰って来たフズルがアイスクリーム屋台を持っていくと、メヴルトはしばらくのあいだ仕事もなくぶらぶらする羽目になった。フェルハトは披露宴のあと忽然と姿を消してしまった。もっとも、たとえタラバシュ地区の珈琲店で偶然顔を合わせたとしても、フェルハトが昔のように誰も考えつかないような「いい金になる仕事」を耳打ちしてくれることはなくなっていたけれど。仕方なしにメヴルトは、ベイオール地区で以前働いていたレストランを尋ね回りはじめた。昼下がり、手に紙とペンを持って売り上げの集計をしたり、店の隅で新聞を読みながらスポーツ籤の空欄を埋めるウェイター長や、店のオーナーに会ったものの、望むような給料を提示してくれる店はなかった。

このところ新しいレストランが次々に開店していたが、その手の高級店はメヴルトのように行きあたりばったりにどんな仕事でもやりますとばかりに村から出てきた農民ではなく、接客技術を学び、少なくともイエスとノーの違いが分かる程度には英語のできる人間しか雇ってくれなかった。ようやく十一月の頭からレストランで働きはじめたものの、二週間後には自主退職した。アジュル・エズメ（前菜の一種。トマトペースト、唐辛子、玉ねぎ、パプリカなどを刻んで投じたペースト）が辛くないと訳知り顔で文句を垂れたネクタイの客に思わず言い返してしまい、すぐ後悔し、自らエプロンを脱いだのだ。もっとも、また失業したからといって、彼が不幸や鬱屈を託《かこ》ちていたわけではない。それどころか、彼は人生最良の時期を生きていて、近く息子も誕生する予定で、我が子の将来を保障する腹案さえ温めていたからだ。メヴルトは、貯めておいた披露宴のご祝儀を元手に、ヒヨコ豆入りピラウを屋台で呼び売りしようと考えていたのである。

ムシュ出身のピラウ売りと知り合ったのは、あるウェイターを介してだった。長年、ヒヨコ豆ピラウを売り歩いた末に、身体が麻痺して立っているのさえ覚束なくなってしまったそのピラウ売りは、彼が〝自分の権利〟だと主張するカバタシュ埠頭の駐車場の一角のショバ、及びそこで商いをする権利を、その屋台ともども誰かに売りたがっていた。もちろんメヴルトも、屋台を転がす呼び売り商人たちが主張するショバ権などは、法螺話の類に過ぎないと経験上、心得ていた。市警の警官に頼み込み、幾許《いくばく》か袖の下を渡して数日の間、街の片隅に屋台を停めるのを見逃してもらった呼び売り商人というのは、しばらくするとその縄張りは国家でも政府でもなく、自分こそが所有する場所なのだと、本気で勘違いするようになるものなのだ。しかし、そうと知ってなお、担ぎ棒を背負って何年も呼び売りをしてきたメヴルトにとっては、どこかの商店主のように、自分もこの都市のどこかの日の当たるまっとうな居場所の主人になるのが夢だったし、いずれはその夢が現実のものとなることを疑ったことはなかったのである。少々ぼられているのに気づきつつも、ムシュ出身の男にあれこれ値下げさせようとしなかったのも、そのためだ。メヴルトはライハを伴って、オルタキョイ地区の後背の丘に建つ、ゴキブリとネズミ、それに圧力鍋とどもりの息子と一緒に暮らす彼の一夜建てを幾度か訪ね、仕事を学んだ。そうしてある日、メヴルトは自ら屋台を押して我が家へ帰宅した。そして、スィルケジ地区の大問屋から買って来た米とヒヨコ豆と袋を、台所とテレビの間にどんと置いたのである。

ライハ　夜、寝る前にヒヨコ豆をたっぷりの水に浸けて、午前三時の目覚まし時計で起きて、柔らかくなった豆を弱火で熱したフライパンに放り込みます。そうして火を止めると、ふたたびメヴルトと抱き合って、だんだん冷めていくヒヨコ豆のごぼごぼという音を心安らかに聞きながら、眠るのです。朝になれば、ムシュ出身のピラウ売りさんから教わったとおりに、米をまずは油少々で温めてから強火で炒めます。そして水の中に入れ、しばらく煮ます。メヴルトが朝の買い物に出ている間に、鶏肉を沸騰したお湯で煮たのち、フライパンで炒めます。それから骨や皮を爪で慎重に選り分け、勘を頼りにタイム、胡椒、気が向けばニンニクを二かけほど入れて一緒に炒め、ものによっては四つ切りにして小さくし、ピラウの隅に置くのです。

メヴルトは、果物やトマトの包みを抱えて朝の買い物から帰宅すると、ライハのおいしそうな料理の匂いを胸いっぱいに吸い込み、妻の腕や背中、そして徐々に大きくなってきたお腹を撫でた。ネクタイを締めたり、スカートを穿いたりしてフンドゥクル地区の銀行やオフィスで働く男女の勤め人や、近辺の大学の騒がしい学生たち、地元の建設業者、あるいはフェリーの出立を待つあいだ暇つぶしがてらに訪れる運転手や旅行者——メヴルトの客は誰一人としてライハの鶏肉の味に文句を言わなかった。メヴルトは、商売をはじめてすぐに、まっとうな常連客たち

を捕まえたのだ。アク銀行の守衛をしていて、まるで樽のようにがっちりした体軀の愛想のよいいつもサングラスをかけた兄さんや、カラキョイ埠頭でフェリーの切符を売っている白い制服のネディム氏、あるいは、いつもからかってやろうと待ち構えているかのような微笑みを湛えてメヴルトを見つめる保険会社の男女の職員たち。メヴルトは彼らと軽妙なやり取りをしようと随分頑張ったものだ。「先日の試合でフェネルバフチェがペナルティーを受けなかったのはおかしいですよ」とか、「昨日のクイズ番組で全問正解した盲目の少女はすごかったですね」などと流暢に話しながら、おまけとばかりに盛りだくさんの鶏肉をよそった皿を寄こすこのピラウ売りは、付近の警官にさえ気に入られるほどだった。

客とのお喋りもまた仕事の一環とよく弁えている熟練の呼び売り商人の常で、メヴルトはいついかなるときも政治の話だけはしなかった。ヨーグルトやボザを売り歩いていたときにも感じたものだけれど、メヴルトが何よりの楽しみとしたのは金を稼ぐことではなかった。彼が一番嬉しかったのは、数日前に寄った客がふたたび鶏肉とヒヨコ豆の入ったピラウを食べに来てくれることや、「また食べたくなったんだよ」と正直に言ってくれることだった。もっとも、前者のような客はそうそうおらず、後者のような人物に出会うのはさらに稀だったのだけれど。

客の大半は職場の近くにあって、しかも安いからメヴルトのピラウ屋台に通っているだけだったし、中には堂々とそう口にする者もいた。だから、ときたま「いやあ、ピラウ売りさんや、まったくもって素晴らしいね。あんたのピラウがすっかり気に入ったよ」などと言われるとメヴルトは大喜びして、実のところこの商売ではほとんど儲けが出ていないのを――ライハにも隠していたし、自分でも気にしないよう努めていた――数日なりとはいえ、忘れてしまうほどだった。メヴルトも頭の隅では気が付いていたのである。この商売がまったく割に合わず、ムシュ出身の男が八年もここに突っ立った挙句に身体を壊し、病気になり、ついには死んでしまったのは、なにも彼の商売下手が原因ではなかったのだと。

ライハ　朝、私がヒヨコ豆や鶏の腿肉、ピラウも準備しても、メヴルトが帰って来るとその半分は毎日のように売れ残っていました。だから私は、脂の色が褪せた手羽肉や、鶏肉の欠片、あるいは鶏皮の切れ端を、次の日のために下ごしらえしておいた料理に混ぜて使うことにしていました。ピラウのほうも、また温めて使います。火でもう一度軽く炒めると、ピラウの味に深みが出るからです。でも、メヴルトったら、私がもう一度料理に火を通していても「残り物を使っている」とは決して言わないんですよ。監獄の食堂で出されるひどい味のお料理を、裏取引で仕入れた質のいいオリーヴ油とか、香辛料とか、胡椒とかで調理し直す牢番や服役囚みたいに「再教育してる」なんて言うんです。むかし牢屋に入っていて、いまは駐車場を経営しているジズレ出身のお金持ちのクルド人から教わった言葉なんですって。「食事ってのは不潔なほどうまくなるもんなんだよ」台所で調理をしているとき、メヴルトは路上の屋台で腹ごしらえをするイスタンブルの人たちから聞きかじったこの手のお話をするのが好きでしたけれど、私はそれにいつも腹を立てては抗議したものです。

「余り物をもう一度調理し直すのは、不潔なんかじゃないわ」どちらが正しいかはともかくとして、メヴルトが言うには、二、三日売れ残って炒め直した鶏の皮や、煮直して煮崩れしたヒヨコ豆、それに何回も炒め直した腿肉を好むお客さんもいて、その人たちは、マスタードやケチャップをたくさんかけて平らげてくれるんだそうです。

十月に入ってからメヴルトは、ボザの呼び売りを再開した。ボザを売りながら夜の街を歩き続けるにつれ、メヴルトの眼前には美しい光景や、奇妙な考えが移ろっていった。そうしてある晩、メヴルトははたと気が付いたのである。夜の街を歩いていると、風に葉がそよいだわけでもないのに木の影が蠢《うごめ》くことや、街灯が壊れていたり、あるいは電球が切れかけていたりする地区に入ると野犬の群れが大胆かつ無礼になること、あるいは電柱とか家の扉とかに貼り付けられた割礼業者や宗教系の私塾の広告が対句毎に脚韻を踏んでいることに。夜の都市が語りかけてくる言葉に耳を傾け、路上の言葉に通暁していく自分が、メヴルトは誇らしかった。しかし、朝になってピラウ売りの屋台の後ろで両手をポケットに突っ込んで寒さに凍えていると、メヴルトの想像力はすっかり弱まり、世界は空虚で、そこには何の意味もないように思え、そうなると心の中からせり上がる孤独感が怖くて堪らず、すぐにもライハのもとへ帰りたくなってしまうのだ。もし一人で家にいるときに陣痛が早くはじまってしまったら？ しかしメヴルトは「もう少し頑張ろう」と思い直し、それでも耐えきれなくなると、大きな車輪と、ガラス張りのウィンドウの付いた自分のピラウ屋台の周りをぐるぐると歩き回ったり、立ち止まって重心を右足から左足へ、左足から右足へと移動させ、それから腕に巻いたスイス製の時計に視線を落とすのだった。

ライハ 「あなたがその腕時計をつけているのは、あの人の筋書き通りなんでしょうね」ハミト・ヴラルから貰った腕時計のことを考えているらしいメヴルトに、私は言いました。「あなただけじゃないけどね、あなたのおじさんやいとこに自分にも借りがあるって刷り込むために贈り物をしてるに決まってるもの」その日の午後、私は帰宅したメヴルトにアルメニア教会の中庭で集めてきた菩提樹の苞《ほう》でお茶を淹れてあげたんです。メヴルトは、私が晩のボザの仕込みを終えたのを見届けると、テレビをつけて、高校生向けの幾何学の授業を眺めながら――そのときやっていた唯一の番組でした――甘いチャイを飲み、いつしか咳をして夕飯まで居眠りしてしまいました。ピラウ売りをしていた七年の間、ヒヨコ豆やお米を調理したのも、鶏肉を買ってきたのも、それを煮て部位を選り分けて炒めたのも、みんな私です。夜に売るボザだってそうです。砂糖を入れながら粘り気が出るまでかき混ぜるのも、あれこれの器具、たとえば大匙とか、容器とか、お皿とか、とにかく色んな商売道具を一日かけて洗うのも、私の仕事だったんです。その仕事の傍らではお腹の中の子供を気にかけ、つわりがひどいときは炒めた鶏肉の匂いでお米の鍋に戻さないよう、子供のために作った揺り籠やクッションのある家の片隅で吐き気を我慢しました。メヴルトはといえば、古本屋で『子供のためのムスリム名』という本を買って来て、夕食前にテレビがコマーシャルに入るたびにページを捲っては、「ヌールッラーフ、アブドゥッラーフ、サードゥッラーフ、ファザラッラーフ」と声に出して読みあげて、私のほうを見ては同意を求めるのです。「子供は娘なのよ」とは、言い出せませんでした。彼の機嫌を損ねたくなかったのです。

そう、ヴェディハ姉さんとサミハの三人でシシリ小児病院へ行ったから、お腹の子供が女の子だって、私は知っていたのです。病院の外に出てがっくり肩を落としている私を見て、サミハは言いました。「もう、気にしちゃだめよ。ほら、この街には男なんていくらでもいるんだから」

5　メヴルト、父親になる
—絶対にトラックから降りるなよ—

サミハ　ライハ姉さんの披露宴のためにイスタンブルに出たまま、私と父さんは村には帰らずに、そのままヴェディハ姉さんたちの家に泊めてもらっていたわ。私は、毎朝、机の上の水差しとコロンヤの瓶を眺めながら考えるの。父さんは村にいくらでも求婚者がいるっていうのに、この街にいればもっといい貰い手が見つかるって考えているみたい。でも、イスタンブルへ来て私が会ったのは、この家のスレイマンだけ。父さんがスレイマンやコルクト義兄さんから何を貰って、どんな約束をしたのかは知らないけど、少なくとも父さんの入れ歯の代金を払ったのはあの人たちなのよ。父さんは毎晩寝る前にその入れ歯をコップの中に入れておくんだけど、私はそれを見るたび、窓を開けて放り棄ててやりたくなる。午前中はヴェディハ姉さんの家事を手伝ったり、冬に備えてニットを編んで過ごして、午後は姉さんと一緒にテレビを観る毎日。父さんのほうは、午前中に孫たちと遊んでも、ボズクルトとトゥランに顎鬚や髪の毛を引っ張られたから、いつも喧嘩になっていた。一度だけ、ヴェディハ姉さんと父さん、それにスレイマンと一緒にボスフォラス海峡へ行ったことがあったわ。それに、ベイオール地区の映画館に行って、ムハッレビ（トルコ風のプディング）を食べたこともね。

そうして、スレイマンがフォードの小型トラックの鍵を数珠みたいにくるくる手の中で回しながら、私の目の前に立ち塞がったのが今朝ってわけ。「昼頃、対岸のウスキュダルまで行くんだ。セメントの大袋と鉄骨を買い付けにね。もしよければ、君も来ていいよ。ボスフォラス海峡大橋を渡るんだ」ヴェディハ姉さんに行っていいか訊くと「好きになさい。でも、よくよく気を付けるのよ！」だって。姉さんは何に気を付けろって言いたかったのかしら？　ベイオールのサライ座で、スレイマンが断りもなく私の隣に座ったときは、父さんも姉さんも、何も言わなかったくせに。上映中にスレイマンの手が私の脚を、まるで慎重な蟹みたいに這いまわっていたっていうのに。私はそれが偶然なのかずっと考えてみたけど、結局、結論は出なかった。でもね、氷みたいに寒い日の光の中に立つ今日のスレイマンは、とっても紳士的で、親切そうだったわ。「サミハ、よければ右側の車線を走ろうか。そのほうが橋の下がよく見えるよ」フォードの小型トラックは橋の右端にぐんぐん近づいていって、私は一瞬、橋の下を通る赤い煙突のあるロシアのタンカーの上に落っこっちゃうかと思った。

ボスフォラス海峡大橋を渡り終えて、ウスキュダルのはずれのでこぼこの裏通りを走るうちに、そんな楽しさも観光客気分もどっかへ行っちゃったけれどね。だって、有刺鉄線で囲まれたコンクリート製造工場とか、窓ガラスの割れた工場ばっかりが並んでいて、村のよりももっと汚くてぼろっちい家や、まるで神様が天から人間に恵んでくださったのかしらって思うほどたくさんのジェリカンしか見えないんですもの。

トラックが停まったのは、一夜建てがどこまでも続く狭い道。どこもかしこもドゥト丘にそっくりで（つまり貧乏ってことよ）あっちより新しいくせにもっと醜い。

「ここがヴラル一家と一緒に造ったアクタシュ建設会社だよ」スレイマンは車を降りると、そのままみすぼらしい建物に入っていこうとして、ふいに振り返って脅かすみたいな口調で言った。「絶対にトラックから降りるなよ」もちろん、そんなことを言われたら車から降りたくなるに決まってるじゃない。でも、辺りを見回しても女の人が一人も歩いていないから、私は仕方なく助手席でじっと待っていた。

帰り道は渋滞になったからお昼ご飯の時間もなくなっちゃったし、スレイマンは家までさえ送ってくれなかったのよ。ドゥト丘のふもとまで来ると、友達を見つけたスレイマンは小型トラックをぐいっと急停車させて、こう言ったの。「もう僕らの街まで来たから、家までの坂も簡単に昇っていけるだろ。帰りにパン屋に寄って、この金で母さんにパンを買って帰ってくれよ！」

私はパンを片手に、見かけだけはコンクリート製に見えるアクタシュ家の一夜建てまでの坂を上りながら、こう考えた。「結婚世話人を介して結婚すると一番困るのは、会ったこともない人と結婚することじゃない。見ず知らずの相手を愛することだ」なんて言う人がいるけど、実のところ知らない人と結婚するほうが簡単じゃないかしら。だって、知れば知るほど、男っていう生き物を好きになるのは難しくなるばかりなんだもの。

ライハ　お腹の中のまだ名前もない子供は、随分と大きくなって、私は座るのさえ一苦労です。ある日の夕方、メヴルトがまたぞろ例の本を「ハムドゥッラーフは神への感謝、ウベイドゥッラーフは神の奴隷、セイフッラーフは神の剣、兵士……」なんて読みあげているとき、私はとうとう彼を遮ってこう尋ねました。

「ねえ、私の愛しいメヴルト。その本には女の子の名前は書かれてないの？」

「おお、本当だ、ちゃんとあるぞ！」

メヴルトは、何年も通っているレストランの上階に、女性客専用の〝家族用個室〟があるのにはじめて気づいた男性客みたいに、そう言いました。そして、その男性客が扉の隙間から女性たちをさっと、恥ずかしそうに盗み見るみたいに女の子の名前を一瞥してから、またすぐに男の名前のページを捲りはじめました。そうそう、子供の名前に関してはヴェディハ姉さんに感謝しないと。だって、シシリにある玩具と書籍を扱うお洒落なお店で二冊の本を買って来てくれたんですもの。一冊には狼《クルト》の巣穴《ジェベ》とか、獅子《アルプアスラン》のような戦士とか、偉大なる兄《アタベク》とかの中央アジア由来の名前が、まるで女性部屋と男性部屋みたいに分けられて載っていて、もう一冊の『現代名前案内』には、まるでヨーロッパのお金持ちの結婚式とか、私立高校とかみたいに、男女取り混ぜて名前が並んでいました。でもメヴルトは、象徴《スイムゲ》や燃焼《スザン》、更紗《ミネ》、天の園《イレム》みたいな女の子の名前はちらっと見ただけで、また兜《トルガ》とか、王《ハカン》とか、剣《クルチ》とかの男の名前を真剣に眺めはじめてしまうんです。

　あれこれお話ししましたけど、勘違いしないでくださいね。いざ四月にファトマと名付けられることになる娘が生まれたとき、メヴルトは気を悪くすることも、ましてや男の子を産まなかったなんて私に辛く当たることも、決してしなかったんですから。むしろ、その逆で父親になったのが嬉しくて堪らない様子で、周りの人に「本当は娘が欲しかったんだよ」なんて真顔で、しかもなんでだか怒鳴るみたいな大声で説いて回ったほどなんですよ。メヴルトはシャキルという男の人――彼はラク酒やワインを飲んだくれるベイオール地区の居酒屋の酔っぱらいたちの写真を撮っては、急いで私たちの住んでいる通りの古めかしい仕事場の暗室で現像する商いをしていました――を家に呼んで、赤ちゃんを抱っこして、まるで悪魔みたいに歯をむき出しにして笑う自分の写真を撮らせました。そうして、ピラウ屋台のウィンドウにその写真を飾って、お客さんたちに「娘が出来たんです」と言っては、無料でピラウをご馳走してあげたんです。毎晩、帰宅するやいなやファトマを抱き上げて娘の左手を持ち上げまじまじと見て――時計の修理屋さんみたいに慎重な手つきでしたっけ――赤ちゃんの指がちゃんと五本揃っているのを、飽きもせずにいつまでも眺めていたり、「おお、爪もあるぞ」なんて言ったり、はたまた自分と私、それに赤ちゃんの指の長さを比べながら、神の奇跡の素晴らしさは想像を絶するとばかりに目を涙で濡らしながら、私と赤ちゃんにキスしてくれたんですよ。

メヴルトは幸せだった。幸せではあったのだが、ライハさえ気づかないような奇妙な違和感を覚えていた。ピラウの湯気でふやけた写真を見た客から「ああ、可愛い赤ちゃんだね」などと褒められると、どういうわけか「娘です」の一言が言えないのだ。原因が嫉妬だと気が付くのには、随分と時間がかかった。はじめのうちは、ライハが真夜中に何度も起きてはお乳をやっているせいで眠れないから、自分勝手な苛立ちを覚えているだけなのだとばかり思っていた。この夏じゅう、蚊帳の中に入り込んで赤ん坊の血を吸う蚊をどうすることもできず、ライハと口喧嘩をすることも少なくなかったので、なおさらそう思ったのだ。奇妙な違和感に心が塗りつぶされているのに最初に気が付いたのは、ライハが大きく張った乳首を赤子の口に含ませ、優しく語りかけているのを眺めているときのことだった。ライハが優しく、ときに恭しいとさえ思える態度で赤子に接しているのを見ると、メヴルトの心はかき乱され、自分も彼女にあんな目を向けてほしいという気持ちが兆したのだ。もちろん、そんなことを口に出すわけにはいかないから、メヴルトの鬱憤はたまるばかりだ。いまやライハは赤子と一心同体と見まがう様子で、メヴルトには自分が軽んじられているように思えてならなかった。

メヴルトは、家にいるあいだは自分がいかに大切にされているかを、常に妻の口から聞いて確かめたいと思っていたのだ。「メヴルト、すごいわ。今日はよく売れたのね」、「ああ、メヴルト、葡萄煮の残りをボザに混ぜるなんて頭がいいわ」、「あらメヴルト、市役所の人たちをうまく誑《たら》しこんじゃったのね、素敵よ！」——ところが、ファトマが生まれてからこっち、ライハはそうした言葉をかけてはくれなくなった。断食月に入れば商売は上がったりで、メヴルトは日のあるうちは家にいるしかないので、せめてライハと愛し合ってこの嫉妬を忘れたいと願ったが、「そういうこと」を子供の前でするのが不安な様子だった。

「去年は神様が見てるから怖い、今年は子供が見てるから嫌だって言うのか！　だったら、せめて起きてアイスクリームを混ぜるくらいはしろよ！」

子供と夫への愛情で夢見心地のライハは、素直にベッドから出て、大匙を両手で握りしめてかき混ぜはじめた。メヴルトは、妻の美しい首筋に静脈が浮き立つさまを見て悦に入りながら、ベッドの頭のところに置いた揺り籠を揺すってやるのも忘れなかった。

サミハ　イスタンブルに来てから随分経ったのに、私はいまだにドゥト丘の姉さんの家に居候したままなのよ。父さんの鼾がひどくて、満足に眠れやしない。いい加減に婚約式でも挙げないと近所で噂になっちゃうわよ——姉さんまでそんなことを言い出す始末なのよ。スレイマンは私に金の桔梗の腕輪を買って来たの。私、その贈り物を受け取ることにした。

ライハ　ファトマにお乳をあげるたびに嫉妬するメヴルトを、最初は煩わしく思いましたが、そのうちにお乳が出なくなりました。ファトマにお乳をあげなくなって、ふたたび妊娠したのは十一月の頭頃でした。ああ、どうすればいいんでしょう？　お腹の子が男の子だって分かるまで、メヴルトには言えやしません。でも、もしまた男の子じゃなかったら？　そう思うと心配で家でじっとしていられず、タクスィム広場の郵便局まで行って電話をしました。ドゥト丘へ行って、ヴェディハ姉さんやサミハと話そうと思ったんです。そして、あのことを知って、怖くなって家に引き返したんです。

6　サミハの駆け落ち
―人間は何のために生きてるんだと思います？―

ヴェディハ　頭にスカーフをかぶったサミハが、旅行鞄を持って私の部屋にやって来たのは、その日の午後だった。見ればぶるぶる震えていたわ。「どうしたっていうの？」

「姉さん、私ね、他の人が好きになったの。その人と駆け落ちするわ。もうタクシーも来たから」

「なに？　気でも違ったの？　駄目に決まってるじゃない！」

私がそう答えるとサミハは泣き出したのだけれど、覚悟を決めた様子だったわ。

「相手は誰？　どこのどいつなの？　スレイマンは、あんなにあなたを好いてくれてるのに。私や父さんを困らせないでちょうだい。それにタクシーで逃げるなんて、どういう了見なの？」

でも、恋に目が眩んで興奮しきったサミハはうまく言葉が出てこないみたいで、私の手をつかむと父さんと一緒に起居している部屋に私を連れていったの。見れば、机の上にはスレイマンが贈った金の腕輪と花や鹿の刺繍をあしらった紫色のスカーフが丁寧に置かれているじゃない。サミハは舌を抜かれたみたいに黙ってそれを指さすのよ。

「サミハ、父さんがかんかんになるわよ」私はそう諭した。「スレイマンからは入れ歯を貰ったわ。他にも色々なことにお金を払ってもらったし、贈り物だって受け取ったの。あなたも知っているわよね？　それを分かった上で駆け落ちするなんて言うつもり？」でも、サミハは足元を見つめたまま答えないの。「私も父さんも、死ぬまで世間に顔向けできないまま、生きていくことになるわ」

「ライハ姉さんだって駆け落ちしたわ。でもあとからみんな丸く収まったじゃない」

「ライハには他に求婚者もいなければ、言い交わした相手もいなかったもの。美人のあなたとライハじゃ、話が違うのよ。それにね、父さんはライハの婚約云々の約束をしたことも、そのためにお金を受け取ったこともなかったわ。あなたが逃げたら、血が流れることになる」

「婚約のことなんて私、聞いてないわ。どうして父さんは、私に相談もせずに約束したり、お金を受け取ったりしたの？」

　そのとき、階下からタクシーのクラクションが聞こえてきた。サミハは扉に向かっていったわ。

「サミハ、ねえ分かってるんでしょ？　もし、あんたが逃げたなんて言ったら、私はコルクトから何週間も殴られ続けることになるのよ。腕も足も、紫色の痣だらけになるまでね。分かってるのよね、サミハ？」

サミハ　私と姉さんは抱き合って泣き出してしまったわ。……姉さんをすごく傷つけてしまったのが、とにかく怖くて仕方がなかったんだもの……。

ヴェディハ　「そうだ、父さんと一緒に一度村に戻りなさい！　それから駆け落ちでも何でも好きにすればいいんだわ！　この家から逃げ出したら、みんな私の責任にされちゃうのよ。『お前が唆《そそのか》したんだろう』って言われるに決まってるもの。そうしたら、私殺されちゃう。サミハ、分かってくれるわよね？　ねえ、相手の男は誰？」

サミハ　姉さんの言うことも、もっともだって思ったわ。
「ちょっと待って、タクシーに一言言ってくるから」
　私はそう言ったくせに、玄関に置いておいた旅行鞄を自然と手に取った。鞄を持って庭のほうの外扉へ向かう私を窓から見て、姉さんは涙声でこう懇願してきた。「行かないで、サミハ！　可愛い私の妹、行っちゃだめ！」
　外扉を出て、タクシーに飛び乗ったあと、私はどうすればいいのかしら？　彼に何て言えば言いの？「やっぱりやめるわ、姉さんが泣いているんだもの」とでも言うつもり？　そんなことを考えるうちにもタクシーの扉が開いて、私は車内に引き込まれた。振り返って、姉さんの顔を最後に一目見る時間さえなかった。
ヴェディハ　男たちは力ずくでサミハを車内に引きずり込んだの。窓越しだけど、私は確かにこの目で見たわ。だから「誰か助けて！」って叫んだのよ。私に罪をなすりつける連中を捕まえて！　ごろつき共に妹がさらわれたのよ、助けて！
スレイマン　家で昼寝していて目を覚ますと、裏庭の門の前に一台の車が停まっているのが見えた。ボズクルトとトゥランが庭で遊んでいるのも見えた。そして、ヴェディハ義姉さんの叫び声がして、庭へ駆け出ていく足音が聞こえたんだ。
ヴェディハ　ああ、スリッパのままじゃうまく走れないわ……。だから私は「そのタクシーを止めて！」って叫んだの。ああ、サミハ、愛しい私の妹、どうかその車から降りてちょうだい！

スレイマン　急いで追いかけたけど、間に合わなかった！　僕は死ぬほど頭にきていて、家に取って返すと小型トラックに飛び込んでエンジンをかけて、アクセルを踏んだ。坂を下ってうちの雑貨店の前に差し掛かったところで、黒い車がカーブしてメジディイェキョイ方面に向かうのが見えた。でも、諦めるのは早い。サミハは身持ちの堅い娘だから、いまにも車から飛び降りるはずだ。まだ、逃がしたわけじゃない、さらわれてもいない。戻って来るに違いない。おい、変な気を起こさないでくれよ。頼むから、まっとうな娘を傷物にしないでくれ。遠くに黒い車は見えていたけど、どうしても距離が縮まらず、僕はグローブボックスからクルクカレ社製の拳銃を取り出すと宙に向けて二度、引き金を引いたんだ。ああ、それ以上書かないでくれ、書いてるうち話を膨らませようなんて思わないでくれ。サミハが逃げるなんて間違ってるんだ。誤解されちゃうじゃないか！

サミハ　ううん、誤解なんかされてないわ。だって、私は逃げたんだもの。それも自ら望んでね。あなたたちがお聞きのとおり。自分でも信じられないけど、私は恋をしたのよ！　ええ、恋が私を逃げさせたの。銃声が聞こえると、なんだか気分が良くなったっけ。もう後戻りできなくなったからかしら？　こっちの車の人たちも二発、空に向けて拳銃を撃った。「こっちにも拳銃があるぞ」って知らせるためなんだわ。メジディイェキョイ地区に入るとすぐに仕舞っちゃったけどね。スレイマンはこの時間帯、家にいたから、あの小型トラックで追って来たのね。怖い。でも、渋滞に巻き込まれていたから、もう見つけられないでしょう。ああ、気分爽快だわ。あなたたちも見たでしょ、私を売り買いなんてできないのよ……。私、本当に怒っているんだから！

スレイマン　渋滞を抜けて、僕はアクセルを目いっぱい踏み込んだ。ああ畜生め、突然トラックが出てきて大急ぎで右にハンドルを切ったけど間に合わなかった。そのまま壁に突っ込んじまって、意識朦朧としながら僕は思った。僕はどこにいるんだ？　僕は身動きせずに、自分が世界のどこにいるのか思い出そうと躍起だった。頭を打ったんだ。そう、僕はここにいる！　サミハが逃げたんだ。野次馬のガキどもが、さっそく楽しそうに小型トラックの周りに群がって来た。どうやらバックミラーに頭をぶつけて額から血が出てるみたいだ。でも、僕はすぐにギアをバックに入れてアクセルを踏むと、追跡を再開したんだ。

ヴェディハ　銃声が聞こえた途端、子供たちは祝祭日の花火が打ち上げられたときみたいに嬉しそうに庭へ出ていってしまって、私は息子たちの背中に向かって叫んだのよ。「ボズクルト、トゥラン！　家に入っていなさい！　扉を閉めて！」それでも聞き分けないから、頭に拳骨をお見舞いして、腕をひっつかんで家に引きずり込んだわ。「警察に電話しましょう」私はそう言ったものの、拳銃を撃ったのがスレイマンのほうだったら、本当に警察を呼ぶのが正しいのかしら？　普段から電話で遊ぶなって怒っているから、私の許可なく受話器に触れるのを禁止しているのも忘れて、私は息子たちに言ったの。「……何を目が取れちゃったみたいにぼさっとしてるの！　お父さんに電話なさい！」

ボズクルトがダイヤルを回してコルクトに電話をかけてくれたわ。「お父さん、サミハおばちゃんが他の人のとこに逃げちゃった」

それを聞いて私は泣き崩れたわ。でもね、本当はサミハのやったことが、まったくの間違いだと思えなかったの。……これは私とあなた方の間だけの秘密よ。ええ、哀れなスレイマンは随分とサミハにお熱だったわ。けれども、別にスレイマンはこの世で一番賢いわけでも、ましてハンサムなわけでもなかった。若いくせにちょっと太りすぎだし。彼のくるっと巻いたまつ毛を素敵だって思う娘も中にはいるのだろうけど、サミハはへんてこりんで女々しいって思っていたもの。なにより問題なのは、あれほどサミハに熱をあげているくせに、あの娘の神経を逆なでするようなことばかりやっていたことよ。どうして男っていうのは、好いた娘の嫌がることばかりするのかしら？　スレイマンのあの居丈高な男っぽい態度や、金ならあるぞとばかりにこれ見よがしに札びらを切って、偉そうに忠告するところも、サミハの気に入らなかったのよ。そしてね、私の妹は気に入らない男になんか身を任せたりしない。そうよ、サミハはよくやったわ。でも、サミハが逃げた相手の男は、まともな頭の持ち主なのかしら？　どうだか知れたものじゃないわね。なにせ、都会のど真ん中で、わざわざタクシーを使って娘を連れ去るなんて、非常識の極みだもの。村でもないのに、イスタンブルの街中で、他人様の家の玄関先まで車で乗りつける必要なんて、これっぽっちもないっていうのに！

サミハ　走っていく車の中から眺めるイスタンブルの街は、何もかもみんな綺麗だったわ。街の雑踏、バスの間を縫って道の反対側へ小走りに渡っていく通行人たち、スカートを穿いた女の子たち、馬車、公園、大きくて古いアパルトマン——どれも私は大好き。私が小型トラックでドライブするのが大好きなのを知ってるくせに（だってドライブに連れてってほしいって、ずっとお願いしていたんだもの）スレイマンはほとんど連れていってくれなかった。どうしてか分かる？　私もすごく考えてようやく分かったの。それはね、スレイマンは私の傍にいたいくせに、結婚前に男と一緒にいる女ははしたないって考えていたからよ。私は自分が好きになった、いいえ、これから好きになるだろう男の人としか結婚しないけど、分かるでしょ？ お金なんてどうでもいい。私は自分の心の声に従っただけ。自分のやったことの結果は最後まで背負うわ。

スレイマン 小型トラックがメジディイェキョイ地区に着く前に、奴らはその先のシシリ地区まで行ってしまったみたいだ。僕は家に戻って小型トラックを駐車すると、とにかく心を静めようとしたんだ。まさかイスタンブルのど真ん中、しかも昼日中に娘をさらうような無茶をやらかすなんて。僕はいまだにさっき目にしたことが信じられなかった。だって、こんなことをしでかしたら行きつく先は死しかない。いったい誰がそんな気違いじみたことをするっていうんだ。

サミハ ドゥト丘はイスタンブルの〝ど真ん中〟じゃない。それに、私は一度だってスレイマンと結婚の約束をしたことなんてない。あなたたちも知っての通りにね。でもそう、彼は正しいわ。この駆け落ちの結末は、死かもしれないもの。でも、どんな人間でも最後は死を迎えるものじゃなくて？ そんなことは、とうに承知よ。すごく遠くへ逃げてやるから見てらっしゃい。このイスタンブルに果てなんかないのよ。ようやく連中を撒《ま》いた私たちは、スタンドで車を停めて、紙パック入りのアイランを飲んだ。私の愛しい人の口髭がアイランで白く染まっていたっけ。ああ、無駄なことはやめて、彼の名前を呼んだりはしないから。私たちを見つけられるもんですか。

スレイマン 帰宅すると、ヴェディハ義姉さんが額の傷にガーゼを当ててくれた。それから僕は裏庭に出て、クワの木の幹にクルクカレ社製の拳銃と二発分の薬莢を隠した。あの奇妙な沈黙が家を覆ったのはそのあとのことだ。僕は何度も考えたもんさ。そのうち、何事もなかったみたいに鞄を持ったサミハが戻って来るんじゃないかって。夕方に家族が揃うと、誰かが葬式のときみたいにテレビを消して、僕は一番耐えがたいのは沈黙だったって悟ったんだ。兄さんはひっきりなしに煙草を吸っていた。せむしのアブドゥルラフマン氏は酔っぱらっていて、ヴェディハ姉さんは泣いていた。夜中、僕は庭に出て、ドゥト丘のふもとに広がるイスタンブルの街明かりを眺めながら、この仕返しは必ずるって心に決めたんだ。あの街のどこかに、何百万って家明かりのどれか一つの窓の中にサミハがいる。彼女が僕を愛していなかったことを受け入れるのが辛くて、もしかしたら力ずくでさらわれたんじゃないかとも考えてみた。もしそうなら、あの糞野郎どもをぶっ殺してやる。僕たちのご先祖は罪人を殺す前に拷問にかけたっていうけど、連中にも人類が編み出してきた拷問の伝統ってやつを味わわせてやる。

アブドゥルラフマン氏　次々と逃げ出してしまう娘たちの父親でいるのはどんなもんだ、だと？少々、気まずくはあるが、誇らしくもあるな。なぜなら娘たちは、他人が選んだ夫ではなく、敢然と自分で選んだ相手のもとへ行ったということなのだから。まあ、もし母親が生きていたらちゃんと相談して、わざわざ駆け落ちしたりせずとも済むような相手を選んでやったのだろうが……。誰でも知っているとは思うが、結婚の要は愛よりも、むしろ安心感だ。わしが村へ帰ったあと、可哀想なヴェディハがどんな目に遭うのかを想像するだけで恐ろしくなる。いや、うちの長女はああ見えてとても賢い。だからきっと、アクタシュ家の罰も、うまいことやり過ごしてくれるだろう。

スレイマン　サミハの逃亡後、僕はますます彼女に恋をした。逃げ出す前は、彼女が綺麗で、頭が良くて、誰からも愛されるような娘だったから好きだっただけだ。よくある話だ。でも、いまは僕を置いて逃げたからこそ、一層愛しくなったんだ。これまた、そう珍しい話じゃないと思うけど、その辛さは耐えがたいものだ。午前中、雑貨店に出ていると、こう思うんだ。実はサミハが家に戻って来ていて、いますぐに走って帰ったら彼女がいるんじゃないかって。そのまま、盛大な披露宴を催して、結婚できるんじゃないかって。

コルクト　家内の者が手助けしなければ娘をさらうのは難しいと、俺は一、二度、カマをかけてみたが、ヴェディハは尻尾を出さなかった。ただ、「私が知るわけないじゃない。こんな大きな街なんだから」と言って泣くばかりだった。アブドゥルラフマンと二人きりになったときも、こう尋ねてみた。

「世の中の父親の中には、人から金やその他手に入れられるものはなんでもせびった挙句に、もっと金持ちとの良縁が持ち上がったら娘をそっちに売り払い、そのくせ娘がさらわれたって騒ぎ立てるような陰謀を巡らせる奴がいるそうですよ。アブドゥルラフマンさん、どうか誤解しないでほしいんだが、あんたは名誉を知る男だ。サミハが駆け落ちしたら、真っ先にあんたが疑われるんじゃないかって考えなかったかい？」

「娘を見つけたらすぐにそのツケを払わせてやりたいくらいだよ」

彼はそう言ってから俺を詰《なじ》り、以降、夕食になっても帰宅しないようになった。だから、俺はヴェディハにこう申し渡した。

「お前と親父さんのどっちが手を貸したのかは知らない。だが、サミハがどこの誰のとこへ行ったのかが分かるまでは、家から許可なく出るな」

「もともと地区の外へなんて、ほとんど行かせてくれないじゃないの。家から出られなくたって、どうってことないわ」それからヴェディハはこう付け加えた。「庭には出てもいいの？」

スレイマン　ある晩、話があると断って、アブドゥルラフマン氏を小型トラックに乗せた。車をボスフォラス海峡に向けて走らせ、サルイェル地区にある魚料理屋タラトルに入った僕らは、水槽から離れた隅の席に座ったんだ。

「アブドゥルラフマンさん。あなたは僕よりずっと年輩だからご存じでしょうね」前菜のムール貝の揚げ物が来るのも待たずにラク酒を二杯空きっ腹に流し込むと、僕はこう畳みかけた。「人間は何のために生きてるんだと思います？」

話が予期しない方向へ向かっていくのに気が付いたアブドゥルラフマン氏は、長いこと当たり障りのない答えを探した挙句に、こう口にした。「愛のためだよ、息子や！」

「それだけですか？」

アブドゥルラフマン氏は、また少し考えてからこう付け加えた。「友情のためにも」

「他には？」

「幸福のため、神のため、祖国の同胞たちのため……」

僕は彼の言葉を遮って言った。「お義父さん、人は名誉のために生きるんですよ」

アブドゥルラフマン氏　「本当のところ、わしは娘たちのために生きておるんだよ」とは言えなかった。怒り心頭に発したこの若者にへりくだって見せたのは、彼の言い分が正しいと思ったからではあるが、なによりも彼が憐れだったからだ。酒を飲みすぎたんだろうか。遠い日の思い出が、まるで海の生き物のように水槽の中をぐるぐる巡っているような気がする。その日の終わりにわしは、勇気を振り絞ってこう言ったのだ。「スレイマン君、お前さんはひどく失望して、ひどく腹を立てておる。気持ちは分かる。わしらも嘆いているのは同じだ。サミハはわしの家族を難しい立場に置いたからな。だが、いまここで名誉のことやら、雪《そそ》ぐべき恥の話やらをする必要は、まったくない！　なぜなら、お前さんの名誉には汚れひとつ、付いてはおらん。サミハはお前さんの妻でもなければ、婚約者でさえなかったんだからな。ああ、もしお前さんとサミハが一切顔を合わせずに結婚していたら良かったのになあ。そうすれば、お前さんもサミハも幸せになれたろうに。わしは自分の名前と同じくらい、はっきりそう確信しておるよ。いずれにせよ、いまここで名誉の問題を持ち出すのは筋違いだ。お前さん方も知っとるだろうが、名誉の問題云々って言葉は、人間が殺し合いをするときに安心感を得るためだけに作り出された言い訳に過ぎん。お前さんはわしの娘まで殺すつもりなのかね？」

スレイマンは頑固に抗弁しおった。「お言葉ですが、お義父さん。僕にはサミハをさらったあのろくでなしに代償を払わせる権利もないって仰るんですか？　あの野郎が僕を虚仮《こけ》にしたわけじゃないと、そう仰るんですか？」

「ああ、息子や。誤解しないでほしい」

「じゃあ復讐の権利はあるんですか？　ないんですか？」

「頼むから、少し落ち着いておくれ」

「僕たちは故郷の村から、わざわざこの最悪の都会に出てきてみなで団結して、心血注いで暮らし向きを良くしようとしてきたんだ。そこにあれこれ良からぬ企みを巡らせながら顔を突っ込んできた奴らですよ。落ち着けってのは難しい話ですよ」

「息子や、もしサミハの居所をわしが知っていたら、その耳を引っ張って連れ帰るだろうよ。あの娘も自分が良からぬことをしたのは理解しておるだろう。それに、わしらがいまこうして飲んどる間にも、あの娘が旅行鞄片手にとぼとぼと戻って来とるかもしれんじゃないか」

「のこのこ帰って来たサミハを、僕や兄貴が受け入れろって言うんですか?」

「娘が帰って来ても、お前さん方は受け入れてくれんのか?」

「僕にも誇りがあります」

「でも、誰も娘に指一本触れてなかったとしたら……」

そんな具合に店が閉まる夜半まで、わしとスレイマンは杯を重ねた。どういうつもりかはさっぱり分からなかったが、スレイマンがふいに立ち上がってわしに詫びを入れる場面もあった。恭しくわしの手の甲にキスまでしてな。だからわしも、今日の話は心のうちに秘めておくと約束したのだ。「サミハにも言わんよ」とな。少しの間、スレイマンは泣いて、わしの眉のひそめ方とか、手やら腕やらの動かし方とかが、サミハにそっくりだとか抜かしおったから、胸を張ってこう答えてやった。

「父親ってのは、娘と似ているもんなんだ」

「僕は間違いをしでかしたんです。サミハの前で格好ばかりつけていて、仲良くなれなかったんだ。でもね、サミハだって結構、辛辣でした。それに誰も教えてくれなかったんです。女の子との話し方も、その難事の極意もね。まるで男を相手にするときみたいに話しちゃったんだ。ただ、悪い言葉は口にしなかったつもりなんです。まあ、駄目だったんだけど」

店を出る前、スレイマンは顔を洗いに行き、戻って来たときには見違えるようにさっぱりしていた。帰り道、交通警察がイスティンイェで検問をしていて、たんまりせしめられとったがね。

7 次女
―自分の人生そのものまでもが、他人のそれのように思えた―

メヴルトは長いことサミハを巡る出来事を知らなかったし、またとくに関心も持たなかった。当時のメヴルトは、まだ労働に対する情熱を失っておらず、たとえば「成功した実業家」のごとき題名の書籍で主人公を演じる〝自らの考えを疑わない事業主〟よろしく、安閑と構えていた。つまり、三輪のピラウ屋台の中に、もっと明るい電球を灯して、近くでアイランとかチャイとかコーラとかを売っている呼び売り商人たちともうまくやり、お客にもっと真心を込めて話しかければ、稼ぎも上がるだろうと高を括っていたのである。上客をものにしようとカバタシュ埠頭からフンドゥクル界隈へと、足繁く通ったのもそのためだ。立ったままさっさと食事を済ませていく忙《せわ》しない大企業の社員たちは、ピラウ売りと親しくしようとはしなかったが、メヴルトは不当に見下されたところで、すぐさま腹を立てるような男ではなかった。ただし、ちっぽけな会社に勤めているくせに、わざわざ領収書を切れと言われたときは、その限りではなかったけれど。ライハがふたたび妊娠し、今度も女の子だと告げたのは、メヴルトが門番や下働き、守衛、会社の給湯室で働くチャイ係などを通じて、会計士とか経営者たちと知り合いになろうと努めていた頃のことだった。

「どうして娘だって分かるんだい？　また姉妹三人で病院に行ったのかい？」

「三人じゃないわ。サミハはいなかったから。あの子、スレイマンと結婚したくなくて他の人と駆け落ちしちゃったんだもの」

「なんだって？」

ライハから事情を聞かされたその晩、メヴルトは夢遊病者のように覚束ない足取りのまま、「ボーザー」と呼ばわりながらフェリキョイ界隈を歩いた末に、何かに導かれるように墓地へと足を踏み入れた。糸杉も墓石も、月明かりで照らされて白く輝いているはずなのに、それでもなお真っ暗闇の中にいるような心地がしていて、ふと気が付くと墓地の真ん中のコンクリートで固められた地面に立っていたのだ。まるで、夢の中に迷い込んだような気がした。墓場を歩いていくのは赤の他人のようで、自分の人生そのものまでもが、他人のそれのように思えた。

歩み続けるほどに墓地の下り坂は、絨毯のように広がっていき、徐々に急になっていく坂をなおも下っていきながらメヴルトは考えた。——サミハが駆け落ちした相手は誰だろう？　サミハはいつか、その男に言うのかな？　「むかしメヴルトっていう人が、私の瞳に恋をしていっぱい恋文を書いたのよ。でも、姉さんと結婚しちゃったの」と。そもそも、サミハは恋文を巡る経緯を知っているのかな？

ライハ　私はメヴルトにムスリム名の載った本を渡しながら言いました。

「前回は男の子の名前しか見てなかったのに、娘が生まれたわね。もしかしたら、女の子の名前を一つ一つちゃんと見ていけば、男の子が生まれるかもしれないわよ。それと神様《アッラーフ》って言葉が入った名前があるかも見ておいてね！」

「女の子の名前には、神様は入ってないよ！」

本を確かめて、ムハンマド様の奥様方の名前しか見つけられなかったらしいメヴルトは、そう答えました。だから私はこうからかってやったんです。
「来る日も来る日もピラウばっかり食べてるから、私たちもしまいには異教徒の中国人になっちゃうかも」
メヴルトは一緒に笑ってくれて、それから赤ちゃんを抱き上げると頬や顔の至るところにキスしました。ファトマがむずがり出しても、私が注意するまで口髭が当たって泣いているんだって、メヴルトは気が付きませんでした。

アブドゥルラフマン氏　フェヴズィイェ、それが娘たちのいまは亡き母の名前だ。そして、わしが次女の名前にどうかとライハに勧めた名でもある。いまやわしの娘はみなイスタンブルで暮らし、そのうち二人までもが、親に逆らって駆け落ちした。しかし、だからといって母親のフェヴズィイェが——彼女の上に光輝あふるる安らかな眠りあれ——自由奔放な女であったなどと思わないでほしい。あの女は最初に求婚してきた男——つまりわしと十五歳で結婚し、以降は一歩たりとも故郷のギュミュシュデレ村から出ず、二十三の齢まで平穏に暮らしたのだ。イスタンブルでは安全に暮らせなくなったことを泣く泣く理解したわしは、一度村へ戻ろうとバスに乗った。車窓から見える故郷を、悲嘆に暮れながら眺めていると、こう思わずにはいられない。わしもフェヴズィイェのように生きればよかった、村の外へなど出なければよかった、とな。

ヴェディハ　コルクトは私とほとんど口を利かず、帰宅することさえ滅多にない。私が何を言っても文句をつけるようになったわ。コルクトとスレイマンは、私だけでなく、父のことも無言で責めていたから、可哀想な父さんは荷物をまとめて村へ帰ってしまったの。私はまたひっそり泣いたわ。たった一カ月でもぬけの殻になってしまった父さんとサミハの部屋に入っていって、壁の両隅に置かれた二台のベッドを見ると、後ろめたくなって、また涙が出たわ。窓から街を眺めるたび、サミハがこの都市のどこに行方をくらましたのか、どんな男と一緒なのか想像しているの。ええ、よくやったわね、よくぞ逃げてくれたわ、サミハ。

スレイマン　サミハが逃げてから五十一日経っても、消息はつかめない。僕はこの間、延々とラク酒を飲んでいた。もっとも、兄さんに怒られないよう夕食時には控えて、自室で静かに、まるっきり薬を飲むみたいに痛飲するか、さもなければベイオール地区のどこかの店で飲むようにしていた。ときたま小型トラックのアクセルをベタ踏みのまま、乗り回して何もかも忘れようとした。

毎週木曜日建築資材店で売るための釘や塗料、石膏なんかを仕入れにペルシェンベ青空市場へ行くと、ごった返す業者の車やら、洪水みたいな人波を小型トラックで掻き分けていくのには、随分と時間を食うんだ。それから僕は、ウスキュダルの裏の丘で適当にハンドルを切って、どっかの大通りへ入っていく。レンガ積みの家々、コンクリートの壁、モスク、工場、広場――そいつを通り過ぎて、銀行やレストラン、バスの停留所を見て回る。でも、サミハは見つからない。いや、サミハはどこかにいるはずだって考えは、どんどん膨らんでいって、小型トラックを運転しているうちに、まるで夢の中を走っていて、あっちへこっちへ大急ぎでハンドルを切っているような気がしたもんさ。

メヴルトとライハの次女フェヴズィイェは一九八四年の八月に、病院に追加料金を払うまでもなく無事に生まれた。メヴルトは嬉しくてたまらず、ピラウ屋台の上に〝娘たちのピラウ〟と書いたほどだ。不満といえば、夜中に赤ん坊たちが揃って大泣きすることと、それに伴う寝不足、それに新生児のためだなんだと言い訳をつけて家にやって来るヴェディハが、あれこれと口出ししてくることくらいのものだ。

「ピラウ売りなんてやめてしまいなさいな。うちの仕事を手伝えばいいじゃない。そうしたらライハにも楽させてやれるのにね、お婿さん」

一度、ヴェディハにそう言われたメヴルトはこう返した。「うちの仕事は、神様のお蔭でうまくいってるよ」その瞬間、〝嘘よ〟とばかりに姉に目配せしたライハに腹が立って、ヴェディハが帰った後でこう文句を言った。「家の中のことにあんなふうに口出しするなんていったいどういうつもりだ?」本当はライハがドゥト丘へ行ってヴェディハに会うのを禁止したかったが、それが不当であるのは承知していたので、メヴルトはそれ以上、何も言わなかった。

8 資本主義と伝統
——メヴルトの幸せな家庭——

一九八五年二月の末、寒空の下長いこと頑張ったものの、たいした稼ぎの上がらなかった日のこと、仕事道具をまとめてカバタシュ埠頭から家に帰ろうとしていると、スレイマンが小型トラックで近寄ってきた。「みんなお前の新しい娘さんに贈り物をやったし、ナザルボンジュウもつけてやったのに、僕は何もしてやれなかったね。なあ、乗れよ、ちょっと話そう。仕事はどうだい？　表に突っ立ってて、寒くない？」

メヴルトは助手席に座ると、一年前に失踪したサミハは何回くらいこの席に座り、何回くらい美しい瞳の彼女とスレイマンはイスタンブルをドライブしたのだろうかと、ふと思った。

「もう二年、ピラウ売りをやってるけど、お客の車に乗ったのは初めてだよ。ああ、この座席は随分と高いな。眩暈がするから、僕はもう行くよ」

「座れって！　話があるんだから！」

スレイマンはドアの取っ手に伸ばされたメヴルトの手を握りしめて言った。メヴルトは、恋の苦しみと挫折感に揺れる幼馴染の目をじっと覗き込んだ。

その目が「これで僕たちはあいこだな！」と言っているようで、メヴルトは彼に同情した。そして同時に、自分が二年もの間気づかないふりを通してきた真実に直面することになったのである。つまり、美しい瞳の娘の名前がサミハではなくライハだと思い込んでしまった裏にあったのは、スレイマンの弄したたちの悪い悪戯だったのだ。もし、スレイマンが計画通りにサミハと結婚していたのなら、きっとメヴルトもスレイマンも、誰も傷つけたくないと考えて、彼の裏切りをあやふやにしたまま付き合っていくことになっただろう。

「神様のお蔭だな、スレイマン。君と兄さんの商売は順調そのものじゃないか。僕のほうは金持ちには程遠いっていうのにさ。ヴラル一家の建てるアパルトマンときたら、まだ基礎工事も終わらないうちから半分以上売れていくそうだね」

「ああ、神様のご慈悲で稼がせてもらってるよ。でもね、君たちにも同じように儲けてほしいんだ。兄さんも同じ考えさ」

「どんな仕事だい？　ヴラル一家の事務所でお茶汲みでもしろってのかい？」

「お茶汲みをやりたいのかい？」

「もうお客さんが来るから行かないと」メヴルトはそう言って車を降りた。表には客一人いなかったが、メヴルトはスレイマンの小型トラックに背を向けると、あたかもお客のためと言わんばかりに一皿よそいはじめた。まずはお皿に匙でピラウを盛って、その山の天辺を匙の裏側でならす。そうして、三輪のピラウ屋台のプロパンガスを消そうとすると、背後で友人が車から降りてこちらへやって来る気配がして、メヴルトの自尊心をくすぐった。

「嫌だってんならもう何も言わないよ。でも、僕は君の赤ちゃんにこの贈り物を直接、渡してやりたいんだ。赤ちゃんに会って行きたいだけなんだよ」

「僕の家への道が分からないんだったら、ついて来ればいい」メヴルトはそう言って屋台を押しはじめた。

「トラックの荷台にその屋台ごと載せればいいじゃないか」

「僕の三輪レストランを馬鹿にするな。こいつには厨房どころか、ガス台まで付いてるんだぞ。ひどく壊れやすいし、そのうえすごく重いんだ」

毎日、午後の四時から五時くらいに帰宅するときと同じく、メヴルトはぜえぜえ息を吐いて屋台を押しながら、カザンジュ坂をタクスィム広場に向けて上っていった。おおよそ二十分はかかる道のりだ。ふいに、スレイマンの小型トラックが、のろのろと後ろから近づいてきて、純粋な好意と友情からこう申し出た。

「メヴルト、フックに結わえつけよう。ゆっくり引いてやるからさ」

メヴルトは聞こえないふりをして屋台を押し続けたものの、数歩も行くと路肩に屋台を停めてブレーキを引いた。「スレイマン、君は先にタクスィム広場まで上って駐車したら、タルラバシュ停留所まで行って、そこで待っていてくれ」

スレイマンはアクセルを踏むと、坂を上ってすぐに見えなくなってしまった。メヴルトは貧相な家をスレイマンに見られるのかと思うと気が滅入ったものの、いとこのへつらうような態度には、まんざらでもなかった。それに、スレイマンを介してヴラル一家と誼《よしみ》を通じられれば、ライハや子供たちにもっと楽をさせてやれるという計算も頭の隅にあった。

裏庭に屋台を鎖で止め、ライハを呼んだが、普段と違い、なかなか下りて来なかった。「ライハ、どこだい？」ピラウ用の台所道具を手にしたまま仕方なく上階の台所まで上っていくと、ライハの姿があった。「スレイマンが子供たちにプレゼントを持って来てくれたよ！　ちょっと家の中を片づけてくれよ。このままじゃ見栄えが悪いから」

「別にいいじゃない！　いつも通りの格好で」

　メヴルトは娘たちを見て勇気づけられ微笑みを浮かべて言った。

「もちろん、格好は構いやしないさ。でも、変な噂になったら困るから、空気くらい入れ替えようよ。なんだか変な臭いがするし」

「窓は開けたら駄目よ。娘たちが風邪を引いてしまうもの。臭いが気になるの？　スレイマンたちのドゥト丘のおうちだって同じようなものでしょうに」

「いや、こんな臭いはしないよ。ドゥト丘の大きな庭付きの家には電気も水道もあって、どこもかしこもぴかぴかさ。でも、僕らの家のほうがずっと幸せだけどね。そうだ、ボザは仕込んでくれたかい？　ああ、この布巾は片付けておこう」

「二人の子供の世話に、ボザ作り、ピラウに鶏肉、皿洗いに洗濯、私一人じゃ全部はできないわよ。ご愁傷さま」

「コルクトとスレイマンは僕に仕事の話を持ちかける気だよ」

「どんな仕事？」

「共同事業だよ。ヴラル一家の持ってる喫茶スタンドを経営するのさ」

「そんな話をスレイマンが持ってくるとは思えないわ。どうせ、サミハは誰と駆け落ちしたんだって聞き出したいだけよ。あの兄弟があなたのことをそんなに高く買っていたなら、どうしてもっと早くその仕事を持ちかけてこなかったの？」

スレイマン　メヴルトが寒風吹きすさぶカバタシュ埠頭で、ぽつぽつとしかやって来ない客を待ってるのを見ても、それは言わずにおいてやろうと思った。でも、タクスィム広場には交通の事情やらで駐車できないから、裏道に小型トラックを停めて、それで遠くからピラウ屋台を押して、ひいこら言いながら上って来るメヴルトを見ていると、やっぱり憐れに思ったもんさ。

メヴルトを待っている間、僕はタルラバシュ界隈を見て回った。八〇年の軍事クーデターのあとに市長になった軍人さんは頭がどうかしちまったのか、ここいらの木工職人とか、板金工とかの工房を市外に追い出しちゃったんだ。ベイオール地区でウェイターをしてる連中がひしめき合う単身者用アパルトマンも、ばい菌の温床だって言われて、撤去された。その結果、この界隈はすっかりさびれてしまったのさ。一時期はヴラル一家も、ここいらに安く買い叩けて、いずれは建物を建てられるような土地はないかと探し回ったんだけど、家の所有者は六四年に一夜にしてアテネへ逃げていったギリシア人たちだったから、結局諦めたんだ。それにこの辺りを根城にしてるマフィアは、ドゥト丘のやくざ者なんかよりよっぽど強くて、残酷だしね。この界隈に、行くあても、故郷もないよそ者の群れがどっと押し寄せたのはここ五年くらいの話だ。つまり、アナトリアからやって来た貧乏人や、クルド人、ロマ、遊牧民とかだね。連中が居ついたこの界隈は、十五年前のドゥト丘よりもひどい有様だよ。ここいらを綺麗にするには、それこそもう一度、軍隊にクーデターでも起こしてもらわないといけないね。

僕はメヴルトの家に着くと、ライハにプレゼントのぬいぐるみを渡した。一間きりの家の中は、眩暈がしそうなほど散らかっていた。おむつ、皿、おまる、洗濯物、ヒヨコ豆の大袋、砂糖の包み、ガス台、離乳食の箱、液体洗剤の容器、調理道具、哺乳瓶、プラスチック製の容器、ベッド、布団——そいつらが一部屋に詰め込まれていて、まるで洗濯機にかけてる最中の洋服のように、その色まで混じり合ってるみたいなんだ。

「なあメヴルト、ヴェディハ義姉さんの言うことなんか信じられなかったけど、いま自分の目で見て分かったよ。奥さんと子供たちに囲まれた幸せな家庭ってのは、あるもんなんだな。幸せな家庭ってのを実際に見られたのが、今日一番の収穫だよ」

「なんでヴェディハの言うことを信じなかったんだい？」

「いや僕は、君のところの幸せな家を見ていると、一刻も早く結婚しようって気になるって言いたかっただけだよ」

「スレイマン、なんで信じなかったんだ？」

メヴルトがもう一度そう尋ねたとき、ライハがチャイを持って来て軽口を叩いた。「あら、スレイマン義兄さん。むしろ、あなたに誰かを好きにならせるほうが難しいんじゃなくて。さあ、座って」

「違うよ、女の子のほうが僕を好きになってくれないんだ」そう答えたものの、僕は腰は下ろさなかった。

「でもヴェディハ姉さんはこう言っていたわ。『女の子たちはみんなスレイマンに恋しているのに、彼ったら誰も好きにならないの』って」

「ヴェディハ義姉さんにはいつも助けられてるけど、もしかして全部、君に筒抜けなのかい？　第一、僕に恋した娘なんていたのかい？」

「ヴェディハ姉さんに悪気はないのよ」

「分かってるさ。ああ、あの娘かな。だったら僕向きじゃなかったよ。だって彼女はフェネルバフチェのファンだったからね」三人で笑いながらも、用意してきたみたいに気の利いた答えを返した自分に、我ながら驚いたよ。

「背の高い子もいたそうじゃない？」

「すごいなあ、君は。なんでもお見通しなんだね。でも、あの子は現代的すぎて、やっぱりうち向きじゃなかったね」

「スレイマン義兄さん、あなたの好みで、しかも折り目正しい娘でも、スカーフをかぶっていないっていうだけで結婚しないの？」

「ライハ、いったいどっからそんな話を仕入れてきたんだ？　テレビからなんて言うなよ？」部屋の隅でボザの容器の中を確認していたメヴルトがそうやり返した。

「ライハ、からかうのはそれくらいにしてくれないかい。それに、僕を女嫌いみたいに言わないでほしいな。終いにはカスタモヌ出身のカスムのとこの家政婦に『結婚してもいいよ』って言っちゃいそうだ」

　ライハが眉間にしわを寄せた。「あら、私だって家政婦になれてよ。誇りを持ってお仕事をしているのに、何の罪があるっていうの？」

「ライハ、そんなこと僕が許すと思うのかい？」メヴルトが抗議した。

「あら、私は今でも家の中で掃除婦よ。それに家政婦でもあり、三輪のピラウ屋台専属の料理人でもあり、ボザ売りさんの台所でだって働いてるの」ライハはにっこりと笑って夫のほうを向くと、さらにこう畳みかけた。「さあ、私に雇用契約書をお見せなさい、さもなくばストライキをしちゃうわよ。法的に認められた権利なんだもの」

　するとメヴルトはこう返した。「法律だと言われようが書かないし、そうでなくとも書かないぞ。我が家に対する政府の介入は一切、認めない！」

「ああ素晴らしい。ライハ、君は本当になんでもよく知っているんだね。だったら、僕の悩みも分かってるんだろうね」僕は慎重にそう切り出した。

「スレイマン義兄さん、サミハがどこへ逃げたのかも、誰と逃げたのかも、私たちは本当に知りません。だから、私から聞き出そうとしても時間の無駄よ。それにね、コルクト義兄さんは、何か知ってるだろうって可哀想なお父さんにまで辛く当たったそうじゃないの……」

「さてメヴルト、ちょっとそこの角のチャルダク酒店に行って一杯やりながら話そうぜ」

「メヴルト、飲みすぎたら駄目よ?」ライハはそう言った。「この人ったら一杯飲んだだけでなんでもかんでも喋ってしまうんですもの。私とは大違い」

「自分の酒量くらい弁えてるよ!」メヴルトが思わずそう答えたのは、ライハとスレイマンが延々と親しげに話していて、しかも妻がしっかりスカーフもかぶっていないのを見て不安に駆られたからだ。どうやらライハは、思った以上に頻繁にドゥト丘へ通っては、あっちの家庭でよろしくやっていたようだ。

「今夜のヒヨコ豆は、ふやかさないでもいいよ」

出がけにメヴルトが、毅然とした口調で言うと、ライハも鋭い口調でこう返した。

「朝に渡したピラウもそのまんま売れ残っているみたいだものね」

はじめ、スレイマンはどこに小型トラックを駐めたのか思い出せず、もう少し歩いてようやく見つけて表情を明るくした。

「ここに駐車しちゃ駄目じゃないか。子供たちにミラーを割られちゃうぞ。フォードのエンブレムを折られるかも……。連中ときたら、坂の上の車の予備部品店に売りに行ったり、アクセサリー代わりに首から提げたりするんだから。もしメルセデスだったら、エンブレムを見逃しやしない。絶対にかっぱらっていっちゃうんだ」メヴルトは言った。

「この地区がはじまって以来、メルセデスが来たことなんてなさそうなのに?」

「あんまりこの街を見くびるな。むかしは一等賢くて、一等優れた職人だったギリシア人とか、アッシリア人たちが暮らしていたんだ。イスタンブルを支えた職人街なんだ」

伝統あるギリシア系レストランであるチャルダク酒店は、ベイオール地区に続く坂道を、通り三本ほど上ったすぐ近所だが、メヴルトとライハは店に入ったことは一度もなかった。まだ早いので客の姿はなく、メヴルトとスレイマンはがらがらの卓の一つに腰かけた。スレイマンはメヴルトには尋ねもせずに、ラク酒のダブルを二杯と、前菜に白チーズとムール貝の揚げ物を注文し、そのまま本題に入った。

「僕らの親父同士の財産争いのことはもう忘れよう。兄さんもお前によろしくって言ってたよ……。今日は真面目に仕事の話をしたいんだ」

「どんな仕事だい？」

スレイマンは返事の代わりとばかりに「乾杯」と言って、コップを持ち上げた。メヴルトもそれに倣ったものの、一口だけ飲んでテーブルにコップを戻してしまった。

「なんだよ……。飲まないのか？」

「酔っぱらったままお客の前には出られないよ。いまだって、ボザのお客さんを待たせてるんだから」

「それに僕のことも信用できないから、とでも言うつもりかい？　酔っぱらったら、僕に何でもかんでも喋らされるとでも思ってるんだろう？　でもね、僕が君の秘密を誰かに洩らしたことがあったかい？」

メヴルトは心臓の鼓動が速まるのを感じながら、こう訊き返した。「僕の秘密って？」

「ああ、メヴルト。やっぱり君は僕を信頼してくれてるんだな。あの秘密を忘れちまうくらいなんだもの。信用してくれよ、僕も忘れた、誰にも言ってない。じゃあ、別のことを思い出してみようじゃないか。君が兄さんの披露宴で恋をしたとき、僕はあれこれ知恵を授けて、手助けしてやったよな？」

「もちろん、してくれたよ……」

「駆け落ちのために、はるばるイスタンブルからアクシェヒルまで小型トラックで連れていってやったよな？」

「ああ、君に神のご加護を。君のお蔭で僕はいま幸せにやってるよ」

「本当に幸せか？　人間ってのは幸せになろうとするもんだけど、たとえ幸せじゃなくたって、『俺は幸せだ』って言うもんだよ」

「なんで、不幸な人間が幸せだなんて口にするのさ？」

「恥ずかしいからさ。もし自分の不幸を認めたら最後、もっと不幸になるのを知ってるからだ。でも、君はそうじゃないんだろうな。確かにライハと一緒になって幸せそうだもの……。今度は僕の幸せのために協力してほしいんだ」

「もちろん、手伝うよ」

「じゃあ、サミハはどこだ？　君はあの子が僕のとこに戻って来ると思うかい？　正直に言ってくれ、メヴルト」

　メヴルトはしばらく考えてから答えた。「あの娘のことは忘れろよ」

「忘れろって言われて、そいつが頭の中から素直に出ていくわけないだろ？　むしろ、もっとこびりついて離れなくなるのがオチだ。兄さんも君も、姉のほうと結婚してお気楽にやってるってのに、僕だけがその妹をものにできなかったんだぞ。忘れろって言われても、ますますサミハのことしか考えられない。あの娘の瞳や、立居振舞い、美しさが、一向に頭から離れないんだ。どうしろっていうのさ。他に考えることといえば、僕の顔に泥を塗った野郎のことくらいのもんだ」

「顔に泥を塗った奴って？」

「白昼堂々サミハをかっさらっていった糞野郎だ。……いったいどこのどいつなんだ？　正直に答えてくれよ。僕はその野郎に復讐しないと収まらないんだ」

そう言ってスレイマンは、まるで仲直りの印とばかりに大げさに杯を上げたので、メヴルトも渋々、ラク酒の杯を空にした。

「ああ……。効くなあ。なあ、そう思うだろ？」

「今晩仕事がなければ、いくらでも付き合うけど……」

「メヴルト、君は僕のことをずっと〝民族主義者〟とか〝ファシスト〟とか呼んできたよな。でも、本当に罪深いのは我らがトルコ人の酒たるラクに怯える君のほうさ。それとも、西欧のワインを飲めとでも入れ知恵されたのかい？　あのアカのお友達にさ？　なんだっけ、あのクルド人の名前は？」

「スレイマン、そんな古い話はよそう。それより、新しい仕事とやらの話をしろよ」

「君はどんな仕事がしたいんだ？」

「仕事なんてないんだろ。君はサミハの居場所を訊きに来ただけなんだから」

すると、スレイマンは冷たい口調でこう言った。

「アルチェリク社の三輪自動車があるよな。タイヤが三つあってエンジンの付いたやつさ。君のピラウ売りも、ああいう車でやるべきだと思わないかい。月賦でも買えるぞ。メヴルト、もし君に元手があったら、どこで、どんな店を開きたかったんだい？」

メヴルトはいまのスレイマンをまともに相手にするべきでないのは重々承知していたものの、我慢できずについこう答えてしまった。「ベイオール地区でボザ店を開いただろうな」

「そんなにボザは需要があるのか？」

メヴルトは力を込めて言った。「ボザは金になるよ。一杯飲んだ客は、必ずもう一杯買ってくれるもの。僕は一資本主義者として君に教えてやるよ。きちんと準備してお客に出しさえすればボザには大きな未来があるってね」

「その資本主義者云々ってのも、同志フェルハトの入れ知恵か？」

「いいかい、いまボザがたいして飲まれてないからって、この先まったく飲まれなくなるって意味じゃない。インドに行った二人の靴屋の昔話を聞いたことはあるかい？　資本主義の寓話なんだけどね、一人は『ここの連中はみんな裸足じゃないか。こいつらじゃ靴は買ってくれないよ』って言ってさっさと帰ってしまうんだ」

「インドに資本主義者はいなかったのかね？」

「でも、もう一人は『ここは五億人の裸足の人間がいる大市場だぞ』って言って、あっちで頑張って大金持ちになるんだよ。それにね、日中にピラウで損した分も、夜にボザを売ればお釣りがくるんだ」

「君も立派な資本主義者になったもんだ。でも、ボザはオスマン帝国時代にはいくらでも飲まれてたんだぜ。アルコールが入ってるからな。そもそも靴の無かったインド人と、ボザとじゃ話が違う。いまどき、『ボザにはアルコールが入ってない。よって飲んでいい』なんて言って自分を誤魔化す必要もない。自由に酒が飲める世の中なんだから」

「違うよ。ボザを飲むのは自分を誤魔化すためじゃない。みんな、ボザを好きだから飲むんだ」メヴルトは興奮してこう言い返した。「現代的で、清潔なお店で売れば絶対に……。まあ、それはいいや。

それで、君の兄さんはどんな仕事を僕に紹介してくれるんだい？」

「さあね、コルクト兄さんが昔の理想主義的民族主義者たちと働くつもりなのか、それとも母国党から選挙に出るつもりなのか、僕には分からないよ。それはそうと、どうして『サミハのことは忘れろ』なんて言ったんだい、訳を教えてくれよ」

「だって、他の男と駆け落ちしたんだろ……」メヴルトは呟くように答え、真心の籠もった声音で付け加えた。「それに、恋の苦しみってのは辛いから」

「なるほど、僕に手を貸さないってわけか。でも、他にあてがないわけじゃないんだ」

スレイマンはそう言って、ジャケットのポケットからくしゃくしゃになった古い白黒写真を取り出してメヴルトに手渡した。

写真には、人生に疲れ切った女が映っていた。マイクの前で歌う彼女の目の周りはアイシャドウで影が出来ていて、スカーフの端から染めた髪の毛が覗く、地味な服装のとても美人とは言えない女だった。

「スレイマン、この人は僕らより少なくとも十五歳は年上じゃないか！」

「いいや、三、四歳年上なだけさ。実際に見たら二十五より上には見えないよ。気立てが良くて、理解のある人でね、週に二、三回は会ってるんだ。ライハやヴェディハ義姉さんには言うなよ。もちろんコルクト兄さんにもな。さあ、これで僕と君は秘密を共有したことになるな。そうだろ？」

「まっとうな娘と結婚する気はないのかい？ヴェディハと一緒に、ちゃんとした娘を探しているんじゃなかったのかい？この歌手は、いったい何なのさ？」

「僕はまだ独身だよ。なにせ、サミハと結婚できなかったんだから。そうやっかむなよ」

「君の何をやっかむっていうんだよ」メヴルトはそう言って立ち上がった。

「もうボザ売りに出ないと」こんな調子では、コルクトと一緒に仕事をするのは無理そうだし、何よりスレイマンはライハが予想したとおり、ただサミハの行方を聞き出そうとやって来ただけだったのだ。

「いや、座れって。あと一、二分くらいいいだろ。今晩、ボザは何杯くらい売れる見通しなんだい？」

「今夜は容器半分で出るつもりだよ。そうすれば絶対に売り切れ間違いなしさ」

「じゃあ、容器満タン分の代金を出してやる。コップ何杯くらいになる？　もちろんちょっとは負けてくれよ」

「何が言いたいんだい？」

「僕と一緒にいて、旧交を温めてくれって頼んでるだけさ。親友が表へ出ていって、凍えないで済むように、金を払うって言ってやってるんだよ」

「君から施しを受ける謂れはない」

「でも、僕のほうは君に友情を示してもらう必要があるんだ」

「それなら、容器三分の一の料金でいいよ」メヴルトは根負けして腰を下ろした。「君相手の商売で利益を上げる気にはなれないからね。原価はそんなもんだし。だけど、ライハに僕が君と飲んでたなんて言わないでくれよ。ああ、ボザはどうすればいいかな？」

「どうするかって？」スレイマンも思案顔で言った。「僕に分かるはずないだろ……。誰かにやっちまうか、さもなければどっかに捨てちまうか……」

「捨てるってどこに？」

「どこがいいかな？　そのボザはもう僕のなんだよな？　だったら便所の排水口に捨てちまおう」

「そいつはあんまりだよ、スレイマン……」

「どうしてだい？　君は資本主義者なんだろ？　金は払ってるんだぞ」

「イスタンブルでいくら稼いでいても、君には一銭の価値もないな」

「まるで、ボザは神聖なもんだとでも言いたげじゃないか」

「ああ、ボザは神聖な飲み物なのさ」

「糞くらえ。ボザなんてイスラム教徒が酒を飲むために見つけてきて、あれこれ能書きを並べた酒まがいに過ぎないんだぞ。誰でも知ってることさ」

「違う。ボザにはアルコールは含まれていない」

「からかってるのか？」

内心穏やかならざるものがあったが、メヴルトは自分の顔にあくまで冷静な表情が浮かんでいるのを感じて密かに安堵しながらそう答えた。ボザを売り歩いてきたこの十六年間貫き通してきた嘘だ。ただし、それを聞く相手には、二種類の人間がいた。
一、ボザを飲みたいが、罪の意識は感じたくないと願う保守的な客たち。彼らの中でも賢い者は、ボザにアルコールが含まれているのを承知していたけれど、メヴルトの売っているボザはこれまでのボザとはまったく別の、それこそ糖分ゼロのコカ・コーラのような新製品だと考えることにしていて、よしんばアルコールが含まれていたところで、それは嘘をついた売り手のメヴルトに帰せられるべき罪だと割り切るのが常だった。
二、ボザを飲むついでに、農村から出てきた愚かな呼び売り商人をちょっと啓蒙してやろうとしたがる世俗的で、西欧化された客たち。彼らの中でも賢い者は、実のところ呼び売り商人もボザにアルコールが含まれているのを承知していることに気が付いていて、金を稼ぐために嘘をつく、信心深くて抜け目のない田舎者をやり込めようとするのが常だった。

「いいや、からかってなんかいないよ。ボザは本当に神聖な飲み物なんだ」

「言っとくけど、僕だってイスラム教徒なんだからな。その神聖さってのは、もちろん僕の信仰心に適うもんなんだろうな」

「厳密にはイスラム教のものじゃないってだけで、神聖なものでないってことでもないよ。ボザは昔々の僕たちトルコ人のご先祖さまから伝わる飲み物でもあるんだからね。僕はね、夜に薄暗い通りに入っていって、蔦の這う壁なんかに出くわすと、得も言わず真摯な気持ちになって、幸せな気分になるんだ。お墓に入っていって古い墓石に彫られたアラビア文字を見ると、ちんぷんかんぷんだってのに、なんだか祈禱を捧げたときみたいに敬虔な心地がしてくるんだ」

「墓場の野犬どもを怖がってるだけだよ、そりゃ」

「野犬の群れなんか怖くないよ。あいつらは僕が誰か知ってるからね。さて、いまは亡きお父さんがボザにはアルコールが含まれてるって絡んでくるお客にどう答えたと思う？」

「どう答えたんだい？」

「『もしアルコールが入ってたら、俺は売ったりしませんよ、旦那』って答えてたよ」メヴルトは父親の口まねをした。

「じゃあ、そいつらがアルコール入りだって知らなかっただけじゃないのかい。もしボザがザムザムの水（メッカにある聖なる泉）みたいに神聖だってんなら、いまごろ僕らはみんなボザを飲みまくっているはずさ。そうしたら、君はとうの昔に大金持ちになってたろうよ」

「神聖な飲み物だからって、全員が飲むとは限らないだろ。コーランだって、ちゃんと読んだことある人はごく僅かじゃないか。もちろん、このどでかいイスタンブルの街にはちゃんと読んだ人も一人くらいいると思うけど。それならそれで、そういう人がいるんだって信じるだけで、他の何百万って人たちもちょっとは安心できるってもんだろ。つまりね、ボザを飲む人たちに、それが僕らのご先祖様のお酒だったってことを弁えておいてもらえれば僕には充分ってことさ。ボザ売りの呼び声が昔のことを思い出すきっかけになって、それでお客さんたちの気が楽になるならね」

「なんで気が楽になるんだよ？」

「さあね。でも、有難いことに、そのお蔭でボザは飲まれ続けているんだよ」

「たいしたもんだな。まるっきり自分こそがボザ売りのボスだとでも言わんばかりじゃないか」

「まあそんなもんだね」メヴルトは胸を張ってそう答えた。

「分かったから、いい加減に僕がボザを買い取るのにうんと言ってくれよ。便所の排水口に流すのに反対なだけなんだろ。確かに、ものを粗末にするのは宗教的にも禁じられてるしね。それならそれで、貧乏人に振舞ってやることにすればいいじゃないか。もっとも、連中がアルコール入りのボザを飲みたがるかは分からんがね」

「スレイマン、何年も僕に民族主義を押しつけて、ファシスト気取りだった君が、いまさらボザを取り上げてあれこれ言うのは道理が通ってないよ」

「そうかもね。それで、君は金持ちになれたかい？　金持ちに嫉妬する奴ってのは、いつも『お前は間違えている』なんて言うもんさ」

「いいや、僕は君に嫉妬したりなんかしてないよ。君がまともじゃない女と付き合ってるってだけのことだよ、スレイマン」

「君は正しい相手も間違えた相手も大して違いはないってよく知ってるもんな」

「僕は結婚した。それに、神様のお蔭で幸せだ」メヴルトは今度こそ席を立って言った。「君もちゃんとした娘を見つけて、一刻も早く結婚したほうがいい。じゃあまたね」

メヴルトの背中にスレイマンの声がかかった。「サミハをさらった糞野郎をぶっ殺すまで、僕は結婚しないぞ。あのクルド人にもそう伝えとけ」

メヴルトがふらふらした足取りで帰宅すると、ライハは準備したボザの容器をあらかじめ階下に降ろしてくれていた。そのまま担ぎ棒を背負って呼び売りに出ることもできたのだけれど、結局そのまま階段を上って家に入った。

ライハはフェヴズィイェにお乳をやっているところで、子供を怖がらせないよう囁き声で尋ねた。

「あの人、あなたにお酒を飲ませたの？」

メヴルトは頭の中にラク酒が残っているのを感じながら答えた。

「いいや、一杯も飲まなかったよ。ただ、サミハはどこのどいつのとこへ逃げたんだって問い詰められただけさ。『あのクルド人』って言ってたけど、誰のことか分かるかい？」

「あなたは何て答えたの？」

「答えようにも、そもそも僕は何にも知らないんだよ」

「サミハが逃げた相手はフェルハトなのよ！」

「なんだって？　どうして隠してたんだ？」

「スレイマンがかんかんになっていたからよ。ドゥト丘であっちの家の人たちが何を話してるか知ったら、あなたはどう思うかしら。……あの人たち、サミハをさらった相手を見つけて殺すつもりでいるのよ」

「……まさか。口先だけだよ。嘘つきのスレイマンが人殺しなんかするもんか」

「じゃあ、どうしてあなたは怯えて、苛々しているの？」

「僕は何も怖がっていないし、腹を立ててもいない！」メヴルトは思わずそう怒鳴り声を上げると、そのまま叩きつけるようにドアを閉めて表へ飛び出した。背後で赤ん坊の泣き声が聞こえた。

ついいましがた聞かされた事実を呑み込むためには、街の暗い通りを歩いて頭を冷やさないと――そう考えたメヴルトはその晩、客などいるはずもない真夜中だというのにフェリキョイの裏通りからカスムパシャまでひたすら歩き続けた。

途中、道に迷ったので坂を下っていくと、二軒の木造家屋の間にぽつんと残る墓地にたどり着いた。メヴルトは墓石の間に腰かけて煙草に火をつけた。遥かオスマン帝国時代からここに立つ、ターバンの飾りを戴く墓石を眺めていると、心が敬虔な気持ちで満たされていった。もう、サミハのことも、フェルハトのことも、忘れるべきだ。もう考えるのはやめよう――延々と歩き続けながら、メヴルトはそう思い込もうとした。実際、家に帰ってライハを抱きしめながら眠りにつくと、どんな悩みも忘れることができた。この世で彼を悩ませるものはすべて、彼自身の頭の中の違和感に端を発しているにすぎないのだと、そう思った。墓場にいた野犬だって、今夜は親しげに振舞ってくれたではないか。

9 ガズィ地区
——俺たちはここに隠れるつもりだ——

サミハ　ええ、私がフェルハトのところへ逃げたっていうのは本当。居所をつかまれないために二年間も黙っていたから、説明したいことがいっぱいあるの。

スレイマンは私にお熱だった。恋をした男が馬鹿になるっていうのは本当。駆け落ちするちょっと前なんて、変な行動ばかり取っていたし、私と話すだけで興奮して、口の中がからからになっちゃうみたいだったっけ。でも、あんなに私を欲しがったくせに、私を喜ばせるような甘い言葉の一つも口にしなかった。腕白な子供が弟をからかうみたいに冗談を言ったり、私とドライブしたいくせにいざ小型トラックに乗ると「あんまり二人でいるとこを人に見られたくないな」とか、「ガソリンがなくなっちまう」とか文句を言っただけ。

彼から貰った贈り物は、みんな家に置いてきちゃった。でも、父さんが作らせた入れ歯を返したかどうかまでは分からない。……他の贈り物とか、援助とかのお返しも。父さんは私に腹を立てているでしょうね。でも、私だって怒っていたのよ。相談もなしに、勝手にスレイマンにお似合いだなんて思われたんですもの。

フェルハトがはじめて私を見かけたのは、ライハとメヴルトの披露宴のときだったそう。私は彼には気づかなかったけど。でも、彼は私を忘れられなかったみたい。ある日、ドゥト丘までやって来て、私の行く手に立ちはだかると堂々と言ってくれた。君が好きになった、結婚してほしいって。

私と一緒になりたいくせに、近寄って来る勇気さえない男たちばかりだったから、フェルハトの毅然とした態度はとても好ましかった。大学に通ってるけど、本当は外食産業で働いているんだ、と彼は言ったけど、ウェイターなんだとは言わなかったわ。どこで番号を調べたのか、ドゥト丘の家にまで電話をかけてきた。もし、スレイマンやコルクトに知られたら、たこ殴りにされちゃうに違いないのに。いいえ、もしかしたら骨まで折られちゃうかも。でも、フェルハトはそんなこと歯牙にもかけずに電話をかけてきて、あるとき私に会いたいって言ったの。もし、ヴェディハ姉さんが家にいれば、私が電話を受けることはないから、そんなとき姉さんは「もしもし？　もしもし！」って言ったあとに、私をひたと見据えてこう注意する。「……何も言わないわね。きっとこの前と同じ奴に違いないわ。サミハ、気を付けるのよ。都会には向こう見ずの遊び人が多いんだからね」

私は何も答えなかった。でも、私が怠惰で太っちょの金持ちよりも、遊び人のごろつきを選ぶ人間だって、ヴェディハ姉さんはお見通しだった。

ヴェディハ姉さんと父さんが留守にしているときは――ボズクルトとトゥランは電話に触るのを禁止されてるのよ――私が電話を受けることになる。フェルハトはごく手短にしか話さなかった。アリ・サミ・イェン・スタジアムの裏手にクワの木が一本生えているところがあるから、俺はそこで待っているって。そこには古い厩舎があって、中には無宿人が住み着いていた。近くに一軒の雑貨店があって、フェルハトはフルコ社のオレンジ・サイダーを一本買ってくれて、二人して当たりが出るかしらって、蓋の裏を覗き込んだものよ。その外食産業とやらでいくらくらい稼ぎがあるのかも、貯金があるかどうかも、どこに住んでいるのかさえ、私は尋ねなかった。だって、私は彼に恋していたから。

フェルハトと、彼の友人たちと一緒にタクシーに乗り込んだあと、私たちはまっすぐにガズィオスマンパシャ地区には向かわなかった。スレイマンの小型トラックを撒《ま》こうと、あっちへこっちへ曲がりながらタクスィム広場まで戻って、それからカバタシュ埠頭まで坂を下っていったのよ。海の青が素敵だったわ。ガラタ橋を渡るとき、金角湾を行く船とか、橋を渡る通行人とか、車とかを眺めていると、わくわくしたっけ。父さんと姉さんから逃れて、誰も知らないどこかへ行くんだって思うと、怖くて涙が出そうだったけれど、その一方でこの街の全部が自分のものになったような気がしていて、これから幸せな生活が待っているんだって確信した。

「ねえ、フェルハト、どこかに連れてってくれない？　お出かけしましょうよ」

私がそうお願いするとフェルハトはこう答えた。「いくらでも連れ出してやるよ、綺麗なサミハ。だけど、いまは俺たちの家に向かおう」

タクシーを運転していたフェルハトの友達も口を開いた。「お嬢さん、本当にうまいことやったもんだね。銃は怖くなかったのかい？」

「彼女に怖いもんなんてないさ！」答えたのはフェルハトだった。

やがてタクシーは、昔はタシュルタルラっていう名前だったガズィオスマンパシャ地区に入っていった。埃っぽくて、土むき出しの道を上っていくと、そこの家々や煙突、木々と一緒に、世界そのものが歳を取ったみたいな錯覚を覚えたわ。だって、建築途中だっていうのにもう古びて見える平屋の家や、がらんとしていて寂しげな空地、レンガやブリキの一斗缶、木材とかで作られた壁、通行人に吠えたてる犬しか見えないし、道は舗装されていなくて、庭が広すぎるせいか家がまばらにしかないんですもの。一見すると村みたいで、でも村とは違う。きっと、扉とか窓とか、その他もろもろの調度がみんな、イスタンブルの古い家から持って来られた品々だったからね。住人たちのほうも、いつかちゃんとした家をイスタンブルで買って引っ越すまでのあいだ、ここに仮住まいしているだけとばかりにどこか焦っていた。女の人たちは私とそっくりの、色褪せた群青色のズボンとスカートを穿いていた。スカーフをきつく結んで、もんぺを穿いた老女や、パイプみたいに太いズボン、ロングスカートにオーバーコートを着た女性たちも見かけた。

フェルハトが借りた窓二つの一間限りの家は、坂の中腹に立っていた。裏窓からはフェルハトが自分で石を積んで囲った空地が遠くに見えるのよ。フェルハトは囲い石を石灰で白く塗っていたから、夏の晩に満月が昇ると、私たちの寝床から燐光を放つ幽霊みたいにその空地が見えて、するとフェルハトは「俺たちの土地が呼んでるな」なんて言って、囁き声でお金が貯まったらどんな家を建てるつもりなのか説明してくれるの。部屋の数はいくつくらいがいいと思う？　台所は坂の下のほうがいいかな、それとも上のほうに配置しようか？　そんなふうに訊いてきて、だから私もあれこれ考えながら答えてあげるのよ。

彼と駆け落ちした最初の晩、私たちは服も脱がずにそのまま寝て、もちろん愛し合わなかったわ。あなたたち読者には、私の物語からまっとうな人間が学んでしかるべき教訓を得てほしいって思うから、夫婦の秘密も教えてあげる。夜に嗚咽を洩らすとね、フェルハトは私の髪の毛を撫でてくれたの。とても嬉しかったけれど、私たちは一週間、服を着たまま床に就いたのよ。そして一週間目のある晩、海なんてずっと遠くのはずなのに窓辺にカモメが下りてきて、私はこれこそ神様が私たちを許してくださった徴《しるし》に違いないと思った。フェルハトの瞳を見ると、彼も私の決心がついたのを理解してくれているみたいだった。

それでもまだ、フェルハトは無理やり迫ってきたりはしなかった。彼への尊敬と愛情がいや増して、でもこう釘をさすのも忘れなかったわ。「もし私が十八になって、市役所にちゃんと婚姻届を出さなかったら、あんたを殺しちゃうからね」

「拳銃で？　それとも毒かな？」

「そのときになったら分かるわ」

そしてフェルハトは、映画で観たみたいな素敵なキスをしてくれた。生まれてはじめて男の人とキスをしたせいですっかり混乱していた私は、もうそれ以上何も言えなくなってしまった。

「それで、あとどれくらいでお前は十八歳になるんだい？」

私は旅行鞄から誇らしげに身分証明書を取り出して言ってやった。

「あと七ヵ月と十二日よ」

「十七になって夫がいなければ、死ぬまで実家暮らしだって言うぜ。だから、お前と俺が愛し合っても、神様はお前を憐れんで、罪には問わないだろうよ」

「神様が私の罪を帳簿に書くかどうかなんて、私には分からないわ……。でも、もしお赦しくださるとしたら、それはきっと私たちが人目を忍んで暮らしていて、ここで誰にも頼ってないからこそなんだと思うの」

「いいや、この丘には俺の親戚や係累、それに知り合いがいくらでもいる。俺たちは二人きりじゃない」

〝二人きり〟と聞いて、また泣き出してしまったわ。フェルハトは、父さんが子供の頃にしてくれたみたいに髪の毛を撫でながら慰めてくれた。どうしてか分からないけれど、髪を撫でられていると、なおさら涙があふれてきた。

私たちはお互いにどこか気後れを覚えながら――本当はそんな気分のまましたくなかったんだけどね――愛し合った。はじめは少し混乱することもあったけれど、新しい暮らしにもすぐ慣れたわ。もっとも、姉さんや父さんが何て言うかだけは、いつも心配だったけれど。フェルハトは昼近くになると家を出て、私たちの村に走っていたのとそっくりの埃まみれの乗り合いバスに乗るの。ガズィオスマンパシャ地区のミュレッヴェト・モダン・レストランていう居酒屋でウェイターをするためにね。フェルハトは午前中、テレビで大学の講義を観るのよ。フェルハトが講義を観ている横で、私もブラウン管の中の先生を眺めるの。

「講義を聞いてるときは隣に座るなよ。集中できないじゃないか」隣に座らないと、私が部屋のどこにいるのか、右に行くのか左に行くのか、はたまた表の鳥小屋の鶏にパン屑をあげてるのかって、やきもきしちゃうから、結局は講義なんか頭に入ってこないくせに、そんなことを言うのよ。

私たちがどんなふうに愛し合ったかとか、結婚前に妊娠しないようどんな工夫をしたかとかまで、あなたたちに話す必要はないわよね。でも、ライハ姉さんには話したのよ。街に出たとき、フェルハトに秘密で姉さんとメヴルトの家を訪ねたの。メヴルトはピラウを売りに出ていて家にいなかった。何回かヴェディハ姉さんが顔を出したこともあったわね。そんなとき私は、ライハ姉さんがボザとか鶏肉の仕込みをするかたわらで、子供たちと遊んでやったり、テレビを眺めたりしながら、姉さんの忠告に耳を傾けた。

「絶対に男を信用してはだめよ」ヴェディハ姉さんは毎回、必ずそう言った。あの頃にはもう、姉さんは煙草を吸いはじめていた。「サミハ、市役所に正式に婚姻届が受理されるまでは、決してフェルハトの子を身ごもったら駄目よ。もし万が一、十八になっても正式な婚姻が結べなかったら、フェルハトみたいな野良犬と一瞬だって一緒にいてはだめ。ドゥト丘の家にあんたの部屋を用意してあげるから戻ってらっしゃいね。それとライハ、あんたも私たちがここで話し合っているのを誰にも言っちゃだめよ。メヴルトにも、スレイマンにもね。ああ、煙草はいる？　苛々とか腹立ちが紛れるわよ。

スレイマンはまだ鼻息を荒くして怒り狂ってるわ。適当な結婚相手がなかなか見つからなくてね。彼ったら誰も好きにならないんだもの。まだ、あんたが忘れられないみたい。それどころかフェルハトを──ああ、神様お守りください──ぶっ殺してやるって息巻いてるのよ」

「ヴェディハ姉さん、サミハ、ちょっと子供たちを見ていてくれないかしら。私、三十分ばかり出かけたいの。もう三日も籠もりきりなんですもの」

ここに移り住んだはじめの頃は、ガズィオスマンパシャ地区は見るたびにどこか知らない場所に来たみたいな気持ちになった。でもそのうちに、私みたいにジーンズを穿いた若い女の人と知り合いになったの。彼女も私と同じようにスカーフを緩くかぶっていて、望まない相手と結婚したくなくて駆け落ちしてきたんですって。マラトヤ出身のクルド人の娘で、嬉しそうに警察や憲兵隊に追われているって話していた。水を汲んだポリタンクを泉亭から家まで運ぶ道すがら、腎臓が痛むとか、薪小屋にサソリがいるだとか、夢の中でさえ坂を上ってるんだとか、話していた。

確かにガズィオスマンパシャ地区は険しい坂の街なの。その急斜面に、あっちこっちの都市や地方からやって来た人や、さまざまな職業の人（大半は失業者だけれど）、ありとあらゆる民族や部族の人が暮らしていて、色々な言葉が話されているの。丘のふもとには森があって、そのさらに下にはダムと、街の水源になっている緑色をした湖があるのよ。アレヴィー教徒やクルド人、それに後からやって来たしかつめらしい神秘主義教団の指導者と仲良くしていれば、家が政府に取り壊されないようすぐに知らせてくれる。そういった話がたちまち広まっていって、だから、ここはどんな人でも暮らせる場所ってわけ。でも、誰も自分がどこから来たのかは話したがらない。私もフェルハトの忠告に従って、そのときどきで別の出身地を名乗ることにしていたの。

フェルハトは毎日ガズィオスマンパシャ地区までは出ていくけど、スレイマンを恐れて街中には決して降りようとしなかったわ。私がタルラバシュまで行っているのも（秘密にしてね）もちろん知らない。お金を貯めてるっていう割に、預金通帳一冊持ってないの。彼が仕事に行くと、私は天井から床までお掃除をして（だんだん天井が高くなっていくのは、箒で掃くたびに床の土が削れているからだって気が付いたのは、越してきて一ヵ月経った頃よ）雨が降っていないときでさえ、水滴がぽたぽた落ちてくるから、屋根の上に置いたタイルや金属の板とかの場所を変えるの。葉一枚そよがず、雲一つない静かなお天気の日でさえ、壁のレンガや石の隙間を縫って風が吹き込んできたわ。壁を這う恐ろしいトカゲに動揺しながらも、私はその隙間風をどうにかしようって頑張りながら、お夕飯の支度をするのよ。壁の隙間から風の代わりに狼みたいな鳴き声が聞こえてきたり、天井から雨水じゃなくて、錆びた釘が混ざった泥水が落ちてくる晩もあった。冬の夜には、橙色の足と、お尻を温めようとして、カモメたちが窓から表に突き出したストーヴ用の煙突に止まる。私はひとりぼっちで、白黒テレビから聞こえるアメリカの警官とごろつきの怒鳴り声をかき消すほどのカモメたちの金切り声を聞くと村へ帰ってしまった父さんのことを思って悲しくなるの。

アブドゥルラフマン氏　愛しい我が娘、美しいわしのサミハ。イスタンブルから遠く離れたこの村の珈琲店のいつもの席で、テレビを観ながらうつらうつらしていてさえ、お前の声がわしの耳朶を打つ。お前が元気に暮らしておって、決してお前をさらったあの犬ころに何の不満もないのも分かるぞ。わしは嬉しいよ。金というのは人の目をくらませる。お前は好いた相手と結婚するがいいさ。相手がアレヴィー教徒でも構わん。ただその夫を連れて村まで来て、わしの手の甲に接吻しさえすれば許そう。いったいお前はどこにおるのやら……。ああ、このわしの思いや言葉は、お前に届いておるのだろうか？

フェルハト　ミュレッヴェト・モダン・レストランで夜遅くまで働いているあいだ、サミハがひとりぼっちで怯えているのを知った俺は、隣に住むスィワス出身のハイダルとゼリハの家に行ってテレビを観るのを許可した。ハイダルはアレヴィー教徒で、ガズィオスマンパシャ地区に新しく建てられたアパルトマンで門番をしている。妻のゼリハも、同じアパルトマンで週に五日、階段の掃除をしたり、上階に住むパン屋の奥さんの料理やら皿洗いやらを手伝っていた。つまり、ハイダルとゼリハは、朝に一緒に家を出て仕事に行き、夕方になれば一緒のバスで帰って来るわけだが、二人がいつも一緒にいて仲良くお喋りしている様子を見たサミハは、いたく心動かされたようだった。鉛玉みたいに冷たい風が黒海から吹きつけたある晩、骨まで凍えながら一緒に坂を上っているとき、サミハが言い出した。ハイダルの奥さんが働いてるアパルトマンのとある家で、小間使いを探しているってな。

俺は家に帰るとサミハの話に断固として反対した。「お前が誰かの小間使いになるくらいなら、二人して飢えたほうがましだ！」

俺は錆びた鉄の車輪を持って、燐光を放つ石で囲った俺の土地へ向かった。そうして、いつかここに建てるつもりの家のために集めた建築資材——中古のドアの部品とか、鉄とか、鉄線とか、アルミ製の容器とか、レンガとか、表面の滑らかな石とかだ——を積んである一角に、車輪を置いたんだ。

ガズィオスマンパシャ地区は、扉、ストーヴ、レンガ——家の材料を一つ一つ自分で集めてきて、地区の住人たちの助けを借りて建設された街だ。左派やアレヴィー教徒、クルド人たちが多数派になったのは六年前で、地区の歴史がはじまるのもこのときだ。それ以前のガズィオスマンパシャ地区を治めていたのはラズ人（黒海岸の少数民族）のナズミという男だった。ラズ人

のナズミは一九七二年に、茨と荒れ地ばかりだったこの無人の丘のふもとへやって来て、同じくリゼの街出身の二人の男と一緒に一軒の店を開いた。そうして、アナトリアから金のなる土地を求めてやって来ては、一夜建てを建てようとする家なしの貧乏人たちに、タイルやレンガ、セメント、その他もろもろの建築資材を高値で売りつけはじめたのである。はじめの頃は客に親身に接して、あれこれ知恵を授け、チャイを飲ませてやったので（のちにナズミは隣に喫茶店を開いた）、彼の店はアナトリアの方々から、とくにスィワスやカルス、トカト辺りからイスタンブルへ移住してくる人々の溜まり場と化した。

ナズミの喫茶店や、彼が経営するその他の店々の周囲には、木製の扉や螺旋階段の親柱、窓枠、割れた大理石と敷石、バルコニー用の鉄製の欄干、古いタイルなどが展示されていた。ナズミが自ら、ガズィオスマンパシャ地区では知らぬ者のないあのゴムタイヤ付きの馬車で、イスタンブルじゅうの解体業者を巡って集めてきた品々だ。百年から百五十年は前に作られたこうした骨董品もまた、店内に置かれたセメントやレンガ同様にひどい高値で売られていた。そしてナズミとその徒党は、しっかりと代金を払った者や、ナズミの馬車を賃借りして資材を自分の土地の建築現場に運べば、囲い込んだ土地、あるいは後からそこに築かれた一夜建てに、すべて目を配ってくれたのである。

望みの土地を開墾するためのみかじめ料を納めず、言うに事欠いて「建築資材も自分でもっと安いのを見つけてくるよ」などと抜かすケチで抜け目のない連中が建てた一夜建ては、人目のない晩に打ち壊された、あるいはガズィオスマンパシャ警察署の警察官が手を貸して解体されてしまうのだった。そうして、家屋解体業者や警察官が去って数日後、家の残骸の中でむせび泣く愚かな同胞のもとをナズミが訪ねてきて、なんと嘆かわしいことかなどと抜かすのだ。なにせナズミは、ガズィオスマンパシャ警察の警部と友人で、日が落ちると喫茶店でカードゲームに興じる仲だったのだ。つまり、ナズミに前もって断っておけば、家屋解体を阻止してくれるのである。

さらにナズミには当時政権の座についていた民族主義政党にもコネがあった。やがて、彼から資材を買って空地に家を建てた連中の間で「お前の土地はどこまでだ？」、「俺の土地はどこからだ？」云々という諍いが増えた一九七八年以降ともなれば、ナズミは事務所——彼はオフィスと呼んでいたが——を開いて、土地登記局の職員さながらの仕事をはじめた。土地を開墾するために彼から許可証を購入した者には、政府発行のものとよく似た書類を渡してやるのだ。この許可証の影響力は日に日に増していった。ナズミはこの許可証に、これまた政府発行の書類と同じように土地の所有者となった者の顔写真を貼り（ついでに小さな証明写真の自動撮影機も設置した）、元の所有者の欄に堂々と自分の名を書き、正確な土地の面積と所在地を記し、ガズィオスマンパシャの文房具屋に作らせた赤インクの印まで捺した末に、誇らしげにこう言い放つのだ。

「いずれ政府がここいらの土地を分譲するときには、俺の書類を確かめるはずだよ」

さらに、喫茶店でオケイをしながら管を巻く連中を相手に「スィワスの極貧の農村からイスタンブルへやって来た寄る辺のない同郷人たちの手伝いをしてやって、またたくまに証明書付きの土地所有者にしてやるのが、俺の幸せなんだ」と吹聴することもあった。

「ナズミの兄貴、電気はいつになったら通るんだい？」と尋ねられれば、目下交渉中などと答えて、言外にガズィオスマンパシャ地区が正式な地区となれば、政権与党推薦の候補者として立候補することさえ匂わせた。

さて、ガズィオスマンパシャ地区の裏手には、まだナズミが手を付けていない丘が残っていた。ある日、そこに浮世離れした眼差しをした、背の高いくたびれた男がふらりと姿を現した。その名はアリ。ラズ人のナズミの喫茶店には通わず、食べ物も飲み物も、街の噂にもいっかな拘らず、都市の果てるこの場所に安いレンガで家を築き、鍋、ガス灯、ベッドを用意して身を落ち着けた。当然、ナズミは彼の住みはじめた土地が誰のものか思い出させることにした。

「土地の持ち主はラズ人のナズミではないし、トルコ人ハムディでもないし、クルド人カディルでもない。まして政府でもな」アリはナズミが寄こした口髭を生やした強面の部下にそう答えた。「あらゆる物、この世そのもの、つまりはこの国の所有者は神だけだ。私たちは儚い現世を生きる、神の僕でしかないのだ!」

ナズミの部下たちはある晩、頭のおかしなアリの頭に鉛玉を撃ち込むことで、その言葉が真実だったことを示した。死体はダム湖から少し離れた場所に慎重に埋められた。イスタンブル市民に飲み水を供給するこの緑色の美しい湖が、一夜建てで暮らす連中の汚物で汚染されているなどと書きたてるのがなにより好きな街の新聞記者たちに、新たな話題を提供しないためだ。しかし、冬になって街に侵入した狼と戦っていたカンガル犬(スィワス地方の大型犬)がこの遺体を見つけてしまった。警察は事件の捜査を開始し、口髭を生やしたナズミの部下ではなく、湖から一番近い一夜建てに住む住人を捕まえて拷問にかけた。事件の裏にいるのはナズミだ——住人たちの提出した匿名の投書にも、警察はまったく耳を貸さず、湖周辺の家々の住人たちを手慣れた様子で警察署へ連行し、まずはファラカ刑を、ついで電気ショックで拷問し続けたのだった。

しかし、ビンギョル出身のクルド人が拷問で死ぬと、ついに住人たちが立ち上がった。ナズミが地元リゼで披露宴を楽しんでいる間に、その喫茶店を襲撃したのである。拳銃を持ったナズミの部下たちは恐れをなし、天に向かって拳銃を撃つ以外は何もしないまま、遁走した。そして、一連の事件を耳にした左翼の学生や、マルクス主義とか毛沢東主義とかを信じる若者たちが、この「人民による自発的行動」に加わるべく、イスタンブルのさまざまな地区や大学から集まって来たのである。

フェルハト　ラズ人ナズミの事務所はたったの二日で占領され、大学生たちが土地所有証明書を手に入れた。すると、トルコじゅうの人々――とくにアレヴィー教徒とクルド人――の間を、こんな噂が駆け巡ったんだ。ガズィオスマンパシャ地区へ行って「私は無産者です、左派です」と言えば誰でも（民族主義系の新聞は〝私は神を信じていませんと言う者は誰でも〟なんて書きたてたもんだが）土地を貰えるらしいってな。俺が石灰を塗った石で自分の土地を囲い込んだのもまさにその頃、つまり六年前のことさ。だが、いずれナズミが警察を連れて復讐のために戻って来るって思っていたから、当時はその土地に住もうとまでは思わなかったんだ。それにメヴルトと一緒にウェイターをやってたベイオール地区とガズィオスマンパシャ地区は離れていて、行き来するだけで半日過ぎちまうからな。

こっちへ移って来たいまでも、俺たちはスレイマンの怒りが怖くてたまらない。誰もアクタシュ家と手打ちするのに手を貸してくれないんだ（この件に関して俺は、メヴルトやライハ、それにヴェディハに腹を立ててる）。だが、俺とサミハが、ガズィオスマンパシャ地区で貧相な披露宴を催して結婚することになったとき、メヴルトとライハの結婚式のときみたいには、誰も金貨一枚、百ドル紙幣一枚、縫いつけに来なかった。俺はメヴルトを招待することができなかった。一番の親友を披露宴に呼べないのは悲しかったよ。でもアクタシュ家の連中と馴れあって、金のためにファシストになっちまったあいつに、俺は腹が立ってしょうがないんだ。

10 街の埃を根絶やしにする

――ああ、神様、このばっちいのはいったいどこから出てきたんでしょう？――

サミハ　他の人に何て言われるかばかり気にしていたせいなのかしら、いまフェルハトは私たちの物語の大切な部分にまったく触れなかったわ。「私的なこと」だからという建前でね。私たちの披露宴は、確かにお金はかかっていなかったけれど、素敵な会だった。私たちはガズィオスマンパシャ地区の外壁が青く塗られたアパルトマンの二階にあるベヤズ・スルタン衣料品店で純白のウェディングドレスを借りた。披露宴の間じゅう私は失敗すまいって気を張っていたっけ。だから、面と向かって「ああ、可哀想な子、あなたとっても綺麗なのにお気の毒さまね！」って言ってくる連中はもちろん、さすがに言葉にはできないから「そんな美人なのになんで貧乏なウェイターなんかと結婚するの？意味不明だわ！」とばかりのもの問いたげな視線を向けてくる、くたびれて醜く、嫉妬深い女たちの嫌がらせにも屈しなかったわ。私を見なさい。誰の奴隷でも、愛人でも、下僕でもない私を。そうして自由の何たるかを思い知りなさいな。こぞこそラク酒を飲みながら賑やかしい音楽を聴くうちにすっかり酔っぱらってしまったフェルハトを、最後に家に連れて帰ったのはこの私。顔をきっと上げて、嫉妬深い奥様連中やら、私に見惚れる男たちの群れを（無料のレモネードとか、乾物目当てでやって来た失業者とか、ろくでなしとかも混ざっていたわね）私は誇らしげな目で見返してやったものよ。

お隣のハイダルとゼリハに頼まれてガズィオスマンパシャのアパルトマンで働きはじめたのは結婚式から二カ月後のこと。フェルハトとハイダルは飲み友達になっていたし、夫婦そろって披露宴にも来てくれた。つまり、働くのを勧めてくれたのは純粋な善意から。フェルハトははじめ反対した。駆け落ちした娘を、結婚二カ月目にして働きに出す甲斐性なしだと思われるのが嫌だったのね。でも、ある雨の朝、ガズィオスマンパシャ地区の街中までミニバスで降りていくときには、ハイダルとゼリハだけじゃなくてフェルハトも一緒だった。ジヴァン・アパルトマンではゼリハの家族や親戚も働いていて、私たちがまず向かったのは守衛室。私たちの一夜建てよりもなお狭くて、窓ひとつない地下室の小部屋にぎゅうぎゅう詰めになってみんなでチャイを飲みながら煙草を吸って、それからゼリハが私の働く五号室へ連れていってくれたの。見知らぬ家の階段を上っていくのは気が引けたし、フェルハトと離れ離れになるのも怖かったわ。一緒に逃げてからこっち、私たちいつも一緒にいたんですもの。働きはじめた最初の頃、フェルハトは毎朝ジヴァン・アパルトマンまでついて来てくれて、夕方には守衛室で煙草を吸いながら待っていてくれた。午後四時くらいに五号室を出て空気の淀んだ地下まで降りてくる私を、フェルハトはバス停まで送ってくれるか、さもなければ私がちゃんとミニバスに乗るようゼリハたちに預けて、大急ぎでミュレッヴェト・モダンへ取って返すの。でも、三週間も経つ頃には、私は朝は一人で行き、冬が来る頃には、夕方も一人で帰るようになっていたわ。

フェルハト あんたたちに誤解されないよう、ここでちょっと話に割り込ませてもらうよ。俺は男の責任ってもんを弁えているし、勤勉で、名誉を知る男のつもりだ。つまり、妻が家の外に働きに出るのをやすやすと許すような男じゃないんだ。ただ、サミハが「家にいるのは退屈だ、働いてみたい」って何度もせがむから許しただけなんだよ。あいつはあんたたちには隠していたみたいだが、おいおい泣きながらそう頼み込んできたんだよ。まあ、俺たち二人と、ハイダルとゼリハは家族みたいなもんだし、彼らもジヴァン・アパルトマンの住人たちと親戚か、兄弟みたいに仲良く付き合ってる。サミハが一人でアパルトマンと行き来するのを許したのだって、そもそもあいつが先に「私は一人で行けるわよ！　あなたはテレビで大学の講義を観ていて！」って言ったからなんだ。でも、テレビでやってる会計学の授業は全然分からないし、アンカラに郵送しなけりゃならない宿題も間に合わない。おかげでひどい自己嫌悪に苛まれるようになったよ。いまだって、ブラウン管越しでもはっきり見える数学の先生の鼻毛やら耳毛やらが気になって、黒板の数字がさっぱり頭に入ってこなくて苛々してんだ。しかもサミハときたら、「いつかフェルハトが大学の卒業証書を貰って、どこかの官庁で働ける日が来たら、いまの生活は端から端まで変わるはず」って俺よりもなお強く信じているんだ。俺の不安は増すばかりだよ。

サミハ　ゼリハが紹介してくれた最初の〝雇用主〟は、五号室の陰気で神経質なご婦人だったわ。

「あんたたち全然、似てないじゃない」

疑わしげに私とゼリハを見比べてそう言われたから、はじめから決めておいた通りに「ゼリハの父方の親戚なんです」って答えたの。信じてもらえるはずだと思ってね。でも、ナラン夫人は私の人柄こそ信じてくれたけれど、はじめのうちは私が家の中の埃をしっかり掃除できるかどうか半信半疑だったみたい。なんでも四年前までは身の回りのお掃除はみんな自分でしていたそうなの。そもそも、お手伝いを雇うお金もなかったみたいだし。でも、四年前に中学生だった長男が癌で亡くなってから、埃やばい菌との無慈悲な戦いがはじまったんですって。

「冷蔵庫の下と、蛍光灯のカバーの中も掃除してくれた？」ついさっき私がそこを掃除するのを見ていたくせに、ナラン夫人はわざわざそんな風に訊いてくるの。次男まで癌になっちゃうのが怖いのよ。だから、私は下校時間が近づくともう大慌てで、それまで以上に忙しく掃除に励むの。合間に窓に駆けていって、悪魔に石を投げるみたいに一所懸命通りに向かって雑巾をはたいて埃を取るってわけ。「いいわ、いいわよ、サミハ！」ナラン夫人もこのときばかりは私を応援してくれる。また別のときには、電話で話しながら指で私が掃除し忘れた汚れを指さして、飽き飽きした様子でこう嘆くの。「ああ、神様、このぼっちいのはいったいどこから出てきたんでしょう？」そんなとき夫人は人差し指を私の前に突き立てる、だから思わず後ろめたくなってしまう。もしかしたらその埃は、私か、さもなければ一夜建ての地区からやって来たものかもって考えてしまうから。でも、ナラン夫人は愛らしい人だとも思うわ。

二ヵ月目に入るとナラン夫人は仕事ぶりを信頼してくれて、私は週に三日も呼ばれるようになった。そうするとオリーヴ石鹸やバケツ、雑巾と一緒に私を家に残して、お買い物に行ったり、いつも電話で話していた友達とオケイをしに出かけるようになったわ。ときどき「忘れ物をしたの」とか言い訳をつけてこっそり帰ってくるけど、私が掃除機で埃を吸い取ってるのを見れば満足して「いいわ、神様のお恵みがありますように！」なんて声をかけてくれるのよ。そういえば、テレビの上の犬の置物の隣に立ててある長男の写真の銀の額縁を手に取り、雑巾で延々と拭きながら泣きはじめてしまったこともあった。私は雑巾をほっぽって彼女を慰めたものよ。

ある日、ナラン夫人が出かけてしばらくするとゼリハがやって来た。私が休憩も取らずに掃除しているのを見た彼女は、「あなたイカれてんじゃないの？」なんて言ってテレビの向かいに腰を下ろしたんだけど、私は掃除を続けた。それ以降ゼリハは、自分の雇い主が出かけると（ナラン夫人と連れ立って出かけることも多かった）必ず五号室へやって来るようになったの。傍らで掃除をする私にテレビ番組の内容を教えたり、冷蔵庫を引っかきまわしてつまみ食いした挙句に「ほうれん草のオリーヴ油炒めはうまくできてるけど、ヨーグルト（雑貨店からガラス容器に入れて私が持ってきたのよ）は酸っぱくなってるわね」なんて言ってね。やがてゼリハが衣裳簞笥を探ってナラン夫人のパンティとかブラジャーとか、ナプキンとか、その他何に使うのかよく分からない品のことをあれこれ言い出すに及んで、私もとうとう我慢できなくなってしまった。つまりね、ゼリハのお遊びに付き合って大はしゃぎしたってわけ。引き出しの奥に仕舞われた絹製のスカーフやネッカチーフに交じってコーランの蟻章の聖句が書かれた、随分使い込まれた様子の魔除けが置かれていたし、別の隅の隠し場所には昔の身分証や納税申告書、それに古い写真と一緒に、とってもいい匂いのする木彫り細工の箱があったけれど、それが何なのか私たちにはさっぱり分からなかった。枕もとの小さなサイドチェストには、ナラン夫人の旦那さんの薬と咳止めシロップの瓶が入ってたし、ゼリハなんて煙草みたいな茶色をした液体の入った小瓶を見つけたのよ。私たちは唇の厚いアラビア女の絵が描かれたその桃色の小瓶から立ち上る香りがすっかり気に入ったんだけれど（きっとお薬だと思うけど、もしかしたらゼリハが言ったみたいに毒薬なのかも）どこか恐ろしくて開けてみることはしなかったわ。それから一カ月後、一人でナラン夫人の家のそこかしこを探っているとき（ナラン夫人の亡くなった長男の写真や宿題ノートを眺めるのは楽しかったわ）その小瓶がなくなっていることに気が付いたの。

ナラン夫人に家の隅へ引っ張っていかれたのはその二週間後。なんでも旦那さんの要望で（誰の旦那なのかは分からなかったけれど）ゼリハを首にするんだって。「あなたの落ち度じゃないってのはよく分かってるんだけど、そんな状況だから残念だけどあなたに働いてもらうのも難しくなったの」どういう経緯なのか分からないままナラン夫人が泣き出したので、私ももらい泣きしてしまった。「泣かないで、可哀想に！　大丈夫、あなたのためにいいことを思いついたから！」そう言ったナラン夫人は、まるで「輝かしい未来が待ってるわよ！」なんてのたまうロマの占い女みたいな雰囲気だったわ。なんでもシシリ地区のとっても上品でお金持ちのおうちが、私みたいな真面目で、身持ちが堅くて、なにより信頼できる女性を探しているそうなの。ナラン夫人はもともとそのおうちにも私を紹介するつもりだったんですって。だから、すぐにも働きに行ってほしいって言われたの。

仕事先が変わることにフェルハトは猛反対した。家から遠すぎるって言ってね。確かに、これまで以上に早起きしないといけなくなったわ。なにせ、朝一番のミニバスに乗ってガズィオスマンパシャ地区の中心街へ出て、そこで三十分待ってタクスィム広場行きのバスに乗らないといけないのだもの。しかも、一時間以上かかる道のりのほとんどがぎゅうぎゅう詰めの満員だから、座る場所を確保するためには入り口でもみくちゃになりながら肘で他の人を押しのけないとならないの。でもね、窓から外を眺めるのは楽しかった。仕事に向かう人たちや、手押し車を押しながら街へ繰り出していく呼び売り商人たち、それに金角湾に浮かぶボートとか、登校する子供たちとか──私のお気に入りよ──を眺めるのがね。雑貨店のショーウィンドウに掛けられた新聞の見出しの大文字とか、壁に貼られた告知とか、大きな看板とかをじっくり読んだり、車やトラックの車体に書かれた文言を頭の中で反芻していると、なんだか街とお話ししているみたいな心地がしてくるんだもの。都市の中心にあるカラキョイ地区で暮らしていたっていうフェルハトの少年時代のことを想像してみるのも愉快で、家に帰って彼にその当時のことを話してもらうこともあったっけ。でも、私の帰りが遅くなると、互いに顔を合わせる時間はだんだんと減っていった。

そうそう、私ね、タクスィム広場で別のバスに乗り換える間、郵便局の近くの胡麻パン売りから胡麻パンを買うことにしていたの。車内で窓の外を眺めながら食べることもあれば、勤め先のおうちでチャイを淹れてから食べるために塩化ビニルのバッグの中に仕舞っておくこともあるのよ。「もしまだなら朝ご飯をお食べ」と、ときどき家の奥様が言ってくれることもあって、そういうときは冷蔵庫からオリーヴの塩漬けや白チーズを頂けるの。何も言われないこともあるけれど、たとえば奥様のお昼ご飯のためのキョフテを炒めていると、「サミハ、三つほど余計に作って。あなたの分よ」って言われることもあるわ。私は奥様のために五つよそうと、彼女は四つしか食べないから、私は残りを――つまり、二人とも四つずつ食べるってわけね――台所で頂くの。

でも奥様は（そう、私は名前ではなくてただ奥様ってお呼びしていたの）決して私と同じテーブルにはつかなかったし、彼女の食事中に私が食事するのも難しかったわね。「塩と胡椒はどこ？ 持ってきてちょうだい」とか「いますぐ片付けて」なんて注文されたら聞こえる場所にいないといけないんですもの。だから、奥様の食事中は食堂の戸口で待機していないといけない。奥様とお喋りすることもないけれど、何度も同じ質問を――すぐに答えを忘れてしまうのね――されるの。

「あなた、どこのご出身？」

「ベイシェヒルです」

「どこなの、それは。行ったことがないわね」

しばらくすると私は、「コンヤ出身です」って答えるようになったわ。すると奥様は「ああ、私もいずれコンヤに行きたいと思ってる。ルーミー（一二〇七―七三年、神秘主義者でありメヴレヴィー教団の創始者）廟にお参りするの」って言うの。のちのち、シシリやニシャンタシュ界隈の別の二軒のおうちで働くようになったときも「コンヤ出身です」って答えたのだけれど、そうするとまっさきに訊かれるのはルーミーのことだったわ。そのくせ、仕事中に私が礼拝するのは絶対に許さないのよ。やがてゼリハが教えてくれたわ。「礼拝するの？」って訊かれたら「しません」って答えろってね。

そういえば、奥様の推薦で伺ったニシャンタシュのおうちの人たちは、私と同じお手洗いを使うのを嫌がった。こういう古いおうちでは猫か、ときたま犬も飼われていて、お手伝いのお手洗いは大抵、そいつらと同じ場所なの。つまり、塩化ビニルのバッグやコートはその小部屋に置いておくのよ。最初に働きはじめたシシリのおうちの猫はいっつも奥様の膝の上に居座っていて、ときどき台所から食べ物をくすねるから、奥様がいないときは引っぱたいてやって、夜にはそのときの様子をフェルハトに話してあげることもあった。

ときどき奥様が病気になったりすると枕元に付き添わないといけなくなるの。私が無理なら他の人を見つけてしまうから、奥様のおうちに泊まることになるのよ。お手伝い用の寝室は建物の間にあってね、手狭で日も差し込まないけれど、清潔でいい匂いのするシーツが敷かれているから私のお気に入りよ。シシリと行き来するだけで四、五時間はかかるから、お泊まりした日には朝方、奥様の朝食を作って、そのまま別の家に行く羽目になるわ。本当は一刻も早くガズィオスマンパシャのフェルハトの許へ戻りたくて仕方がないのに。たった一日留守にしただけで、もう自分の家とか、持ち物とかが懐かしくなってしまうのよ。午後のまだ早い時間に仕事を上がったときは、シシリや、乗り換えのあるタクスィムですぐにはバスに乗らず、うきうきしながら街を散策したものよ。もっとも、通りでドゥト丘の誰かに行きあって、スレイマンに知らされたらどうしようって怯えながらだけれどね。

「サミハ、お仕事が終わったらさっさと家にお帰りなさい。礼拝とかテレビとかで時間を無駄にしちゃだめよ」お出かけするときなんかに奥様はそう言ったものよ。一人きりになると私はこの街の埃を根絶やしにしかねない勢いで働いたけれど、ふいに別のことに気を取られて手元がお留守になってしまうの。たとえば、奥様の旦那様のワイシャツや肌着が仕舞われている箪笥の一番下の引き出しの裏で、外国語の雑誌を見つけたときなんかにね。雑誌には男と女がすごくいやらしいことをしている写真が載っていて、私はそんなものを見てしまったというただそれだけで恥ずかしくて仕方がなかったわ。あるいは、奥様の薬が入った箪笥の左隅――アーモンドの香りがするのよ――には不思議な小箱が置かれていて、その中の櫛の下には外国のお金が仕舞われていたわ。家族のアルバムとか、引き出しに押し込まれた昔の披露宴や、学校、夏休みの写真とかを眺めながら、おうちの人たちの若い頃の姿を探るのが、私は楽しくて仕方がなかった。

埃の積もった古い新聞の山、空き瓶、決して開けられることのない箱――捨てられ、忘れられたものはどんな家にでもあるというのに、みんなそれが宗教的で神聖なものだとでも言いたげに「触るな」って言うのよ。どこのおうちにも触るどころか、近寄ることさえ許されないひと隅があって、私は誰もいないときを見計らってあれこれ調べた。でも、こちらを試すために置かれた紙幣とか、共和国発行の記念金貨とか、変な匂いのする石鹸とか、虫が入れられた箱なんかには決して、手をつけなかったわ。そうそう、奥様の息子さんはプラスチック製の小さな兵隊の人形を集めていて、それをベッドや絨毯の上にきっちり整列させて戦わせていたっけ。遊びに夢中になって周りが見えなくなっちゃった子供も、私は大好き。一人になったときに、こっそり兵隊さんで遊んだこともある。古い新聞紙といえば、大抵のおうちはクーポンを集めるために新聞を買っていたわね。週に一回、クーポンを切り抜くのも、月に一回くらいの頻度でそれを持って通りの角のニュース・スタンドへ行って景品――エナメル製のチャイポットや写真入りのレシピ集、花柄模様の枕カバーやレモン搾り器、それに歌が流れるボールペン等々――を受け取るために半日近く長蛇の列に並ぶのも、みんな私の仕事だった。奥様はというと、日がな一日電話口で噂話に精を出すのに夢中なの。ウールのお洋服を仕舞ってあるナフタレン臭い箪笥のほうには、電気仕掛けの調理道具が仕舞われている。ヨーロッパ製だから慎重に梱包して仕舞ってあって、他の景品と同様に一度も使わないの。お客様にもね。箪笥の隅で見つけた封筒から出てきた領収書、新聞から切り抜かれたニュースや告知、女性用の服や下着、ノートに書かれた文字──私はそういったあれこれを、まるで長い間探し求めていたものが、まさに見つかりそうなときみたいにわくわくしながら眺めた。そうしていると手紙とか文章とかが私宛てに書かれたように思えてきて、写真の中にも自分が写っているような気がしたり、息子さんが悪戯で隠した奥様の赤い口紅をどこかの引き出しから見つければ、まるで私が犯人になったみたいな罪悪感を覚えて、終いには私的な秘密を見たことでおうちの人たちに親しみと、どういうわけか怒りがこみあげてきた。

日中、ふいにフェルハトが恋しくなることもあったわ。夜に一緒のベッドに寝ているときに見た、燐光を放つ囲い石を見つめているときの彼の眼差しが。でも、日雇いのお手伝いをはじめて、お泊まりの晩が前にもまして増えてきた二年が経ったくらいからかしらね、フェルハトを見ると憤然とした気分になるようになったのは。フェルハトは、私の生活そのものになってしまった雇い主の家庭からも、意地悪な男の子や生意気な女の子からも、しょっちゅう「可愛い子ちゃん」なんて言って絡んでくる雑貨店の下働きたちとか、守衛の息子たちとかからも、なにより、カロリフェールがつけられると汗まみれで寝る羽目になるあの小さな使用人部屋からも、私を救い出してくれなかったんですもの。

フェルハト 働きはじめて一年くらいしてから、ミュレッヴェト・モダン・レストランのレジに座るようになったのは、俺が資格を取れるようサミハがいつも励ましてくれた大学の勉強──まあテレビを観て課題提出をするだけなんだが──をしていたのも理由の一つだろう。オーナーの兄弟が事務所の机に座るのは、日が傾いて店が混みはじめ、心躍るラク酒とスープの匂いが立ち込めて、店内に活気が満ちる頃合いだ。奴さん方は電卓とか、自分の携帯電話を使ってなんでもかんでも指示を出したがるからな。アクサライにもう一軒、店を持ってるうちのオーナーは（俺が勤めているのは支店のほうだ）厨房の親方たちや下働き、それにフロアの案内人とかウェイターとかにも月に一度、必ず同じ命令を繰り返したもんさ。ジャガイモの炒め物、羊飼いサラダ、キョフテ、鶏肉載せピラウ、ラク酒、ビール、レンズ豆スープ、白インゲンの煮込み、リーキの肉ブイヨン煮込み——とにかく客に出す料理や飲み物は、テーブルに持っていく前にノートに書き留めろってな。

でも、ミュレッヴェト・モダン・レストランにはアタテュルク大通りに面した四つの窓があって（チュールカーテンは閉められたままだがね）昼は酒を飲まずに飯だけ食べていく商店主たちで混みあうし、夜もほどほどにラク酒を楽しみたいっていう男連中でごった返す人気店だ。……つまり、オーナーのまくし立てる大原則を守るのはひどく難しいってことだ。野菜料理、セロリのオリーヴ油あえ、インゲン豆の煮込み、マグロのオーブン焼き等々——昼時にレジに座っているときの俺は、ウェイターたちがどの料理を何番テーブルに持っていったかを一所懸命メモするんだが、それでも書き漏らしはある。そうすると、これまたオーナーが命じたとおりに俺の前にウェイターの列ができちまうんだ。もちろん、客に出す料理を俺に記帳させるためだ。この間にも堪え性のない客が「料理が冷めちまうぞ！」なんて怒鳴ってきやがる。ウェイターたちがてんてこ舞いの俺を慮って、オーナーの規則のことはとりあえず脇にうっちゃって、先にテーブルに料理を持っていって、そのあとすこし状況が落ち着いてから「フェルハト兄さん、十七番に肉詰めピーマン、シガラ・ボレイ（チーズをパイ生地で包んで揚げた料理）、十六番に鶏胸肉」って声をかけてくれるんだが、だからってウェイターの列が無くなるわけでもない。ウェイターどもがテーブルまで持っていった料理を「六番にサラダ、八番にジャジュク（ヨーグルトの冷製スープ）！」云々って、ほとんど同時に申告してくるってだけのことだからな。しかも連中は、料理をしこたま抱えて大急ぎで行き来してる訳だから、レジ係には全部書き取る時間もないし、忘れることもある。だから俺は、適当な料理の名前を書いた挙句に、あのまったく理解できないテレビの講義を観ているときみたいに、最後は何も書かずに諦めちまうのさ。もっとも、書き忘れた分が無料になったらなったで、その分客はウェイターにチップを弾もうと思うもんだから、幾つか料理を書き忘れても文句は出ないがね。ただ、オーナーのほうは頑なにこの規則を守らせようとした。売り上げが落ちるのを気にしていたからじゃない。「米詰めムール貝は二皿じゃない。一皿しか頼んでないぞ」なんて抜かす客の相手をしたくなかっただけさ。

夜番のときはレジに立たずにウェイターをやることもあるから、たちの悪い奴がどういうイカサマをするのかはよく知っているつもりだ。レジ係をやるときも、そこには気をつけていたよ。俺もよくやっていたけど、一番簡単で、しかも波風立たないのは、客に大盛りの料理を出すってやり方だな。たとえばキョフテ四つ分の勘定で六つの大盛りを出して「友情の証ですよ」とか言っておいて、多めにチップをもらう訳だ。ミュレッヴェト・モダン・レストランでは貰ったチップを箱に入れて後から皆で平等に分け合うことになっていたけど（はじめに取るのはオーナーさ）言われた通りにチップを全額、放り込む奴は一人もいなかった。ズボンとか、白い前掛けとかのポケットにチップの一部を隠しておくんだ。これがもとで罰を受けたり、喧嘩が起きたりってことはなかった。なにせ、もし見つかったらすぐに首になるし、そもそもみんなやってることなんだからな。進んで同僚のポケットの中身を探ろうとするような奴はいない。

夜、ウェイターをやってるときの俺にはもう一つ役目があった。入り口近くにいるオーナーの助手だ。ウェイター長って訳でもないが、現場指揮官みたいなもんだな。たとえば「おい、四番のお客様のシチューは出来たかい？　遅いって言ってるよ」ってオーナーに言われたら、四番テーブル担当──ギュミュシュハーネ地区に住んでるハディってやつだ──でなくとも、この俺が厨房に入っていくんだ。そうして肉を炒めた煙の中で料理人がてんてこ舞いしていれば、四番テーブルに取って返して満面の笑みを浮かべてこう尋ねるのさ。「シチューはもう少しでお出しできます。煮込み加減はどうなさいますか？　ニンニクはお入れいたしましょうか？」それが駄目なら今度は好きなサッカー・チームを訊いて、相手チームが裏で何か不正をやってるとか、審判が買収されたとか、日曜日にペナルティーは与えられないだろうとか、適当に話を合わせて時間を稼ぐって寸法だ。

阿呆のハディがいつもみたいに料理を聞き間違えて、給仕が遅れたりしたときには、誰が注文したのかなんて構わずに厨房から山盛りのフライドポテトとか、まだぐつぐついってるエビの油煮込みとかをサービスしてやる。注文主不明の肉料理の盛り合わせが余ってれば、酔っぱらったテーブルにそいつを持っていって、「肉料理、お待たせしました」とか何とか、注文してなくたって構やしない、とにかくそのままレジへ行ってその客の注文票に書き加える。サッカーと政治、それに物価高の話に夢中の酔っぱらい客は、気づかないか、気づいても気にしないもんさ。夜が更けてくると、今度は喧嘩する客の仲裁をしたり、合唱やら大騒ぎやらをはじめた客を宥めすかしたり、「窓を開けろって言ったんじゃない！　テレビをつけろって言ったんだよ、窓は閉じとけ！」なんて具合の口喧嘩を諌めたり、満杯になった灰皿を片付けないボーイたちを叱ったり（「おい、十番テーブルだよ、早く早く！」）厨房や廊下、店外や裏の食糧庫で煙草を吸っている店員がいれば、ひと睨みして持ち場に戻らせたり。こいつはみんな、俺の仕事だ。

近くの弁護士事務所とか、建築設計事務所とかの社長が、女性社員を連れて昼食に来たり、スカーフをかぶったおっかさんがろくでなしの息子どもにキョフテを食べさせて、アイランを飲ませたいとか言ってやって来ることもある。そういう客は、入り口のすぐ脇の家族席に案内するんだ。店の壁に平服のアタテュルクの肖像を三枚――一枚はにっこり笑っていて、残りは厳しい眼差しをしてる写真さ――かけているオーナーが一番心を砕いていたのは、女性客を呼び込むことだった。とくにラク酒を出す夕飯時に、あれこれ言われることなく女性客が男性陣と一緒に楽しく卓を囲んで、争いもないままその夜を過ごして満足して、また店に足を運んでくれるってのが、オーナーが常々思い描いてきた壮大な夢だった訳だが、残念ながらミュレッヴェト・モダン・レストランの波瀾に富んだ歴史の中でも、その夢が実現したことは一度もなかった。女性客が来たあくる日のオーナーはすこぶる機嫌が悪くて、怒り心頭といった風情で、気性の荒い常連のむくつけき男どもが――オーナー曰く「電車をはじめて見た牛よろしく」――女性客をじろじろ眺めまわしていた様子を真似てみせた挙句に、俺たちウェイターにこう命じるのさ。「ああいった女性客がまたいらっしゃったら、物怖じして固まったりしないように。女性をお迎えするのが、さも当然という態度で接するように。汚い言葉を言ったり、怒鳴り合ったりしている男性客が他のテーブルにいたら、丁寧に注意するように。なによりも、女性のお客さまをいやらしい目で見て不快にさせるようなお客から守って差し上げなさい」難しいのは、一番最後の命令だ。

もっとも、夜も更けたってのに最後の酔っぱらい客がいつ席を立つかも分からないようなときは、オーナーが「もう帰りなさい。君の家は遠いんだから」って言ってくれることもある。帰り道で俺は一刻も早くサミハの顔を見たいと願いながらも、自己嫌悪に捕らわれた。あいつを働かせているのは間違いだってな。朝方、俺が目を覚ますととっくの昔にサミハは仕事に出かけているような朝にも、やっぱり間違いだったっていう後悔がぶり返して、気が塞いで、思わず金がないのを呪ったもんだよ。昼下がりの店内で、三人部屋住まいの皿洗いたちやボーイたちが、わいわいと喋りながら白インゲン豆から小石を選り分けたり、ジャガイモの皮をむいたりしてるのを横目に眺めながら、俺はレジに座ってテレビをつけるんだ。国営放送でやってる〝テレビで会計学〟の内容を理解しようと一所懸命、耳を澄ませてな。ときには授業の内容が分かることもあるけれど、かといって送付用の解答用紙に何を書けばいいかまでは分からない。そうなると俺に残された最後の手段は、夢遊病者みたいにふらふらとミュレッヴェトを出て自分の不甲斐なさに苛々しながらタシュルタルラ通りをほっつき歩いてあれこれ妄想することくらいのもんだ。映画みたいに拳銃を使ってそこらのタクシーを奪ってみようかとか、シシリのどこかで働いてるサミハを連れ出して、この街の別のどこかに新しい家を見つけてそこで暮らそうとかな。そうすると、その新しい家の妄想と、俺が金を貯めてうちの裏窓から見える燐光を放つ石で囲ったあの土地に建てようって思い描いている家が――扉は四つ、部屋数は十二の予定だ――混ざり合っていく。夕方五時になって、見栄えのするウェイターの服のお仕着せに身を包む少し前、皿洗いからウェイター長まで従業員全員で店の一番奥の長テーブルを囲んで、肉とジャガイモ入りのスープを飲みながら焼きたてのパンをかじっているときも、ひどい後悔が襲ってくるんだ。都会の真ん中で事業を興すなんて夢のまた夢、そんな生活とは程遠いここで俺は朽ち果てていくんじゃないかってな。

でも、サミハが先に帰っている日なんかに俺が早く帰りたくてそわそわしていると、オーナーはこう言ってくれるんだ。「もう帰りなさい。その前掛けを外してね、新郎君!」オーナーの親切にはおおいに感謝してるよ。サミハは何回かミュレッヴェトに顔を出したことがあるから、美人なあいつを見た店のみんなが俺を〝新郎君〟なんて呼ぶようになったのさ。みんな笑っちゃいるけれど、幸運な俺をやっかんでいるのは傍目にも明らかさ。ところが、一向に現れないガズィオスマンパシャ行きのバスを待っていると（この頃市営バスが、ひどく間遠とはいえ、ようやく俺たちの住む地区にも直接行くようになったんだ）、俺はそんな幸運を無駄使いしているような気がして、腹が立つやら、落ち着かなくなるやらで、いまに何か間違いをしでかすんじゃないかって怖くなっちまうんだ。

ガズィオスマンパシャ行きのバスはのろのろとしか進まない。停留所ごとに時間を食って、貧乏ゆすりしてる俺を尻目に、終点が近づいてきてもバスを逃したくない客が「ああ、運転手さん、ちょっと待ってよ!」なんて抜かして駆けこんでくる。運転手まで煙草に火をつけて悠長に待ってやるもんだから、俺はもうじっとしてられなくなってバスを飛び降りると、家までの坂を疲れも忘れて駆け上っていく。真っ暗な夜の静けさや、遠くに見える一夜建ての淡い明かり、煙突から昇る不潔な臭いの褐炭の煙。そういうものがみんな、家で俺の帰りを待つサミハを思い起こさせてくれるんだ。「今日は水曜日だからサミハは絶対に家にいる、もしかしたら、いつもみたいにくたびれ果てて眠っているかもしれない」――そう考えれば、昏々と眠る綺麗なサミハの姿が目に浮かんでくるし、「まだ起きていて、俺のためにボダイジュ茶を淹れて、テレビを観ながら待っているかもしれない」なんて希望も湧いてくる。とにかく俺は、彼女の賢くて、優しい佇まいを思い浮かべながら、走り出すんだ。走れば走るほどにサミハが家にいるっていう確信が深まっていくような気がしたもんさ。

もし、サミハが予定通りに家にいないと、俺は腹立ちを抑えるためにすぐにラク酒をあおって、そして後悔するんだ。翌日、俺はできるだけ早く仕事を切り上げて相変わらず苛々しながら待ちきれず帰宅する。その日の晩、大急ぎで帰って来たサミハは、俺を見るなりこう謝ってくる。

「ごめんなさい。昨日は奥様のところへお客さんが来たの。だから泊まっていけってしつこく引き留められてしまって。でもこれをくれたのよ!」

手渡された紙幣を脇に置いて、俺は思わず語気を荒くして言うんだ。「もう仕事になんか行くな。家からも出るな。俺たちは終末の日が来るまでここで、一緒に暮らすんだ」

働きはじめた最初の数カ月は、「でも、どうやって暮らしていけばいいの?」って答えてくれたサミハも、しばらくすると「ええ、分かったわ。もう行かない」って返すようになった。そして、あくる日の朝には変わらず仕事に行っちまうんだ。

訳者略歴　東京大学大学院総合文化研究科博士課程単位取得退学，大阪大学言語文化研究科講師　著書『無名亭の夜』（講談社），訳書『わたしの名は赤〔新訳版〕』『雪〔新訳版〕』『無垢の博物館』オルハン・パムク（以上早川書房刊）他

僕《ぼく》の違和感《いわかん》
〔上〕

2016年３月20日　初版印刷
2016年３月25日　初版発行

著者　オルハン・パムク
訳者　宮下《みやした》　遼《りょう》
発行者　早川　浩
発行所　株式会社早川書房
東京都千代田区神田多町2－2
電話　03－3252－3111（大代表）
振替　00160－3－47799
http://www.hayakawa-online.co.jp

印刷所　三松堂株式会社
製本所　大口製本印刷株式会社

Printed and bound in Japan

ISBN978-4-15-209598-5 C0097

乱丁・落丁本は小社制作部宛お送り下さい。
送料小社負担にてお取りかえいたします。